L'encre violette

Louis Tamain

L'encre violette

ÉDITIONS FRANCE LOISIRS

Édition du Club France Loisirs,
avec l'autorisation des Éditions De Borée

Éditions France Loisirs,
123, boulevard de Grenelle, Paris
www.franceloisirs.com

ISBN : 978-2-298-01303-0

À la mémoire de Paul.

Prologue

Pourquoi écrire alors que j'y suis si peu préparé ? Pourquoi perdre mon temps à fouiller en arrière sur des chemins que j'ai déjà battus ?

En vérité, je crois que ça m'amuse.

Je suis sûr du passé, bien moins de l'avenir. Je veux, comme le bœuf, prendre un peu le loisir de mâcher et remâcher mon herbe. Je veux y rechercher des parfums oubliés, des relents subtils que je n'ai, hélas ! trop pressé de vieillir, pris le temps d'apprécier.

Désir de revoir, de repenser aussi.

Souvenirs tous vécus ? Qu'importe !

Lorsque l'on demande à un de haute Auvergne qui arrache à son sol sa tardive récolte : « Brave homme, en ce champ as-tu des pommes de terre ? », il n'est pas rare de s'entendre dire en un patois prudent que je vais vous traduire au risque d'en perdre un peu de sa saveur :

« Eh bien... Voyez-vous... monsieur... pour dire qu'il y en a, il n'y en a pas, pour dire qu'il n'y en a pas, il y en a. »

Réponse sibylline... Allez donc savoir.

Je ne suis pas d'Auvergne. Je m'en défends, je suis du Limousin ; mais ne dit-on pas dans nos régions que les lisières ne valent pas mieux que le drap ?

1

Donzénac : mille huit cent quatre-vingt-quatre habitants – altitude 204 mètres – neuf kilomètres cinq cents de Brive – quatre cent cinquante-huit de Paris.

C'est en ces quelques lignes qui se veulent sans faille, que s'en tire le guide Michelin, ouvrage de grande vulgarisation dont tout le monde reconnaît en principe l'impartialité et les mérites.

Certes, avec de pareilles précisions on est à la merci d'un nivellement imprévu, d'un mouvement de bornes, d'un décès ou d'une naissance, mais cela dans le fond n'a aucune importance. Tout reste honnête, valable, et l'on peut s'y référer... C'est néanmoins insuffisant...

Oh ! il y manque bien peu ! Tout au plus quelques mots, qui n'ont d'ailleurs aucun rapport ni avec les chiffres ni avec les statistiques, mais qui ont une importance telle que sans eux rien n'est dit et qu'il faut tout de suite les ajouter.

Donzenac vit au soleil.

Du matin au soir axé sur le midi, le long de son coteau, bien groupé, à l'heure audible de son clocher, le village capte des rayons. Il est si bien en place, son mimétisme est si parfait que de loin on doit le chercher avant que de le découvrir. Entouré de collines arrondies, de vallonnements aimables qui se prolongent en horizons verts bleutés pastellisés, il a gardé dans son site une mesure si raisonnable, un équilibre si juste qu'il défie la critique et se fait oublier.

L'automobiliste pressé ne lui accorde guère d'attention puisque rien n'accroche son regard et que ce n'est ni une citadelle imposante, ni même une de ces petites forteresses provençales dont les quatre ou cinq maisons juchées sur des pics abrupts posent entre ciel et terre des problèmes d'accès. Un petit amas serré de pierres grises et d'ardoises bleues à peine plus conséquent que tous ceux que l'on distingue sur les collines d'alentour, et c'est tout !

On s'avance vers lui sans appréhension, sans autre souci que sa moyenne. D'un coup d'œil on a jugé la ville, vieille, sans intérêt sur son terre-plein étroit où elle a dû, bon gré mal gré, se loger en lézardière. Bien sûr on devine une enceinte, mais dix siècles de patine sur des matériaux du terroir excluant toute fantaisie l'ont rendue incertaine et elle n'excite plus la curiosité. Puis il y a, il faut bien le dire, tellement d'embûches accumulées à son abord ! La route est en lacets, oblige à des prouesses, et si l'on se rapproche vite, si le coteau paraît riant, sa côte par contre n'en est pas moins sévère. La nationale 20 à son contact va faire un effort, l'automobiliste le pressent. Puis il y a des panneaux, puis il y a des képis près d'un tournant, et une ligne jaune perfide qui facilite l'infraction et vous coupe l'élan. Bref, on ne voit rien, on espère ne rien entendre et surtout pas le sifflet à roulette de la maréchaussée. Le voyageur passe méfiant, obnubilé, croyant déjà apercevoir à l'horizon, soit des tours qui pourraient bien être celles de Notre-Dame, soit une mer toujours bleue qui pourrait bien être la Méditerranée.

Il juge notre cité indigne, qu'importe, laissons-le donc aller.

Et pourtant... pourtant Louis XI lui-même en son temps ne la dédaigna pas, garantissant ainsi par cette attention ses quartiers de noblesse comme ses assises médiévales solides dans le passé.

Le roi, qui venait de rincer son âme à Roc-Amadour, lassé du bruit et déjà de l'agitation des villes, descendit en effet de sa mule à Donzenac pour la laisser souffler et pour y déjeuner. Ces faits sont indiscutables, attestés par des écrits sérieux, relatés dans leurs détails, et c'est ainsi que l'on affirme qu'il dégusta (c'est l'historien qui le dit) deux très jolis saumons... On en reste rêveur !

Sur cette affirmation, j'ouvre une parenthèse. Je ne suis pas d'accord. Il y a sûrement erreur. Des saumons dans cette région, à cette époque ! Alors que l'on connaît l'état dans lequel encore de nos jours arrive la marée, je n'en crois rien. C'est une rigolade ! Et si vous voulez mon avis, ce 28 juillet 1463, on fit prendre à notre roi des vessies pour des lanternes. Certes, il se peut qu'il consomma deux poissons, certes, ils étaient peut-être de belle taille, mais rien ne m'enlèvera de l'idée qu'il ne s'agissait là que de très jolies truites saumonées qu'un manant, retroussant sa culotte, pêcha sans nul doute d'urgence tout bonnement dans le premier ruisseau voisin. Encore aujourd'hui on est habile en ces lieux à berner et on vous fera manger fort bien de l'élevage pour du sauvage pour peu que vous vous y prêtiez.

Je ferme ma parenthèse et je reviens à mes moutons.

Si j'ai ouvert les feux de la rampe sur Donzenac, ce n'est pas vous vous en doutez bien par hasard. C'est dans un but précis. Ne vous étonnez donc pas que je vous y impose une courte halte et vous propose une petite balade en ses murs. La faire à dos de mule comme Louis XI serait l'idéal, mais rien n'est, hélas ! prévu dans ce sens et vous n'êtes pas roi, c'est donc à pied que je vous engage à me suivre et à découvrir la ville. Il n'y a d'ailleurs pas d'autre moyen, mais n'en soyez pas chagrin car si vous y perdez un peu de temps, vous ne le regretterez pas.

Venant de l'ouest ou du nord on surplombe et on domine la cité. Elle apparaît alors en sa totalité réduite à son esplanade que ses maisons occupent au mieux, agglutinées sur un espace étroit où elles se chevauchent suivant les possibilités, l'inspiration et les besoins, en des équilibres difficiles. C'est une cascade de toits qui s'imposent, s'intriquent les uns dans les autres, irréguliers, maladroits, dans leur fantaisie imprévisible. Déformés, bossus ou fléchis, l'ardoise qui les recouvre est sauvage et ajoute la vétusté à l'inattendu. Ici il ne saurait être question de la tuile. Il n'y en a pas dans la région. Il ne saurait même pas être question de l'ardoise lisse et régulière comme celle d'Angers qui n'abrite qu'une génération et sur laquelle rien n'a le temps de pousser. Nous avons notre pierre. Une pierre bien de chez nous, presque communale, extraite en larges saignées du flanc même de notre sol. Taillée à la main, elle reste rude, vive, dure et lourde, et demande du métier pour tenir à la volige. Par contre, lorsqu'elle est en place, elle y est bien et pour du temps. Sur le toit elle ne peut pourrir, elle se couvre de mousse et de lichens, mais le père, le fils et les petits-enfants pourront dormir tranquilles aussi longtemps que les clous ne la lâcheront pas, et c'est elle qui donne cet aspect d'irrégularité trompeur qui fait penser à la gouttière.

Émergeant de cette avalanche d'arêtiers, de chiens assis et de lucarnes, dominant tout le puzzle par sa masse et sa hauteur, le clocher est en évidence. C'est une tour massive, carrée, vieille de six siècles, flanquée de quatre échauguettes d'angle et d'un chemin de ronde. Il s'élance en une flèche hexagonale un peu grêle, surmontée d'une croix et d'un coq gaulois, doublement gaulois là-haut, car trop petit, faisant la girouette. Cette vue panoramique avec ses vastes ouvertures sur les vallées présente un grand charme lénifiant et a beaucoup d'allure. On ne s'en lasse pas. Ce n'est pourtant pas de cet angle qu'il faut aborder la ville. Ce serait trop facile, et dans la hâte on y perdrait. Mieux vaut l'investir en venant du bas, le nez en l'air, non par la route Turgot devenue maintenant nationale, mais en empruntant au pied de la colline un chemin un peu délaissé resté tortueux et qui ne connaît guère le goudron. Il faut prendre la route royale, l'ancienne voie noble des carrosses, des hommes à cheval, et de la malle-poste, qui s'élève jusqu'à la naissance des remparts et les contourne dans un but évident qu'elle avait d'éviter à sa bourgade, dans le passé, les visites douteuses. Nous l'abandonnerons à temps pour pénétrer la ville.

Elle amorce sa montée lentement au milieu des prairies, mais très vite elle se limite, se canalise entre des murs de pierres sèches, et s'encaisse pour casser la côte en épingles vives, comme le ferait un vrai chemin de montagne qui se voudrait sérieux. Mais ses fossés sont garnis de fleurettes, et de ses murs gris sans ciment l'eau sourd aidant la fougère, la scolopendre et les myosotis à se fixer entre chaque pierre plate. On longe des murailles de soutien désunies, parfois éventrées, où les lézards grouillent et se faufilent dans les fentes. On marche à droite, on marche à gauche, cherchant une ombre capricieuse qui toujours se dérobe. On monte... On monte malgré tout, pris par la poésie des lieux, et lorsque le souffle un peu court on relève la tête, on est tout étonné ! Sans trop s'en rendre compte on a escaladé la pente. On est sous les murailles, sous les façades hautes, au pied même des remparts. Les murs surplombent, prudents, avares en fenêtres, sévères et continus, solidement fixés sur des fondations à toute épreuve qui naissent du rocher. On franchit les vestiges d'une porte étroite, et on est dans la ville. Le contraste est surprenant.

On fait un bond en arrière, on remonte le temps, on a quitté le siècle !

C'est un enchevêtrement de ruelles tortueuses, étroites, de vieilles demeures aux façades négligées, sans apprêt, sans crépis, percées de fenêtres minuscules et encadrées de vieux bois. À l'encontre des cités trop renommées, trop fréquentées, ici rien n'est sophistiqué, car l'on n'attend rien ni personne. Tout est resté à l'état pur et dans sa crasse et dans son jus. Des passages obscurs, couverts par des avancées de toits, séparent les maisons basses aux balcons douteux et rouillés, aux volets incertains. Il y a des glycines aux troncs noueux et centenaires et, de-ci, de-là, des géraniums qui pendent de pots insolites maladroitement fixés. Ça sent la fleur, le crottin, et le Moyen Âge. Le visiteur bute sur des escaliers qui empiètent, zigzague, s'engage sous des auvents aux poutres apparentes, longe des tours, emprunte des ogives et plonge dans le plus grand inattendu. Des marches irrégulières fuient dans toutes les directions, vers des descentes abruptes ou des rampes dures qui vous font hésiter. Au gré du terrain les perspectives surgissent et se modifient, et l'œil qui cherche sans cesse trouve à profusion. Là, c'est un petit oratoire dédié à une madone antique, naïve et souriante, privée de nez, sous son masque de pierre usé. Plus loin, c'est un porche roman qui découvre et encadre une placette bien équilibrée avec son abreuvoir au jet d'eau prostatique. Église désaffectée ornée encore de ses coquilles, vestiges Renaissance, chapelle du XIIIe, tout cela est noyé au milieu des façades rapiécées de torchis, des murs hernieux, des entrées de caves basses et voûtées, des venelles encombrées de bris d'ardoises, de cendres et de vaisselle cassée.

Ainsi l'on monte, intrigué, curieux, oubliant sans s'en rendre compte et son but et le temps, heurtant du pied la pierre et luxant le soulier.

On arrive au clocher.

C'est là que Donzenac, au cœur de la ville, en un croisement dangereux, s'éclaire et se crucifie sur ses deux routes. L'une est celle de Toulouse à Paris, elle appartient à l'étranger, aux touristes, et draine son flux et reflux saisonnier. L'autre nous appartient et va se divisant en direction de nos campagnes. L'église, la mairie, la poste, quelques cafés et de rares boutiques, aident à persuader que l'on est bien au centre. Il y a même depuis peu, au pied du poilu monument unique des deux guerres, un parking et le stationnement y est presque possible. C'est une petite concession à notre vie moderne. C'est dommage, mais pouvait-on faire autrement ? Hormis cela, tout le reste appartient sans contexte à l'autochtone, et un coup d'œil hasardé en quelque azimut que ce soit suffit à s'en convaincre. L'exiguïté et l'étroitesse des rues excluent toute intrusion intempestive ou bruyante dans des domaines réservés, où l'on ne peut aller qu'à pied si l'on veut ne profaner ni le droit des riverains, ni leurs habitudes. Des charrettes étudiées, de petits bourricots gris, des vaches traînant des entraves symboliques et connaissant bien lieux et obstacles, s'y aventurent pourtant. Elles vont là sans surveillance, sans dommage, en toute quiétude, se laissant même aller jusqu'à humer les géraniums, pendant que leurs gardiens, arrêtés suivant l'occasion, flânent ou font la causette. C'est à l'abri des curieux, des gens pressés, que la vie coule dans la ville à un rythme oublié de nos jours, et suivant des coutumes ancestrales qui ne se modifient pas.

Et voilà on se laisse entraîner ! Un peu de passion de la part de celui qui raconte, un peu d'imagination de la part de celui qui écoute, et cela suffit. Il ne faut tout de même pas se méprendre ! Donzenac est bien certes une vieille bourgade qui a sa place sur les cartes les plus anciennes, mais il ne faudrait tout de même pas voir en elle une place forte ou une citadelle à la Vauban, pourvue de fossés et de chemins de ronde, car vous seriez déçu. Non, son charme est d'un autre ordre, il est plus discret, il réside dans son immobilisme, dans son oubli du temps, dans son indifférence au progrès. Bien sûr, il y a bien une église des Pénitents, une vieille commanderie de l'Ordre de Malte, des limites de trois enceintes successives, d'ailleurs effacées par les siècles et les événements, et que l'on devine plus que l'on ne voit, mais il y a surtout de vieilles pierres, de vieux vestiges auxquels nulle main bien intentionnée n'a heureusement jamais touché. Tout cela a souffert, est en mauvais état, mais a su garder son charme et sa poésie.

Mal protégée par des murs d'escalade facile, venu du nord on pouvait l'investir en courant, la ville n'était autrefois qu'à l'abri des gueux, des vagabonds et des malades. Sans prétention belliqueuse elle aurait pu espérer ne jouer aucun rôle, c'eut été compter sans les autres, leurs passions, et les événements du moment.

Il était tentant pour tous de l'assaillir, l'on ne s'en priva pas. Son existence fut loin d'être paisible. Pillée pour avoir eu trop de fidélité pour un évêque, elle fut brûlée tantôt par les protestants, tantôt par les catholiques, et chaque fois elle eut ses réserves saccagées, ses hommes tués, et ses filles violées... Mais là encore gardons-nous de ne rien exagérer.

C'était, en ces rudes époques seigneuriales où l'on avait des loisirs, et où il fallait bien savoir les occuper, aventures assez courantes. La ville était mal placée. Turenne en voulait à Comborn, Comborn à Yssandon, Donzenac, à mi-chemin des trois, était le lieu idéal pour des rencontres où l'on réglait d'autant mieux ses querelles de voisins, ou de parents, que c'était sans dommage pour chacun. Cela constituait de petites sorties joyeuses, pas négligeables du tout dans cette région qui jouissait d'une renommée d'aisance méritée. On y revenait volontiers de bon cœur et on s'y attardait. Ces incursions étaient si fréquentes que la cité en avait pris l'habitude, possédait ses cachettes, ses réserves, et arrivait à parer avec assez d'aisance aux coups du sort.

Tout n'avait d'ailleurs pas la même importance, et, si l'on était sensible en ce qui touchait les provisions, on sacrifiait plus volontiers les filles à la joie des visiteurs car, bien que ce fût une arme à double tranchant puisque l'occupant, occupé, restait, tout le monde s'était bien rendu compte que c'était elles, en fin de compte, qui s'en tiraient le mieux. Certes, elles étaient toutes plus ou moins culbutées, plus ou moins malmenées, mais dans le fond aucune vraiment ne s'en plaignait. Pour celles qui étaient déjà prises avant l'assaut, cela n'avait plus d'importance, c'était même une aubaine, quant aux autres, ma foi, elles se faisaient une raison, et toutes en fait y prenaient du plaisir, se consolaient, voire regrettaient, et accouchaient gaillardement et sans remords.

L'assaillant parti, les filles pleines, les tonneaux vides, plusieurs années étaient par contre nécessaires pour rétablir et relever les ruines. Il fallait s'affairer, traîner les pierres, les bois de charpente, on s'en serait passé ! Mais tout n'était pas perdu pour autant, puisqu'on en profitait pour rénover, pour embellir, et reconstruire dans un plus grand confort. À tout malheur quelque chose était bon, et en vérité si de semblables cataclysmes avaient duré jusqu'à nos jours, l'habitant n'aurait pas été contraint comme il l'a été obligé de le faire depuis pour suivre le progrès, d'adopter la pilule en sautant le bidet.

Comme on le voit ces temps agités avaient leurs avantages. Tout n'allait pas si mal et, après qu'un effort avait tout remis en ordre, qu'un sang nouveau coulait dans la ville, on comprend que la cité pouvait encore se réjouir et reprendre avec assurance sa cigalière sérénité, et cela, elle le faisait avec d'autant plus d'aisance que son imperturbable confiance reposait sur de plus solides raisons.

La disette, alors, était en fait seule redoutée, et redoutable. Elle, plus que rien d'autre, était l'ennemie numéro un qui affaiblissait et donnait prise à tous les maux, à toutes les épidémies. Puis d'elle dépendait l'humeur, et ventre creux ne peut rendre que malheureux. Or, en ce domaine, la ville avait appris à s'en tirer. D'abord on trompait l'ennemi. On jeûnait devant lui quelques semaines pour retrouver, dès son départ, des réserves sorties pour un temps de mémoires, et puis on savait que de toute façon on n'aurait pas très longtemps à souffrir. Aux pieds même des murs, sur les coteaux schisteux, à portée de la main, Dieu allait, dès les premiers beaux jours, accomplir un miracle pour toute la cité. Sous un climat doux, à l'abri des vents, sur de petits lopins et de minuscules jardinets en étages, soutenus on ne sait trop comment, tout allait en effet repousser vigoureusement et vite, repourvoir à la félicité.

La terre qui entoure Donzenac est particulièrement caillouteuse, poreuse, l'eau y transpire curieusement de toute part, et le sol ne craint ni la pluie ni la sécheresse. Associée aux ardeurs du soleil, cette humidité salutaire aidée par un minimum de travail réalise sur la graine des prodiges sans caprices. Laitues, poireaux, courges et coloquintes gonflent à vue d'œil à chaque printemps et rappellent sans cesse à l'homme que la nature est généreuse, serviable, toujours renouvelée dans ses offrandes. Il y a là des légumes en abondance, des cerisiers, des pêchers, des pruniers, de vigoureux figuiers, tous chargés de fruits de qualité, gorgés de sucre et de soleil. Cette région présente un éclatement bucolique incomparable. Sur cet éden les guêpes bourdonnent, les abeilles s'affairent, les papillons abondent, et dans un excès de sève il n'est pas jusqu'à la plus humble touffe de violettes qui n'apporte à la fête sa contribution parfumée.

Comment voulez-vous être pessimiste avec cela ? Et ce n'est pas tout ! Imaginez-vous que tout : le long de ces pentes où chante l'alouette, faute de grands champs de blé, soignée avec ferveur, en rangs serrés, en espaliers épais ou en treilles ombreuses, grimpe avec ardeur une vigne séculaire incomparable en vivacité. Ces cépages ont des noms obscurs, sans grande lignée, mais sont si bien acclimatés qu'à chaque automne le raisin abonde sans jamais de défection. De ces vieux vignobles aux pieds épais et noueux, profondément fixés sur le rocher on tire un vin gris ayant un léger goût de pierre à fusil qui n'a jamais eu les honneurs du taste-vin ni du gobelet d'argent, mais que l'on consomme sur place d'une année à l'autre, sans se forcer. Vin sans étiquette, il n'a jamais eu le temps d'avoir droit à la renommée. C'est un vin du terroir, réservé au bonheur de ceux qui le cultivent. Mieux que du bouquet il a de la personnalité. On le croit faible : il n'en est rien ! Il pourrait même supporter la bouteille, et s'il ne le fait pas, c'est qu'on ne lui en laisse pas le temps. On le croit aigrelet, il n'en est encore rien. On doit s'habituer à lui, c'est tout, et ce que l'on jugeait à prime abord défaut devient bientôt fantaisie qui flatte le palais et chatouille la narine. Il faut ajouter à son avantage, que bu en quantité suffisante, et Dieu sait si l'on s'y laisse prendre, il sait faire tourner la tête sans pour autant vous donner la migraine et ne manque pas de vous rendre joyeux.

Voilà peut-être pourquoi les habitants de ces lieux bénis portent le nom de gamadoux. C'est grâce au soleil, grâce à leur vin que, comme les gamades, petites alouettes grises de leurs vignes, ils gardent en permanence de la joie tout au fond de leur cœur.

Donzenac, on pourrait s'en étonner, à l'encontre de bien d'autres bourgades, ne revendique aucune célébrité. Avec prudence tout au plus, on avance le nom d'un cardinal, celui du neveu d'un pape ! C'est peu… Faut-il s'en étonner ? Je ne crois pas, mais ce serait une grave erreur que de mettre cette carence sur un manque de valeurs locales ou sur des vapeurs de cuvier. Il y a d'autres raisons plus valables, plus sérieuses, et que l'on doit trouver dans la sérénité, dans la joie et dans la sagesse qui animent les gens de ce pays. Nul, en fait, n'a jamais été tenté d'aller chercher au loin, au prix de l'aventure, une notoriété dont il n'aurait eu que faire, et qui aurait pu lui coûter une partie de son bonheur.

C'est ça la vérité : il fait bien trop bon vivre chez nous !

Je me relis et je me dis, voilà un bien mauvais aperçu de ma campagne et de ma ville. C'est ici comme ailleurs ! Peut-on se montrer plus chauvin ? Que ne m'en suis-je tenu aux lignes prudentes de mon guide Michelin… Mais pouvais-je le faire réellement, alors que c'est là que le destin m'a fait naître un mercredi seize septembre mil neuf cent vingt, sous le signe de la Vierge, et l'œil inquiet de tous les miens ?

2

Si je considère les événements qui précédèrent ma naissance, je suis enclin à penser que seul le hasard m'a fait naître à l'ombre de mon clocher, dans cette enclave de nature si peu corrézienne dont je viens de parler. Mes parents néanmoins s'en défendent, et affirment qu'ils restèrent maîtres d'une situation pourtant bien compliquée. Je veux bien le croire mais j'en doute, et je pense fermement, que s'il en fut ainsi, la chance dut leur sourire plus d'une fois.

Surpris comme beaucoup de jeunes de leur âge, alors qu'amoureux, loin de toute pensée guerrière, ils supputaient le mariage et une carrière enseignante, ils durent surseoir à leurs projets, subir des fiançailles agitées, longues, interminables, dont la durée arbitraire fut imposée par la fatalité. Et c'est pour cela, qu'à la réflexion, je crois que j'aurais pu naître aussi bien avant que pendant, ou qu'après cette guerre de quatre ans, car il dut bien y avoir des occasions, bien des abandons et bien des précipitations dangereuses, mais le fait est là : je naquis bien après.

Je fus conçu peu de temps après leur mariage, mais il n'en est pas moins certain que je le fus dans une parfaite légalité, que mon incubation fut rigoureusement normale, et que je ne fus en aucune façon un prématuré douteux. Bien au contraire, je fus un retardé, un cas bien prévisible après cinq années de contraintes, de retenues et de fastidieuses patiences. Je fus, ma mère me l'a confié, et en garde encore, cinquante ans après, un souvenir ému, la conséquence et la concrétisation d'une longue et belle nuit d'insomnie, voulue, attendue, et désirée depuis longtemps.

Mon père avait vingt ans, très peu de barbe, et le brevet supérieur en 1914. Rien ne laissait prévoir en lui, ni le guerrier farouche, ni le poilu velu. Ce fut pourtant ce qu'il devait devenir.

Il ignorait tout des sports et des loisirs, en quelques mois il combla ces lacunes, apprit à courir, à jouer à la belote, à fumer tous les deux jours son paquet de gris, et dut sans avoir à donner son avis, devenir un soldat accompli. Enrôlé, instruit, déguisé en fantassin, pourvu d'une escouade, il put rejoindre le front en six mois.

Je crois qu'il partit sans beaucoup d'enthousiasme. On ne lui en demandait pas tant. D'ailleurs il dut s'y faire, puisque quatre ans après, il était encore dans des secteurs si avancés, que pour finir dignement, il trouva le moyen de s'adjuger une année supplémentaire de captivité.

Cette guerre fut pour ma mère une épreuve pénible, faite d'incertitudes et d'angoisses, et d'autant plus difficile que n'ayant pas autour d'elle, comme mon père l'agitation des premières lignes, elle avait le temps, elle, de penser. Il fallait relayer les maîtres manquants. À sa façon, ma mère fit son devoir et entreprit, pour vaincre son ennui, un tour complet du département, de commune en commune, de classe en classe, en effectuant des remplacements. Stagiaire à peine plus vieille que ses élèves, souvent moins grande qu'eux, elle fut ballottée, comblant des vides, assurant des services passagers et ingrats.

C'est là, à l'affût des nouvelles, qu'elle attendait dans l'anxiété les rares lettres qui arrivaient, les rares et courtes missives que seules permettait la vie déjà très remplie d'un soldat qui avait à la fois et sa peau et la France à sauver.

Le sort d'un jeune ménage d'enseignants repose sur une équation compliquée où le mariage, les enfants, et les années d'exercice entrent en jeu concurremment avec une certaine cote d'amour extrinsèque à l'affaire, et qui paradoxalement ne tient pas compte des sentiments réciproques des intéressés.

Sous les drapeaux victorieux, les années de mon père comptèrent double pour son ancienneté, mais ma mère, et c'était une injustice, n'eut droit à aucune compensation. Il en résultait au sein du jeune couple un décalage, l'un des éléments étant sorti du conflit prématurément vieilli alors que l'autre se trouvait rajeuni, et mon père, ayant négligé à l'armée de se faire des connaissances valables, le cas de mes parents s'avéra un mauvais cas.

Il existait aux confins du département un poste double dont personne ne voulait : il leur fut généreusement réservé et ils l'obtinrent du premier coup, pour le meilleur et pour le pire.

« Marie-Thérèse c'est malgré tout une affaire. Nous aurions pu être mieux placés mais séparés (ma mère en frémit). D'ailleurs tout cela n'est que provisoire. Nous demanderons notre changement à la première occasion, et d'ici là nous ne serons pas dérangés par les voisins. »

Ma mère eut une petite moue. Au fond, peu lui importaient les lieux. Seule la présence de son amour retrouvé comptait, et elle alla le cacher sans appréhension loin de tout, dans un coin déshérité d'un département déjà lui-même plus qu'ingrat, et ce provisoire devait durer vingt ans.

C'est dans l'ardeur du retour de cette épopée finissante que j'ai été fabriqué, un 25 décembre paraît-il, par une froide nuit d'hiver, sous le chaud confort de couvertures qui fit oublier toutes précautions. Il faisait bon au lit et un temps affreux au-dehors. Il y avait un lourd passif à rattraper. Mon père manœuvra tant et si bien que ce qui pouvait arriver, arriva, et que, ironie des choses, je fus conçu une nuit même de nativité.

*
* *

« Mais voyons, Paul, que veux-tu que ce soit ? Cela fait plus de quinze jours aujourd'hui, de pareils retards ne m'arrivent jamais ! »

Mon père se gratta longuement la nuque, ce qui était toujours chez lui un signe de grande perplexité. On a beau s'y attendre, cela vous donne tout de même un choc. Il faut s'y faire.

« Voyons, Marie-Thérèse, montre-moi ce calendrier. »

Les comptes bien en règle jusqu'à ce jour n'y étaient plus. La chose paraissait probable sinon évidente.

« C'est égal !

— Cela t'étonne ? Pourtant… Tiens, regarde, douze jours après ce trait la lune venait juste de changer de quartier.

— Que dis-tu, Marie-Thérèse, que dis-tu, la lune avait changé ? Dans ces conditions, Marie-Thérèse, nous pouvons nous attendre à une fille, j'ai entendu dire que cela ne trompait pas. Bien sûr cette déduction est empirique, mais découle de constatations populaires qui, paraît-il sont rarement en défaut, je suis content. »

Dans de pareilles dispositions, la grossesse de ma mère vite soupçonnée fut rapidement confirmée. On attendait une fille à la maison.

Marie-Thérèse acheta sans retard et sans hésitation de la laine bleue et, sans perdre un jour, se mit à tricoter tandis que Paul, sans trop savoir pourquoi, fit preuve d'abord d'une certaine fierté, puis d'une stérile nervosité qui l'amena, sans plus tarder, à consulter son livre d'hygiène familiale, ouvrage qui jusque-là l'avait laissé indifférent.

« G... Marie-Thérèse j'y suis, GÂ, GÂTEUX, GÂTISME, GESTATION, voilà, j'y suis, page 28. "Gestation : se dit de la période comprise entre la conception et la mise bas. Différente suivant les espèces, elle est de soixante jours chez le chat comme chez le chien, de deux cent quatre-vingts jours chez la femme tout comme chez la vache." Marie-Thérèse, il est recommandé de porter des vêtements amples, et il est dit que l'accident majeur en cours de grossesse est la crise d'éclampsie. Tu dois vérifier dès demain tes urines. Voyons, "une cuillerée d'urine chauffée avec un peu de vinaigre doit donner une première indication". Il est précisé que l'albumine est insidieuse, tu entends : insidieuse. N'as-tu pas les jambes un peu enflées ? »

Marie-Thérèse répondit qu'elle n'avait rien aux jambes et qu'elle se refusait d'uriner dans une cuillère, même à soupe, et que tout allait très bien pour elle, à son avis.

« Bon, puisque tu ne veux rien entendre, et ce n'est pas prudent, je vais faire venir le médecin. »

Consulté deux ou trois mois après cette décision énergique, l'homme de l'art ne détecta rien, et ne put que confirmer ce qui pour tous était devenu évident.

« Certes, il faudra faire des analyses mais rien ne presse, et l'état de santé de cette jeune mère ne me paraît pas inquiétant. »

*
* *

De ma vie intra-utérine, de cette période de repli sur soi-même, réputée si riche en influences occultes, je ne garde malheureusement aucun souvenir. Je suis obligé de faire confiance en ce que l'on m'a rapporté. Son déroulement fut, paraît-il, normal, et c'est au cours des trois premiers mois qu'inconscient encore, mais déjà serviable, je rendis, m'a-t-on dit, mon premier service à mes parents.

Une élève enceinte au pensionnat !

Lorsque ma mère révéla à Mlle la directrice la raison de son embonpoint, Mlle la directrice, vieille fille endurcie, et cela voulait dire quelque chose à l'époque, en eut le souffle coupé, eut besoin de sels, et perdit le sommeil pour plusieurs nuits. Jamais pareille aventure ne s'était encore produite. Une femme mariée, c'était déjà un danger, légalement enceinte, c'était un comble ! Venue pour un stage de plusieurs mois dans un but de perfectionnement pédagogique que la loi lui imposait, avouez qu'il y avait de quoi. Certes, cela n'avait rien d'immoral, mais Mlle la directrice avait charge d'âmes. Outre l'intérêt que je pouvais susciter, j'étais le ver dans le fruit, ma mère, trop évoluée pour un milieu d'éléments candides ou supposés tels, et qui devait à tout prix le rester, constituait un danger.

C'était un cas. Nous n'étions, de l'avis de Mlle la directrice, à notre place ni l'un ni l'autre. On en référa à l'Académie en un rapport de six pages d'une grande fermeté. Le stage de ma mère fut écourté, considéré comme acquis, et la future maman qui, imperturbable au cours de ses loisirs continuait à confectionner de petits chaussons, se vit signifier à sa grande satisfaction notre départ vers nos foyers. Nous étions renvoyés.

La joie de Paul à l'annonce de notre retour fut sans limite. Il interrompit sans regret une cure d'omelettes qui, en trois semaines, aurait dû le dégoûter à tout jamais des œufs, et notre entrée à la maison fut triomphale, appréciée et fêtée d'autant plus dignement que cela ne comportait vraiment aucun danger.

Ma mère prit rapidement de l'importance et fit même des progrès si spectaculaires, qu'un sens unique autour de la table de la cuisine pourtant vaste, fut sérieusement envisagé.

« Marie-Thérèse, ce vinaigre de vin même dans un tube à essai gâche par sa coloration tous mes résultats. Il nous faudrait un vinaigre de cidre. Sais-tu qui pourrait en avoir ici ? »

Renseignements pris auprès des voisins, personne n'en avait.

« Je donnerai demain un flacon au facteur. C'est un brave homme qui nous rendra bien le service de l'apporter à la pharmacie. Je serai plus tranquille. Trouve-moi ce qu'il faut, un quart de litre si tu n'as rien d'autre, ça suffira. »

Notre facteur, trait d'union quotidien entre la ville et le village, ne se fit pas prier. C'était le genre de petit service qu'il rendait journellement, avec bonhomie, pour la joie de faire plaisir.

« Donnez-moi ça, je vous rapporte demain le résultat. »

C'était être optimiste.

Comment fit-il ? Nul ne le sut jamais, le flacon se perdit. Abandonné probablement sur quelque table ou banc de ferme, à moins qu'il n'ait été remis en lieu et place de quelque potion ou liniment.

Il en réclama, confus, un second le lendemain, que ma mère rougissante lui remit séance tenante et encore chaud. Mais lorsque les éléments sont contre, il n'y a rien à faire contre eux.

Mal bouché ou trop malmené au cours d'un parcours difficile au milieu d'un courrier épais, cette fois le flacon se vida ! Heureusement il pleuvait, cela arrangea bien les choses.

C'en était trop. Le commissionnaire était navré. Il n'eut pas le courage de l'aveu. Après tout, tout cela ne devait pas avoir tellement d'importance. Il rapporta, après deux jours de réflexion, une réponse verbale rassurante accompagnée des amitiés du pharmacien qui, pour si peu de chose, n'avait pas voulu être payé.

Mon père offrit un verre, du rouge, du onze degrés, à notre facteur qui en but deux, le second pour noyer le premier qu'un remords avait rendu amer, et puis, parce que ce n'était pas dans ses habitudes de refuser ou de faire des façons, et que toute autre attitude de sa part aurait paru plus que suspecte.

Mère et enfant se passèrent d'analyse. Paul fut rassuré.

*

* *

« Mais enfin, Marie-Thérèse, pourquoi ne l'as-tu pas dit hier matin ? Que sens-tu exactement ? »

Paul, les tempes en sueur, s'épongeait, s'agitait, visiblement inquiet.

« Mais, je t'assure Paul, ce n'est rien. À peine quelques douleurs là et au creux des reins. Tu peux bien me croire, ce n'est pas sérieux et puis, voyons, je ne suis que dans mes huit mois tout de même. Je ressens ces douleurs de temps en temps depuis quelques semaines. Je te dis que ce n'est rien.

— Et tu attends dimanche pour me dire ça. Pourvu que l'on trouve le médecin ! »

Un des vélos juvéniles du village fonçait déjà, porteur d'une missive impérative, soulignant l'urgence de la situation.

« Et voilà, j'en étais sûr ! Le médecin n'est pas chez lui. »

Le médecin était à la pêche. Il passerait sans tarder.

Mon père, pour une fois, maudit pêche, pêcheurs et poissons.

« Marie-Thérèse, assieds-toi là, sur ce fauteuil en rotin, ne bouge pas et ne te lève pas. En cas de douleurs retiens-toi. Comment te sens-tu ? »

Marie-Thérèse se sentait bien, et elle devait se retenir encore un mois.

« Marie-Thérèse, tu ne me feras pas croire qu'il pêche à cette heure ? Nous changerons de médecin.

— Mais Paul, il n'y en a pas d'autres à moins de trente kilomètres. Je suis très bien. Crois-tu qu'il ne vaudrait pas mieux dormir ? »

Il arriva le lendemain, jovial, et rassura celui qui, l'humeur mauvaise, l'avait attendu toute la nuit.

« Rien de grave tout cela, quelques tranchées utérines, c'est fréquent en fin de grossesse. Tout va bien, allons, tout va très bien. Il ne faut pas s'énerver comme ça, allons, allons que diable ! Un accouchement demande plusieurs heures, on a le temps de se retourner. »

Paul ne l'entendait pas ainsi. La perspective de se trouver seul avec une affaire semblable sur les bras, une affaire dont il ignorait le moindre détail, l'affolait. Il y avait eu ce mot inquiétant : « des tranchées ». Il était sensibilisé. Loin de le rassurer, il constituait pour lui une menace supplémentaire, et tout ce discours, au lieu de l'apaiser, acheva de le persuader que le moment des décisions énergiques, sinon urgentes, était arrivé.

Ma mère accoucherait à Donzenac, dans un pays civilisé, où elle pouvait compter, à tout moment, sur une sage-femme et au besoin sur un médecin, qui ne pêchait pas celui-là. Et, sur papier inspecteur, le jour même, mon père calligraphiait en formules académiques à Monsieur l'Inspecteur, une demande de congé exceptionnel pour la future mère qui ne pourrait assurer à la rentrée d'octobre ses devoirs pédagogiques, pour des raisons de santé. Puis, conscient du devoir accompli et n'ayant plus rien à faire, il se plongea dans sa dernière acquisition, le gros *Larousse* en quatre volumes, monument de connaissances auquel il venait de consacrer ses dernières économies.

Mais Paul était polarisé.

« C'est quand même malheureux de voir ça, n'être pas encore d'accord sur un point si précis d'un problème qui se pose toutes les secondes, depuis que le monde est monde, et que naissent des enfants. Tiens-toi bien Marie-Thérèse, alors que je lis : "Pour la truie, trois mois trois semaines et trois jours" (ça, c'est de la précision), d'après le gros *Larousse*, je trouve de 270 à 280 jours pour la femme, et encore on ne précise pas s'il faut compter du début ou de la fin des règles. Tu m'avoueras que c'est un peu fort. »

On compta... On recompta... Il semblait bien que je pouvais avoir droit jusqu'au 10.

Notre départ fut fixé d'un commun accord au premier et cela à la plus grande satisfaction de ma mère que les inquiétudes maritales commençaient à impressionner, sinon à agacer.

Ma mère et moi, inséparables, partirions en éclaireur, Paul, disponible, quelques menus problèmes réglés, suivrait dans quelques jours.

*

* *

On a beau être une jeune épouse comblée à laquelle rien ne manque, au standing affectif élevé, hautement garanti et dûment prouvé, un plongeon dans le milieu familial équivaut à un bain de jouvence. Ma mère n'y échappa pas et, avec les siens, retrouva en quelques heures et son sourire et sa tranquillité.

L'émotion était pourtant grande à la maison. Nous étions attendus. Quand je dis nous, c'est par modestie, par discrétion, car en vérité, c'était moi, et moi seul, qu'on attendait, et j'étais bien l'élément attractif capital du moment. J'aurais pu en tirer de l'orgueil, il n'en fut rien, n'étais-je pourtant pas la petite fille n° 1 d'une lignée qui ne pouvait moins faire que de me succéder ?

« Qui désire le fruit beau, soigne l'arbre. » Ma mère fut, dès son arrivée, entourée, choyée, dorlotée, et elle se laissa faire. On nous installa à l'étage, dans la chambre la plus confortable, la plus vaste, la plus bruyante aussi, face à la place, face au poilu de 14, peut-être dans une intention délicate à l'adresse de Paul, peut-être aussi parce qu'elle était, au haut de l'escalier, la pièce la plus accessible de la maison.

« Vous serez bien ici. Nous avons mis son berceau dans l'angle droit, à cause de la lumière. Qu'en penses-tu ? Il sera ainsi à ta portée. »

Marie-Thérèse ne pensait rien, trouvait tout cela très bien. En vérité, elle m'oubliait. Son insouciance devenait communicative. On chercha bien au début quelques prénoms, et ma qualité ne faisant aucun doute, on proposa : Françoise, Simone, Denise, pour retenir, à la réflexion, Mireille, qui, sans être prétentieux, n'était pas commun dans la région, puis assez vite on me perdit de vue.

Les choses auraient pu en rester là sans l'arrivée de mon père. Heureusement, Paul veillait. Heureusement, Paul ne perdait pas l'objectif. Heureusement, Paul pensait au grain. Son débarquement devait rapidement rendre à chaque chose son importance.

« Où en es-tu Marie-Thérèse ? Qu'en pense la sage-femme ? »

C'était le pavé dans la mare aux grenouilles ! On avait oublié, et c'était vrai, on avait oublié. Marie-Thérèse paraissait si bien, la sage-femme était si près ! On avait omis même de la prévenir.

Paul leva les bras au ciel.

« Mais enfin ! Voyons ! On est déjà le 8, y pensez-vous ? »

Appelée d'urgence, la matronne arriva, vérifia, et confirma les augures.

« Tout s'annonce normalement, l'enfant est bien tourné (cela mérite d'être noté, je l'ai été si souvent mal depuis), rien ne laisse prévoir la moindre difficulté. Ce n'est pas encore le moment. On s'approche du terme mais on n'y est pas encore. Patientons. »

Paul ne comprenait plus. Il exposa, papier en main, ses calculs. Les arguments de Mlle D... furent péremptoires, « il fallait encore ajouter douze jours pour être dans les temps, et tout de même ne pas confondre règle et ovulation ».

Paul était consterné.

« Marie-Thérèse, tu m'avoueras qu'il y aurait tout de même quelque chose à faire en ce domaine. Nous sommes, reconnais-le, mal informés, que dis-je, nous ne sommes pas informés du tout. J'ai vu, l'autre jour en librairie, un opuscule que je crois valable, traitant de "la question", j'hésitais, mais je crois bien que je vais l'acheter. »

C'est ainsi que *Au Service de l'Amour*, édition n° 30, devait entrer à la maison.

Paul, précurseur, devait y trouver en avant-garde, bien avant la mise en route de toute éducation sexuelle sérieuse, le « B.A.-BA », sinon efficace, du moins rassurant de ses futures évolutions, tout comme par la suite, négligemment et peut-être volontairement laissé à notre portée (les choses ayant peu évolué), nous devions à notre tour y trouver, mon frère et moi, matière à curiosité puis à conclusions pratiques, précieuses pour nos juvéniles années.

Paul, oisif, tournait, mû par un sentiment indéfinissable où perçait une pointe de culpabilité qui, au fil du temps, se transformait en agressivité. Il devenait évident pour tous que le valeureux soldat qui avait supporté si virilement et sans fléchir quatre ans d'une guerre impossible, ne soutiendrait ni l'attente, ni l'épreuve des quelques heures qui se préparaient.

« Paul, tu devrais profiter de ces quatre ou cinq jours de battement pour te rendre chez toi, et régler avant la rentrée des classes les décisions à prendre pour tes frères et tes sœurs. Cela te fait une petite semaine, je crois que c'est le moment où jamais de t'en occuper. Après tu n'auras plus le temps. »

Ma mère venait de prendre une initiative dont tout l'entourage sentait l'impérieuse nécessité.

« Je veux bien, Marie-Thérèse, je veux bien, mais à la condition formelle que tu me feras prévenir à la première alerte, à la première alerte, c'est bien promis. »

Marie-Thérèse promit tout, et Paul, après s'être fait tirer encore un peu l'oreille, pour le principe, partit soulagé, bien convaincu d'ailleurs en lui-même que je serais enfin né à son retour.

*

* *

Cette fois ça y était ! L'alerte était donnée. Le plan Orsec était en action, et Paul venait à peine de tourner les talons que ma mère, par de petites grimaces silencieuses mais significatives, annonçait qu'elle allait bousculer les prévisions les plus rigoureuses et les mieux étudiées.

Rien n'avait échappé à ma grand-mère qui, vigilante, l'observait sous ses lunettes en tricotant, et c'était vers Espérut, un village voisin, qu'elle galopait sans perdre une seconde, vers la tante Suzanne, première bouée de sécurité prévue sur le chemin des événements.

Ces événements peuvent paraître à tous sans grande importance, ils en eurent pourtant beaucoup pour moi, puisque de leur bon déroulement ma vie dépendait. Qu'on ne m'en veuille donc pas si je m'y attarde un tantinet.

Parler de ma venue au monde sans parler de la tante Suzanne serait un sacrilège, non qu'elle ait eu à y jouer un rôle quelconque, non qu'elle ait eu à y prendre la plus petite part active, mais parce que sa présence, à elle seule, devait suffire à transformer cette épreuve, à en garantir le succès, à élever cet acte rudimentaire de prolongation de l'espèce d'une désespérante banalité, en un acte de foi de la plus haute spiritualité. Elle fut le talisman, la fée bénéfique du moment. Tante Suzanne était âgée, ridée comme une pomme de printemps, petite mais alerte, et après ce que je viens de dire, je crois superflu d'ajouter qu'elle était animée d'une très grande foi.

Ce n'était pourtant pas pour cette raison que ma grand-mère allait vers elle à un rythme marathonien.

Elle allait à elle, car la tante Suzanne, outre un ascendant affectif certain sur ma mère, ascendant dont on pouvait avoir besoin, possédait l'expérience en matière d'accouchement, ou du moins il était dit qu'elle l'avait.

En fait d'expérience, tante Suzanne en avait en vérité fort peu. Certes, elle avait eu deux enfants, mais ma grand-mère en avait eu quatre, et ce n'était donc pas de ses propres maternités que lui venait la considération dont elle jouissait. Cette notoriété, elle la devait à une aventure fortuite, à un hasard, à une situation tragique où elle avait dû, chez une de ses voisines, prendre des responsabilités et oser couper, en l'absence de personne, un cordon ombilical entre deux fils de lin mis à la hâte ; et un peu au petit bonheur.

À l'occasion de cet exploit peu banal, le médecin récupéré en toute hâte l'avait félicitée, et lui avait même, après avoir loué sa présence d'esprit et son sang-froid, donné de bouche à oreille quelques conseils que personne n'avait entendus. Cette prouesse avait été commentée et, contre son gré, avait fait le tour de la commune. Depuis ce jour, tante Suzanne était restée auréolée d'une renommée d'efficacité d'autant mieux établie qu'elle n'avait jamais eue à se renouveler.

On comprend donc facilement pourquoi elle avait été pressentie pour la circonstance, et pourquoi ma grand-mère, qui ne voulait négliger aucun élément favorable, s'était assurée depuis longtemps son concours.

Tante Suzanne, l'aurait-elle voulu, n'aurait pu se dérober, aussi ne fut-elle pas surprise en voyant poindre sa sœur agitée et aphone. Même sans discours, elle comprit, et, bien qu'elle soit grandement prévenue, ses réactions n'en furent pas moins surprenantes. On aurait pu s'attendre à ce qu'elle cherchât fil ou ciseaux, il n'en fut rien ! Dans le plus grand désarroi, préférant sans doute s'en remettre à Dieu dans ces aventures dont elle avait eu tout le temps de mesurer les risques, elle se saisit de son chapelet et, sans laisser à sa sœur le temps d'articuler, elle lui emboîta le pas sur le chemin du retour.

« Marie-Thérèse est en douleurs ?

— Évidemment, si je suis venue te chercher.

— As-tu prévenu Mlle D... ?

— Pas encore. Ça commence à peine, et puis tu es là.

— Taratata, il faut l'appeler immédiatement. On ne sait jamais, et je t'avertis, je viens parce que je dois venir, mais je ne quitterai pas la cuisine. Ne compte sur moi pour rien. »

Ce colloque haletant ne manquait pas de courage, car si tante Suzanne ne se connaissait que peu d'ennemis, elle en était au moins assurée de deux : le diable et Mlle D...

Contre le diable, elle savait comment s'en sortir, d'un signe de croix, elle jugulait ses effets, puis elle était pourvue de son chapelet et d'un sérieux amas de médailles toutes bénies, qui ne la quittaient ni jour ni nuit. Mais avec Mlle D... c'était une autre affaire, elle était démunie puisqu'elle n'avait pour elle que sa bonne foi. Enfin, par comble de malheur, si elle rencontrait peu le diable, elle croisait, par contre, souvent Mlle D... au détour des chemins et le coup d'œil dont elle était alors gratifiée lui rappelait clairement que quinze ans après on n'oubliait rien, et qu'on n'avait pas encore pardonné son intrusion, même urgente, sur un cordon d'autrui. Tante Suzanne avait marché sur les plates-bandes réservées, usurpé des droits que trois années de faculté avaient conférés, et porté, du même coup atteinte à des prérogatives.

Mlle D… n'aimait pas tante Suzanne. Tante Suzanne craignait Mlle D… La réclamer était de l'héroïsme.

La vue de Marie-Thérèse rassura tante Suzanne. La vue de tante Suzanne rassura Marie-Thérèse.

L'objet pieux déjà égrené en pleine course disparut discrètement. L'heure de la prière n'était pas encore venue, celle de Mlle D… non plus. Tante Suzanne en profitait. Avec elle un ange venait d'entrer. On parla tricot, on parla layette. Une lénifiante accalmie se produisit mais, inexorable, le temps passait et il fallut bien se rendre à l'évidence : Marie-Thérèse ne participait plus. Elle avait repris son dictionnaire familial qu'elle aurait dû savoir par cœur, tant elle l'avait parcouru ces jours derniers. « Accouchement : action d'accoucher – Enfantement – durée normale de douze à seize heures chez la primipare – variable chez la multipare. » Marie-Thérèse venait d'éclater en sanglots.

« Je n'y tiendrai pas ! »

*

* *

Mlle D… avait pris définitivement ses quartiers devant la fenêtre, un poste d'observation idéal qui, s'il n'était pas discret, permettait l'interpellation et la conversation jusque sur la place, ce qui fit qu'en un rien de temps la ville entière sut l'imminence de mon arrivée.

« Ah ! vous avez expédié le mari ? vous avez bien fait. Ils compliquent tout, ils sèment la panique (à n'en pas douter, Mlle D… avait des mœurs d'hyménoptère ou de mante religieuse, elle en voulait aux mâles dans leur totalité). Gênants et inutiles, voilà ce qu'ils sont. »

Mlle D… monologuait, morigénait, régnait sur la maison, et tout le monde s'était prudemment esquivé. Mon oncle et mon grand-père avaient gagné leur vigne pour la journée, mes tantes étaient parties en visite prolongée chez des amies, et ma grand-mère, qui tenait habituellement une petite épicerie, avait fermé son magasin et allait seule, sans bruit dans la maison, de l'armoire au lit, et du lit à l'armoire, sans piper mot. Tante Suzanne enfin avait disparu, on aurait pu la croire volatilisée. En fait, il n'en était rien. À jeun, dans un esprit de grande pénitence, elle avait repris dans la cuisine et dans le noir chapelet et prières, entrecoupant le tout, elle pourtant si humble et si timide, non plus de vœux ou de suppliques, mais de diktats qu'elle adressait au mieux à Dieu, à son fils, ou à la Sainte Vierge par salves de mises en demeure. « Je veux que ça se passe bien. Vous le pouvez et je le veux. Faites ça pour moi. Je ferai quelque chose pour vous ; tenez, vous ne manquerez ni de fleurs ni de cierges dans votre chapelle durant un mois. Je m'y engage. »

Les douleurs de ma mère se faisaient fréquentes, bruyantes, et on avait dû fermer fenêtres et volets.

Mlle D..., sans que l'on puisse définir la part du raisonnable et du sadisme, jubilait.

« Parfait ma petite, parfait, allons donc, un peu de courage ! Ce soir, tout sera terminé. »

Ses prévisions étaient formelles, nettement optimistes, et en aucun cas ne comportaient l'amputation de sa nuit.

Son euphorie mal mesurée la perdit.

« Ce soir tout sera fini et vous allez pouvoir rappeler le mari. Il est peut-être un peu tard, mais il sera là demain matin, après la bataille. »

Marie-Thérèse hurlait.

La missive atteint Paul à la nuit. Il n'y avait plus de trains, les nouvelles étaient rassurantes, tout homme raisonnable aurait attendu le lendemain, mais mon père ne l'était pas, et c'était compter sans sa nature bouillante et d'action. Quarante kilomètres pour un fantassin entraîné et reposé n'étaient pas un obstacle. Sans hésitation, il prit la route à pied. Ce chemin, il l'avait déjà fait souvent dans le seul espoir d'un baiser de ma mère, il le connaissait bien, la nuit était belle, il pulvérisa ses records et les lumières brillaient encore à toutes les fenêtres de la maison, témoignant d'une insomnie collective, lorsqu'il arriva au petit matin, fier de sa performance et du devoir accompli. Il s'attendait à des félicitations, à un émerveillement général, ses illusions tombèrent d'un coup, les préoccupations familiales étaient ailleurs. Le drame atteignait son apogée !

Marie-Thérèse, à bout de forces, vaincue par la fatigue, après avoir subi avec docilité les conseils de Mlle D…, renonçait, certaine que tout dorénavant ne servait plus à rien et, par un curieux effet des choses, acceptait la situation. Elle ne se plaignait plus et, résignée, n'aspirait plus qu'à une chose : dormir en paix.

Et je n'étais pas là !

Mlle D… cachait mal son inquiétude, il était évident que l'on était à un point mort et que la situation se dégradait. Tout le monde paraissait impuissant et consterné. Paul comprit. Paul prit conscience du drame et c'est alors que, sans manifestations préalables, ni douleurs apparentes, alors que l'on s'y attendait le moins, que Marie-Thérèse ne disait plus rien, qu'à son tour il hurla…

Mlle D… en avait pourtant vu d'autres, mais elle fut effrayée. Tante Suzanne abandonna ses prières et ma grand-mère s'en boucha les oreilles. Il faut reconnaître qu'il y avait de quoi ! Quand Paul hurlait cela faisait beaucoup de bruit, car habitué à conduire ses hommes au plus fort des attaques sous le vacarme des obus, il mesurait mal la portée de sa voix. Le poilu de bronze de la place dut en frémir sur sa base.

Mlle D… réalisa sur le champ qu'il convenait de se ressaisir, de brûler ses dernières cartouches s'il en restait, de découvrir ses batteries, d'en sortir enfin et à tout prix.

« Il faut aller chercher le médecin. »

La phrase était dite ! La fièvre tomba d'un coup. Mon père se tut. Ma mère en profita pour se plonger dans un petit somme puisqu'enfin on la laissait en paix.

*
* *

C'était un homme d'une cinquantaine d'années, petit, sec, dont l'énergie se lisait dans les yeux et se traduisait dans la vivacité du geste. Il sentit qu'il y avait de l'électricité dans l'air, une situation à redresser. Il s'en acquitta magistralement. Sans grand discours, il complimenta devant tous Mlle D..., dont la patience, le jugement et le savoir venaient d'être encore une fois manifestement mis à l'épreuve et démontrés. Il proclama très bas, mais de façon que tout le monde l'entende, que ces quelques heures d'attente avaient été plus qu'utiles à une dilatation obscure peut-être, mais indispensable avant tout travail, mais qu'enfin... maintenant... peut-être on pouvait y aller.

Mlle D... se rengorgea et décocha à mon père un regard assassin. Tout se passa dès lors très vite. Puisqu'il fallait s'occuper de moi, on allait le faire. En une dizaine de minutes je fus repéré, saisi, tracté, et sans plus de ménagement je dus, bon gré mal gré, faire mon entrée dans la vie. J'arrivais tête première, à moitié étranglé par mon amarre. Il était temps ! Mon autonomie me fut accordée d'emblée.

Mon sablier venait de se retourner.

J'étais indifférent, cela me valut une première correction à mains plates. Je fus giflé, frotté, pendu par les pieds. À tout cela je ne réagis que par quelques bulles de dédain. Il ne restait plus, devant un entêtement pareil, qu'à m'infliger un traitement magistral, et j'y eus droit. Ces messieurs de la Gestapo ont dû s'inspirer du système. On me plongea, en me soutenant toutefois la tête, dans un bain d'abord délicieusement tiède puis, sans crier gare, dans un autre littéralement glacé. C'en était trop ! Je pris mon élan, je me raidis, et rouge de fureur des pieds à la tête, à la satisfaction générale, à mon tour je hurlai.

À mes cris, mon père se précipita dans la chambre comme si je risquais d'échapper et, dès la porte, ce fut le choc, puis la déception. Pendu par les pieds, je continuais bien de brailler en son honneur, mais cela sautait aux yeux, je n'avais rien de ma sœur. La lune nous avait trahis. Des attributs modestes certes, mais suffisants, en témoignaient à l'évidence.

« Marie-Thérèse, c'est un garçon ! Ah ! merde ! Nous qui comptions sur une fille !

— Eh bien Paul, on s'en accommodera. Viens m'embrasser. »

Marie-Thérèse, soulagée, heureuse, paraissait sans regret, et, mon Dieu, n'avait pas l'air d'accorder trop d'importance à un détail qui devait pourtant s'avérer essentiel pour moi dans la vie. Contre mauvaise fortune bon cœur. Paul se rallia, il faut bien le dire, assez vite à ces raisons. Il n'y avait d'ailleurs rien d'autre à faire.

« Paul, c'est un garçon superbe. Il est beau. Il vous ressemble, c'est inimaginable. »

Mlle D... elle-même en convenait après ma grand-mère. Des mots pareils, même après une déception, font vibrer des fibres profondes et vous vont droit au cœur. Paul éprouva à les entendre, parce que j'étais beau : de l'orgueil, et parce que je lui ressemblais : une grande sinon légitime fierté. Je restais pour ma part indifférent. Les flatteries ne m'atteignaient pas encore, j'étais laid, j'avais les yeux bouffis, un crâne long, que j'ai perdu, un air ahuri qui m'est resté.

Je fus examiné, tourné, retourné sous toutes les coutures au cours d'une toilette minutieuse, puis ficelé et saucissonné à la mode corrézienne, les bras le long du corps pour que je ne puisse ni me griffer, ni me mettre les doigts dans les trous du nez et j'eus droit, passant de bras en bras, aux accolades familiales avant que d'aller atterrir, sous les yeux attentifs de ma mère, sur la plume de mon berceau.

On sabla le champagne. On mangea des gâteaux. Tante Suzanne osa même paraître alors qu'au pied du lit de ma mère encore bien pâle, Paul et Mlle D... célébraient leur réconciliation.

Notre médecin s'en allait. Il eut un bref coup d'œil pour ma mère « qu'il laissait entre de bonnes mains », mais il se pencha plus longuement sur moi. J'avais œuvré et, en quelques quarts d'heure, déjà ennemi de la contrainte, je m'étais si adroitement démené, que j'avais réussi à libérer un de mes bras et que je lui faisais, tant bien que mal, de mes cinq petits doigts en éventail, un magistral pied de nez. Il n'eut l'air de se soucier ni de lui ni même de la volumineuse bosse qui déformait mon pauvre crâne pelé, seule une écorchure minime, derrière l'oreille, laissée par une branche de sa ferraille, l'intéressait. Il la regarda avec attention. Cette éraflure dut longtemps le tracasser car, homme consciencieux parmi les consciencieux, il devait, des années durant, à chacune de nos rencontres, systématiquement rechercher cette marque où les cheveux ne poussaient pas. Avec le temps, j'aurais pourtant aimé que cette habitude lui passe puisque chaque jour, lorsque j'étais à Donzenac, je lui devais les mêmes ennuis d'une toilette minutieuse à laquelle il n'était pas question de se soustraire, qui me déplaisait et de surcroît gênait mes évolutions.

« Viens ici que je te lave, que tout de même tu ne me fasses pas honte si tu rencontres le médecin. »

Au diable soient les manies des médecins !

Mireille ne pouvait évidemment me convenir. On se référa au calendrier des postes, devenu aujourd'hui celui des P. et T. Mercredi 16 septembre : Sainte Édith... On était dans l'impasse ! Le calendrier révolutionnaire m'aurait doté d'autorité du nom de « Panier », ce n'était ni pensable ni sérieux. On se replongea dans les recherches individuelles et, chacun ayant son idée, ce ne fut pas un nom qu'on me trouva mais un véritable pedigree. Un pedigree solide où toutefois figurait le prénom de Paul, entre ceux de mes deux grands-pères. Cela avait du moins l'avantage de fixer mes origines avec une incontestable précision. Il fut convenu après concession que sur le tas on retiendrait Louis. C'était sans grande originalité bien sûr, mais sans difficulté pour les mémoires et ma foi, pour un garçon, on pouvait s'en accommoder.

J'étais pourvu. Il ne restait plus qu'à officialiser tout cela et à me baptiser, c'est ce que l'on fit huit jours après ma naissance, cette cérémonie étant déterminée dans le temps par la rentrée d'octobre et les activités pédagogiques de mes parents. Comme j'avais déjà mes habitudes, je me comportai mal avant, pendant et après le sacrement durant lequel, renonçant au démon, à ses œuvres et à ses pompes, on me lava du péché originel. Est-ce parce que je ne me sentais pas responsable ? Est-ce parce que l'on m'inondait le cou ? Toujours est-il que je protestai avec vigueur et que les voûtes de l'église résonnèrent de mes cris. Je me mis dans un tel état que l'on crut que j'allais prendre mal, mériter prématurément le ciel, ou tout au moins quelque hernie. Ma mère, dont c'était les premiers pas, dut retrouver assez de force pour me ramener si précipitamment à mon berceau, que tous ceux qui nous virent passer purent croire que je venais d'échapper à quelque grave maléfice.

Le reste de la soirée, où je ne fis qu'une brève apparition, fut d'une meilleure tenue. Ce fut une belle table et, paraît-il, un bon repas. Mlle D..., invitée d'honneur, entretint une bonne humeur permanente, et tante Suzanne, faisant pour une fois fi du péché de gourmandise, dévora à elle seule un demi saint-honoré.

Le petit vin donzenacois coula abondant et tout le monde s'y laissa prendre. Les enfants furent malades, mon père gai seulement, mais si gai qu'il devait tout de même à la fin du repas, à la surprise générale, sur un air très personnel, bien que sur des paroles classiques, entonner avec force et sans se faire prier *La Madelon de la Victoire* : la seule chanson qu'il connaissait.

3

Mon père devait repartir seul, c'était prévu, mais il partit anxieux, et ça ce ne l'était pas. Marie-Thérèse avait probablement mal présumé de ses forces, avait un peu de fièvre, et se plaignait d'une légère douleur à la jambe. Elle avait dû regagner le lit, avec des consignes sévères, et on lui avait posé une bonne demi-douzaine de sangsues. Il n'était question ni de transiger ni de tricher.

« Trois semaines de repos complet, sans bouger, et vous vous en tirez avec la peur ; une imprudence, et vous aurez droit à une gouttière et à trois mois de lit... Vous êtes prévenue. »

C'était dur, brutal, mais nécessaire.

J'étais là heureusement pour lui entretenir le moral et la distraire par mes exigences, mes caprices aussi inexplicables qu'imprévisibles. Je crois que ce fut une des périodes les plus longues où il nous fut donné de profiter l'un de l'autre aussi totalement. Marie-Thérèse, dans le fond, ne s'ennuyait pas trop. Ce petit intermède nécessaire après l'épreuve, rendu très agréable par les constantes attentions de son entourage, n'était pas fait pour lui déplaire. Évidemment, elle pensait à son Paul, mais, peut-être, d'une façon un peu lointaine, sans trop d'impatience, convaincue que pour le moment elle ne perdait rien, et que bientôt elle se rattraperait.

« Où en est Marie-Thérèse ? »

La lettre arrivait le mardi, Paul le samedi, pour recevoir son encouragement hebdomadaire et repartir mécontent le lundi. Malgré les désirs du chef de famille, qui visiblement se lassait, le médecin fut inflexible.

« Paul, nous te suivrons à ton prochain retour. La faculté estime qu'il n'y a plus de danger. As-tu bien tout prévu ? »

On était déjà fin octobre, mais Marie-Thérèse marchait normalement et Paul fut rempli de joie.

« Tu verras Marie-Thérèse, tu te reposeras aussi bien là-bas qu'ici. J'ai découvert une merveille, une femme raisonnable, ayant environ la soixantaine, qui habite à quelques minutes de la maison, qui n'a ni charge, ni enfant, et qui accepte de venir tôt le matin pour ne repartir que le soir après le repas, et tu verras, c'est un cordon-bleu, je l'ai mise à l'épreuve, et en popote je me flatte d'en connaître un rayon. »

Le fait est que Paul, malgré l'ennui, avait une mine superbe et avait pris quelques kilos.

« Puis j'ai acheté une bouillotte pour le berceau. Ah ! au fait, j'ai retenu du lait de vache pour lui. Les voisins en ont de frais en ce moment. »

Cette chose était primordiale car j'avais évolué. Je n'étais plus le nourrisson amorphe des premiers jours, je n'avais plus de bosse sur le crâne, plus de cordon, mais par contre un bel ombilic et des opinions et c'est ainsi que depuis quelques jours je refusais, cela m'étonne encore, obstinément le sein. À part ça, bichonné, peigné, une houppe sur le haut de la tête (impossible aujourd'hui) j'étais, c'est vrai, un bébé banal comme Paul n'en avait jamais vu.

Ma récupération s'imposait.

Le départ eut lieu dans les premiers jours de novembre. Mon grand-père essuya une larme, quant à ma grand-mère il ne lui fallut pas moins d'une longue journée pour faire toutes les recommandations que justifiaient nos deux états.

Le soir même, dans une carriole à la bâche inefficace, traînée par un cheval poussif mais plein de bonne volonté, je faisais, sous un ciel gris de neige, roulé dans la chaleur du manchon de ma mère, mon arrivée au village avec les premiers flocons d'hiver.

*

* *

Que dire de mes premières années, si ce n'est qu'elles furent végétatives, sans souci mais aussi sans grand intérêt puisque sans souvenir. Je fus, paraît-il, un nourrisson parfait. Je pris donc, cela fait partie du nourrisson parfait, un poids régulier sans rougir ni des joues ni des fesses. Je laissais les miens dormir et je ne manifestais, en cas de frustration, qu'aux heures de la gamelle. Je donnais de fréquentes et belles satisfactions à ma mère, de ces satisfactions odorantes et colorées, dont on n'a pas lieu d'être tellement fier, et qui ne sont telles que jusqu'à un certain âge évidemment. J'appris à sourire sur commande, les fesses même dans la mouscaille (ce qui n'est pas tellement inutile, j'ai dû le faire, au figuré s'entend, assez souvent depuis). J'étais aimable, doux, facile, souriant (Dieu comme l'on change en vieillissant !). Je regardais les mouches voler, les mains de mes parents s'affairer autour de mon berceau. Je croyais sûrement en une vie bonne et sereine. Bref, ce fut probablement mon âge d'or, le passage allègre du rêve à la réalité.

« Rrrrr… » Ma mère m'entraînait.

Je m'y employais avec succès. J'étais dans l'engrenage car ce n'était là que préludes, qu'amusements, ma mère avait d'autres ambitions.

« Papa… Papa… dis papa. »

J'y arrivais.

Ce « papa » arriva à l'improviste, malgré tout fort à propos, vers six mois, un jour où mon père se penchait sur mon berceau pour voir ma première dent, et où ma mère dans son dos me faisait la mimique habituelle pour m'inspirer. Ce fut une réussite. Paul, qui ignorait tout de mon entraînement secret, crut à un élan du cœur et fut ému jusqu'aux larmes. Dans son désarroi il me gratifia d'un chatouillis sous la plante des pieds, et ma mère reçut la promesse d'une paire de boucles d'oreilles qu'il lui acheta à la première occasion et qu'elle porte encore aujourd'hui.

Le « maman » habituel suivit assez rapidement puis, jugeant mon vocabulaire assez riche, je m'en tins là pour longtemps. Ce ne fut que bien plus tard, alors qu'on s'efforçait de m'inculquer d'autres rudiments pratiques, que je devais y ajouter, pour la plus grande joie de tous, un peu au petit bonheur la chance, un « pipi » et un « caca », deux mots magiques qui à eux seuls déclenchaient chaque fois un branle-bas immédiat de combat assez comique, dont il paraît d'ailleurs que je recherchais abusivement l'effet lorsque, par hasard, je sentais envers moi une certaine indifférence.

Glorieuse période où je n'ai laissé aux miens que de bons souvenirs.

Je n'ai pour ma part de cette époque bénie que de rares photos. J'y suis potelé. J'y suis musclé, mais est-ce un effet de hasard, ou des coïncidences malheureuses, jamais, sur une seule pellicule, je ne retrouve l'heureux caractère qui m'était alors reconnu. Troublé, j'en ai cherché la cause, l'explication plausible, et en y réfléchissant bien je n'en vois qu'une, je vous la livre telle qu'elle m'est apparue. Sur ces photos, je suis nu, nu comme un ver, en général seul, debout, dans un équilibre instable, une pomme, le fruit du péché dans la main, comment dans de pareilles conditions n'aurait-on pas le sourcil froncé, l'air anxieux et mauvais. Comment, dans de pareilles conditions, ne pas être l'image même de la désolation.

En réalité, je crois que j'étais alors comme je le suis encore aujourd'hui : grognon, râleur, combatif et mécontent.

Mes premiers souvenirs remontent à ma troisième année. Est-ce normal, je n'en sais rien, mais c'est indiscutable et la naissance de mon frère en est le premier jalon.

« Marie-Thérèse, je ne crois plus à la lune, mais vois-tu, sans parler de la loi des grands nombres, nous n'en sommes pas là, il y a l'intuition, la chance… Il est d'ailleurs prouvé que sur terre il naît, pour une raison compliquée de chromosomes, plus de filles que de garçons. Cette fois, j'ai la conviction que ce sera une fille. »

On m'avait prévenu.

« C'est gentil une petite sœur. Tu seras content d'avoir une sœur à protéger. »

Je n'étais pas très enthousiaste mais j'attendais ma sœur Madeleine, prévue avec des yeux bleus, de longs cheveux blonds et un sourire !

Paul avait décidé qu'elle naîtrait en famille pour éviter les longues et fastidieuses séparations.

« Docteur, qu'en pensez-vous ? Cette fois je crois que ce sera une fille. »

Notre docteur jouissait dans le pays d'une renommée divinatoire en la matière, lentement acquise et qu'il entretenait par jeux. Voilà son procédé. Le stratagème était des plus simples. Si une héritière était désirée, il annonçait sans hésitation un héritier tout en notant avec soin sur un carnet le même jour en face du nom de la future maman et à la date présumée : le mot « fille ». La suite vous la devinez. Si le hasard confirmait ses prévisions, point n'était besoin du carnet, et ce n'était que dans le cas contraire que tout le monde pouvait constater en le consultant que malgré les apparences il ne s'était pas trompé.

Mon père fut convaincu, le jour de l'accouchement, qu'il ne faut pas braver la science, et le carnet fut inutile. Tout se passa très mal cette fois. Outre ce coup du sort, ma mère fut saignée à blanc et faillit abandonner son Paul. Mon père sentit le vent de la catastrophe passer tout près de lui. Il eut très peur.

« Marie-Thérèse, on ne m'y reprendra plus. Au diable les filles ! Ça suffit comme ça, je t'en donne ma parole. Dans l'avenir il nous faudra non plus concevoir sans pécher, ce qui me paraît d'ailleurs difficile, mais pécher sans concevoir, ce qui doit être possible. Nous nous arrangerons. »

Marie-Thérèse fut de cet avis. Les décisions prises furent tenues, aucune arrivée de « petite sœur », par la suite, ne fut plus envisagée.

*

* *

« C'est une sœur que je veux ! »

Je refusais obstinément de voir mon frère et demandais à ma manière, et en trépignant, un échange standard immédiat. Il me fut accordé.

« Laisse-moi seulement le temps de me retourner, nous allons arranger ça demain, j'en parlerai au médecin. »

À cette condition, j'acceptai de jeter un coup d'œil sur l'usurpateur. Doublement usurpateur puisque, non content de prendre la place de ma sœur, il s'était approprié mon berceau, un bien que je considérais comme inviolable s'il en était un.

Mes convictions furent renforcées lorsque j'inventoriai cette boule rouge informe qui n'avait rien du conforme puisque ses yeux étaient noirs, étrangement noirs, et que ses cheveux manquaient ! Bien sûr, sa disparition s'imposait, et le plus vite serait le mieux.

« Il est laid !

— Mais non voyons, regarde ses petits doigts, ses petites oreilles. »

Je ne voulus admirer ni les uns ni les autres et je ne démordis pas de mon opinion. Je cherchai une solution rapide et comme j'avais déjà l'âme sensible, j'en trouvai une qui me parut radicale et que j'exposai sans retard.

« Les poules ! Il faut le donner aux poules ! Elles s'en chargeront, elles mangent tout, les miettes, les épluchures, le ventre des lapins lorsqu'on les vide, et même mon "caca" lorsqu'elles peuvent, tout a disparu avant même que j'aie remonté ma culotte. »

Il fallait le donner aux poules, c'était la solution idéale. Encore une fois j'obtins gain de cause. C'était décidé ! Hélas ! l'opération fut repoussée de quelques heures. Le lendemain, ma mère était moins compréhensive, moi-même moins convaincu. J'hésitais. J'eus pitié. C'était tout de même dommage de se priver d'un spectacle qui n'aurait pourtant pas manqué d'être divertissant. J'insistai un peu, on se fâcha, et mes sentiments n'ayant pas été jugés encore très sûrs, mon frère fut déclaré tabou et je n'eus pas le droit d'y toucher sans la présence de ma mère. Je n'en fus pas tellement affecté, je considérais que ce n'était pas là un élément valable puisqu'il ne pouvait ni jouer, ni marcher, ni même me parler. J'allai à mes affaires, l'abandonnant à son sort en pensant qu'il me serait à tout jamais indifférent. Des poules, il n'en fut plus question.

Combien j'étais loin de penser alors qu'il allait, quelques années plus tard, devenir pour moi le plus magnifique et le plus fidèle des compagnons.

Dès que ses petites jambes en eurent la force, ce qui arriva très vite, nous fûmes inséparables. Toujours d'accord, même dans nos plus violentes disputes, il n'y eut jamais de faille à exploiter entre nous et les souvenirs que je vais rapporter, dont les images se succéderont ou se chevaucheront sans ordre, comme au travers d'un kaléidoscope géant, sont les siens comme les miens, car nous y fûmes toujours étroitement mêlés.

4

« Madame Teilhaumas, je vous confie les enfants. »

Je crois bien avoir entendu cette phrase tous les matins à la maison, jeudi, dimanche et jours fériés compris, quel que soit l'emploi du temps de ma mère et qu'elle soit ou non pressée. Il faut dire quand même à sa décharge, qu'absorbée par ses activités scolaires, elle n'aurait pu, même si elle avait voulu, nous consacrer beaucoup de temps. Qu'elle abandonnât son rôle à regret au début, je le crois, mais elle s'y habitua sûrement assez vite et en prit volontiers son parti.

Mme Teilhaumas nous éleva.

Mme Teilhaumas, mariée tardivement, n'avait jamais eu d'enfant, grâce à nous cette lacune fut comblée, elle en eut deux, et de rude espèce. Elle nous couvrit de tendresse, en revanche notre attachement fut à son égard sans limite. Nous l'avons adorée.

Elle fut pour mon frère et moi « Maman Louise », ce qu'elle n'avait été pour personne jusque-là. Ce fut nous qui la dotâmes de ce label affectif d'emblée et d'instinct, label qui déborda notre maison et qu'elle garda au village tout le temps et longtemps après l'envol de ses nourrissons. Petite, ratatinée, légèrement voûtée, Maman Louise était faite pour nous, à notre mesure. Elle était vêtue de noir, portait un chignon de cheveux gris qui disparaissait exceptionnellement les dimanches et certains jours de grande fête sous une large coiffe de dentelles blanches qui nous empêchait de la perdre de vue dans les foules les plus denses, qui la faisait ressembler à un papillon, et qui, comme ce n'était pas dans la région la coutume, la distinguait.

Maman Louise portait un tablier. Mentionner ce détail peut paraître étrange et banal, eh bien ! détrompez-vous. Ce tablier joua dans notre enfance un rôle si important qu'il est bien parfaitement à sa place et dans l'ordre au début de mes souvenirs. À lui seul il eut plus d'intérêt que tout le reste de l'habillement de maman Louise, et si, à part la coiffe, j'ai oublié tout le reste, je me souviens parfaitement de lui. Sa particularité résidait dans une poche : une poche marsupiale que l'on pouvait atteindre facilement en se haussant sur la pointe des pieds, une poche qui en réalité était une vraie corne d'abondance toujours à notre disposition, pleine de surprises entretenues à notre intention et dont l'inventaire restait notre privilège.

Aussitôt après les effusions du matin, sa fouille systématique commençait, elle pouvait se renouveler plusieurs fois par jour et c'est prodige les joies qu'elle put nous procurer. En vérité, personne ne s'imaginera jamais ce que la pauvre femme put s'ingénier à y cacher dans le seul but de nous faire plaisir et de jouir de notre bonheur. Noisettes fraîches ou sèches, poires jaunes d'automne, pommes vertes de Saint-Jean, cueillettes variées suivant les saisons et les bonnes fortunes nous arrivaient toujours par cette voie, et maman Louise s'arrangeait pour que nous ne soyons jamais déçus. Un rien suffisait d'ailleurs à notre bonheur, et même si ces petites trouvailles se répétaient et n'avaient rien d'exceptionnel, elles gardaient toujours une saveur inégalable par l'affection qui s'y rattachait.

« Maman Louise, tu as vu le loup ? »

Maman Louise avait assez de recul pour avoir vu des loups. Elle les avait même combattus enfant, ses sabots à la main, alors qu'elle gardait ses moutons sur les landes corréziennes. Nous l'écoutions les yeux ronds d'épouvante, c'était quand même autre chose qu'une banale histoire de galette et de pot de beurre, et nous tremblions, mon frère et moi, à l'idée de ce qui aurait pu lui arriver. Maman Louise, dans sa jeunesse, n'avait pas toujours été heureuse, elle en parlait rarement. Petite bonne dans un château, puis lingère, puis femme de chambre, elle était devenue cuisinière. Cela avait été sa consécration, et pour nous la providence. Malgré son âge elle était infatigable, du moins c'était l'impression qu'elle donnait. Elle avait notre charge, et ce n'était pas une mince affaire, la charge de la maison et la confiance sans limite et plus que justifiée de mes parents. Elle assurait le tout magistralement, en souriant.

Maman Louise savait tout faire, mais c'était dans sa cuisine qu'elle se surpassait, car là, des mets les plus humbles, elle pouvait tirer un régal.

Les pommes de terre étaient chez nous l'élément de base, le plat quotidien, eh bien ! grâce à elle, nous en mangeâmes dix ans sans nous lasser. Lorsqu'elle se penchait pour manœuvrer ses petites tourtières sur les braises vives en tournant et écrasant son lard, ce lard salé que nous nous disputions aussitôt, nous étions sûrs qu'un petit chef-d'œuvre se préparait. Un civet mijoté, un banal poulet rôti avaient une saveur inégalable et il n'était jusqu'aux simples frottes à l'ail, faites d'un croûton de pain de seigle desséché, qui ne soient marquées de son habileté.

Maman Louise nous était dévouée corps et âme, nous lui appartenions, elle nous appartenait. C'est elle qui nous levait, c'est elle qui nous couchait. Tout petits, nous ne la quittions pas d'une semelle, et sa vie se passait exclusivement à la maison. Comment pouvait-elle concilier cette existence plus que pleine avec celle de son ménage, c'est un mystère que je ne saurais élucider. Maman Louise était pourtant mariée. Il est vrai que son mari, lui-même occupé toute l'année en journées de-ci, de-là, n'était ni gênant, ni exigeant mais, tout de même, comment pouvait-elle se débrouiller ?

Sa maison était au bout du village, à quelques centaines de mètres de la nôtre, accessible facilement à nos petites jambes. Elle s'y rendait quelquefois dans la journée et nous la suivions dans cette expédition. C'était pour nous une aventure que nous considérions comme une récompense. On suivait un minuscule sentier de chèvres, un raccourci charmant, coupé de racines et de pierres, encombré de branches de ronces, où nous avions du mal à avancer de front. Nous allions néanmoins côte à côte, serrés, nos mains dans les siennes. C'était une escapade qu'elle appréciait je crois autant que nous, car si nous savions que son indulgence habituelle deviendrait, hors de la sphère familiale et dès que nous serions seuls, une coupable faiblesse dont nous profiterions, elle savait elle aussi qu'à ces moments-là, encore plus que de coutume, nous lui appartiendrions.

Nous faisions durer notre plaisir, tout était motif à flânerie. On s'arrêtait pour une pierre, pour un bâton, pour un convoi de fourmis, il fallait prévoir une demi-heure pour un parcours de dix minutes. On musardait, on papotait, elle comprenait ! Nous étions aux anges tous les trois.

Maman Louise ne disposait pas d'une maison entière mais de deux pièces et d'un couloir sombre qu'elle avait loués dans une ferme voisine pour un prix de journées que son mari réglait sur demande au cours des gros travaux. On accédait chez elle en traversant une petite cour ombrée d'un marronnier et couverte d'une épaisse couche de bruyères sèches où nos pieds s'enfonçaient. Une porte à deux vantaux ouvrait directement sur une cuisine, basse, obscure, carrée, qu'une minuscule fenêtre éclairait faiblement. La partie haute de la porte toujours ouverte l'été apportait un peu plus de clarté, mais l'hiver, dès que le temps était plus sombre, il fallait de la lumière et des yeux de chat pour distinguer quoi que ce soit lorsqu'on y pénétrait. Le sol était de terre battue, pavé de pierres libres, inégales ou absentes même aux passages éprouvés par le balai. Cinquante ans après je revois tout cela avec une étrange netteté ! Devant la fenêtre, l'évier avec ses lourds seaux de bois, leur godet de châtaignier et, face à la porte, la vaste cheminée aux landiers géants flanqués de leur réserve de longues bûches fendues et de leurs fagots. Sur une étagère, il y avait deux ou trois cafetières tripodes, ventrues, de taille différente, brunies par le feu et surtout, tout à côté, la boîte du sucre qui, à cette époque, remplaçait bonbons et chocolats. Les deux autres murs étaient garnis, l'un par une bonnetière qui faisait office de vaisselier, l'autre par une commode haute dont on ne voyait jamais le dessus tellement il disparaissait sous un hétéroclite amoncellement d'objets. Deux bancs et une longue table massive occupaient l'espace resté libre. Je n'ai jamais revu une table pareille dans son originalité. Son plateau lourd et d'une seule pièce glissait en force et découvrait dans un bâti solide un vaste espace creux si important que mon frère et moi aurions pu y contenir. C'était là le garde-manger de maman Louise qui y serrait ses grosses tourtes de pain, ses fromages et ses rillettes, à l'abri des rats et des souris.

Tout le reste de la cuisine était, j'allais dire encombré, et rien n'aurait été plus injuste, occupé. Il y avait deux portemanteaux accrochés aux murs encore libres, des marmites noires à même le sol et dans les surfaces à peine accessibles des sacs, beaucoup de sacs aux contenus variés : pommes de terre, châtaignes, blé ou son. Ce capharnaüm apparent plus que réel avait ses prolongements jusque dans un étroit couloir attenant, dépourvu de lumière, où maman Louise, au milieu d'un entassement inouï de paniers et d'objets aratoires, avait réussi à loger, Dieu sait par quelles prouesses, deux vastes caisses pour ses élevages personnels de lapins.

On entrait rarement dans la chambre. On y arrivait par trois ou quatre marches disjointes et ce n'était pas plus luxueux qu'ailleurs. Un lit, une armoire, deux chaises, c'était tout. Nous n'y restions jamais très longtemps, non que ce soit interdit, mais parce qu'exposée au nord, été comme hiver, la pièce était une glacière. Chez maman Louise tout était d'ailleurs permis. Nous pouvions toucher aux couteaux, jouer au coin de l'âtre, lorsqu'il faisait froid, avec des tisons encore rouges découverts sous la cendre, ou des brindilles enflammées, tirer la queue du chat à nos risques et périls, faire courir les lapins dans leur cage avec une baguette de noisetier si nous en avions envie. On pouvait même, grimpé debout sur l'un des bancs, inventorier le haut de la commode à la recherche de billes à récupérer ou de bonbons à sucer. Maman Louise ne jouait pas aux billes et ne mangeait jamais de bonbons, pourtant en cherchant bien on en trouvait souvent et nos découvertes allaient comme par hasard par paire. Il n'y avait pas de jaloux.

Nous rentrions à la maison, mon frère et moi, avec à la main deux longues tartines de pain débordant de fromage frais et blanc. Nous n'étions pourtant pas sous-alimentés, mais elle avait un don prodigieux pour réaliser les tartines, et puis rien que pour lui faire plaisir nous aurions chez elle dévoré n'importe quoi jusqu'à la dernière miette, jusqu'à l'étouffement.

*

* *

Mon père était sévère, il en avait besoin ; et tout n'allait pas pour le mieux dans le meilleur des mondes. Les remontrances et les corrections, qui certains jours en résultaient, étaient de toute façon toujours largement méritées. Ma mère le savait et par principe ne disait rien. Maman Louise le savait aussi, mais elle, par principe, nous défendait.

« Mettez les mains sur la table. As-tu vu leurs mains, Marie-Thérèse ? Je n'ai rien vu d'aussi sale. Allez vous laver les mains !

— Mais, bon Dieu, vous avez bien le diable dans la peau. Regarde-moi comment ils tiennent leurs fourchettes. Veux-tu tenir ta fourchette comme il faut, entre le pouce et l'index ! »

Mon père était en colère. C'était au cours d'un repas de midi, un repas que nous prenions tous ensemble autour de la table ronde de la cuisine pour simplifier le service et réduire au maximum toute perte de temps. Nous n'étions ni plus ni moins sales que d'habitude, nous n'avions été ni plus ni moins odieux, mais il y avait une tension dangereuse dans l'air. Les grands ont de ces sautes d'humeur que les petits n'expliquent pas. Nous venions de récolter deux taloches apparemment d'égale valeur et qui ne nous avaient fait aucun mal, mais pour la forme on braillait.

« Les enfants, arrêtez-vous ! Vous savez que je n'aime pas voir pleurer sans rime ni raison ! »

Cet avertissement aurait dû nous suffire, mais ce jour-là nous aussi nous étions mal tournés. L'épreuve de force se dessinait. Mon père s'était levé, j'étais l'aîné, c'était donc moi qui avais été saisi et qui allais recevoir sur les fesses les arguments percutants, lorsque maman Louise décida d'intervenir.

« C'est tout de même malheureux de ne pouvoir manger tranquille, et c'est d'autant plus inadmissible que ces enfants n'ont rien fait. »

Mon père faillit étouffer.

Marie-Thérèse, d'urgence, dut lui taper dans le dos et lui verser un verre d'eau fraîche. Il reprit son souffle avec difficulté. Entre-temps j'avais retouché terre.

« Les enfants, sortez ! Allez finir votre repas dehors, au grand air ! Allez oust ! Et je n'empêche personne de vous suivre si le cœur lui en dit. »

Nous nous retrouvâmes tous les trois sous la charmille, nos assiettes sur les genoux. Ce repas fut des plus gais. Maman Louise y mit beaucoup du sien et comme elle jugeait que ce n'était pas le moment de revenir trop tôt sur les lieux de la bataille, nous allâmes prendre notre dessert directement dans les fraisiers et sous les pommiers du jardin.

Le soir même, en notre absence, mon père, sans la moindre hésitation, s'excusa.

Maman Louise souriait. Elle ne risquait d'ailleurs pas grand-chose, et elle avait réussi une si bonne daube ce jour-là !

Ce fut là néanmoins une aventure exceptionnelle. Jamais en général les réactions de maman Louise n'étaient aussi spectaculaires, mais si elles excluaient l'affrontement, elles n'en étaient pas moins efficaces, et que de magistrales volées ne nous a-t-elle pas évitées lorsque nous commencions à grandir et que nos retours à la maison, après nos équipées, avaient lieu par la petite porte ! Si les égratignures, les coupures, les bleus n'avaient aucune importance, nos vêtements par contre risquaient de nous attirer bien des ennuis. Les fils de fer barbelés, les ronces faisaient des accrocs terribles, nos luttes, des dégâts tout aussi importants et encore moins justifiés. Heureusement, maman Louise veillait et c'est elle qui, en cachette, héritait de nos désastres. Elle ronchonnait, gourmandait mais nous fournissait à la hâte blouse ou pantalon, et le soir, chez elle, elle réparait de son mieux pour que la blouse, propre et en état, puisse reprendre dès le lendemain le chemin du retour à la maison. Maman Louise menaçait bien de temps à autre de la canne ou de la main, mais son sourire démentait ses intentions et ces gestes restaient chez elle encore des marques d'affection mêlées d'indulgence, sinon de complicité.

« Louis, viens ici ! Mais enfin que s'est-il donc passé ? »

Ma mère, qui ne contrôlait fort heureusement nos vêtements que de très loin, venait de m'interpeller au vol et restait ébahie.

L'une de mes deux blouses neuves, une de celles qu'elle venait d'acheter, portait sur le devant une énorme couture droite plus qu'anormale, qui divisait le plastron de haut en bas.

« Fais voir… Mais reste donc tranquille, bon sang, mais enfin je n'avais pas vu ça ! C'est malheureux, on ne peut avoir confiance en personne, je parierais que cette blouse a été confectionnée dans une fin de coupon. Oh ! ça peut se produire, mais c'est égal, si j'avais vu cette couture, je ne l'aurais pas prise. On aurait pu quand même la placer ailleurs, sous une manche par exemple… Enfin ! »

L'ajout était disgracieux certes, mais si bien fait ! Dans ma direction, maman Louise clignait d'un œil.

5

Ma mère… Pourquoi parler d'affection, ce serait un sacrilège, alors qu'il n'y eut entre nous qu'amour, qu'amour à l'état pur, sans défaut et sans limite. Je voudrais parler d'elle avec mes sentiments, mes souvenirs d'enfant. Est-ce encore possible après tant d'années passées qui ont fait d'elle une vieille dame aux cheveux blancs.

Mes sentiments sont toujours les mêmes, mais plus profonds peut-être, modifiés par ce temps où j'ai appris à mieux la connaître, à mieux l'apprécier, au cours des passages de la vie, faciles et difficiles, surtout au cours de ces derniers.

Femme douée d'une étrange sagesse pour sa féminité, pleine de volonté, pour ne pas dire de ténacité, ne connaissant ni l'affolement ni la panique, sachant accepter l'inévitable tout en luttant et en donnant le meilleur d'elle-même, ma mère a été et reste encore pour moi le phare conducteur sans défaillance qui jalonne ma route et à la lumière duquel j'ai toujours pu me réchauffer et trouver le réconfort.

Ma mère avait en charge toute la journée trente à quarante galopins, sortait de sa classe chaque soir exténuée et avait grandement besoin de ses jeudis et de ses dimanches pour récupérer. Il ne lui restait que peu de loisirs à consacrer à sa maison et à nous-mêmes et elle n'en avait, en fait, ni le temps ni l'envie. Ma mère n'aimait pas le ménage, n'aimait pas le lavage, n'aimait pas le repassage, détestait coudre et raccommoder. Ma mère brodait à ravir. Ses dentelles au crochet qu'elle aimait improviser étaient de petites merveilles de finesse et d'originalité. C'était là sa détente et son évasion.

Une de ses joies les plus grandes était d'entreprendre des travaux titanesques qui duraient plusieurs mois et qui auraient découragé tout autre qu'elle : rideaux immenses dont les franges traînaient jusqu'à terre, dessus de lit qui n'en finissait pas. Avec patience, ses canettes chargées de fil de lin, elle exécutait, au filet, des dessins qu'au préalable elle composait. Dans ces réalisations elle était infatigable et ce n'était pourtant pas son domaine favori. L'apothéose, le sublime, il fallait le rechercher ailleurs dans ses peintures à l'aiguille qu'elle exécutait avec des centaines de fils de couleur, suivant une technique personnelle, devant une grande table couverte d'aiguilles montées. Elle travaillait dehors sous les tilleuls des heures et des heures, avec passion, au gré d'une inspiration et d'un goût qu'elle avait justes et innés. Les uns après les autres les draps, les serviettes, les nappes se couvraient de jonchées de roses rouges ou jaunes, de bouquets de fleurs des champs mêlés de folle avoine, de nuées de papillons aux couleurs vives en créations toutes plus belles, plus prestigieuses les unes que les autres et qui toutes constituaient un défi au parfait.

Ma mère avait un tempérament d'artiste, le superflu la ravissait, l'important lui échappait. Exaltée par un chef-d'œuvre, la remise en place d'un bouton l'assommait.

*

* *

« Marie-Thérèse, j'ai l'intention de te faire une surprise, une surprise qui compensera l'achat inconsidéré de l'"Hammerless" que je viens de commander. Je ne veux rien te dire. Ce sera une surprise qui je suis sûr te conviendra. »

Ma mère était curieuse, intriguée, vaguement inquiète.

« Non, non, tu ne sauras rien, dans deux jours tu seras fixée. »

C'était une Singer !

Dire qu'elle souleva l'enthousiasme délirant auquel mon père s'attendait serait beaucoup dire, et si Marie-Thérèse avait été pressentie certainement elle aurait préféré autre chose, mais la machine était là, et Paul fut couvert de baisers.

Pendant deux jours, ma mère fit des canettes pour notre plus grande joie, avec des fils blancs, des fils noirs, des fils de toutes les couleurs, et nous ne nous lassions pas de voir le fil s'enrouler avec une régularité parfaite sur les petites bobines d'acier. Il n'y avait pas à dire c'était surprenant ce progrès. Mais on ne peut pas toujours faire des canettes, il y eut une fin.

« Mes enfants, je vais vous faire des pyjamas. »

Cela ne nous fit ni chaud ni froid, nous ignorions tout du pyjama. Tout ce que nous comprîmes c'est qu'il s'agissait là d'une aventure, et que cette aventure allait nous propulser vers les sommets d'une mode au parfum oriental : il convenait de se méfier. Ma mère venait de découvrir une technique dite « facile, à la portée de tous », dans un numéro spécial du *Petit Bricoleur*, un journal qui se tenait pourtant habituellement assez éloigné de ces questions. L'article insistait sur la simplicité et sur le travail réduit que comportait l'exécution de ce vêtement qui réalisait à la fois, et d'un seul tenant, veste et pantalon. Une fente ventrale, sans bouton et sans boutonnière, permettait de l'enfiler. Le dos était toujours protégé, ce qui est important, l'hiver comme l'été.

Le patron pouvait être facilement réalisé. Ma mère fut séduite à la première lecture, acheta du tissu et passa à l'action.

« Les enfants, venez là ! Oui, comme ça, en caleçon… Mettez-vous devant le papier, écartez les jambes et placez vos bras à l'horizontale. Ne bougez plus. »

Sur un coin du mur couvert de journaux collés à la gomme arabique, Marie-Thérèse nous crucifia et obtint au crayon rouge un contour précis de notre anatomie.

« Bon, les enfants, vous pouvez déguerpir, c'est fini, demain vous aurez vos pyjamas. »

Les deux tracés comparés s'avérèrent voisins. Ma mère, dans un esprit de simplification, rectifia, adopta un compromis, et se lança.

Couper le tissu, le coudre fut un jeu d'enfant ; le résultat fut surprenant ! Confectionné, l'habit paraissait déjà drôle, à l'essayage il s'avéra époustouflant. Ces pyjamas n'allaient bien qu'au garde-à-vous. Jamais, malgré leur ampleur, je n'en ai vu se comporter plus drôlement.

« Maman ! mais comment veux-tu avec ça que je fasse pipi ? »

Mon frère, qui avait le sens du pratique, venait de porter la première critique sérieuse. Ma mère, d'un coup de ciseaux, y remédia. Ne voulant pas être en reste je fis remarquer à mon tour que ce ne serait pas plus commode pour la grosse commission.

« C'est une chose qu'un enfant bien élevé fait avant d'aller au lit et non pendant la nuit. C'est comme ça que l'on empeste une chambre. »

Il n'y avait rien à dire.

Mais il y avait plus grave. Sans lever la jambe, nous ne pouvions lever le bras. Ma mère, devant notre démonstration et son évidence, fut vexée.

« Un pyjama n'est ni un habit de clown ni un habit de haute voltige. Ça suffit comme ça. D'ailleurs, je ne vois pas très bien les raisons qui pourraient vous obliger à lever les bras en dormant.

Des milliers de Japonais dorment en pyjama. Vous êtes des ingrats et je regrette mes deux jours de travail et tout le mal que je me suis donné. Regardez-moi comment vous vous tenez ! »

Je ne pouvais faire mieux, car si mon frère était à l'aise, je n'arrivais pas à me redresser.

« Ça me tire entrejambe.

— Ce n'est pas ma faute si vous êtes mal fichus. »

Nous devions l'être en effet. Ce n'était pas évident, mais nous devions l'être puisque notre voisine couturière nous l'avait déjà dit, elle qui avait pourtant une grande habitude de faire des chemises et qui n'avait jamais pu adapter sur une seule des nôtres un col sans qu'il godaille.

« Ils n'ont pas de cou, ces enfants, il n'y a rien à faire, jamais une chemise ne leur ira. »

Nous avions dû hériter cette infirmité de notre père, pour lequel les mêmes problèmes se posaient dans les mêmes conditions.

« Maman, tu feras des pyjamas à papa ?

— Vois, ça suffit comme ça, pour la reconnaissance que j'en ai avec vous ! »

« Pyjama » : vêtement d'intérieur laissant une grande aisance pour le repos de la nuit.

Ou la définition du *Petit Bricoleur* était fausse, ou le travail était raté !

Je connais une machine à coudre à vendre, un modèle ancien mais d'un état parfait, et dont la peinture même de la pédale est d'origine. Je vous la garantis.

*
* *

Ma mère intervenait fort peu dans notre vie. Cela nous convenait.

Dire qu'ainsi rien ne clochait serait beaucoup dire, mais cela n'allait pas si mal pour autant. Évidemment, il y avait des détails. Ne parlons que de nos toilettes par exemple. Eh bien ! celles du matin étaient souvent sommaires, réduites parfois au simulacre, voire même purement et simplement escamotées, celles du soir n'existaient pas, et après, était-ce grave ? Sûrement pas. Nous n'étions pas propres, c'est certain, mais ne valait-il pas mieux ça que d'être comme « la Mélanie », couverte d'un eczéma qui n'en finissait pas, tellement elle brassait de lessives, ou que d'être comme « le Firmin » qui à force de patauger dans l'eau, non pour se laver les pieds, mais pour laver ses topinambours, avait fini, au dire du médecin, par attraper des champignons dont il ne pouvait se débarrasser.

En ce qui nous concernait, nous faisions confiance aux éléments, aux ondées en particulier, si fréquentes dans nos régions, et nous ne nous en portions pas plus mal. Bien sûr, lorsque les cernes étaient trop évidents, lorsque nous revenions de quelques fructueuses cueillettes de mûres avec des joues trop barbouillées, il fallait bien se soumettre, subir le gant de toilette de maman Louise, mais nous n'y passions jamais de bonne grâce et nous ne l'acceptions que contraints et forcés devant la perspective de plus grandes catastrophes, à savoir : la menace d'un bain complet dans le grand baquet, réservé à la lessive, ce qui arrivait tout de même de temps en temps mais par les très grandes chaleurs uniquement.

Ma mère réservait son action pour des circonstances plus valables, pour de grandes occasions. Des occasions, qui avec le recul, me paraissent avoir été essentiellement de deux ordres : les cas où nous étions malades, ce qui était assez rare heureusement, mais arrivait malgré tout, et les cas qui étaient de beaucoup les plus fréquents, hélas ! lorsque nous avions attrapé des poux.

*

* *

Les poux.

Tous les poux prennent un « x » au lieu d'un « s » dès qu'ils sont en bande ; tout comme les hiboux d'ailleurs qui, eux, sont à l'heure actuelle des oiseaux hautement protégés. Pourquoi cette distinction et pourquoi cette injustice ? Pourquoi n'a-t-on jamais rien fait pour la sauvegarde des poux ? Pourquoi les avoir pourchassés ainsi au point d'être arrivé à une quasi-totale disparition de l'espèce et d'avoir compromis par cette aveugle extermination un rôle obscur peut-être, mais qui n'est sûrement pas sans importance dans l'équilibre écologique de notre nature perpétuellement menacée ?

Après les avoir élevés aux plus hauts rangs sacrés sur le ventre même des bouddhas, après avoir admis qu'ils ont toujours été les plus fidèles compagnons d'infortune des malheureux, après avoir reconnu qu'ils surent partager les vicissitudes et les gloires de nos soldats qu'ils ont souvent distraits, on leur fait une guerre destructrice, injuste et sans merci. On leur attribue les pires calamités : fièvre récurrente cosmopolite, typhus exanthématique et même (c'est une honte) la fièvre des tranchées. On exagère, croyez-moi, on exagère beaucoup, et si l'on n'y prend pas garde, les poux finiront par nous quitter, par disparaître de notre globe, et ce sera une perte irréparable pour l'humanité.

On les dit voraces, hématophages. Allons ! Allons ! Ils ont un millimètre tout au plus et leur piqûre n'est reconnue désagréable ou prurigineuse que par ceux qui n'y sont pas habitués, pour les autres tout au plus ils chatouillent. On les dit trop prolifiques. C'est vrai : ils le sont. En six jours ils sortent de leurs œufs dégourdis comme père et mère, en dix-huit (presque dès leur naissance) ils reproduisent à leur tour, mais n'oublions pas qu'ils sont malgré tout fragiles. Ils sont vulnérables au cyanure, à l'alcool chaud, ou même simplement au jeune prolongé. Alors pourquoi y ajouter un acharnement gratuit à les détruire ? Que leur reproche-t-on, d'être orgueilleux ? C'est leur droit. Ne le sommes-nous pas ? Tout cela n'a aucun sens, la vérité est tout autre. Elle tient à la nature de l'homme qui ne supporte pas plus qu'on lui marche sur la tête que sur la pointe des pieds, qui est le seul animal au monde qui ne veuille supporter aucun parasite, et qui ne tolère ses congénères que contraint et forcé. Les poux nous honorent de leur confiance, cela gêne notre propre conscience, et nous ne sommes que des ingrats.

Ma mère n'aimait pas les poux !

Si encore elle avait été directement en cause, c'eut été admissible, mais elle n'avait même pas cette excuse et elle poussait beaucoup plus loin l'intolérance. Sa classe entière était suspectée et soumise à une surveillance qui ne se relâchait jamais. Un examen prophylactique avait lieu tous les quinze jours et donnait lieu, chaque fois, à la découverte de nouvelles et plantureuses colonies.

« Viens ici, tu te grattes... Fais voir, baisse la tête. »

Elle savait les découvrir où l'on y pensait le moins. Mon frère et moi y passions comme tous nos camarades, et une lente, une misérable petite lente, suffisait à déclencher sur nos deux têtes l'opération ratissage au peigne fin. Les séances se déroulaient devant la porte du jardin. Une serviette blanche autour du cou ne laissait aucune chance au malheureux gibier. Sans être pour cela des précurseurs des hippies, nous gardions, il n'y avait pas de coiffeur au village, nos cheveux longs et cela donnait lieu à des séances houleuses. Nos tignasses résistaient, ma mère tirait, les dents du peigne y restaient. Ma mère avait le mérite de la patience.

« Oh ! en voilà un, deux, mais tu n'aurais pas honte de te promener avec des poux ? »

Non, ma foi non, nous pensions très franchement que les ennuis que nous subissions dépassaient, et de beaucoup, ceux que quelques poux auraient pu nous procurer.

« Paul, surtout fais attention, n'oublie pas la "Marie-Rose", je ne m'en sors plus avec les enfants.

— Maman, qui c'est la "Marie-Rose" ?

— C'est un remède contre les poux, je vais vous faire deux shampooings, c'est radical, vous verrez.

— Je ne veux pas ! »

Mon frère, pris de panique, venait de s'affirmer, frisant la crise de nerf et la fit pour tout de bon lorsqu'il apprit qu'on allait nous laver la tête.

Je n'étais pas tranquille moi non plus.

« Sans savon, tu le jures ?

— Oui, sans savon et ça sentira très bon. »

Ça par exemple on s'en fichait. Plus la soirée s'avançait, moins nous étions rassurés.

« Je crois qu'on ferait bien de nous coucher avant le retour de papa.

— Oui, mais demain, nous n'y couperons pas ! »

Il n'y avait plus de « Marie-Rose », ce fut une explosion de joie. Nous l'avions échappé belle, nous étions sauvés. Paul rapportait une tondeuse.

« Marie-Thérèse, une tondeuse à deux têtes interchangeables qui peut faire la laine ou le cheveu. Je crois, Marie-Thérèse, que c'est là la solution. Demain c'est jeudi, je vais m'y mettre, ce serait bien le diable si en toute une matinée je ne m'en tirais pas. Aux enfants d'Édouard, Marie-Thérèse, tu verras, c'est à la mode, et cela ne paraît pas très compliqué. »

Il réussit du premier coup. Avec une écuelle, sa tondeuse et les ciseaux de ma mère, il réalisa deux chefs-d'œuvre dans sa matinée. Mon frère, de l'avis de tous, était un résultat, en ce qui me concernait les avis étaient plus partagés. J'avais bougé, j'avais modifié l'équilibre de l'écuelle posée sur mon crâne et qui garantissait la coupe. Il avait fallu me reprendre avec un bol.

« Et une reprise, Marie-Thérèse... Évidemment !

— Paul, ce n'est pas mal du tout, ne sois pas si modeste. Avec un peu d'entraînement... »

Paul se surpassa et le travail de ma mère, à partir de ce jour, fut plus que simplifié.

*

* *

« Marie-Thérèse, ces enfants toussent salement. À force de galoper dans la neige et sous la pluie, tu verras qu'un de ces jours nous aurons une pneumonie double sur les bras. Fais-leur des cataplasmes carabinés et badigeonne-les tous les deux de teinture d'iode de haut en bas. »

C'est ainsi que mon éruption de rougeole passa en partie inaperçue.

Mon père avait une vue de la pathologie médicale très personnelle. Il l'avait simplifiée à outrance, au point de ne retenir à notre encontre que deux maladies possibles redoutables et redoutées, en premier la pneumonie qu'il ne concevait, je ne sais pourquoi, que double, et enfin la méningite cérébro-spinale, affection des jeunes cervelles surmenées dans la catégorie desquelles pourtant nous ne nous trouvions pas. Il repoussait le reste comme improbable et en conséquence il l'ignorait.

Du pneumocoque, nous ne retirâmes jamais aucun avantage, à peine quelques tasses de tilleul sucré, mais de la méningite, toujours redoutée, ce fut bien autre chose. Elle fut pour nous une aubaine et très vite nous apprîmes tout ce que l'on pouvait obtenir d'un petit mal de tête insidieux, postérieur au besoin, à condition, bien entendu, de ne pas s'en servir trop souvent et de savoir le démarrer en temps voulu pour qu'il ne puisse être suspecté.

« Où as-tu mal ?

— Là. »

Notre main hésitait, indiquait un vaste territoire diffus, latéral, mal défini, jamais frontal ; cette localisation étant dans la famille réservée aux migraines banales qui ne menaient à rien.

« Allons bon ! Est-ce que ça te lance ? As-tu envie de vomir ? Bon, repose-toi et si tu vas au soleil n'oublie pas ton chapeau ! »

Tu parles, un chapeau ! Nous n'en portions jamais et je me demandais dans quelle mesure cela aurait pu gêner notre microbe. Nous usions du stratagème de temps à autre parcimonieusement, pour des occasions valables, dans des perspectives difficiles mais toujours avec un égal succès, et sans aller jusqu'à la méningite évidemment.

Grâce à *L'Hygiène des familles*, en deux volumes, grâce à ma mère et aussi grâce à notre bonne constitution, nos maladies furent rares, sans gravité et ne nécessitèrent jamais, ce qui est tout de même extraordinaire, l'intervention du médecin.

« Ouvre la bouche. Fais "Ah"... encore "Ah"... Bon, tu vas encore bien ouvrir grand, je vais te badigeonner avec un peu de méthylène. Allez, ce sera vite fait et puis tu verras, dès ce soir, tu feras pipi tout bleu. C'est très amusant. »

Avec un coton, monté sur un manche de porteplume, ma mère, rompue à cette thérapeutique, usurpait le travail du médecin, diagnostiquait et traitait. Un front chaud au baiser du soir, des joues plus rouges qu'à l'ordinaire ou des yeux trop brillants remplaçaient un thermomètre qui n'aurait pu que semer la panique.

« Allons, allez au lit, nous verrons bien demain. Oh ! tu sais Paul, avec les enfants... »

Toutes les maladies contagieuses, devenues à déclaration obligatoire, nous arrivèrent par le canal de nos petits camarades. Les prodromes passaient en général inaperçus et un beau matin, l'un de nous s'avérait couvert de boutons ou de pustules. Comme nous couchions, mon frère et moi, dans le même lit, si l'un donnait l'alerte, pour l'autre il n'y avait plus de surprise. Il ne restait qu'à attendre. Au lieu de nous faire subir un isolement inutile et fastidieux, ma mère maintenait le bien portant en place ce qui, bien sûr, simplifiait. Nous nous tenions compagnie. Et d'une de plus de passée !

C'est ainsi que nous fîmes ensemble, l'un après l'autre, la rougeole, la varicelle, les oreillons et même, au dire de mon père, une quatrième maladie que nous ignorions et qu'il dénicha après recherches à la dernière page de son manuel. Seule, la scarlatine, malgré l'insistance de ma mère, fit exception à la règle. J'eus droit à mes huit jours de repos, au lit, près de mon frère qui pelait, mais le génie épidémique, probablement dégoûté de tant de désinvolture, ne voulut rien savoir, et ce fut sans résultat.

Tout cela n'allait tout de même pas sans fièvre, sans nuits agitées, sans soucis. Ma mère, alors, était là, ne quittait pas notre chevet, inlassable, attentive et patiente, nous distribuant la camomille ou l'aspirine, en nous épongeant de ses mains douces la sueur qui inondait nos yeux. Ses livres de contes sur les genoux, à voix basse, elle nous lisait *Peau d'Âne*, *Le Chat botté*, *Cendrillon*. Cent contes, dont nous ne connaissions jamais le dénouement, car bien avant la fin nos yeux s'étaient déjà fermés.

Ma mère paraissait très jeune. Elle était mince, petite et gaie. Elle avait les yeux bleus, d'un bleu ni trop pâle ni trop profond qui n'excluait ni la douceur ni la fermeté. Son regard était franc, direct, et elle portait de fines lunettes d'écaille qu'elle ne posait jamais, mais qu'on oubliait. Son visage était garni de petites fossettes mobiles sur les joues, tellement apparentes que l'on pouvait déjà deviner qu'elles se transformeraient un jour en petites rides enjouées pour témoigner de son bonheur passé. Ses mains fines, racées, ses doigts longs, agiles étaient faits pour consoler et caresser. Elle chaussait un petit trente-sept à talons plats, stable, qui maintenait une certaine différence entre sa taille et celle de mon père ; mais sa silhouette était si gracieuse qu'elle n'en souffrait d'aucune façon lorsqu'elle se levait sur la pointe des pieds pour lui donner un baiser. Elle portait, selon la mode de l'époque, les cheveux longs. Ils étaient bruns, très bruns et faisaient notre admiration lorsqu'elle les peignait. Ils encadraient admirablement ses traits dont ils faisaient ressortir la régularité et la blancheur, sa peau avait un grain doux. Nous le savions, en recherchions le contact, et mon père devait le savoir aussi puisqu'il l'embrassait beaucoup.

Alors pourquoi ? Pourquoi ce refrain que nous jugions inadmissible, inconvenant, et que Paul chantait volontiers à tue-tête lorsqu'il était content :

« Auprès de ma blonde qu'il fait bon...

Auprès de ma blonde qu'il fait bon dormir...

— Tu ne crois pas que papa y va un peu fort, comment maman peut-elle supporter de lui entendre chanter ça ? »

Nous étions outrés et nous pensions que notre mère avait besoin de beaucoup d'insouciance, d'insouciance ou de courage, pour supporter cela. Cela nous laissait perplexes, abasourdis, et pour elle, gênés.

*

* *

« Marie-Thérèse, où sont partis les enfants ? Laisse-les revenir, ils ne perdent rien pour attendre. As-tu mal ? Montre-moi tes jambes... Oh ! ces bleus... Je les assomme.

— Très franchement Paul, je ne crois pas que ce soit là la solution. Si tu m'avais laissée faire, les pigeons seraient passés dans la marmite sans passer par le pigeonnier. Ton vin serait dans ta barrique et je n'aurais pas ces bleus. »

Avoir un élevage de pigeons était un de nos rêves. Nos voisins en avaient, ils évoluaient autour de notre maison et nous en avions envie. Nous en avions choisi deux : un blanc et un beige, encore au gavage. On devait nous les donner, à nous de les habituer sous notre toit. Nous avions confectionné une cage et nous l'avions installée au grenier, à l'avant de la lucarne.

« Papa, nous garderons ces pigeons. »

C'était à la fois une interrogation et une affirmation, cela appelait une réponse catégorique, au lieu de cela on eut le tort de nous laisser un espoir.

« On verra, cela me paraît difficile. Ces pigeons ne resteront pas... Oui, si vous êtes sages. »

Ces réponses étaient équivoques, sujettes à litiges, mais nous laissaient un peu d'espoir. Nos nouveaux pensionnaires étaient installés depuis quelques jours. Dans notre esprit, la décision était prise, nous nous trompions.

C'était, hélas ! la saison des petits pois, et Dieu sait si le petit pois arrange bien le pigeon et le pigeon le petit pois.

Le choc fut terrible ! Ma mère tenait encore les pigeons inertes dans ses mains lorsque nous attaquâmes d'un même élan, tous les deux à la fois, et des pieds et des poings. Il était grand temps que mon père redescende du grenier. Mon frère fut prestement et sans préalable relégué à la cave pendant que je quittais le sol en force, trépignant de rage pour la fessée classique qui, en principe, me ramenait assez vite à des vues plus réalistes. Cette fois, rien n'y fit et l'on dut y adjoindre deux grands godets d'eau froide pour arriver à me calmer.

Mon affaire réglée, on libéra enfin mon frère, qui sans demander son reste, et contrairement à ses habitudes, prit du champ avant d'annoncer à mon père stupéfait qu'en guise de représailles, il avait dès le début des hostilités ouvert tout grand le robinet de la barrique qui venait d'entrer la veille à la maison.

Mon père plongea... plongea dans l'escalier de la cave, mais en un petit quart d'heure une bonne vingtaine de litres était déjà partie. À une époque où justement le vin venait de passer de dix-huit à vingt sous, ce n'était pas le moment d'attendre sa remontée.

Grâce à Marie-Thérèse, qui facilita grandement notre retour, il y eut une amnistie. Elle plaida même si bien notre cause, qu'au repas nous eûmes droit sans réflexion, aussi bien aux pigeons qu'aux petits pois, qu'à notre doigt de vin habituel coupé d'eau.

« Des pigeons tendres, Marie-Thérèse, et qu'il aurait été bien stupide de voir repartir chez nos voisins. »

Paul n'était pas rancunier.

Ce fut un cas isolé, exceptionnel. En fait, ma mère, avec nous, n'élevait jamais la voix, et avec elle nous ne nous rebellions pas. Elle usait de son charme, de sa volonté tranquille pour obtenir de nous à peu près tout ce qu'elle voulait. Nos colères d'enfant ne résistaient pas, tombaient comme par enchantement. Elle avait avec nous la manière et je ne sais pourquoi nous cédions. C'était avec elle un ciel serein où il eût été bien dommage de glisser le plus petit nuage et cela même le soir, lorsqu'il fallait ingurgiter, pour lui faire plaisir, l'écœurante et traditionnelle cuillerée d'huile de foie de morue.

6

Mon père… Il convient tout de suite de dire pour ceux qui pourraient s'y méprendre, que nous n'avions rien d'enfants martyrs, que mon père n'avait rien d'un tortionnaire, et qu'il avait certainement affaire à forte partie. Nous n'étions ni malfaisants ni méchants, nous étions simplement des enfants terribles, impossibles à gouverner, indomptés et indomptables, et nous ne laissions passer aucune occasion de sottise, aucune polissonnerie sans nous y engager à fond, sans soucis, ni des conséquences, ni des retombées.

Maman Louise nous passait tout, camouflait nos incartades, ma mère en ignorait la plupart, et celles qui parvenaient jusqu'à mon père étaient, en fait, de telle taille qu'elles méritaient cent fois les rossées qu'il nous donnait. Mon père représentait l'autorité, rôle difficile entre tous avec tout ce qu'il comporte d'ingrates responsabilités. On l'aimait, on le craignait et on s'en méfiait. Cela dit, mon père n'était quand même pas toujours commode avec nous. Les décisions qu'il prenait à notre égard étaient en général justes, mais rapides, sans appel, car exécutoires avant même que les sentences n'en soient prononcées.

La guerre avait exacerbé en lui une nature impulsive due à un tempérament sanguin et, de l'agacement à la colère, il n'y avait chez lui qu'un pas qu'il franchissait toujours sans préavis. Il n'était pas dans la ligne du héros hugolien : « le père au sourire si doux », mais bien plutôt dans celle du vieux chef gaulois d'Astérix puisque, comme lui, il était courageux mais ombrageux. Sorti premier de Joinville, ce dont il était fier, il était doté, bien qu'il ne soit ni grand ni gros, d'une force peu commune, ce qui le rendait redoutable pour celui qui ne se fiait qu'aux apparences.

« Maman, viens voir. Papa se dispute avec un bonhomme que nous ne connaissons pas. »

Marie-Thérèse alertée n'eut droit qu'au dernier acte. Pris par le col de la veste et par le fond du pantalon, le gros soulevé et porté à bout de bras par le plus petit traversait sans toucher terre les cinquante mètres qui séparaient notre maison de la route en face, pour se voir fermer la porte au nez. C'était bien, mais il y eut mieux, et l'affrontement plus que spectaculaire auquel nous assistâmes un jour aurait été digne, par sa nature, d'Hercule et de ses travaux.

C'était un soir, après la classe. Les élèves, après un bref au revoir, reprenaient le chemin du retour et deux d'entre eux venaient de s'engager dans le pré voisin où broutaient des moutons, lorsqu'un bélier se détacha. Crut-il son troupeau menacé ? C'est probable. Toujours est-il que, ce qui ne s'était jamais produit, il chargea et qu'en un clin d'œil les deux enfants furent à terre. Un bélier furieux n'est pas un animal commode, c'est aussi un animal têtu. Il reprenait du recul pour un nouvel assaut lorsque mon père qui, de loin surveillait, vit la scène. Malgré la haie, malgré les ronces, ayant pris au passage un piquet, en quelques secondes il fut sur les lieux. Le crâne résonna sous le choc, huit fois, dix fois, l'animal serait mort plutôt que de céder et les enfants à terre, terrorisés, ne bougeaient pas. Paul fut alors magnifique. Il lâcha son piquet, attendit la bête, et au moment où elle fonçait de nouveau, ayant fait une légère esquive, il saisit par la toison les quarante kilos lancés en pleine vitesse, les souleva de terre, puis, ayant pris les quatre pattes, comme saint Michel terrassant le dragon, dans un sublime effort, il maîtrisa son mouton. Il y eut plus de peur que de mal.

Marie-Thérèse embrassa son Paul qui sentait fortement le suint. Quant à nous, nous étions admiratifs, mais encore une fois inquiets.

*

* *

Décidément, notre père était un adversaire à notre taille et au fond c'est ce qu'il nous fallait.

Lorsqu'il nous attrapait, aucune résistance n'était possible, nous décollions et passions de la verticale à l'horizontale en un temps record et en un mouvement lié et précis. Ce qui se passait par la suite ne pouvait que nous fouetter le sang et mon père, occupé à la poupe, ne se laissait pas impressionner par les réactions de la proue.

Prévoir ces risques n'était pas facile, bien qu'avec un peu d'observation c'était souvent possible. Il fallait pour cela tenir compte d'un rien, d'un regard, d'un coup d'œil. Ces petits signes étaient à la fois les premiers et les derniers avertissements avant le déclenchement de la tempête et il ne restait alors qu'une parade valable : la fuite, la fuite immédiate et sans perdre de temps.

« Viens ici... Je te dis de venir ici. »

Ces injonctions étaient sans effet, inaudibles. Je détalais en général le premier puisqu'en qualité d'aîné j'étais le plus exposé. Mon frère suivait ou partait dans une direction diamétralement opposée. De toute façon il ne pouvait y avoir qu'une victime, et l'hésitation de mon père nous a souvent sauvés. Il ne tardait pas à nous prendre en chasse et c'était le moment de ne pas perdre une seconde, d'avoir de la décision, et de choisir d'urgence une des deux solutions valables qui se trouvaient à notre portée.

Nos régions étaient coupées de haies épaisses, hautes, garnies de ronces et maintenues dans leur efficacité pour éviter aux paysans la garde fastidieuse des troupeaux. Cela donnait à notre campagne de multiples et incroyables quadrillages, impénétrables en apparence, alors qu'il n'en était rien. Pas un seul pré, pas un seul champ n'était hermétique. Deux passages, deux « sautadours » étaient toujours édifiés systématiquement par leur propriétaire en un geste d'amicale attention à l'égard de ceux qui voulaient traverser. C'était une habitude, une autorisation tacite en même temps qu'une certitude que personne en revanche ne ferait le moindre dommage à ces lieux. Certains étaient des plus simples : deux fourches en bois opposées adroitement suffisaient ; d'autres étaient plus élaborés, édifiés en escaliers, permettant de franchir les obstacles les plus difficiles. Ces « sautadours » étaient régulièrement entretenus, occupaient fréquemment les angles des terrains et leur topographie connue de tous était enregistrée.

Dans nos sauve-qui-peut, ils ne nous furent jamais d'aucun secours. Les emprunter nous eut conduits à notre perte car, accessibles pour nous, ils l'étaient pour mon père. C'est vers d'autres passages que nous nous dirigions, des passages négligeables, ignorés et pourtant toujours maintenus libres par les allées et venues de nos poules et des chiens. Au ras du sol ils constituaient de petits tunnels aux voûtes faites de ronces et de buissons. C'est vers eux que nous nous dirigions sans erreur et que nous nous coulions à l'improviste et, au moment même où mon père croyait enfin triompher, il n'arrivait en général que pour voir le dernier derrière lui échapper. Ni sa dignité, ni sa corpulence surtout, car dans la colère on fait fi de sa dignité, ne lui permettait d'égales prouesses, quant à aller franchir l'obstacle au sautoir habituel, le retard que cela aurait comporté en aurait exclu toute efficacité. Sa colère était à son comble lorsqu'il nous voyait hors d'atteinte, nous éloigner lentement, avec désinvolture, dans une sérénité à laquelle il ne pouvait plus rien. Il prenait cette attitude pour une bravade et il avait tort car ce n'était là que la traduction d'une satisfaction, qu'une reprise en main immédiate de notre self-control qui venait d'être durement éprouvé.

Tout cela était fort bien mais, hélas ! quelquefois impossible. La haie protectrice n'était pas forcément à notre portée. Il restait heureusement une autre possibilité d'autant plus efficace qu'elle ne nécessitait à la fois qu'un peu d'agilité et de rapidité.

Nos poules avaient l'humeur vagabonde. On tenait à leur disposition des nids préparés avec soin, renouvelés de paille fraîche. Elles s'en accommodaient le plus souvent, sauf chaque année à l'arrivée du printemps, période où elles perdaient la tête et étaient saisies l'une après l'autre de velléités maternelles. C'est alors que, lassées de fournir la famille en œufs à la coque, elles désertaient sans crier gare le poulailler dans l'espoir d'improviser et de trouver un coin calme et tranquille où, durant une période de vingt et un jours, elles pourraient donner libre cours à leurs aspirations. Elles se logeaient alors un peu partout, au coin des haies, dans certains angles de notre bûcher, mais surtout dans un refuge de prédilection qui devait leur paraître idéal, un espace profond entre le sol et le plancher de nos classes, espace dans lequel elles pénétraient par des soupiraux étroits. Résignées au jeûne plutôt que de se trahir, là, dans une demi-obscurité, malgré un confort relatif et le brouhaha qui régnait sur leur tête, elles s'évertuaient à se faire oublier.

Mais maman Louise veillait et c'était compter sans sa sagacité. Toute poule absente à l'appel était recherchée, repérée, et sa récupération nous était confiée puisque nous étions seuls capables de pouvoir les atteindre dans leur retraite. Elles nous accueillaient avec de petits gloussements contestataires. Nous étions sans pitié. Saisies sous les ailes, elles passaient de mains en mains jusqu'à celles de maman Louise qui, séance tenante, allait éteindre leur passion pourtant bien légitime, en leur trempant le derrière dans l'eau glacée. Les œufs étaient récupérés.

Ce que nous réalisions dans un but louable, nous devions apprendre à l'exploiter pour notre sauvegarde. Tout comme les poules, grâce à une technique constamment améliorée, à un jeu d'épaules complété d'un mouvement d'assynclitisme de tout le corps, grâce à ce refuge inviolable, nous savions protéger nos arrières avec une promptitude qui aurait dû faire l'admiration de qui nous poursuivait. Nous ne disposions que de quelques secondes, car nous étions à peine en sécurité lorsque la tête de

Paul, enfin à quatre pattes, s'encadrait. Nous assistions alors de quelques mètres, toujours du même côté, l'autre ne devait pas être moins drôle, à une série de mimiques, accompagnées d'invectives bien senties et des plus inquiétantes pour notre proche avenir. La fureur de mon père était congestive, sûrement éprouvante, et toujours stérile. Sa violence était telle, que c'est au souvenir de ces moments que j'acquis par la suite la conviction qu'il serait toujours à l'abri, quoi qu'il fasse, de toute hémiplégie. Mon frère, trop sensible, s'en bouchait les oreilles et moi-même, dans le désarroi, je fouillais toutes mes poches à la recherche de quelques noisettes dans le but de m'assurer une diversion ou de me donner une contenance.

Le même scénario se renouvelait chaque fois. Ne pouvant nous atteindre, fatigué, mon père changeait de tactique et se livrait à un siège sournois, espérant une imprudente sortie. C'était compter sans notre méfiance, sans notre flair, et quelquefois aussi les jours de soleil, sans son ombre qui se profilait, providentielle et révélatrice, à quelques pas. Dans ces cas-là, prisonniers, nous improvisions, mon frère et moi, une partie, une de ces parties de jeu de patience que tous les enfants ont toujours en réserve pour peu qu'ils disposent chacun de deux ou trois cailloux.

Nous savions que tout cela ne réglait rien, mais nous savions aussi que les règlements de compte, avec le temps, perdaient de leur acuité et puis ce qui était gagné était gagné... Et si par hasard il avait pu oublier !

Nous revenions à la maison le plus tard possible. Mon père tirait alors l'oreille de l'un, les cheveux de l'autre, mais sa colère était tombée et il fallait vraiment une raison grave pour que nous eussions droit à la raclée méritée.

Avec le temps, les sanctions s'intellectualisèrent. Petits, nous écopions d'une lecture, d'une copie, plus tard d'une dictée qu'il fallait tordre jusqu'à la dernière ligne en jonglant avec précaution avec les participes passés, qu'ils soient conjugués avec « être » ou « avoir », si l'on ne voulait pas perdre les bénéfices péniblement acquis. Enfin, il y avait le fin du fin : la dictée de mots d'usage.

« Voyons, comment écris-tu “dahlia”, comment écris-tu “chrysanthème” – “charrette” – “charretier” », etc.

Qu'est-ce qui avait bien pu légitimer le choix de pareilles embûches ? Je n'en sais rien. Tout ce que je sais, c'est que l'on se sortait assez facilement de ce mauvais pas. Il s'agissait simplement d'un peu de psychologie, d'opportunisme, d'un peu de sabotage lorsque l'on sentait que l'intérêt se relâchait. Alors, sans hésiter, volontairement, on supprimait un « h » on réduisait d'un « r » et le tour était joué.

« Marie-Thérèse, viens voir ces fautes d'orthographe ! C'est désolant, ces enfants ne sauront jamais écrire ni “dahlia” ni “chrysanthème” ! C'est tout de même malheureux. Ah ! lorsqu'il s'agit de faire des sottises ! »

Ma mère occupée, l'esprit ailleurs, n'avait pas l'air de s'en affecter. Nous non plus, et nous avions très fortement envie de rétorquer que cela n'avait aucune importance, que cela ne pouvait être gênant qu'aux alentours de la Toussaint ou, que dans le cas fort improbable où nous aurions désiré devenir fleuristes, mais par prudence on s'abstenait. Paul, écœuré, nous enjoignait sur le champ d'apprendre nos mots et, vaincu sans en avoir le sentiment, tournait les talons et disparaissait. Nous en faisions autant.

C'était ainsi lorsque les choses tournaient à notre avantage. Quelquefois tout ratait. Un mauvais démarrage, nos retraites coupées, force restait alors à la loi. Il fallait subir, payer sa dette. Le saisi se résignait, les pieds battant dans le vide, sans une larme, gueulant toutefois comme un putois ; pendant que l'autre, prudemment hors d'atteinte, observait.

Mon père avait beaucoup d'occupations. D'abord sa classe, sa classe avant tout, celle des grands où le travail allait croissant jusqu'à la sanction de l'examen de fin d'année. Avec ses inévitables et interminables corrections, elle lui prenait une partie de ses loisirs. Mais ce n'était pas tout, hors de ces heures pédagogiques, pour quatre cents francs par an, mon père assurait le secrétariat de la mairie. C'était un travail fastidieux qui n'aurait dû occuper que les matinées de dimanche et qui, en fait, apportait des servitudes journalières, soit aux récréations, soit après les heures de sortie. Mais ces quatre cents francs étaient nécessaires, faisaient basculer notre budget vers un peu d'aisance, mon père y sacrifiait donc beaucoup de son repos. Les gens attendaient pour un papier urgent, pour un certificat, une déclaration de naissance ou un décès. Mon père faisait des demandes, remplissait des dossiers, et à cette époque, où beaucoup ne savaient ni lire ni écrire (ce n'était pas si mal si l'on savait se signer), il s'occupait de ce qui le concernait et de ce qui ne le concernait pas.

« Monsieur, ne pourriez-vous pas me rendre un petit service ? Le "Pierre" qui est au régiment vient d'écrire, pouvez-vous me lire ce qu'il nous dit ? »

Mon père lisait.

« Pouvez-vous, tant que vous y êtes, lui faire un petit bout de réponse ? »

De fil en aiguille, mon père était devenu l'écrivain public du pays. Il donnait au fils des nouvelles du père et au père celles du fils, et il devait mettre beaucoup du sien dans ces échanges où le peu d'imagination des correspondants ne l'aidait guère.

« Dites-lui que tout va bien, que la "brune" a eu deux veaux, pour le reste, ça n'a pas d'importance, racontez ce que vous voudrez. Ah ! il est un peu fiancé avec la "Marie", vous le savez bien ! »

Sur ce thème, Paul bâtissait une réponse, parlait « cochon », fiancée, et tout le monde était content. Il lui arrivait même, oh ! rarement, de s'oublier, de se substituer, si bien qu'il ne subsistait en guise de nouvelles de la famille qu'un petit post-scriptum insignifiant.

Tout cela le mettait dans les secrets. Certains étaient gênants, il lui arrivait d'en sourire mais il n'en parlait jamais et cela lui valait l'estime de chacun.

Mon père était un homme droit, intègre, sur qui l'on pouvait compter et qui poussait la probité jusqu'au scrupule. Naturellement bon et généreux, s'il pardonnait facilement aux autres, il ne transigeait jamais avec lui-même.

Paul avait un front large et dégarni, des cheveux frisés noirs, partagés d'une raie médiane. Il portait une petite moustache très entretenue aux ciseaux tous les matins et qui avait dû grandement contribuer à la séduction de ma mère à l'époque de ses vingt ans. Son portrait, comme en témoignent encore bien des photos, sauf une, sur laquelle un opérateur humoriste, peut-être pour lui donner un air martial, avait réalisé une retouche à la « Dali », était celui d'un personnage de roman tel qu'on l'eût imaginé chez Guy de Maupassant. Il avait dans son ensemble un petit côté cocasse et amusant.

Mon père était toujours, comme ses fonctions l'exigeaient, très dignement vêtu d'un costume sombre. Veste à quatre boutons fermée presque jusqu'au cou. Il portait le faux col blanc de celluloïd, la cravate noire, et un petit gilet d'où émergeait la chaîne en acier d'une montre qu'il consultait fréquemment. C'était elle qui réglait les entrées et les sorties des classes, le temps imparti aux devoirs et aux récréations. Sans elle il n'y aurait pas eu de vie possible.

Mon père avait vécu quatre ans dans l'odeur de la poudre et du tabac. Il en avait gardé l'habitude et, s'il ne sentait plus la poudre, il continuait à sentir le tabac. Il en avait les poches pleines, en vrac, toujours à sa portée, et il fumait beaucoup. Sans les interdits imposés par son travail, sans les fantaisies de son briquet, il aurait fumé bien plus encore.

« Paul, je t'achèterai un briquet, le tien ne vaut plus rien. »

Paul ne voulait rien savoir. Son briquet avait fait Verdun, puis des jours et des jours de tranchée et malgré ses caprices, il y était attaché. Tout ce qu'il lui concédait, c'était de temps à autre une longue mèche d'un bon mètre qui, enflammée, cela arrivait quelquefois, ne risquait rien, ni de la pluie, ni des courants d'air.

Mon père fumait du gris, du tabac de troupe qu'il roulait habilement sur des feuilles de papier Job et qu'il collait d'un coup de langue. C'était là la seule dépense reconnue et consentie.

Mon père portait à la boutonnière un éventail de rubans fraîchement et bien dangereusement mérités. Jaunes, verts, multicolores, ma mère les lui fixait amoureusement sur chaque veste neuve. Il y tenait.

Il devait pourtant un jour tous les remplacer par un petit ruban rouge qu'en secret il convoitait. On devait le lui remettre en grande pompe, avec les honneurs militaires, dans sa tenue bleu horizon. Hélas ! Le jour venu, lorsqu'au grenier on ouvrit sa cantine, la glorieuse vareuse dont les mitrailleuses allemandes n'avaient pas eu raison était tellement bouffée par les mites qu'on dut y renoncer.

Tous les héros ont leur faiblesse, le nôtre avait le privilège de pouvoir être cocardier.

À peu de temps de là, le ministère de l'Éducation nationale devait lui attribuer une nominative médaille portant cette inscription :

« Tous les enfants de France sont mes enfants. »

Il y avait de quoi laisser rêveur ! Il fallait bien le reconnaître, cette fois c'était tout de même un peu fort !

7

Mon frère. Le plus difficile à cadrer... En dix ans, les adultes changent, en ce même temps les enfants se transforment.

Je crois qu'il me faut parler de lui avant « sa tonte », à l'âge où sous ses longs cheveux bouclés il ressemblait encore à une fillette dans le seul espoir probablement de se faire pardonner.

Mon frère était beau, gracieux, et à une époque où j'avais déjà mon visage de pleine lune, le sien était allongé, fin et racé. Il était avec cela même presque frêle, avec des yeux observateurs et sans cesse étonnés. On sentait qu'il allait rompre avec le gabarit familial et qu'il serait beaucoup plus grand que musclé. Pour toutes ces raisons, il fut admis très tôt qu'il serait d'une constitution fragile. Cela ne reposait en fait sur rien et ce fut là une légende qui, instituée, devait se maintenir longtemps. On le ménageait et à ce mythe il dut d'éviter bien des ennuis et des corrections.

On aimait l'embrasser, le cajoler, c'était justice, il était petit, sensible, affectueux et câlin.

Je le revois sur les genoux de ma mère, revêtu d'un tablier blanc orné d'un perroquet rose, adorable, il riait. Il riait aux éclats alors qu'en même temps, perfidement, il l'arrosait.

Cela ne m'avait pas échappé, je ne disais rien, il put réaliser pleinement son forfait, bien au contraire j'étais ravi... J'étais jaloux.

L'enfance est un passage éphémère, dès que sorti des bras de ma mère, mon frère devait très vite devenir, à mon contact, ambivalent. Deux corps neutres qui se rencontrent, et nous étions loin de l'être l'un et l'autre, peuvent donner des mélanges détonants, c'est ce qui se produisait avec nous. Nous nous apportions mutuellement beaucoup. Mon frère était génial, ses idées toujours originales, et c'est ensemble que nous les exécutions avec une égale ardeur bien qu'en principe je dus en assumer seul les responsabilités.

Livré à lui-même, mon frère était calme, ce qui, évidemment, me désignait tout naturellement comme l'élément perturbateur. Il avait besoin d'un catalyseur pour se révéler, je dois bien le reconnaître, je l'étais... Mon frère savait jouer sans bruit, isolé, c'était un contemplatif. Un morceau de bois, un caillou, examiné sous tous les angles l'occupaient des heures durant avant d'entrer dans des collections dont il était seul à saisir l'intérêt. Enfin mon frère avait un faible et adorait tout ce qui vivait, tout ce qui grouillait : les vers, les mouches, les asticots et tous les insectes en particulier. C'est ainsi qu'il avait toujours quelques élevages en action, différents suivant la saison, et qu'il cloîtrait dans des boîtes d'allumettes, dans des boîtes de cirage ou sous des bocaux de verre pour mieux les observer.

Au printemps, aux premières feuilles, il élevait les hannetons, de gros hannetons aux ventres rebondis, striés de blanc, ramassés sous les tilleuls, qui, retournés sur le dos, le remplissaient de joie lorsqu'en détresse ils s'agitaient vainement pour rétablir leur équilibre. Malgré leurs pattes accrocheuses, il les tripotait sans appréhension, les attelait à de menus fardeaux puis, gentiment, s'ils faiblissaient et certain d'en retrouver d'autres en abondance, il allait les offrir en pâture à nos poules pour voir la tête qu'ils feraient.

D'autres fois, c'était des capricornes énormes, puissants et bruyants, qu'il extrayait de ses boîtes de carton. Eux aussi faisaient les frais des heures creuses avant que de subir le sort des hannetons. Mais avec ces derniers le spectacle tragique de leur fin était beaucoup plus drôle. Voués aux carnages, ils se défendaient, s'accrochaient aux becs des volailles qui devaient combattre pour arriver à bout de leurs armatures puissantes et les déchiqueter. Cela donnait lieu à de réjouissantes parties que nous suivions avec attention puisque nos poules ne mangeaient pas les cornes et que nous les récupérions.

Ces trophées, ceux des grands mâles surtout, que nous conservions précieusement, étaient élevés au rang de talismans. Nous en avions toujours, sait-on jamais, une bonne demi-douzaine dans le fond de nos poches pour conjurer le sort.

Mon frère enfin aimait les papillons. Il les pistait adroitement, patiemment, et son bonheur était complet lorsqu'il pouvait les saisir délicatement à l'improviste sans trop les endommager. Il en avait réuni, empalés sur des bouchons, une très belle collection à laquelle il tenait fort et qu'il entretenait avec le plus grand soin.

Cruautés me direz-vous ? Sûrement pas ! Croyez-vous que les hannetons ou les capricornes sont plus heureux lorsqu'ils sont écrasés sous des talons ? Quant aux papillons, c'était une affaire de collectionneur et le mauvais moment pour eux était bien vite passé.

Faute de tout cela d'ailleurs, mon frère, s'il ne trouvait pas un escargot à libérer de sa coquille ou une limace pour confectionner un petit hachis, savait très bien se contenter d'un marteau et de quelques pointes.

Dans ces cas, il s'isolait, disparaissait, et l'on était sûr de retrouver son matériel un jour, dans les endroits les plus insolites, lorsqu'on avait renoncé depuis longtemps à le chercher.

En grandissant, mon frère eut un jardin, un carré de terre qu'on lui concéda sur ses instances dans le propre potager familial. Il le cultivait en défendant âprement ses limites et il s'occupait avec succès de radis, de mâche, de carottes, de salades ou de fraisiers. Je feignais l'indifférence envers des résultats, qui dans le fond me mortifiaient, et j'essayais de rétablir en cachette la situation en allant le soir, sournoisement, piétiner ses plates-bandes ou bouffer ses fraises, mais rien n'y faisait, car dans ce domaine, mon frère avait « le don ».

Un jour pourtant, il l'employa fort mal. Les grands succès font perdre la tête.

C'était après une leçon sur le bouturage que, la saison étant propice, il se décida à repiquer.

Il aurait pu planter des saules, des noisetiers, voire de la vigne, non, il alla dénicher des brins d'osier.

Les résultats dépassèrent toutes ses espérances, en moins d'un an, sur des souches increvables, il y eut une réserve inépuisable de fines baguettes à la disposition de Paul lorsqu'il voulait nous caresser les mollets. Que de fois je fus conduit à souhaiter à tous les diables ses talents de jardinier.

Je serais certainement très incomplet avec mon frère, ce serait un sujet inépuisable, mais je serais impardonnable si, parlant de sa jeunesse, je n'évoquais ses relations avec les hyménoptères et avec les guêpes en particulier.

Une vieille querelle d'automne, un ressentiment cuisant au creux de la main en fut à l'origine et cela devait dégénérer en une haine tenace et entretenue.

Mon frère ne se serait jamais soucié des guêpes si, un jour, en cueillant une poire traîtresse, entamée sur une face obscure, il n'avait eu la mauvaise fortune d'être atrocement piqué par trois ou quatre d'entre elles qui, à cette occasion d'ailleurs, moururent comme il se doit et on ne peut plus bêtement. Mon frère avait trépigné, pleuré sérieusement et avait gardé une soirée entière des compresses vinaigrées autour de l'avant-bras.

On aurait pu croire que cette cuisante leçon l'aurait rendu méfiant, l'aurait éloigné d'un adversaire malveillant. Il n'en fut rien ! Ce n'était pas un garçon à en rester là.

La guerre venait d'être déclarée. Il la mena magistralement sans coup férir pendant des années.

Il commença à s'intéresser à l'être asocial. Dès que l'un d'eux franchissait la fenêtre il était sur ses gardes et, comme il avait de la méthode, il commença par l'étudier. Pour cela, dans un premier temps, il lui tendit des pièges, des pièges calculés, faisant appel à sa gourmandise, avec un peu de confiture ou un peu d'eau sucrée, sur la table et au soleil. Mais le vorace n'était pas plutôt en action qu'un verre transparent le recouvrait. Mon frère alors l'observait bourdonnant, usant ses forces, attendant que la fatigue l'amène à ramper. Alors, doucement, prudemment, le verre s'entrebâillait et au moment même où la guêpe pensait pouvoir s'échapper, elle se trouvait délicatement coincée sous le rebord épais. Rares étaient celles qui parvenaient à se dégager. L'abdomen annelé, rayé de jaune et de noir, avait beau s'agiter, il restait, malgré ses efforts, vulnérable et à sa merci. C'est alors que dans un deuxième temps mon frère intervenait et qu'avec une fine précelle dérobée à ma mère, sans ménagement il extrayait le terrible aiguillon.

Le reste ensuite n'avait plus d'intérêt. Sans ménagement, il se saisissait du malheureux châtré comme d'une vulgaire mouche, et, après lui avoir mis une minuscule goutte de colle sur les ailes, il l'envoyait rejoindre d'autres de ses congénères dans une boîte de fer percée de trous. Là commençait pour sa victime une lente agonie. Mon frère éliminait de temps à autre les cadavres, quant aux survivants ils avaient droit, suivant sa fantaisie, à de petites promenades dans le creux de sa main, à la grande frayeur de ma mère qui n'était pas dans le secret.

*

* *

« J'ai trouvé un nid de guêpes. Viens avec moi, nous allons l'attaquer. Ne t'inquiète pas elles vont comprendre et cela nous amusera. »

Les vengeances individuelles ne lui suffisaient pas.

Enhardi, il portait la lutte au sein même des communautés les plus vivaces lorsque par chance il en trouvait, par sport plus que par conviction, et pour du sport cela en était !

Les essaims de guêpes sont de deux ordres. Ceux qui se réfugient sous terre profondément dans le sol, peu accessibles, logés en général au pied d'une souche, ou près d'une haie, ou dans un creux de mur bien exposé, et ceux qui se balancent, pendus aux arbres, sur des branches mortes, en volumineux nids de papier gris.

Ces destructions donnaient lieu à des expéditions exaltantes dont mon frère gardait d'autant mieux l'initiative qu'il ne craignait plus les piqûres, c'est à croire qu'il était vacciné, et que je ne partageais pas, pour ma part, son immunité.

C'était un jour de grande chaleur, vers midi, au cœur de l'été. Nous avions repéré un essaim actif près d'un châtaignier, le long de la route, au voisinage de la maison. D'un orifice volumineux, les guêpes sortaient et entraient vers leurs profondeurs, en groupes bruns et denses, affairées, ne demandant rien à personne, bien trop occupées par les fleurs qui foisonnaient. Leur nervosité était malgré tout évidente, exacerbée par la chaleur et le travail. La place était déserte, nous décidâmes donc de les taquiner.

Armé d'un gourdin long de quelques mètres, après une lente et prudente manœuvre d'approche, mon frère plongea dans le souterrain qu'il se mit en devoir de fouiller avec énergie. Fort d'une solide expérience, il savait qu'au cours de l'action l'opération ne comportait pas de risque. Frappées de stupeur, les guêpes sentant que quelque chose d'anormal, de monstrueux se produisait, avaient arrêté leur va-et-vient. Par contre, ce que mon frère savait parfaitement, c'est que, le bâton retiré, cette passivité ne durerait que quelques secondes qu'il fallait à tout prix mettre à profit pour décamper, si l'on ne voulait pas avoir l'essaim entier sur les talons. Il savait que celui-ci, furieux, attaquerait alors tout ce qui bougerait dans un vaste rayon et qu'il valait mieux disparaître au plus tôt.

Hélas ! trois fois hélas !... Du bas de la côte un âne tirant sa charrette arrivait.

C'était l'inattendu, l'imprévisible, la catastrophe !

Prévenir ? C'eut été nous dévoiler, c'eut été risquer... Nous savions qu'il allait se passer quelque chose, mais les dés étaient jetés et nous n'y pouvions plus rien.

L'âne fut le premier à comprendre. Ses longues oreilles se mirent à battre fébrilement un rappel incompréhensible. Sentant le danger il opta pour un recul immédiat, mettant du même coup la carriole en perdition, deux roues dans le fossé, alors que transformée en sémaphore, tirée de sa somnolence, sa passagère, sans comprendre ce qui lui arrivait, vit fondre sur elle des guêpes de toute part.

« Marie-Thérèse, qu'arrive-t-il à la Marie ? Elle n'est plus maîtresse de son âne... Mais, bon sang, cette charrette va verser ! »

Paul crut aux taons, nombreux à la saison. De toute façon, taons ou guêpes, il n'eût écouté que son devoir. Il se précipita, et comme en fait c'était lui qui s'agitait le plus il eut droit à un régime de faveur. À son tour, il comprenait.

Lui, la vieille et l'âne qui avait enfin pu tourner bride, prirent la descente dans une course compétitive, l'essaim, au grand complet, à leurs trousses.

Ce fut un grand spectacle dans une région où il en manquait, et au cours duquel mon père, les bras écartés, s'il avait été un peu doué, aurait dû normalement s'envoler. Il battit ce jour-là tous ses records de vitesse et celui de l'âne en même temps.

Paul, le soir même, était dissymétrique.

« Eh ! que vous est-il donc arrivé monsieur l'instituteur, vous paraissez bien enflé du côté droit ? »

Avouer que quelques guêpes étaient à l'origine de son état parut à Paul peu sérieux. Arguer des oreillons fut son idée première, mais il la rejeta d'emblée en pensant aux complications toujours possibles qui auraient pu être complexantes et discréditantes dans l'avenir, et ce fut d'un ton enjoué qu'il répondit :

« Rien de grave, Firmin, rien de grave, une dent de sagesse qui pointe, mais rien d'important, merci, merci beaucoup. »

« Paul, je vais te faire des compresses d'eau très fraîche avec quelques gouttes d'ammoniaque, j'en ai une petite réserve qui me sert à nettoyer tes costumes et j'ai entendu dire que c'était souverain. »

Paul se laissa faire, mais tel fils, tel père, il décida sans appel la destruction du guêpier.

Deux jours plus tard, très tôt, muni d'un bidon d'essence, de vieux journaux et de son briquet qui lui joua encore une fois un vilain tour au dernier moment, il réalisa partiellement son projet et faillit faire flamber tout le quartier.

Marie-Thérèse put arrêter ses cataplasmes. Il n'en était plus besoin, car le jour même son Paul retrouvait sa symétrie avec un autre profil, grâce à une deuxième dent de sagesse qui venait de se manifester.

*

* *

Si les guêpes sont redoutables, que dire alors des frelons ! De ces longs frelons dont l'unique présence dans une salle à manger provoque la panique et l'ouverture immédiate de toutes les issues. Ils se déplacent à très grande vitesse, six ont la prétention de tuer un bœuf, c'est dire qu'il vaut mieux ne pas trop s'y frotter.

Le nid pendait à une basse branche d'un vieux pommier moussu, au fond d'un enclos. La colonie était d'importance moyenne, ses vols réguliers, bien que peu nombreux, comme il sied à cette espèce qui voyage fort loin et ne se nourrit que de fruits. Il n'était pas question de s'exposer, donc d'approcher. Il fut convenu qu'on les bombarderait de loin, à l'abri, hors de portée de leurs aiguillons. Nous avions amassé un tas de bûches et de pierres, le bombardement pouvait durer, et pour le jeu nous l'espérions.

Il y a des hasards heureux et d'autres malheureux… Je ne sais comment cela put se faire, l'un de nous fit mouche au premier coup.

Sans ce succès inespéré tout aurait pu être évité, car nous aurions vu les gorets. Ils étaient quatre ou cinq, loin du théâtre de nos manœuvres, cachés à nos regards dans l'ombre d'une haie, dormant tranquillement. Dormant, mais l'oreille aux aguets, guettant la chute des pommes, dont ils étaient friands.

Le réflexe venait de jouer. Au bruit mat de la chute ils arrivèrent pressés, avides, curieux. Allez donc prévoir ça !

Ce qui suivit fut effrayant... De loin, nous assistâmes à la scène. Jamais cochons ne coururent avec plus de cœur. Ils tournèrent à perdre haleine, bruyants, saisis de folie, et le soir même le résultat était prodigieux. Aucun d'eux ne tenait plus sur ses pattes, leur volume avait doublé.

Notre voisin les découvrit couchés, inanimés au fond du pré. On dut les porter jusqu'à l'étable.

Le vétérinaire fut convoqué d'urgence. Heureusement ! Son diagnostic fut péremptoire et immédiat.

« Vos cochons ont le rouget. Il est grand temps d'agir énergiquement sinon ils vont crever. Vous n'avez vu aucun prodrome ?

— Non... Le voisin n'avait vu personne... Ni vagabond suspect, ni bohémien jeteur de sorts... Rien... Ce devait bien être le rouget. »

Le vétérinaire formula, suivit l'évolution. Au bout de trois jours on revit les yeux et après huit jours de fièvre intense ils en sortirent, faibles, amaigris, et pour donner en fin de compte de très mauvais salés cette année-là.

Mon frère était studieux, consciencieux, travailleur et appliqué. C'était là des qualités solides qui auraient dû me stimuler. Il n'en était rien. Elles m'auraient même laissé assez indifférent si elles ne m'avaient constamment attiré les mêmes ennuis par comparaisons et ricochets.

8

Libéré des restrictions de la guerre et de la captivité, mon père prenait de l'embonpoint, un peu de ventre, pas mal d'estomac, il en était contrarié. Il attribuait ce changement de silhouette à un manque d'exercice, à une vie trop sédentaire, et c'était probablement vrai, bien que les petits plats de maman Louise risquaient de ne pas y être étrangers. Il fallait trouver quelque chose, les promenades journalières trop limitées ne suffisaient pas, le sport alors ne connaissait pas les faveurs qu'il a aujourd'hui, il restait la chasse, et sans l'avouer, il y pensait.

Notre région était des plus giboyeuses, fournie en lièvres et perdreaux. Nous rencontrions le gibier dans toutes nos promenades, il détalait sous nos pas ou prenait son envol avec fracas, en éventail, sous notre nez. Mon père assistait, les mains vides, consterné, à ces déboulés, à ces essors, et le bâton avec lequel il visait les fuyards avec soin ne lui était d'aucun secours.

« Marie-Thérèse, avec un fusil, ce lièvre était mort ! Ce perdreau, Marie-Thérèse, avec un départ aussi tardif, nous l'avions dans la *brasière*[1]. »

---

1. Brasière : marmite régionale allant sur les braises.

Marie-Thérèse n'en doutait pas.

Il manquait un rien, un encouragement, elle le lui donna.

« Paul, tu devrais prendre un permis, j'ai constitué une petite cagnotte de secours, je t'offre le fusil. »

La suite, on la connaît. Paul, de son côté, avait aussi une caisse noire. Marie-Thérèse eut sa machine à coudre. La décision fut prise sans plus d'hésitation.

« Par sport, Marie-Thérèse... Par sport, plus que pour tuer. »

Cette prophétie devait s'avérer étonnamment juste puisque, contre tout espoir, et malgré ses efforts, mon père ne rapporta jamais rien à la maison.

On acheta, à Saint-Étienne, sur catalogue, un « Hammerless » neuf, triple verrou, calibre 16, choqué à gauche comme il se doit, et pour une question de remise avantageuse, on adjoignit à la commande un éventail impressionnant de cartouches en plomb de tous calibres dont il demeure encore des restes aujourd'hui.

Il ne manquait plus qu'un chien. Saint-Étienne n'en vendait pas. Un chasseur sérieux sans chien n'existe pas. On en retint un à un voisin, à un braconnier ami, qui passait à juste titre pour un connaisseur, un professionnel, et qui possédait la race la plus belle de la contrée.

Grâce à cette fantaisie paternelle, nous eûmes un chien à la maison.

*

* *

Ses origines furent d'une pureté indiscutable. Sa mère, une porcelaine, qui, sans souci des fêlures, menait habituellement une vie aventureuse avec des corniauds, dut pour la circonstance s'accoupler dignement. Sa portée fut soigneusement examinée et elle n'en put garder qu'un chiot, un petit mâle à peine plus gros qu'un boudin, à la truffe noire, aux pattes sans ergot, dont la gueule, signe de grande race, était tachée sur l'ensemble du palais. Le prix fut débattu sinon âprement, du moins longuement. Mon père voulait payer.

« Rien à faire, cher ami, rien à faire, mais puisque vous y tenez, c'est convenu, votre premier lièvre, petit ou gros, nous le mangerons ensemble. »

Jamais cette dette, et pour cause, ne fut acquittée et le lièvre de la reconnaissance court encore.

Aux prises avec six mamelles le jeune chien grandit vite et s'annonça vigoureux. À trois mois il fit une entrée triomphale à la maison et cet événement mémorable pour tous fut arrosé, comme il se doit, tout au long d'une veillée où il y eut force histoires de chasse, bien sûr, et des conseils, beaucoup de conseils, pour légitimer quelques bouteilles de plus.

Mon père passa plusieurs nuits blanches, poursuivi par des lièvres, des perdreaux et les cris plaintifs de son jeune chiot, qui devait à la longue s'habituer.

Nous l'appelâmes Fox. Ce n'était guère original, j'en conviens, mais il y a bien des Dupont et des Durand ! Et Fox n'avait pas malgré tout de pedigree. Fox couchait la nuit dehors, dans une niche, mais d'instinct il prit possession de la cuisine dans la journée, la seule pièce digne d'intérêt à son avis. Il était magnifique, blanc et noir, avec de très longues oreilles pendantes qui pouvaient lui recouvrir le nez. Ses pattes étaient énormes, annonçaient une grande taille, mais il nageait dans sa peau. Bien que jeune, il avait des yeux de vieux noceur, très quémandeur, et un robuste appétit. Lorsqu'il ne s'occupait pas de la vaisselle, des casseroles qui traînaient, il passait son temps à dormir dans sa caisse, roulé sur une couverture dont il ne se dégageait que pour aller inscrire quelques rigoles sur le plancher. Ce chien nous fascinait, nous voulions l'inclure dans nos jeux, mais Paul l'interdisait, et il était formellement défendu de lui tirer les oreilles ou la queue, tout au plus avions-nous le droit de le caresser. Maman Louise avait, elle aussi, reçu des consignes strictes que, désireuse de plaire à mon père, elle suivait scrupuleusement.

« Ne vous tracassez pas, je sais, j'ai soigné toute une meute au château. Ni trop chaud, ni trop froid, à cause du nez, cela le gâterait. Je sais, je sais aussi, pas d'os de volaille, uniquement des os de lapin. »

On se mit tous à son régime. On écorcha à la maison plus de lapins, en trois mois, qu'auparavant en une année, et nous fîmes, mon frère et moi, une petite fortune rien qu'en revendant les peaux au chiffonnier.

« Encore du lapin !

— Prenez patience, les enfants, d'ici peu ce n'est pas du lapin que nous mangerons mais du lièvre et c'est bien autre chose. »

Paul était confiant, nous fûmes dégoûtés du lapin ; du lièvre, nous n'en eûmes pas l'occasion.

Fox fut durant quelques mois la préoccupation majeure. Tout lui était permis, et il put même dévorer une paire de bottines sans démériter. À un pareil régime, Fox devint un beau chien, et l'ouverture arrivait.

Mon père l'avait préparée avec soin. Fox, à huit mois, au cours de promenades d'entraînement, avait tenu ses promesses. Il avait de la branche et à chaque sortie il levait rapidement son lièvre, allant d'instinct là où il se trouvait. Indifférent à la plume, il se comportait en magnifique chien courant qui derrière son oreillard ne perd pas une seconde et le pousse très loin.

Fox aurait pu devenir un grand chien…

Hélas ! Un bon soldat n'est pas pour autant forcément un bon chasseur et la maladresse de mon père devait le gâter dès le départ et pour toujours.

« Marie-Thérèse, je sens que je ne fermerai pas l'œil de la nuit, cette première ouverture me met au comble de l'énervement. »

Marie-Thérèse fit de son mieux pour le calmer, il n'en passa pas moins une nuit blanche, et l'aurore le trouva tout harnaché, en armes, prêt au départ.

« Paul, fais attention ! Avoue que ce serait un comble que tu aies échappé au massacre de fusils allemands pour te tuer avec ton propre fusil. »

Pareille recommandation à un homme qui avait passé quatre ans un Lebel à la main, à la poursuite d'un ennemi, paraissait ridicule.

« Prépare tout pour un civet, Marie-Thérèse, et ne t'inquiète pas. »

Fox, qui n'avait jamais chassé, avait-il compris que les choses sérieuses commençaient ? C'est probable, car le nez à terre, en moins d'une heure, en plein découvert, après avoir frétillé avec conscience de la queue, après avoir donné deux coups de gueule d'avertissement dans la meilleure et la plus pure tradition de ses ancêtres et de sa race, il faisait débouler du gîte son premier levraut.

Mon père, malgré tous ces éléments prémonitoires, fut surpris, puis furieux, et Fox, qui s'attendait sans doute à quelque chose, le fut aussi. Il lâcha une série d'aboiements ressemblant à une bordée d'injures puis, faisant tout de même son devoir, alla se perdre au loin dans le bois où son lièvre lui fut cueilli sous les yeux par un chasseur bien placé.

Fox rentra tard à la maison où mon père inquiet l'attendait. Il ne se soucia ni des discours, ni des caresses, par contre il avala une énorme écuelle de soupe puis, rassasié, et, je crois afin de bien marquer son mépris et rompant avec ses habitudes, il alla ostensiblement lever la patte contre un balai avant de gagner sa caisse où il s'endormit en soupirant.

Tout aurait pu être rattrapé, malheureusement, le lendemain devait être catastrophique et faire date dans la mémoire de Fox pour le restant de ses jours.

Mon père était sur ses gardes cette fois. Lorsque le lièvre détala, il eut droit à une salve d'honneur, ce qui eut pour effet d'accélérer considérablement son élan, mais par contre de couper net celui de Fox, qui, paradoxalement, au lieu de suivre son gibier, disparut en hurlant dans la direction diamétralement opposée.

Le retour du chasseur fut triste, et le soir même Fox faillit le mordre lorsqu'il voulut examiner son oreille, où des plombs de « quatre » avaient fait une bonne demi-douzaine de trous.

« Ce fusil porte à gauche, Marie-Thérèse. J'avais ce lièvre dans ma ligne de mire. »

C'était une explication plausible, logique même, mais allez faire comprendre cela à un chien !...

Ce fut fini. Fox, en chien intelligent, avait pris conscience du danger. En période de fermeture il acceptait la chasse devant mon père désarmé, mais à la seule vue de son fusil, il disparaissait pour la journée.

Fox était entré dans la famille, même devant ses résolutions et son entêtement, il n'était plus pensable de s'en séparer, et c'est ainsi qu'il nous fut livré pour notre plus grand bonheur.

Fox était un chien calme, sans histoire, auquel il n'y avait rien à reprocher. Il n'était pas voleur mais il était gourmand et, alors qu'il avait échappé de justesse aux plombs, pour ce petit défaut, il faillit un jour périr sous la massue, et sous celle de maman Louise qui plus est.

Nous avions tué le cochon. Ce rite nécessaire avait eu lieu, comme tous les ans, au plein de l'hiver, au moment où les viandes se conservent, où les bêtes sont grasses et les saloirs vides en général. C'était à maman Louise que revenait la rude corvée de nettoyer le ventre du sacrifié, pendant que les autres, à la maison, préparaient les viandes et en particulier la chair destinée aux saucisses et à la pâte aux boudins. Maman Louise était donc partie, par une froide après-midi de février, à la pêcherie la plus proche, pour son travail fastidieux. Là, avec conscience, elle œuvrait péniblement, les reins brisés, les mains rougies par le froid, nettoyant les boyaux avec méthode et minutie. Elle les prenait un par un dans un « paillon », à ses côtés, puis, propres, raclés et bien lavés elle les jetait derrière elle, sans se retourner, sur un linge blanc étendu à terre à cet effet. Maman Louise avait fini. Le dernier tronçon venait de rejoindre le reste du travail, accompagné d'un soupir de soulagement, et elle se retournait pour jouir du résultat de ses efforts, au moment même où Fox engloutissait sans bruit et sans mâcher le dernier des morceaux que, depuis deux heures, elle lui servait sur nappe, et sans s'en douter.

Fox ne dut sa survie qu'à des réflexes rapides et à une fuite précipitée.

Battoir en main, maman Louise, pourtant si calme à l'ordinaire, avait senti monter en elle des ardeurs assassines. Elle rentra à la maison, les mains vides, et Fox eut le bon esprit, le ventre plein, de découcher.

On ne mangea ni saucisses, ni boudins cette année-là, mais on se surpassa, et malgré tout, nous réalisâmes, de fortune, de très bons et très nombreux pâtés.

Fox faisait admirablement l'amour. Folette, la chienne de nos voisins, qui n'avait guère de race mais beaucoup de tempérament, en savait quelque chose deux fois par an. Il lui faisait, printemps et automne, des portées fantastiques et, à eux deux, si l'on n'y avait mis bon ordre, ils auraient peuplé la commune de corniauds. Le reste du temps, Fox, plein d'ingratitude, se foutait éperdument de Folette et ne lui aurait pas laissé un seul os à ronger, aurait-il dû crever lui-même pour l'avaler.

Fox était un brave chien. Ne sentant pas ses jours en danger, il avait avec nous des patiences à toute épreuve, acceptant de nos mains toutes les exigences. Lassé, il ne cherchait ni à se fâcher ni à mordre. Il s'échappait tout simplement, mais revenait fidèle le lendemain, compléter d'une langue chargée de salive et d'affection notre toilette sommaire du matin.

Il mourut chez nous, vieux et choyé, après une courte carrière de chien de chasse pour laquelle il était pourtant prédestiné, et une fort longue vie de chien de traîneau à laquelle rien ne l'avait préparé.

9

Elle nous arriva un jour, on ne sait d'où, maigre, efflanquée, n'ayant plus que les os et la peau. Ma mère la trouva un matin d'automne sur le seuil de notre porte. C'était une très jeune chatte grise, peureuse et glacée, pelotonnée sur elle-même. Elle se laissa prendre sans résistance, tremblant de tous ses membres. C'était une pitié.

La saison était avancée, nous l'installâmes dans une boîte à chaussures, couverte de lainages, auprès du poêle qui ronflait. Elle resta là, longtemps, les yeux fermés, secouée de frissons rapides qui hérissaient son dos. Elle ne voulait rien prendre, dédaignait l'eau, la viande, le lait, et tout laissait prévoir qu'elle ne survivrait pas. Aussi notre surprise fut grande le lendemain, lorsque nous la trouvâmes assise auprès de la soucoupe vidée. Elle nous accueillit avec un miaulement plaintif et ses yeux verts nous fixèrent intensément, inquiets. Elle ne se déroba pas à nos caresses, lapa de nouveau du lait et accepta un peu de viande puis, en confiance, se remit en boule et s'endormit.

Elle fut malade une semaine, mais, un matin, à notre arrivée, elle bondit de sa boîte, vive comme un ressort, sa guérison était acquise, son adoption aussi.

Personne ne nous réclama jamais Cadie. Un chat perdu, rien de plus ! Et pourtant toutes les grâces de la nature s'étaient réunies dans cette petite touffe de poils gris. Elle était rayée de la tête à la queue de bandes brunes qui réalisaient une prouesse de symétrie. Petite, elle fut adorable et elle nous amusa beaucoup. Vive, aux aguets, elle avait des évolutions cocasses, et tout était prétexte au jeu. Un bouchon au bout d'une corde, une bobine qui roulait ou une simple brindille agitée la mettait dans des extases qui se concluaient en cabrioles. Sa souplesse tenait du prodige. Tantôt sur le dos, tantôt rasant le sol, elle exécutait des bonds prodigieux, prenait des attitudes inattendues et comiques qui alternaient et contrastaient étrangement avec des allures naturelles de grand félin.

Cadie, hélas ! saccagea sa jeunesse, brûla les étapes et devint, à notre grand regret, adulte en quelques mois.

À l'encontre de Fox, qui ne quittait pas la cuisine et qui fut d'ailleurs son pire ennemi, Cadie, son esprit d'indépendance s'affirmant, ne se fixa aucune limite et on la retrouva dans tous les coins, de la cave au grenier, et ce fut partout son domaine.

Ses présences étaient occultes, feutrées, discrètes, et elle savait disparaître sans se faire remarquer. Elle ne devenait existante que lorsque maman Louise portait son lait. Alors elle ronronnait, bombait l'échine, faisait du charme en se frottant contre ses jambes, jusqu'au résultat.

Cadie était une chapardeuse, elle pouvait, à tout moment d'inattention, déguerpir à toute allure, la viande entre les dents, et aucun coup de balai n'arriva jamais à lui faire perdre cette habitude. Elle avait enfin très mauvais caractère. Au cours des distributions de viande il y avait entre Fox et elle des règlements de compte rapides et subits. Elle lui crachait au visage et était capable de le tenir en respect, par quelques coups de griffes, quelques secondes avant de décamper, ce qui était toujours opportun car, lorsqu'il s'agissait de viande, Fox ne se laissait pas longtemps intimider. On était obligé de les servir séparément, l'un sur la table, l'autre au plancher.

Cadie avait ses recoins favoris. L'été, sur les appuis de fenêtre, au chaud soleil, où elle restait allongée, en sécurité, les yeux mi-clos et vigilante. Elle ne quittait ses refuges qu'après s'être étirée, avoir fait jouer ses muscles longuement, voluptueusement et avoir procédé à une toilette méticuleuse qu'elle renouvelait plusieurs fois par jour. Minutieuse et souple, elle se lustrait le poil, poussant la conscience jusqu'à son derrière, ce que nous trouvions, mon frère et moi, inconvenant. Ce détail, d'un goût douteux, auquel elle avait l'air de tenir, ne cessait de nous étonner : nous finîmes par lui trouver une explication. C'était certainement pour s'éviter des complexes lorsqu'elle marchait la queue en l'air en mettant son derrière en évidence, probablement pour l'aérer.

L'hiver, elle ne quittait pas la cheminée où elle dormait à la même place et si, le soir, elle n'y était pas on pouvait être assuré qu'elle s'était glissée dans une chambre, à la faveur de l'ombre, et que là, sous l'édredon de plume, près de la bouillotte qui chauffait, elle se débarrassait de quelques puces qu'en toute logique, nous devrions bientôt récupérer.

Parler de Cadie sans parler « rats » serait injuste. Cadie était une excellente ratière qui les attaquait tous sans distinction. Elle veillait de jour et de nuit sur son territoire, et l'automne elle avait fort à faire, lorsque le soir ils montaient par bande le long de notre treille jusqu'au grenier. C'était à l'arrivée qu'elle les attendait. Au creux de la nuit on entendait ses poursuites et ses dérapages sur les noix et les châtaignes, et le bref cri qui indiquait qu'un pillard passait de vie à trépas.

Avec les gros rats elle accomplissait son devoir de gardienne, sans calcul, ni intérêt, car elle ne les mangeait pas. Nous trouvions leurs cadavres le matin, devant la porte où elle les abandonnait. Dans la journée, c'était une autre affaire. Nous étions souvent témoins muets de ses chasses.

Cadie semblait dormir, les yeux fermés, mais son oreille sensible au moindre bruit frémissait. Sans bouger la paupière, elle percevait l'imperceptible. Si une souris quittait sa retraite par imprudence, elle en était aussitôt avertie. Elle la laissait aller, prendre confiance, en toute liberté, et comme elle connaissait les plus petits trous du plancher, brusquement elle lui coupait la retraite, et un étrange ballet commençait.

Sans plus paraître s'en soucier, elle la laissait s'enhardir, trottiner à son aise, prendre enfin conscience qu'elle était perdue. Elle surveillait les déplacements de plus en plus nerveux, de plus en plus désordonnés, prenant un cruel plaisir au désarroi, jusqu'au moment où, lassée, elle prenait enfin sa victime entre ses griffes pour la laisser repartir et la reprendre encore. Le jeu durait, sauvage, cruel, toujours semblable. Rarement la souris y trouvait une faille. Tout se terminait en général par un bond prodigieux, un infaillible et imparable coup de patte qui mettait fin à la torture et à la vie de sa captive, qu'aussitôt elle dévorait.

Cadie n'était pas parfaite. On la rencontrait parfois loin de chez nous, dans des chasses moins avouables, où bien des oiseaux devaient laisser leurs plumes.

Cadie était capricieuse (ce qui est normal pour un chat). Elle déambulait avec des airs altiers que devait légitimer, dans sa lignée obscure, la présence de quelque vieux mâle angora. Elle ne tolérait aucune privauté, n'acceptait qu'on lui touchât ni le nez ni les moustaches et, d'un coup de griffe immédiat, savait, au besoin, vous le rappeler.

Faire entrer une partenaire de cet acabit dans nos jeux et la rendre coopérative était presque impossible. Elle participait de mauvaise grâce et ne se prêtait à aucun dressage. Nous en avions du ressentiment.

Tout cela était inadmissible. Une vie sans aventure est une vie sans charme, même pour un chat. Nous fîmes, mon frère et moi, de notre mieux pour lui apporter quelques éléments récréatifs qui, il faut bien le dire, n'améliorèrent pas, compte tenu de son caractère, nos relations.

Nous commençâmes, c'était facile et divertissant, par lui attacher quelques séries de pétards à la queue. Allumés, ils eurent pour effet de déclencher chez elle des fuites éperdues puis enfin une succession de propulsions en chaîne qui devaient l'amener une première fois au sommet de nos tilleuls, une autre fois, et je ne sais comment, jusqu'au faîte même de notre toit.

Mais tout cela n'était que broutilles, nous devions faire mieux, et c'est ainsi qu'un jour nous transformâmes Cadie en parachutiste.

En l'absence de nos parents, elle fut sanglée, attachée avec deux ficelles et fixée à un manche de parapluie, avant que d'être lâchée de la lucarne du grenier, pour une chute libre d'une dizaine de mètres environ.

« Reste en bas et récupère le parachute ! »

J'y étais. Cadie, freinée, tomba bien sans mal sur les quatre pattes, mais à la réception je n'eus ni le temps ni la possibilité d'intervenir. Elle se libéra seule, comme une grande, au travers d'une haie.

Malheureusement, dans la course qui s'ensuivit, le parachute subit de tels dommages que nous dûmes le faire disparaître, et nous contenter d'un seul essai. C'était regrettable, car Cadie avait de réelles dispositions. C'était, malgré tout, ou une ingrate, ou un élément qui n'appréciait ni l'inédit, ni les sensations fortes, puisqu'à la suite de cet exploit, dont elle aurait eu tout lieu d'être fière, elle bouda, et disparut pour trois jours de la maison.

Un peu de sommeil c'est bien, un excès dénote un manque de tonus.

Cadie dormait dans la salle à manger, dormait sans cesse. C'était anormal ! L'un de nous eut une idée.

« Tu sais, les chats sont électriques. C'est papa qui le dit. Ne crois-tu pas que Cadie manque d'un peu de…

— De potentiel.

— C'est ça, si on lui en donnait, je pense que cela ne pourrait que lui faire du bien. »

La batterie de la voiture était justement en charge. Avec un bel ensemble, grâce aux deux fils, Cadie fut mise en circuit, un plot à l'oreille, l'autre à la queue… La réaction fut fulgurante et dépassa nos prévisions… Paniquée, terrorisée, miaulant avec fureur, Cadie, d'un bond, fut sur la table, d'un autre à la cime de nos rideaux.

Elle ne reprit ses esprits qu'une dizaine de minutes après, sous les coups de balai de maman Louise qui, alertée par le bruit, et la trouvant cramponnée aux tulles déchirés, crut qu'elle était devenue folle, ce qui paraissait d'autant plus vraisemblable, qu'effrayés nous-mêmes par les conséquences, nous avions, mon frère et moi, rapidement disparu, emportant dans nos poches les deux fils révélateurs.

Cadie n'eut aucune descendance. Maman Louise y veillait et tous ses nouveau-nés périrent noyés avant d'avoir même ouvert les yeux.

Elle disparut un jour comme elle était venue.

Les longues absences étaient contraires à ses habitudes car, s'il arrivait à Fox de disparaître quelques jours pour courir la prétentaine, elle, par contre, attendait toujours ses amoureux à la maison.

Nous la cherchâmes partout, appelant et reniflant, mais un chat ne se perd pas. Il fallut bien à la longue se rendre à l'évidence. Cadie ne devait plus revenir, victime probablement du fil de laiton, du plomb ou du poison.

10

Un chat ou un chien dans une maison est assez banal, mais un canard ayant droit de cité dans chaque pièce, droit d'impunité, élevé à un rang sacré, tel que ce dernier le met pour toujours à l'abri du four de la cuisinière, du pot de confit, ou d'autres avatars réservés à son espèce, voilà qui n'est tout de même pas tellement commun.

Je sais bien qu'il y eut dans l'histoire les oies romaines qui jouissaient d'un certain prestige et passèrent à la postérité, mais ce n'était en fait que de vulgaires volatiles destinés à la garde, ce qui les réduisait, au fond, au rang d'esclaves, tout en ne leur garantissant pas pour autant un avenir heureux. Avec « Gédéon », c'était bien autre chose ! C'était un exemplaire unique, libéré de toute contrainte, de toute responsabilité et beaucoup d'humains auraient envié son sort.

Cela mérite explications.

À la période difficile et économe de notre enfance, les cadeaux étaient rares et avaient leur valeur. Ceux que l'on nous fit se comptèrent, aussi en gardons-nous le souvenir ému, et peut-être même, en cherchant bien encore quelques-uns de leurs vestiges, car ils étaient, sinon toujours appréciés, du moins très surveillés. C'est ainsi que nous eûmes deux tricycles qui firent notre joie, et dont la propriété entretint nos disputes, un nain jaune, qui ne perdit son charme qu'avec ses cartes, et un important jeu de croquet qui nous fut rapidement confisqué à cause d'une fâcheuse tendance que nous eûmes d'emblée de nous servir des maillets en guise d'assommoirs. Nous reçûmes enfin quelques livres et c'est là qu'il faut en venir pour expliquer Gédéon. Car, Gédéon, c'était le héros, le Zorro de notre époque, un canard en l'occurrence, dont les prouesses extraordinaires se succédaient en magnifiques dessins dans les incomparables albums de Benjamin Rabier.

Le canard de Benjamin Rabier était jaune, des pieds à la tête ; le nôtre, faute de mieux, fut blanc, mais avait toutefois, comme tous ses congénères, le bec jaune et cela sauvait les apparences.

Gédéon était notre mascotte. Nous l'avions imposé à la famille et Maman Louise, elle-même, hésitait à lui donner du balai lorsqu'il rentrait en se déhanchant dans sa cuisine. Tout au plus avait-il droit à un coup de torchon symbolique, si toutefois il s'oubliait. Mais Gédéon n'abusait pas, ses incursions étaient rares et courtes dans la maison. Au plancher dur sur lequel ses pattes faisaient un bruit curieux, il aimait mieux la terre battue, l'herbe ou la boue, et son royaume préféré était la basse-cour, où, seul de son espèce, il régnait en tyran.

Gédéon avait un statut spécial. Il avait aussi un régime personnel, auquel personne ne touchait, et qui était très étudié. Tous les jours on lui préparait, dans une écuelle plate réservée, une pâtée d'orties, de pommes de terre écrasées et de son, le tout servi avec beaucoup d'eau. Mais c'était un boulimique qui avalait sa ration en un clin d'œil pour se précipiter au plus vite, et sans se poser le moindre cas de conscience, vers la distribution générale où il cherchait encore à se tailler la part du lion, malgré son bec plat. Il y parvenait, se saisissant avec une habileté de Chinois des grains de maïs épars et arrivait même à distribuer à la hâte, en cours de route, de-ci, de-là, des coups de cisailles redoutables qui faisaient sauter en l'air coqs et poules lorsqu'il les atteignait.

Gédéon enfin n'était pas propre, et en cela ne ressemblait pas à son effigie. Au mépris de ses plumes blanches, insatiable, il passait le plus clair de son temps dans l'égout du jardin où, le cou et les pattes dans la fange, il tamisait avec une joie évidente l'eau de vaisselle qui y arrivait, à la recherche d'épluchures dont il se délectait. Il sortait de là dans un état pitoyable, traînant une odeur nauséabonde, difficile à supporter. Nous étions navrés.

« Mes pauvres enfants, ce canard sent trop mauvais. Cessez de le tripoter, vous sentirez bientôt aussi mauvais que lui... Vous voyez bien que sans eau il est malheureux. Si vous ne voulez pas le manger, vous devriez le donner à nos voisins, vous feriez son bonheur. »

Donner ou manger Gédéon : il n'en était pas question et puisqu'il lui manquait de l'eau, nous lui en procurerions.

En cachette, aidés d'un marteau et d'une vieille lime rouillée, la lessiveuse de ma mère, déjà en piteux état, se détériora rapidement, se transforma en passoire et fut jugée, bien à propos, hors d'usage. Il nous fallut trois jours pour en colmater les brèches, et une bonne semaine pour l'enterrer, mais au bout de ce temps, une eau claire, au ras du sol, attendait le bon vouloir de notre idole.

Ce fut alors que Gédéon nous étonna !... Non seulement, au bout d'une semaine, il s'était refusé, malgré notre invitation, d'aller vers le bain, mais il s'obstinait à en éviter les abords.

C'était un peu fort ! Ce n'était pas possible, certainement il n'avait pas compris, il n'était pas habitué, il fallait lui apprendre.

Il eut droit à une baignade aimable qui se voulait persuasive, puis on attendit. Rien ne paraissait le décider, ni l'eau renouvelée, ni la canicule, ni les croûtons de pain qui nageaient en surface : il s'obstinait. Alors, de part et d'autre, on s'énerva. Gédéon fut traqué, puis soumis à des plongées obligatoires, systématiques, répétées, sans préavis et de plus en plus fréquentes, de plus en plus longues. Chose étonnante, il paraissait n'y prendre aucun plaisir. Ces immersions manquaient-elles des plus élémentaires préparations préliminaires ? Je ne sais ! Toujours est-il qu'il fuyait, suffoquait, se débattait à grands coups d'ailes, et que nous en sortions bien plus douchés que lui.

Nous essayâmes tout, mais malgré notre insistance, jamais nous ne pûmes réussir à le faire tenir, ne serait-ce que quelques secondes, la tête en bas, le croupion esthétiquement pointé vers le ciel, comme le faisaient si volontiers et si naturellement ses congénères voisins.

Il fallut y renoncer. Gédéon n'était décidément pas un canard comme les autres. Plus le temps passa, plus il se méfia de l'eau, puis, à la longue, il s'en dégoûta.

Gédéon était un cas !

Il devait, malgré ce manque d'hygiène élémentaire pour un canard, devenir très vieux. Il vit passer des générations de poules, qu'il n'aimait pas, et se gorgea de leur sang. Quant à lui, il ne fut jamais question de le manger.

Il mourut, victime de sa gourmandise, un jour de pluie, en avalant une limace rouge dont il avait mal jugé de l'importance. Nous le retrouvâmes au fond du pré, raidi, froid et déjà faisandé, sa proie roulée, gluante de bave, encore vivante, en travers du gosier.

Nous le pleurâmes comme un ami puis, comme il faut bien se faire une raison et aussi se distraire un peu, nous l'enterrâmes en grandes pompes au fond de notre jardin...

Et il n'y eut plus d'autre canard à la maison.

11

De l'extérieur, comme de l'intérieur, notre maison sentait l'école. De l'extérieur, par son architecture fonctionnelle, conventionnelle et de goût douteux, un corps de bâtiment central flanqué de deux ailes latérales basses garnies de fenêtres sans rideaux devant une cour pelée, de l'intérieur, par cette odeur si particulière commune aux lieux publics et à certaines salles d'attente, odeur de sueur, de poussière et d'atmosphère viciée, que le courant d'air le plus étudié n'arrive jamais complètement à dissiper.

L'ensemble comportait notre logement, quatre pièces, dont la cuisine, et deux classes attenantes où s'entassait, cinq jours par semaine, une soixantaine d'enfants, filles et garçons, qui entretenaient l'ambiance et le parfum. Une pièce prélevée à l'étage, décorée d'une Marianne de plâtre, faisait office de mairie. La maison comportait, en outre, caves et grenier et ce dernier avait un œil-de-bœuf au ras du toit. Ce détail peut paraître insolite mais je ne peux moins faire que de le noter, puisque, au dire de ma mère, je lui dois ma tête ronde pour m'y être encadré trop souvent. Elle avait horreur de me voir apparaître à son altitude, penché dans le vide, et elle avait trouvé cet argument original de dissuasion qui aurait pu réussir si j'avais eu des soucis esthétiques, mais qui manqua son but, car, hélas ! je n'en avais pas.

Nous jouissions de tout le confort de cette époque.

Le chauffage, s'il n'était pas encore central, était parfaitement assuré par deux pièces à feu, la cuisine et la salle à manger, par des bouillottes, une pour chaque paire de pieds l'hiver, et un nombre imposant de couvertures et d'édredons. L'ensemble permettait de passer sans trop d'ennuis les périodes de froid les plus rudes, souvent longues dans la région où le thermomètre s'acharnait à battre des records au-dessous de zéro.

L'électricité était en marche, mais se propageait lentement. De Limoges, elle devait mettre quinze ans pour nous arriver. En attendant notre éclairage était mobile, conditionné par le pétrole, la stéarine et les allumettes. L'absence d'un de ces trois éléments entraînait immanquablement la panne, l'arrêt des devoirs du soir, et les déshabillages dans l'obscurité.

Maman Louise cuisinait à la lampe pigeon, c'est-à-dire au jugé, en goûtant souvent la sauce, ce qui est encore la meilleure façon de faire de la bonne cuisine, alors qu'au centre de la table, inamovible à cause de son poids et de son verre qui éclatait facilement si on la penchait par mégarde un peu trop, la lampe à pétrole rayonnait. Elle était entourée de soins journaliers. C'est ainsi qu'on réglait sa mèche tous les jours, qu'on la mouchait avec soin, ce qui n'empêchait pas qu'elle noircissait le plafond car à la moindre négligence elle fumait.

Le sanitaire n'avait pu gagner les étages. Il était représenté par un seul évier, dans la cuisine, mais un évier en fonte à l'encontre de ceux de la région qui étaient tous en pierre taillée, et c'était là une nuance à signaler. Son écoulement s'avérait toujours parfait, direct et sans critiques possibles, grâce à un tuyau de plomb qui donnait directement sur un égout à ciel ouvert. Une baguette pour ce tuyau, une tranche pour l'égout, avec ces simples moyens l'entretien était assuré et l'engorgement perdait ses droits.

L'eau potable était au milieu de la cour en un puits profond, intarissable, couvert, muni d'un treuil à main. Elle devenait courante à l'extrémité d'un godet après des exercices éprouvants qui faisaient qu'on ne la gaspillait pas. C'était très bien et suffisant.

*

* *

« Marie-Thérèse, j'ai vu cet hiver sur *Le Chasseur français* ou *Le Petit Écho de la Mode* je ne sais plus très bien, une idée originale pour réaliser une douche. Cette chaleur est accablante. Je vais tâcher de retrouver ce journal et voir si je ne pourrais pas en installer une dans la pièce à débarras.

— Paul, c'est une excellente idée, je t'avoue que rien ne pourrait me faire plus plaisir. Mais une douche, tu sais... »

Paul rechercha, trouva et étudia scrupuleusement le mécanisme. C'était simple. Il fallait un arrosoir volumineux en bon état avec sa pomme, on l'avait ; un crochet puissant pouvant être solidement fixé au plafond, on l'avait ; et une corde de grosseur moyenne pour faire basculer l'appareil, c'était enfantin. La douche devait se faire théoriquement au-dessus d'une lessiveuse dont des essais préliminaires devaient permettre de fixer pour toujours l'exacte position dans un cercle de craie. Paul œuvra une journée entière mais ce fut un succès. L'arrosoir une fois rempli jusqu'à la garde d'une eau très chaude, dans l'espoir d'en recevoir un peu de tiède sur le dos, devait être hissé avec une échelle jusqu'à la poulie puis, nu au milieu de la lessiveuse il n'y avait plus qu'à vaincre son inquiétude et à tirer sur la ficelle pour avoir dix litres d'eau à sa disposition.

C'était si formidable, si simple, si nouveau et si amusant, que mon frère et moi, malgré notre appréhension instinctive de l'eau, nous faillîmes être conquis et mettre en danger, et pour la première fois, le niveau même de notre puits. Dieu sait ce qui serait arrivé, si une malheureuse aventure, dont ma mère fit seule les frais, n'était survenue à point pour interrompre notre euphorie en stoppant tout d'un seul coup.

Cela se produisit à la première traction, à cette traction où en général jouait l'effet de surprise, et pour une surprise elle en eut une ! Elle fut comblée ! Elle attendait une pluie fine, elle reçut sur la tête tout à la fois, le contenu, le contenant, le piton et une partie du plafond. Ce fut une catastrophe ! Elle s'en tira avec une longue et profonde estafilade du cuir chevelu.

On eut très peur. Ma mère garda le lit deux jours durant, la tête basse, sur les instances formelles de mon père, affolé par un écoulement nasal clair et régulier qui avait débuté le jour même de l'accident. Paul, ne croyant rien moins qu'à une fuite méningée par un trou de nez, voyait les cervelles de son épouse en cale sèche, et lui-même portant déjà le deuil à cause de ce maudit arrosoir. Son moral était au plus bas et devenait communicatif. Ce fut la malade qui, lassée, dut rectifier le diagnostic.

« Mais enfin Paul, ne crois-tu pas que c'est quand même beaucoup d'histoires pour un simple rhume de cerveau ? »

*

* *

Je pense avoir tout dit sur le confort de notre maison, ah non ! j'allais l'oublier, il convient aussi de le signaler : nous disposions de cabinets. Oh ! évidemment pas dans la maison ! C'eut été anormal, inconvenant, voire malsain, dans un village où à l'époque tout le monde s'accommodait simplement soit de quelques rangs serrés de verts topinambours aux larges feuilles, soit du refuge systématique de l'étable en hiver, mais nous avions néanmoins des cabinets, non par luxe mais par une nécessité rendue impérieuse par les soixante derrières qui, à tour de rôle, en permanence, les occupaient.

Ils étaient groupés au fond de la cour. Ils consistaient en une plate-forme en bois où l'on accédait par quelques marches. Cette plate-forme, solide, percée de trois trous et divisée en trois isoloirs par des murs de torchis, était couverte et fermée de demi-portes tenues par des crochets. À l'étage inférieur, au sous-sol, à des places précises, trois tinettes attendaient. C'était sobre, rudimentaire, et ce modèle, probablement disparu de nos jours, valait la peine d'être décrit. Le bon fonctionnement de l'ensemble était toutefois conditionné par des corvées hebdomadaires renouvelées tous les samedis, au week-end, après la classe, et qui ne manquaient ni de folklore ni d'odeur.

« Y a-t-il des punis ? Non !... Alors il me faut deux volontaires. »

Si l'enthousiasme manquait, on procédait à des désignations d'office qui allaient par rang de taille pour des raisons de commodité, et l'on passait à l'action. Une étrange et nécessaire procession se déroulait alors suivant un rituel précis au cours duquel mon père et ses deux acolytes dégageaient les résultats d'un rendement intestinal abondant et régulier. Deux longues et fortes barres étaient passées successivement dans les anses des trois tinettes retirées au préalable de leurs loges respectives, et l'équipage, en position de brancardier, démarrait. Les deux recrues se plaçaient à l'avant l'un derrière l'autre, ils avaient l'air pur devant eux mais les risques sur les talons. Paul, dont les dispositions athlétiques trouvaient là leur concrétisation, prenait à lui seul la charge arrière et marchait à croupetons pour rétablir les niveaux, éviter le clapotis et les éclaboussures toujours possibles.

« Allez doucement, les enfants, ne donnez pas d'à-coups. Faites attention où vous mettez les pieds, et surtout ne trébuchez pas ! »

Il n'y manquait qu'une bannière !

Ce mille-pattes, qui n'en comportait que six, se déplaçait avec souplesse, avec des lenteurs calculées, évitait les cailloux, compensant des avant-bras les irrégularités du terrain, et dans un sillage odorant, contournait la maison à une cadence étudiée pour se rendre au fond de notre jardin où enfin il se libérait.

Mélangé à de la chaux vive et enfoui un certain temps sous terre, on avait là, à longueur d'année, un engrais naturel, fertile, qui nous donnait des résultats spectaculaires et enviés. Il y en avait pour tout : pour les légumes, salades, poireaux, radis, pour les fleurs de ma mère, et même pour le pied géant du seringat qui lui devait sa vigueur et son odeur prenante et envoûtante de l'été.

C'était un pays sain. Nous n'eûmes jamais ni typhoïde ni tænia !

*
* *

Les hirondelles du pays nichaient sous notre toit. Il y en avait peu au village où elles ne trouvaient que glui et chaume peu favorables à l'établissement de leurs nids. Pour ces raisons, elles étaient protégées et mon père était particulièrement sévère pour tous les lance-pierres qui en cachette s'avisaient de les prendre pour cible.

*

* *

Notre maison était bordée de massifs vivaces, de pervenches violettes et de rouges pivoines. L'effet eût été valable si le reste de la décoration n'avait été confié à des rosiers trop frêles et à des treilles trop vigoureuses. Nos rosiers squelettiques faisaient mesquin et ne donnaient que de misérables fleurs, quant à nos treilles, aux élans mal contenus, elles produisaient en revanche sans raisin une excessive abondance de feuilles vertes qui nous envahissaient. L'arrière du bâtiment, sans prétention, avait plus d'unité, admettait sans dommage l'égout à ciel ouvert et jouxtait un potager puis un petit pré. Ce dernier planté de pruniers et de pommiers aux espèces variées aurait pu aujourd'hui légitimement prétendre, même sans modifications, au titre de verger, mais cette appellation alors n'était pas de mise et eût été considérée comme tendancieuse et bourgeoise, il n'y avait pas et il ne pouvait y avoir de vergers dans cette région au climat rude et aux idées avancées. C'eut été, compte tenu de nos modestes conditions, maladroit de transgresser les habitudes et compromettant d'innover. Nous jouissions donc d'un pré plein de fruits et c'était l'essentiel. Nous avions par contre droit comme tout le monde à un jardin, et quel jardin ! Il était d'abord clôturé d'un grillage élevé, ce qui n'était pas habituel, puis pratiquement condamné à toute la famille, chien, chat, et nous compris, sauf toutefois à la saison des fraises où il n'était pas question d'interdit. Seule maman Louise y avait accès, pouvait s'y aventurer sur la pointe des pieds pour les besoins de sa charge, encore devait-elle faire vite si elle ne voulait en sortir, poursuivie de menaces ou couverte d'invectives, car ce jardin avait son cerbère et, ce qui n'arrangeait rien, ce gardien intransigeant n'était autre que son mari. Il y exerçait une autorité jalouse, souveraine, incontestable et incontestée, mais c'était grâce à ce despotisme que notre jardin gardait son incomparable et impeccable tenue.

Paul n'aimait pas le jardinage. La vue d'une bêche ou d'une pioche le faisait transpirer et lui rappelait les plus mauvais moments de « sa » guerre des tranchées. Or, il se trouvait que le mari de maman Louise était là, disponible au besoin, mon père sauta sur l'occasion.

« Nous ferons comme vous voudrez, vous vous occuperez de tout comme il vous plaira, à l'heure, à la journée, quand bon vous semblera, je vous procurerai les plants nécessaires, tout ce que je demande c'est d'être libéré, car je n'ai pas le temps. »

Des conventions furent établies. Le père Petit-Jean se chargea du potager.

Les premiers mois furent compliqués, le père Petit-Jean venait, partait, tenait ses comptes et le total, en fin d'année fut si difficile à établir et en même temps si dérisoire que, d'un commun accord, on décida de simplifier : on s'arrêta à un forfait. De ce jour, conscient de ses responsabilités, ayant la charge de notre ravitaillement, le père Petit-Jean prit le jardin en main et ne le quitta plus, tant et si bien qu'il finit par être sien.

Paul ne demandait que cela. Sagement, il le laissa faire, se contentant d'apprécier de plus en plus loin d'ailleurs, au point qu'il ne tarda guère, comme tous les autres, à être relégué à son tour derrière les treillis. Seule maman Louise résista et ne se laissa pas impressionner. Là comme ailleurs, elle avait des prérogatives à défendre et elle connaissait nos besoins. Sans s'occuper des récriminations, elle garda la direction. C'était sûrement ce que son mari aimait le moins, mais c'était sûrement aussi ce qui était le mieux.

Grâce au père Petit-Jean, à sa dictature, grâce à la fumure exceptionnelle de la maison, grâce à une guerre ininterrompue et sans merci, menée contre les limaces, limaçons, taupes et courtilières, nous eûmes en peu de temps un des plus beaux potagers de la région. Nous l'admirions au même rang que nos poules, à travers le grillage, mais nous n'osions pénétrer, car la moindre empreinte injustifiée sur une plate-bande ou un semis déclenchait de la fureur et une avalanche interminable de « tonnerre de Dieu ». Le maître d'œuvre, tranche, bêche ou cordeau en main, s'y agitait sans relâche pour son plaisir et son orgueil. Rien n'y manquait : choux, poireaux, oignons rangés en ligne parfaite, thym, persil et ciboulette le long des allées. Il n'y avait que la tomate qui n'y réussissait pas, pour des raisons de terrain, et c'était le désespoir de notre jardinier.

Le père Petit-Jean passait pour un bougon... Il l'était ! Il prétendait ne pas aimer les enfants, c'était vrai. Pourtant, sorti de son domaine, il était, avec mon frère et moi-même, d'une patience et d'une bienveillance à toute épreuve. Nous étions non seulement tolérés, mais acceptés, défendus même le cas échéant, et nous étions seuls à avoir l'insigne privilège de pouvoir l'accompagner dans ses sorties, lorsqu'il allait à la fougère pour ses salades, ou aux genêts pour ses balais. Nous revenions tous les trois le dos amicalement chargé de nos fardeaux et c'était pour nous un gage de créance dont nous étions très fiers.

Le père Petit-Jean prisait. Il sentait le tabac et avait une curieuse tabatière. Une tabatière en os sculpté, dont l'originalité résidait moins dans sa forme ovale que dans ses deux ouvertures aux possibilités différentes et définies. L'une était large et généreuse, elle restait son exclusivité, alors que l'autre, beaucoup plus étudiée, était réservée aux amis et aux rencontres. Cela nous amusait beaucoup.

« Une petite prise, père Simon ? »

Il ne se trompait jamais en tendant sa tabatière. L'invité avait beau s'évertuer, l'orifice offert était si modeste, les doigts si peu à l'aise, que le dommage était toujours insignifiant.

Le père Petit-Jean, enfin, avait un couteau. Un couteau de paysan, qui ne le quittait pas, qui coupait comme un rasoir et qui en même temps faisait notre envie et notre admiration. Ce qu'il pouvait en obtenir était prodigieux. En quelques secondes, grâce à lui il réalisait une flûte, un pète-canon ou coupait la branche la plus récalcitrante. Le père Petit-Jean ne le prêtait jamais. Il eut pourtant, sur mon insistance au cours d'une de nos escapades, une fois cette faiblesse et je me fis sur le champ une blessure si profonde que j'en garde encore la trace à un genou. Notre retour à la maison ce jour-là fut difficile. Malgré mon désir, il n'était pas possible de dissimuler mon pansement improvisé. Le père Petit-

Jean ne fut pas à la fête. Exceptionnellement, les rôles furent renversés et le pauvre homme, avec maman Louise, trouva à qui parler.

*

* *

Nous l'avions pompeusement baptisé : « La Charmille », mais ce n'était en réalité qu'un très vieux merisier. Plus que centenaire, son tronc déjà énorme était couvert d'un lierre presque aussi vieux que lui qui l'envahissait jusqu'aux plus hautes branches. Sa masse de verdure était impressionnante et s'étalait en toit. Placé à l'angle de notre petit domaine, il échappait à toute surveillance. À ses pieds, petits, nous construisions nos premières cabanes, mais nous ne devions pas tarder, comme par une échelle, grâce à la complicité bienveillante de son lierre, à gagner ses premières branches puis à disparaître dans ses frondaisons. Cet arbre fut notre providence, car seuls les oiseaux nous le disputaient. À eux les guignes inaccessibles au bout des branches, à nous le tronc et sa verdure. Aidés de quelques barreaux et de solides poutres, de branches en branches, d'aménagements en aménagements, sans dévoiler notre présence, nous prîmes avec le temps possession de tout le cerisier. Sur deux ou trois carrefours propices nous avions disposé en vrais charpentiers des plates-formes assez solides pour recevoir nos poids légers et, tapis entre deux fourches, à l'aide d'une corde nous hissions jusqu'à nous les matériaux indispensables à nos réalisations.

« Les enfants, vous vous ferez mal. Ne venez pas vous plaindre si vous vous cassez un bras. »

Piquets, planches, marteaux, scies et tenailles, les uns après les autres étaient happés discrètement vers nos cachettes. Certains de nos outils redescendaient, d'autres restaient là-haut, d'autres enfin se perdaient et ces disparitions incompréhensibles hantaient mon père.

« Marie-Thérèse, as-tu vu mon marteau ? Je l'avais rangé là, au-dessus de l'armoire. C'est un peu fort, il a disparu... Où sont les petits ? »

Les petits, interrogés, ne savaient pas, ignoraient jusqu'à l'existence du marteau, et Paul se perdait en conjectures et en recherches en pestant contre son désordre et son manque d'organisation.

« La Charmille », c'était la liberté et c'était l'insolite. Dans nos refuges aériens nous échappions à l'attraction terrestre comme à celle de nos parents. On entrait dans un autre monde, où l'on ignorait nos acrobaties, nos équilibres instables et le danger. On le savait, on s'en jouait, prenant plaisir à tromper toute surveillance pour chercher dans ces jeux une euphorie supplémentaire. Isolés, hors d'atteinte, nous abandonnions nos conditions humaines pour courir à d'autres sensations. Nous étions souplesse, adresse, écureuils ou oiseaux. Ces derniers venaient se poser à nos côtés sans prendre ombrage de nos présences. Nous pouvions les observer longtemps, immobiles, avant qu'ils ne comprennent qu'ils s'étaient laissés berner. Merles, grives, bouvreuils, attirés par les baies de notre lierre, étaient nos compagnons. L'arbre était sacré, sur ses branches il n'y eut jamais de glu, jamais de pièges, et nos amis pouvaient prendre sur une planchette à portée de notre main nos offrandes sans la moindre hésitation.

À part la saison froide qui nous chassait impitoyablement de nos perchoirs, nous passions chaque semaine, là-haut, de longues heures d'attente et de méditation. On observait, on rêvait. On voyait venir le printemps, mûrir l'été. Le lierre est toujours vert mais c'est dans la fragilité de l'automne qu'il prend tout son sens alors que les autres arbres jaunissent, changent, et se déplument aux alentours. Cette arrière-saison avait pour nous un charme infini où se mêlait beaucoup de nostalgie. Nos stages devenaient alors beaucoup plus longs. Les premières rafales, les premières bourrasques encore tièdes nous ravissaient. Nous nous laissions griser, dangereusement bercer, vivant des heures d'extase où notre esprit communiait avec les éléments. Les souffles plus frais nous trouvaient toujours au rendez-vous, le corps intimement collé le long des branches dans la joie de sentir l'arbre vivre et frémir dans nos bras.

Étrange exaltation ! Nous restions attentifs, suivant au ciel la course folle des nuages, les tourbillons épars des feuilles éperdues, écoutant dans les branches la musique du vent et comptant les impacts des premières gouttes de pluie.

J'ai su, aujourd'hui, que l'arbre n'existe plus.

Il a disparu, non point abattu par des mains ennemies, mais coupé en deux au cours d'un orage au milieu des éclairs.

12

Le bourg comptait et compte encore une dizaine de maisons. On aurait pu le prendre pour un simple hameau sans son église basse et son clocher et cela arrivait parfois, d'autant plus facilement, que l'église sans style, flanquée d'un presbytère sans caractère, passait souvent inaperçue, cachée au fond d'une place plantée. Seul un tilleul marginal parmi tous les autres, avec son tronc fabuleux cerclé de fer et ses racines énormes, dominant, visible de très loin, pouvait faire douter. Sans contexte vénérable, chargé d'années et de gui, ses prétentions en faisaient pour le moins un contemporain de Sully, il fixait l'attention, intriguait et l'on pouvait bien s'imaginer que le hasard n'était pour rien dans sa présence et qu'il balisait.

Grand arbre pour une agglomération ridicule ! C'était le centre d'une commune qui n'avait pas plus de cinq cents habitants dispersés dans des fermes en des lieux relativement éloignés.

C'est dire qu'il n'y avait là jamais foule, même aux jours qui s'avéraient les plus importants : élection, mariage ou enterrement, qu'il n'y avait ni sens unique, ni parking, que le calme y régnait en permanence et que, cela va peut-être vous surprendre, on y vivait malgré tout et justement à cause de tout cela, parfaitement heureux.

Notre maison se situait à mi-côte et à une centaine de mètres de ce bourg qui culminait. On accédait et traversait ce dernier par une unique route blanche carrossable, empierrée certes, mais tellement farcie de nids de poules que les vélos étaient contraints d'y zigzaguer, et les carrioles d'y tanguer. Elle grimpait raide, bordée d'un côté d'un mur, de l'autre d'un talus en surplomb où, en cherchant bien, au printemps, sous la feuille sèche, on trouvait des pieds de violettes en fleurs. Elle pénétrait le bourg en même temps qu'un chemin excavé couvert de branches basses, qui débouchait sur sa droite, ravissant le jour mais combien inquiétant le soir venu.

« J'ai oublié le pétrole ! Qui de vous veut aller le chercher ? »

C'était toujours à une heure tardive, à la nuit tombée, que Paul faisait ces découvertes.

Le repli immédiat de mon frère vers les jupes de ma mère ne laissait aucun doute sur ses intentions. Le devoir d'aînesse et l'orgueil me désignaient... Je partais.

À la hauteur du chemin creux, à l'entrée du trou noir, je prenais mon élan. Ma lanterne rasant les cailloux, je franchissais l'obstacle en courant et c'est le cœur battant, essoufflé, que je poussais la porte de l'épicerie en pensant déjà à un retour que je jugeais tout aussi périlleux.

« Tu n'as pas eu peur ?

— Non... Pourquoi veux-tu que j'aie eu peur ?

— Menteur, puisque tu n'as pas eu peur tu y reviendras la prochaine fois... Moi j'ai peur ! »

Ce petit exercice de bravoure se renouvelait souvent. Mon père nous l'imposait, désireux de nous aguerrir, et il y arrivait.

*
* *

L'épicerie était à l'entrée du village et notre plus proche voisine y tenait boutique vingt-quatre heures sur vingt-quatre, du premier janvier au trente et un décembre compris. Elle n'avait ni étalage ni vitrine, à quoi bon ! Là on savait ce que l'on venait chercher, et l'on savait que cela s'y trouvait. On entrait donc de plain-pied en poussant une porte vitrée et l'on annonçait :

« Bonjour, Adeline ! Je veux des pantoufles pointure 26... Ma mère passera vous payer... »

Il y en avait. L'article unique, enfant ou adulte, était suivi. On repartait avec ses pantoufles, la confiance régnait.

La pièce était exiguë, imprégnée d'odeurs, parmi lesquelles les épices et le tabac à priser dominaient. Si l'on n'avait pas d'exigences saugrenues, on n'était pas déçu, car notre épicière connaissait nos besoins locaux et elle était achalandée en conséquence. C'est ainsi que l'on trouvait chez elle, à la Noël, des oranges, des cornets surprises, des sucettes et des paquets de pièces en chocolat recouvertes d'or ou d'argent et que, suivant l'urgence, on pouvait toujours, à n'importe quelle période de l'année, demander sans risquer d'être ridicule : une boîte d'allumettes, cent grammes de poivre, une douzaine de caramels ou un paquet de bougies.

Notre épicière était sans concurrence. Elle n'en profitait pas. Les prix, minutieusement calculés en sous et centimes, étaient marqués une fois pour toutes et gardaient une stabilité qui ferait rêver aujourd'hui. Adeline, une jeune fille très prolongée, évoluait là, un crayon en travers du chignon et, comme elle était bavarde, qu'elle avait peu de pratique à la fois, elle prenait le temps de louer sa marchandise, ce qui achevait de convaincre tout le monde que l'on n'était ni volé ni roulé et qu'on en avait bien pour son argent.

Certains prétendaient qu'elle pesait avec minutie. Le café par exemple (denrée rare à l'époque, luxueuse même, et que l'on réservait aux malades et aux amis) s'appréciait chez elle au grain près, mais il n'y avait rien à dire, en fait on avait papier inclus toujours son poids.

Les affaires faites, l'Adeline se plongeait dans ses opérations. La plus petite addition était comptée, recomptée avec scrupule, application, deux fois, trois fois, avant qu'elle n'annonce enfin :

« Cela fait huit francs quarante, Augustine, tenez, vérifiez vous-même.

— On vous fait confiance Adeline, on vous fait confiance. »

À qui donc serait venue l'idée de suspecter l'honnêteté d'Adeline, pourquoi donc toutes ces précautions ?

J'en eus un jour l'explication, et je l'eus à mes dépens. En réalité, notre Adeline ne savait pas compter.

J'avais une tirelire, un poisson à l'épine dorsale ouverte, qui avalait et retenait dans ses entrailles les rares menues monnaies qui par miracle lui arrivaient. Je venais de perdre toutes mes billes au cours de quelques désastreuses parties. Mes parents s'étaient absentés pour une course urgente qui risquait d'être longue, et mon frère bien localisé œuvrait du marteau dans une autre pièce de la maison. Le moment idéal était donc réalisé, il fallait en profiter.

Avec une longue aiguille je travaillai le poisson. Il se défendait bien et j'étais sur le point d'abandonner lorsque mon acharnement fut rémunéré.

Une pièce de quarante sous !

Je fus effrayé par l'importance de la somme, mais il n'était plus question ni de reculer ni de recommencer. La nuit tombait, le temps passait. J'acceptai le coup du sort... On verrait bien !

« L'Adeline », devant de telles prodigalités si peu coutumières, tiqua. Mais je fus ferme, affirmatif même. Il n'y avait plus qu'à s'exécuter.

« Voyons mon petit : cinq pour un sou... cela nous fait...

— Deux cents, dis-je presque sans hésiter.

— Tu crois ? Attends tu vas voir, je vais les compter par petits tas de cinq, nous n'aurons plus qu'à recompter les tas, c'est la meilleure façon de ne pas nous tromper. »

Et ce fut alors un travail ahurissant qui commença.

Dix, douze, quinze, vingt-cinq petits tas ! J'essayai d'arrêter l'avalanche, il n'y eut rien à faire. Cela posait un problème trop complexe et l'honnêteté voulait que l'on aille jusqu'au bout. Je dus patienter en trépignant sur place, pressentant maintenant l'inévitable catastrophe de mon retour.

On m'attendait ! La silhouette de mon père se découpait sur le pas de la porte. Je la revois...

Je n'eus pas le temps de me délester et je dus faire mon entrée sous la clarté aveuglante, la tête basse, les jambes coupées, les poches gonflées comme des ballons.

« D'où viens-tu ? »

L'imagination me manquait. Mon frère me fit un petit signe rapide du poignet qui me confirma ce que j'avais déjà compris... Cela allait barder.

« Qu'est-ce que tu as dans tes poches ? »

Nouveau silence. L'atmosphère s'alourdissait. Il n'y avait pas d'échappatoire, d'ailleurs deux ou trois billes venaient de tomber et roulaient sur le parquet jusqu'aux pieds de mon frère qui, profitant de la situation, s'en emparait.

« J'ai acheté des billes.

— Où as-tu pris l'argent ? »

J'espérais... Enfin je me sentais sur un terrain plus ferme, après tout j'avais disposé de mes économies.

« Dans ma tirelire. »

Et je mentais. Une simple vérification faite sur-le-champ en fit la preuve. La pièce venait bien d'un poisson mais c'était celui de mon frère qui en avait fait les frais ! Je ne pouvais même pas invoquer la confusion, le mien était vert et le sien était bleu.

À cet aveu inattendu, mon frère lui-même se mit de la partie.

Ce fut terrible.

Mon père plaça sur la table la vaste soupière blanche des grands jours et je fus invité avec insistance à y vider mes poches dans leur totalité.

Chaque poignée de billes, pour me donner du cœur à l'ouvrage, était (maudits soient donc les osiers) sanctionnée d'un coup de verge sur mes mollets.

J'essayai bien d'en sauver quelques-unes, mais que faire contre de valables persuasions ? Je fus littéralement vidé et j'avais, paraît-il, un air si pitoyable que malgré mes forfaits je fus autorisé à en garder trois.

Ce jour, j'appris que ce prélèvement indélicat de tirelire placé sur un livret de Caisse d'épargne à 3 % aux intérêts composés aurait pu en dix-huit ans...

Malgré l'heure tardive où je dus me coucher, je n'arrivai jamais à savoir ce qu'il aurait pu devenir et le tort que j'avais commis au détriment de mon frère puisque je n'arrivai jamais au résultat.

*

* *

Le village avait son épicentre autour d'une forge et d'un bistrot, les deux étaient indissociables dans l'esprit de chacun et dans leurs activités réciproques. Il y avait entre eux une navette, une complicité d'autant plus facile qu'ils étaient contigus. Notre forgeron y entretenait son ardeur et certains de ses clients leur cirrhose. Si les affaires se traitaient à la forge, elles ne se réglaient jamais qu'à l'estaminet et devant un petit verre de vin blanc.

On n'y pouvait plus rien, c'était passé dans les coutumes. Allers et retours se renouvelaient avec assiduité, coupés d'un simple arrêt de temps à autre au pied d'un marronnier, car les foies malmenés n'excluaient pas le bon fonctionnement des reins.

La buvette, pour nous, ne représentait rien. Nous n'y mettions jamais les pieds. La forge, par contre, exerçait sur nous une attraction irrésistible par son pittoresque et son bruit.

Victor et son apprenti, deux athlètes, deux géants, la dominaient et s'agitaient autour de deux enclumes qui, malmenées sous leurs marteaux, résonnaient du matin au soir. Le vacarme éclatait avant le jour, et les tintements s'échappaient par bouffées de portes grandes ouvertes, annonçant au voisinage que Victor était debout, forgeant des socs ou redressant quelque timon. Elles ne se taisaient que fort tard dans la nuit.

L'approche de l'atelier se signalait par un encombrement sans fin de ferrailles, de machines et d'outils, et l'on trouvait pêle-mêle : des charrues, des herses, des faucheuses, qui toutes attendaient le bon vouloir de notre forgeron. De longues barres rondes et plates, accrochées le long du mur, elles aussi attendaient.

L'atelier était en principe interdit aux enfants comme aux chiens, bien que la consigne ne soit pas identique pour les deux. Nous, nous étions tolérés aux alentours, alors que les autres devaient se tenir sur leur garde et beaucoup plus loin, leurs assiduités constantes agaçant les chevaux. Leur présence était pourtant légitime. Tous les chiens sont attirés par l'odeur âcre, insoutenable de la corne brûlée qui se répand très loin lorsque l'on ferre, et les chiens sont gourmands de cette corne. La tentation était trop grande et souvent leur procurait des désagréments.

Pour s'en débarrasser, Victor ou son disciple usaient de stratagèmes que la morale réprouvait, mais qui n'en étaient pas moins, pour nous, bien divertissants.

Certains privilégiés quittaient les lieux affolés, une casserole solidement fixée à la queue, mais comme ils ne rapportaient jamais les ustensiles qui finissaient par manquer, puis qu'il y a aussi des chiens sans queue qui posaient des problèmes, la plupart avaient droit à d'autres subtilités. Victor les laissait approcher, et lorsque sans méfiance ils devenaient accessibles, il leur octroyait au passage, sur le derrière, un léger coup d'un pinceau qu'il avait toujours à sa portée. Cette caresse, anodine en apparence, déclenchait en peu de temps une série de pirouettes bruyantes et endiablées pendant lesquelles les pauvres bêtes n'avaient d'autre souci que celui de leur arrière-train.

Il faut bien dire, pour la compréhension des choses, que ce pinceau trempait en permanence dans de la térébenthine et était indispensable pour la désinfection des pattes sensibles des bovidés.

Des tours semblables nous ravissaient. Nous incitions Victor à les renouveler.

« Victor, voyez Follette, voyez Fox ! »

Et nous finissions par être, au dire même de notre forgeron, plus emmerdants que les pauvres chiens.

Pour se débarrasser de nous, qui n'avions pas l'excuse de la corne, qui étions toujours là où il ne fallait pas, qui ne pouvions décemment recevoir le pinceau, Victor avait trouvé un moyen infaillible. Il crachait en cachette sur son enclume, posait rapidement un fer chauffé à blanc et donnait un grand coup de marteau. Il en résultait une explosion extraordinaire, si violente, si puissante, si inattendue qu'elle nous bousculait à la rue mieux que ne l'auraient fait tous les discours.

Les forgerons sont des gens gais, le nôtre n'échappait pas à cette règle.

Le seul moyen d'être accepté dans son antre était de se rendre utile. Cela pouvait arriver quelquefois, oh ! rarement, il faut bien le reconnaître, mais cela arrivait lorsque les bras manquaient par exemple pour tirer la chaîne de l'énorme soufflet. Dans ces cas, si l'on savait se taire et faire son travail avec attention en se faisant oublier, on pouvait espérer.

Les deux forges rougeoyaient. Il planait une odeur de fer, de charbon et de poussier. Victor et son aide, à demi-nus sous de longs tabliers de cuir, manipulaient le métal rouge ou blanc avec de longues pinces d'acier. On les sentait prêts, officiants et redoutables. Leurs biceps se nouaient, se tendaient sous l'effort et c'était brusquement une nuée d'étincelles qui jaillissaient de toute part avant que de s'éteindre en vous brûlant la peau.

Lorsque la pièce était importante, pour la mater ils se mettaient à deux. C'était alors une fantastique démonstration de puissance et d'adresse. Les deux lourds marteaux s'abattaient sur le métal incandescent l'un après l'autre, à un rythme forcené, sans jamais se toucher, ponctué de « han » à chaque coup. La sueur perlait sous l'effort et la chaleur. C'était sublime, c'était dantesque.

Les conversations à la forge étaient animées, d'une tonalité élevée pour être accessibles à tous. On parlait d'aventures gaillardes, de chasse, et de politique en période d'élections. Si l'on était du même avis on allait trinquer, dans le cas contraire on allait voir autour d'un verre s'il n'y avait pas moyen de s'accorder. Tout cela était fort en sons, en couleurs et les rires bruyants ajoutaient au vacarme. Personne ne s'entendait, chacun riait pour soi, parce que l'ambiance était bonne, parce que le rire est communicatif, parce que le rire est le propre de l'homme.

Les femmes, plus que les enfants, plus que les chiens devaient éviter la forge de Victor. Même les commères le savaient et n'en franchissaient jamais le seuil. Leur arrivée rompait le charme et plus d'une fois provoquait la fuite discrète d'un homme par la porte arrière du jardin. Si elles portaient un soc, ou une tranche, le forgeron se déplaçait jusqu'à la porte pour leur parler et éviter un sacrilège dont elles ne pouvaient qu'avoir conscience puisqu'elles n'avaient pas plutôt tourné les talons que les rires, un moment suspendus, redoublaient.

Petits, nous n'y comprenions rien. Ce n'est que plus tard que je compris ce qui les faisait fuir si vite en haussant les épaules. Vulcain se glosait d'Aphrodite et si elle se sauvait ainsi c'était dans la seule crainte de son filet.

Les chats, qui aiment la chaleur et savent se glisser partout où il fait bon, évitaient la forge eux aussi. Peut-être par standing, peut-être par dignité, le climat trop vulgaire, trop bruyant devait leur déplaire, et puis je crois aussi que, tout comme les femmes, ils se méfiaient.

Notre forgeron savait lire, écrire, interpréter un papier. Il était premier adjoint, concessionnaire de

Peugeot et de Saint-Étienne dont il possédait les derniers catalogues et les derniers prix.

On venait à sa forge pour un vélo, pour un fusil, pour une signature qu'il donnait volontiers sur le coin de l'établi. On venait à la forge pour le travail, pour rien, pour le plaisir… Et c'était bien ainsi.

*

* *

Simon, pourquoi pas le « père Simon », alors que son âge et sa bonhomie coutumière pouvaient facilement lui conférer cette marque de sympathie locale habituellement si vite accordée ? En vérité, il y avait une raison. Simon n'était pas misogyne, et Simon n'était pas marié, il convenait donc d'être prudent car ici comme ailleurs les paternités avaient leurs incertitudes et c'est pour cela qu'il avait échappé à la règle. Il était donc, pour les petits comme pour les grands, Simon, et cette manière d'être, qui comportait une certaine familiarité en même temps qu'un certain reste de jeunesse, lui convenait et lui faisait plaisir.

Il avait fait la Crimée, puis l'Indochine dans les « Joyeux » et avait supporté la fièvre jaune et connu les geishas. Comment était-il venu au village ? On n'en savait trop rien. Il s'y était arrêté un jour parce que deux pièces s'y trouvaient libres, que cela lui suffisait, qu'il était là, qu'il en avait assez de vagabonder et qu'il lui fallait bien avoir un domicile fixe pour toucher une retraite que l'armée se décidait enfin à lui verser. On n'aurait su lui donner d'âge. Tout ce que l'on savait, c'est qu'il était au pays depuis trente ans, qu'il était seul et sans famille. On ne lui connaissait ni femme ni enfant, et s'il en avait eu là-bas, dans quelque rizière tonkinoise, il les y avait laissés, estimant sans doute que rien ne vaut mieux pour personne que de rester dans son milieu ambiant. Il s'était facilement intégré au village qui l'avait adopté et on pouvait aller le voir à tout moment sans le déranger, dans une petite salle basse qui lui servait à la fois de cuisine, d'atelier et de magasin.

Sa raison sociale était « retraité », mais ce n'était là qu'une couverture, en vérité il cumulait.

« Les enfants, vous passerez chez Simon et vous lui demanderez s'il peut m'arranger ça ! »

Ça, c'était un soulier qui bâillait de la semelle, une paire de ciseaux qui avait du jeu, un couteau qui n'en pouvait plus ou une montre qui retardait, avançait ou s'était arrêtée.

De ses randonnées lointaines, Simon avait rapporté connaissances, possibilités et efficacité. Simon arrangeait tout.

Il savait faire une bague avec des initiales dans un morceau d'os pour les fillettes – de l'os de bœuf exclusivement –, ou réparer un lance-pierres pour les garçons. Il était donc, pour les petits comme pour les grands, l'homme à tout faire du pays. Enfin, comme il était serviable et toujours disponible, que la commune en avait malgré tout de temps en temps besoin, à toutes ces activités il en avait adjoint une autre : celle de fossoyeur. À ce titre, évidemment, on repoussait ses services autant qu'il était possible et on le redoutait un peu. Il s'en rendait compte et comme il avait une âme sensible, sans le montrer, il en souffrait.

« Tout pour la pêche. » Un écriteau étroit, amovible et maladroitement tracé sur une planchette de bois en marge de sa porte, témoignait d'un petit commerce que, sans patente, il exerçait plus dans un but de diversion que de rapport. Simon avait besoin de voir du monde, d'avoir de temps en temps un auditoire et cela lui en donnait l'occasion. Dans ce domaine-là il n'était d'ailleurs pas tellement responsable de ce qui était arrivé. Il avait été dominé par les événements et dépassé.

C'était un jour où il pêchait, un jour où, muni d'une vulgaire branche de noisetier montée d'un quelconque fil de fortune, dans un minuscule ruisselet, il taquinait la gardèche, que le hasard s'était joué de lui. Sans le vouloir il avait ferré, tiré et remonté sur l'herbe une truite de dimension si fantastique que personne n'arrivait à la concevoir dans une rigole d'aussi modeste condition.

« Tu as vu la truite de Simon ? Elle est comme ça... Ce n'est pas possible ! »

Le poisson était de telle importance que tout le pays alerté avait défilé chez lui. Le pêcheur ne s'en était pas remis ! Cela avait duré un jour, deux jours, tant et si bien que Simon n'avait pu se résoudre à faire disparaître son poisson en le mangeant. Le temps passant, il avait bien fallu prendre pourtant quelques décisions et voilà ce qui avait été fait. On avait fait d'abord un dessin de la bête, un contour précis sur carton épais où on avait mentionné la date de la prise, le poids et la longueur du poisson et cela devant des témoins notoires qui n'avaient pas hésité à certifier la fidélité du document en le contresignant. Enfin, l'arête centrale extraite en dernière minute avec précaution d'une pourriture, hélas ! inévitable, avait été fixée sur ce même carton, alors que la tête naturalisée était – encore visible – fixée au mur, la gueule ouverte près du dessin. Aucun doute, aucune contestation n'était dorénavant possible. Simon avait bien pêché un monstre dans une rigole du Prévert.

Jamais semblable aventure ne devait se reproduire, mais cela n'avait plus d'importance. Simon était sacré pour tous fin pêcheur et depuis ce jour, une paire de lunettes archaïques sur le nez, il s'était vu contraint de donner des conseils sur la pêche, donc de s'informer. De fil en aiguille, le sujet avait fini par le passionner. Il s'était mis à vendre d'abord des clous, puis des racines à « La Tortue » calibrées, et enfin des cannes à pêche perfectionnées à scions multiples et moulinets.

De ses pérégrinations à travers le monde, Simon avait rapporté trois choses : des souvenirs, des convictions et des tatouages. Ces derniers faisaient l'admiration du pays. Simon lui-même en était fier. Alors que d'autres les auraient honteusement dissimulés sous la manche, lui les exhibait ostensiblement sur ses bras nus, et c'était d'ailleurs mieux ainsi car pour les cacher tous il aurait fallu qu'il porte des manchettes et cela n'était pas dans son tempérament. Sur les poignets il avait son numéro de matricule – non celui de la Sécurité sociale (elle n'existait pas encore) – mais celui de son livret militaire avec l'emblème de son régiment, suivi d'une prophétie qui, fort heureusement pour lui, ne s'était pas réalisée : « Tu crèveras avant trente ans ». Son bras droit était celui des rancunes tenaces. C'était tout un programme et l'on pouvait y lire de haut en bas : « Mort aux vaches » – « Mort aux adjudants » – et « Mort aux curés ». Son bras gauche, par contre, celui du cœur, était réservé aux sentiments profonds. On y trouvait « Un souvenir pour Rosette » – « À Denise pour la vie » et une fort belle pensée polychrome particulièrement réussie. Mais tout cela n'était rien, et c'était torse nu que Simon dépassait toutes les prévisions.

Une chasse à courre complète, jaune, verte et rouge, fougueuse, en mouvement, partait de son cou, croisait sur son dos et sa poitrine en larges volutes pour continuer sa course jusque dans son pantalon. On pouvait voir les cavaliers, les chevaux, une partie de la meute des chiens ; quant au reste du cortège, Simon, qui, sans être pudique, était correct, ne le montrait pas. Seul le médecin, à l'occasion d'une poussée hémorroïdaire, et peut-être quelques rares privilégiées, avaient pu suivre la remarquable chevauchée jusqu'à son terme, constituée par la queue d'un renard qui, finalement, disparaissait dans son... terrier !

C'était un travail oriental, comme seuls savent en faire les Chinois.

Ces chefs-d'œuvre remontaient à l'époque héroïque où Simon, bien en chair, avait la peau tendue, ayant maigri, avec l'âge, les dessins sur plus petit écran avaient gagné en netteté.

Les souvenirs de Simon ne passionnaient personne. Ils débordaient de trop les limites communales. Les auditeurs, comme mon père, qui s'y étaient intéressés les connaissaient par cœur, quant aux enfants qui aimaient Simon et qui auraient été heureux de lui faire plaisir, ils se désintéressaient de l'Indochine et dans ce domaine leurs livres de classe leur suffisaient. Force était donc à Simon de rester seul en tête-à-tête avec eux. Par contre, pour tout ce qui touchait à ses opinions – mot sur lequel il insistait –, c'était une autre affaire, tout le monde y avait droit. Qu'on le veuille ou non, on devait les connaître. Simon était un élément politique avancé, ses idées, quoique imprécises, étaient résolument de gauche, mais pour lui une conviction primait toutes les autres et prévalait : il était anticlérical résolument.

Il faut reconnaître que cela s'accordait assez mal avec son état de fossoyeur. Simon tenait à ce que le curé le sache. Et comment ce dernier aurait-il pu l'ignorer lorsque lui, Simon, les manches ostensiblement retroussées sur ses tatouages, descendait au bout de sa corde un de ceux qu'il enterrait.

Le curé feignait de ne rien voir. Simon était vexé.

Tout le pays savait que le fossoyeur exigerait des obsèques civiles, sans fleur, sans couronne, sans discours – à cela personne n'y aurait probablement pensé – avec le drapeau, si l'on voulait, mais, surtout, sans curé.

À force de creuser des tombes, Simon avait acquis à leur contact une véritable allergie. Aussi s'était-il fait édifier un caveau d'une place dans un des coins du cimetière où il cassait la croûte habituellement. On n'est jamais mieux servi que par soi-même. Ainsi, le fossoyeur disparu, même s'il n'avait pas de successeur, n'aurait pas de problème pour son enterrement. Enfin, conscient de la solitude qui entourerait sa tombe dans l'avenir, n'ayant personne pour le pleurer, il s'apportait, tous les ans, à la Toussaint, un chrysanthème préventif, et, après avoir versé une larme sur sa place réservée, mais encore vide, il allait prendre, le soir même, une royale cuite de consolation, la seule qu'il s'autorisait de l'année.

Des réactions pareilles ne passent pas inaperçues. Le curé en avait eu vent, en avait conclu que Simon avait l'âme tourmentée, et il s'était bien promis, à l'occasion, de lui rendre une petite visite. Sait-on jamais ?...

Pour être anticlérical, on n'en est pas moins poli.

Simon avait fait entrer son hôte de marque, l'avait fait asseoir et lui avait même offert un doigt de son eau-de-vie de prune vieille de deux ans. M. le curé avait été aimable. M. le curé avait admiré longuement les restes du poisson, envisagé même l'achat d'une canne à pêche à trois bambous. L'atmosphère s'était peu à peu détendue sans que Simon s'en rende compte.

Le curé s'intéressait, tournait et retournait les objets, se faisant expliquer, et Simon s'était mis à penser : « Quel dommage qu'il soit curé ! » Il y avait beaucoup à voir sur les étagères encombrées de petits souvenirs glanés au hasard et rapportés avec amour au fond du sac du soldat, et M. le curé s'était mis à penser : « Dommage, dommage que cet homme soit aussi éloigné de Dieu. »

Soudain il tressaillit dans sa soutane. Ne venait-il pas d'apercevoir, là, sur un vieil encrier, anodin en apparence, un porte-plume qui lui mettait la joie au cœur. Le fil conducteur, il le tenait. C'était à n'en pas douter un souvenir de Lourdes ! Une inscription bien visible sur le plat le confirmait. C'était un de ces porte-plumes en corne blanche, percé en son centre d'un trou, muni d'un voyant comme il s'en vend près des lieux saints... Simon n'eut pas le temps d'intervenir. M. le curé, trop curieux cette fois, venait de braquer son œil en bonne position et se trouvait face à face, si l'on peut dire, non avec la flèche de la grande basilique mais avec le fessier majestueux d'une « Ève » toute nue...

Simon, qui aimait la farce, qui était ingénieux, avait dans le temps changé l'image de la sainte ville par une autre trouvée sur les hauteurs de Montmartre.

Simon comprit bien l'ampleur de la catastrophe, mais devant le curé sa réaction fut mauvaise. Au lieu de ne rien dire, ce fut son esprit frondeur qui reprit le dessus. Et c'est avec un aplomb qui sentait le défi qu'il annonça, goguenard :

« Notre Dame de Lourdes, Monsieur le Curé ! »

Le curé ne put que rire. Mais cette bravade venait de rompre de nouveau les ponts... Et M. le curé n'acheta pas de canne à pêche.

Simon exerçait une attraction toute particulière sur nous tous, les gamins. Nous nous sentions ses amis. Nous le mettions sans hésiter et sans appréhension au courant de nos prouesses. Il n'était pas homme à trahir, aussi connaissait-il nos tours faits et à faire, et il s'en amusait autant que nous.

Simon ne donnait jamais aucun conseil. Il se contentait de suivre avec intérêt le déroulement de nos opérations et, lorsque nous avions eu droit à une raclée il ne nous consolait pas.

Il professait que chaque décision dans la vie comporte ses risques, qu'il faut les accepter et savoir vivre dangereusement. La vie, d'après lui, était une vacherie. L'important c'était d'en faire une rigolade, et le bilan était positif si l'on y arrivait.

Simon, on l'apprit un jour, était enfant de l'Assistance.

*

*   *

Notre commune n'avait pas de garde champêtre. Elle se gardait très bien seule, et il ne lui arrivait jamais rien. Elle n'avait qu'un seul employé municipal (mais indispensable celui-là) : c'était « Mathieu le cantonnier ».

On le rencontrait un peu partout, roulant sa cigarette, aux prises avec sa gamelle ou son litre de vin, quelquefois aussi, tout arrive en ce bas monde, une pelle ou une pioche à la main.

Notre cantonnier était jovial, fort en sang, rond de ventre, communiste, et avait à sa charge un réseau de chemins dont l'importance le dépassait et aurait pu le pousser au désespoir sans une saine philosophie. À longueur de journée il était censé boucher des ornières, tailler des haies à la gibe ou entretenir des fossés. Certes, il était aidé dans sa tâche par bon nombre d'habitants, de contribuables qui, à cette époque, avaient encore la possibilité de régler une partie de leurs redevances en nature ou en prestations. Certains lui charriaient des cailloux, ceux-là mêmes qui encombraient leurs champs, faisant d'une pierre deux coups, d'autres enfin les lui cassaient, à la massette, au bord même de la route, mais en fait c'était à lui seul que revenait la mission écrasante de les répartir et de les employer. Elle aurait découragé beaucoup plus vaillant que lui, heureusement il en prenait son parti.

Mathieu avait contre lui la pluie qui ravine, les charrettes qui creusent, les usagers et les riverains mécontents, sans compter ses supérieurs hiérarchiques qu'il ne voyait jamais mais dont il se méfiait. Cela lui faisait beaucoup d'ennemis... Lorsque l'on est seul, on se monte un peu la tête. C'était son cas. En réalité, tout le monde l'aimait bien et Mathieu n'avait d'ennemis que ceux qu'il choisissait ou s'attribuait. Mathieu réglait son travail à sa fantaisie. Il n'était ni commandé, ni contrôlé, ni contrarié, mais il se contrariait tout seul et c'était beaucoup plus ennuyeux.

Il s'occupait du bourg en été, considérant qu'en période de sécheresse il n'est ni bon ni sage de trop s'éloigner d'une oasis, en l'occurrence de l'unique buvette du pays. Ce n'est qu'à partir de l'automne que ses activités se déplaçaient. Encore n'allaient-elles pas à l'aventure mais suivaient-elles un plan précis, étroitement réglées sur les mouvements d'un alambic, celui d'un bouilleur de cru attitré de la région, qui allait de hameau en hameau faire son eau-de-vie.

« Tiens, Émile arrive avec son alambic, je suis sûr que Mathieu n'est pas loin. »

Les gens ont mauvaise langue !

Mathieu, en eau-de-vie, était fin connaisseur, il savait juger la qualité et le degré, et il faut bien se rendre compte de ce qu'il sort ! Mathieu donnait volontiers son avis... Et puis, par les froides matinées d'hiver, cela donnait du cœur à l'ouvrage et ce n'est pas à négliger. Au serpentin on n'est pas regardant. Seulement voilà, après certaines lampées un peu trop conséquentes, Mathieu éprouvait toujours le même besoin impérieux d'une petite sieste qui, d'ailleurs, le plus souvent, s'imposait. Lorsqu'il en avait le temps il choisissait de préférence un coin discret, dissimulé derrière une haie ou un buisson, mais il lui arrivait, lorsqu'il s'était trop dévoué, d'être trahi et dominé. Alors, sans se soucier du « qu'en-dira-t-on », service pour service, ses propres fossés herbeux le recueillaient.

C'est à l'occasion d'une de ces circonstances que Mathieu devait découvrir son pire ennemi. Cet homme, qui jusque-là avait eu son estime, il devait en arriver à le détester, à l'abhorrer. Sa bête noire, c'était le médecin... Deux aventures, deux incompréhensions étaient à l'origine de cet état de fait. Tout le monde le savait et s'en amusait.

Le médecin passait. Il le vit, les bras repliés sous la tête. Cela paraissait évident. Mathieu dormait. Le soleil était sur les deux heures encore chaud pour la saison, il ne fut pas surpris.

« Le cantonnier fait une sieste. Il a ma foi bien raison. »

Et il regrettait son activité stupide qui le poussait vers un accouchement lointain... Qu'il eût aimé en faire autant !

Le soleil était à son déclin lorsqu'au retour il repassa. Quelle ne fut pas sa surprise de voir, au même endroit, dans la même posture, son cantonnier. À n'en pas douter, Mathieu était malade ou avait eu un accident.

Il descendit, se pencha, secoua, tâta le pouls.

« Eh bien Mathieu, qu'est-ce qui t'arrive, es-tu malade ? »

Étonné, Mathieu ouvrit un œil, en le voyant en ouvrit deux.

« Fichtre non que je sache ! Je viens juste de me laisser aller. Que voulez-vous, c'est la fatigue qui se fait sentir à la fin de la journée. À votre avis docteur, quelle heure est-il ? »

La montre consultée, il était 8 heures bien sonnées, et le médecin stupéfait s'entendit dire :

« Vous voyez, docteur, cela vous étonne peut-être, mais il n'y a pas que vous pour faire des heures supplémentaires, mais la différence c'est que les miennes, dans mon administration, sont gratuites par-dessus le marché. »

Le médecin l'avait trouvée excellente, si bonne qu'il n'avait pu s'empêcher de la raconter, et c'était revenu aux oreilles de Mathieu.

Mathieu fut furieux, se sentit visé, ridiculisé, crut même un certain temps sa situation compromise, et ce fut suffisant pour que le médecin prît la première place au rang de ses ennemis.

Ennemi ou pas, on a parfois besoin de lui, et comme il n'y en avait pas d'autres au chef-lieu, Mathieu dut un jour oublier sa rancune et avoir recours à lui.

Mathieu n'avait rien, un tour de rein. Une friction aurait très bien fait l'affaire, malheureusement le médecin, qui s'était montré aimable, avait voulu se faire pardonner en faisant, contrairement à son habitude, un examen complet. Il avait fait déshabiller Mathieu qui, d'ailleurs, mal préparé, n'y tenait pas. Il lui avait pris la tension, ausculté le cœur et, hélas ! palpé son abdomen volumineux qui faisait son orgueil.

L'irréparable venait de s'accomplir...

Mathieu n'était pas un buveur d'eau. Tout le monde aurait pu en témoigner et sa figure vineuse, son nez cardinaliste ne l'auraient pas démenti. Le médecin n'eut pas de mal à diagnostiquer un foie énorme.

« Un foie, Mathieu, auprès duquel celui d'une oie des plus grasses n'est qu'une rigolade. Tenez, prenez donc quelques ampoules. Vous devriez faire attention. »

Mathieu ne fut pas trop inquiet, il faisait toujours attention. Il mit ça sur le compte du surmenage et prolongea ses siestes un peu plus.

Ce fut un an après que les choses se corsèrent. Mathieu était encore revenu au cabinet médical, pour une entorse cette fois, et encore une fois le médecin fut trop curieux.

« Mathieu, vous n'avez pratiquement plus de foie. Il est si petit, si ratatiné, si dur qu'on dirait un caillou ! Vous savez ce que c'est qu'un galet ? Mathieu, vous n'avez plus de foie, vous avez un galet. »

Ces subtilités cliniques rendirent Mathieu perplexe et sans oser rien dire il commença à douter, d'abord de la mémoire, puis des compétences de son médecin. Mais là où il ne fut plus du tout d'accord c'est lorsqu'il lui affirma que son ventre déjà fort, grossirait encore, et se remplirait d'eau au point d'en éclater, s'il continuait à boire comme il faisait.

Mathieu s'en grattait la tête, n'y comprenait plus rien, car jamais, au grand jamais, il pouvait le jurer, il n'avait mis une seule goutte d'eau dans son vin.

« Malheureux, si c'est sérieux ? Six mois, un an tout au plus... C'est la cirrhose ! »

Et l'on vit ce qui ne s'était jamais vu au village : une caisse d'eau de Vichy arriver par l'autobus et qui plus est, c'était un comble, chez notre cantonnier.

Avec Mathieu il n'y avait en général pas loin de la coupe aux lèvres, mais cette fois ce fut tout différent. Alors qu'il faisait si facilement confiance à une bouteille de vin, devant cette eau pétillante il eut de la répulsion, une intuition fâcheuse, et il se sentit de plus en plus sceptique, de plus en plus méfiant. Tout cela n'avait rien de catholique... « Et si c'était une mauvaise plaisanterie, et si cette eau lui était contraire ? » On ne se lance pas ainsi à l'aveuglette ! Mathieu réfléchit puis, pris d'inspiration, décida d'une expérience qui, si elle était concluante, enlèverait la décision. Ce ne serait jamais qu'une bouteille de perdue et de moins à boire, ça valait la peine d'essayer.

Il prit une grenouille verte, bien vivante – elles ne manquent pas dans nos régions – et il la mit bien alerte dans un bocal rempli de cette « fameuse eau de Vichy ».

Ce qu'il constata une heure plus tard devait le bouleverser, achever de lui faire perdre ses dernières illusions et le convaincre du bien-fondé de ses appréhensions.

La reine des éléments aquatiques, dont le milieu de prédilection, sans conteste, était bien l'eau, venait sans crier gare de passer de vie à trépas. Elle flottait dans le bocal, en surface, pattes écartées, ventre en l'air, déjà raide et gonflée.

Il l'avait échappé belle ! Mathieu faillit en perdre la raison. Il déclara tout net à qui voulait l'entendre qu'on avait voulu l'empoisonner, que le médecin était ou un assassin ou un incompétent, et qu'il ne saurait trop conseiller à qui que ce soit, malade ou bien portant, de se méfier de ses services.

Mathieu reprit ses habitudes, et voyez combien le sort est injuste envers les médecins ! Je crois bien que Mathieu vit encore, sa caisse de Vichy oubliée dans sa cave et son galet toujours sur l'estomac.

*

* *

Notre village vivait-il en vase clos ? Certainement pas. Nous avions deux ouvertures, d'inégale importance, d'inégale fréquence, mais deux ouvertures tout de même, l'une constituée par un autobus, l'autre par un facteur.

Un autobus passait une fois par semaine et, ce qui était d'ailleurs assez original, tantôt dans un sens, tantôt dans l'autre. Son état de délabrement était tel qu'il comportait un risque réel et évident pour celui qui le prenait, risque auquel en général son conducteur restait seul exposé, puisque le car était en fait presque exclusivement réservé à nos messageries. C'était lui qui transportait les paquets volumineux, fragiles ou non, pressés ou pas, dans un bruit de ferraille et dans un sort commun dont ils se tiraient comme ils pouvaient. Tout arrivait dans des dépôts locaux d'où l'on prévenait les destinataires à l'occasion. Le transporteur pouvait se tromper, et ce que l'on ne recevait pas, on devait le demander, mais si un colis pouvait s'égarer, prendre une quinzaine de jours de retard – l'erreur était toujours possible – rien par contre ne se perdait jamais. Dans ce domaine on pouvait vraiment dire que tout fonctionnait normalement à la satisfaction de tous, alors que sur le plan des voyageurs les choses se compliquaient. Notre autobus n'avait en effet aucun horaire fixe, n'assurait aucune correspondance, et ne tenait aucune promesse au point de suspendre purement et simplement, et sans préavis, ses navettes par temps de neige, de pluie ou de brouillard, ce qui était un handicap l'hiver et finissait par décourager les rares téméraires qui auraient eu la velléité de compter sur lui.

L'élément de jonction le plus régulier, presque quotidien, entre nous et la ville – il faut entendre par là le chef-lieu de canton – était notre facteur. C'est dire combien son importance était plus grande que celle d'un facteur ordinaire, et combien il vaut la peine qu'on parle un peu de lui. Notre facteur n'avait ni nom ni prénom, et c'était « NOTRE FACTEUR » que l'on rencontrait par tous les temps avec son uniforme, son képi, son vaste sac de cuir sur le dos, parcourant les routes, les chemins de traverse, les champs ou les prés et livrant bataille aux chiens hargneux avec sa canne de buis. Il partait aux aurores pour desservir trois communes, bourgs, fermes et hameaux compris, réalisant ainsi ses quarante kilomètres à pied sans défaillance, tous les jours, sauf les dimanches et les jours fériés. Pour une semblable tournée, la journée ne lui suffisait pas, ce qui faisait que lui aussi n'assurait que ce qu'il pouvait.

L'importance du trajet l'obligeait à partir bien avant l'arrivée du train qui apportait son courrier et à rentrer le soir longtemps après son départ. Lettres et journaux prenaient donc, après le rail, la route avec un jour de retard et par la suite devaient subir les chances inhérentes aux chemins et aux possibilités de groupement. Bien sûr, ce qui paraissait urgent, impôts, plis recommandés, étaient au prix d'un détour et d'un effort supplémentaire remis le jour même, mais le reste, ce qui pouvait attendre, arrivait souvent le lendemain ou le surlendemain ; le tout étant soumis à l'interprétation ou au flair de notre facteur. C'est ainsi que les quotidiens arrivaient trois ou quatre à la fois dans les fermes éloignées, et que les amoureux, qui lui auraient fichu un travail de tous les diables, après s'être désespérés quelques jours, recevaient pour se consoler un courrier de ministre où le verbe aimer leur était conjugué à tous les modes et à tous les temps.

De l'avis de notre facteur lui-même tout cela n'avait pas grande importance et s'il lui arrivait parfois de commettre quelques appréciations erronées cela n'allait jamais très loin. Et qui aurait pu en vouloir et exiger plus d'un homme toujours content, jamais malade, qui ne refusait rien à personne, au point que son métier était devenu pour lui un violon d'Ingres alors que sa véritable vocation était de rendre service, de faire les commissions et de répandre la bonne humeur.

« Comment allez-vous facteur, vous prendrez bien un verre avec cette chaleur ? »

Notre facteur ne buvait pas... Il avait soif... Donc il ne refusait pas. Debout au coin de la table il expédiait d'un trait, sans le goûter, le verre offert qui disparaissait dans son gosier plus vite que s'il n'avait été versé dans un entonnoir. Il n'avait pas de temps à perdre. Pourtant, une fois au moins, il se prêta à un pari qu'il gagna indiscutablement avec aisance en faisant disparaître douze verres consécutifs préparés à l'avance, le temps où l'horloge sonnait ses douze coups de midi. Mais c'était seulement pour relever un défi, pour voir, et parce qu'il n'était pas un homme à se laisser passer pour rien. L'exploit réalisé, il avait d'ailleurs repris sur-le-champ son chemin, frais et dispos, un moulinet un peu plus vif de sa canne traduisant seulement sa satisfaction... « Ce n'était qu'un petit vin ! » Ce jour-là néanmoins, à la place de sa lettre habituelle, la petite bonne reçut une feuille d'impôts, et le voisin, qui avait omis de vérifier son enveloppe, une lettre passionnée à laquelle il ne comprenait rien.

Notre facteur, au moins à midi, vivait chez l'habitant, un peu n'importe où, suivant l'heure et le lieu. Il connaissait les bonnes marmites, les bonnes maisons où l'on peut rester sans que cela tire à conséquence, les pieds sous la table hors de ses chaussures pour se reposer et, où l'on peut prendre quelques quarts d'heure tranquilles sans se voir troubler la digestion. Comment ne pas être conciliant avec un homme qui colportait encore beaucoup plus de nouvelles qu'il n'en apportait. On le laissait parler, on le laissait faire un petit somme sur le coin de la table et charitablement, à une heure raisonnable, on le réveillait.

De toute façon notre facteur n'avait qu'une obligation majeure : arriver chez nous – à l'école – avant 4 heures. Tout manquement à cette précision aurait entraîné pour lui une catastrophe puisqu'il remettait là, sans scrupule et aux enfants, une partie importante de son courrier. À cela personne ne trouvait plus rien à dire. Quelques grincheux avaient bien hasardé quelques réflexions dans les débuts mais il n'y avait eu aucun écho. Un journal n'a tout de même pas tellement d'importance qu'il ne puisse passer dans quelques mains ! Le pli était bien pris.

Aussi, quelle ne fut pas la surprise de tout le monde le jour où l'on vit notre facteur changer ses habitudes et accepter un détour d'importance pour apporter lui-même à domicile un banal quotidien.

Cela parut suspect. Et pourtant le cas était particulier et légitimait suffisamment ce zèle inaccoutumé puisque le destinataire n'était autre qu'une jeune veuve, plongée dans l'affliction, et qui avait bien besoin de son journal pour se changer les idées.

Et voilà, soyez humain ! Soyez généreux ! Et voyez ce que les gens peuvent être méchants… On apprit en rien de temps que notre facteur ne pouvait qu'être à l'origine de cet abonnement, que s'il gravissait aussi allègrement le coteau ce n'était point aux seules fins d'une lecture... C'était... probablement faux.

Certes cela devait durer quelques années, mais, par la suite, le quotidien devait devenir hebdomadaire et, l'âge pesant sur les vieilles jambes, et la jeune veuve étant devenue plus raisonnable et ayant probablement eu pitié de notre facteur, ce dernier parut un jour content de n'avoir plus qu'une revue mensuelle à apporter.

*
* *

« Les enfants, nous n'aurons pas assez de pain pour aller jusqu'à samedi. Allez donc voir au dépôt s'il en reste, sinon passez chez Raoul, dites-lui qu'il nous dépanne, nous le lui rendrons après-demain. »

Il fallait prévoir ses appétits... Le boulanger passait une fois en fin de semaine. Nous étions à l'extrême pointe de sa tournée qu'il soutenait, conscient de ses responsabilités, par tous les temps, grâce à une carriole bâchée traînée par un cheval maigre dont on voyait les côtes à chaque effort lorsqu'il montait péniblement vers nous. Le boulanger s'annonçait de loin par des coups de corne prolongés. Devant certaines maisons, son cheval s'arrêtait d'autorité, habitué à une halte qu'il avait enregistrée des années durant, qu'il appréciait et qui lui permettait de souffler ou de s'ébrouer par temps de pluie. Ma mère accourait. Nous la suivions, évidemment pour l'aider, mais aussi dans le secret espoir que, même au terme de la route, il resterait encore un ou deux petits pains de un sou dont on nous ferait cadeau ; et cela arrivait ! Nous revenions à la maison les bras chargés de pains longs, épais, dorés et couverts de farine. Il nous fallait « trois mêlées » par semaine. Trois mêlées de deux kilos cinq cent, mi-seigle, mi-froment, moins chères que le pain blanc, mais travaillées au levain, cuites au feu de bois et qui demandaient plusieurs jours pour rassir et durcir.

Ma mère réglait nos achats selon la tradition locale, d'après une méthode qui avait fait ses preuves et dont l'originalité consistait à éviter les carnets, les crayons et les oublis. Ces comptes étaient tenus au moyen de deux planchettes identiques de bois blanc. Nous avions la nôtre toujours à la maison, le boulanger la sienne toujours accrochée dans sa voiture. Elles devaient se superposer exactement et chaque achat d'un pain donnait lieu à une coche faite sur les deux mesures juxtaposées. Chacun conservait son témoin et l'on pouvait comparer. Pas de témoin, pas de pain. Ma mère n'oubliait jamais de prendre le nôtre, pendu près de la porte, avant de se précipiter. Ce système donnait toute tranquillité à une population brouillée avec les écritures et méfiante avec les chiffres. Les calculs étaient ainsi simplifiés. Douze coches par planchette, chaque planchette terminée on réglait en argent, en farine ou en blé, suivant la convenance de chacun, car on pouvait pratiquer le troc à volonté, et c'est ainsi que beaucoup de maisons payaient encore en nature le pain qu'ils ne cuisaient pas chez eux. Sans ce procédé c'eut été une comptabilité fastidieuse qui aurait toujours pu soulever des controverses. De cette façon, chacun savait à tout moment où il en était.

Nous étions de gros clients, des clients sérieux, des clients sans combines. On payait presque chaque mois en vif-argent et c'était grandement apprécié par notre boulanger dont les bénéfices, sûrement maigres, devaient suffire à expliquer l'état squelettique de son cheval.

« Nourri avec des cercles de barrique », disait mon père en hochant la tête chaque fois qu'il le voyait.

*

* *

Le boucher, en principe, faisait, accompagné de mouches, au printemps et en été, une apparition tous les quinze jours. Nous étions donc grands carnassiers six jours par mois, végétariens le reste du temps. Par les grandes chaleurs, il fallait aller vite, mettre les bouchées doubles, la viande bleuissait.

Maman Louise, avec de l'ail et un filet de vinaigre, remédiait à ces ennuis jusqu'à certaines limites.

Quelques poulets, quelques lapins aidaient.

L'hiver, ces tournées s'arrêtaient, faute de clients et pour une raison bien simple : la grande période des cochons était arrivée.

Dans ces campagnes reculées, chaque maison, chaque foyer, aussi modeste soit-il, élevait durant l'année, à grand renfort de pommes de terre, de châtaignes et de glands, son ou ses cochons. Il se faisait alors des bêtes superbes, hautes comme de petits bourricots et leurs sacrifices en série commençaient aux premiers froids, dès la Toussaint. Dès cette saison, il s'établissait au village, plus ou moins consciemment, un roulement de viande fraîche qui, compte tenu des usages, ne laissait aucun espoir au bœuf et au veau d'importation.

Comme tout le monde on tuait notre porc de décembre à mardi gras, suivant sa bonne venue, son poids, notre désir ou celui de notre vendeur, et cette immolation à la cause familiale donnait à la victime le droit et l'obligation de mourir devant notre porte – on s'en serait bien passé – suivant un rituel immuable et précis.

Prévu et retenu de longs mois à l'avance, nous allions de temps en temps lui rendre visite et surveiller sa croissance chez notre voisin, sans dissimuler nos perfides intentions qui nous le faisaient imaginer en saucisses et jambons. Heureusement il ne pouvait comprendre et échappait ainsi à tout pressentiment.

« Qu'en pensez-vous, Raoul ? Il m'a l'air bien. Alors, jeudi, si vous voulez, on se fixera sur les prix de la foire de mardi. »

Des préparatifs minutieux annonçaient son arrivée. Ma mère achetait un volumineux sac de gros sel, une quantité impressionnante de poivre, des clous de girofle, de la noix muscade, vérifiait sa réserve de cannelle et pendant deux jours on épluchait et blanchissait des châtaignes. Enfin, on sortait de la cave deux énormes saloirs imprégnés de saumure dont les poids respectifs, même vides, nécessitaient déjà le concours de deux adultes pour leur faire gravir les marches de l'escalier. Ces urnes funéraires à cochon étaient de telle taille que mon frère et moi aurions pu nous y cacher. Mon père, à qui revenait la lourde responsabilité de les manipuler, de les brosser et de les rincer sans les casser, disparaissait lui-même à moitié à l'intérieur lorsqu'il voulait en atteindre le fond. Deux bottes de paille étaient disposées dans notre cour la veille du sacrifice. Je trouvais ces préparatifs d'un crime prémédité effroyables.

La victime elle-même arrivait au petit matin, portée dans une charrette, précédée du préposé aux hautes œuvres.

Ce dernier était toujours le même. Il officiait jour après jour tout au long de l'hiver dans toutes les maisons du village, tuait le matin et débitait la bête en soirée et cela pour un prix modeste, souvent gratuitement, pour rendre service et faire plaisir. Il passait pour un homme habile qui manquait rarement son coup. Certes, deux de ses victimes, deux cochons farceurs, avaient bien essayé dans ses débuts de se jouer de lui. L'un d'eux avait fait le mort et s'était enfui lorsque l'attention s'était relâchée, le couteau en travers du gosier, alors que l'autre, seulement évanoui, avait attendu pour reprendre ses esprits, le moment le plus inopportun où on commençait à le flamber. Mais tous les deux, bien qu'avec quelques difficultés, avaient été repris, ramenés en force à la table du sacrifice et bon gré mal gré avaient dû subir avec un minimum de retard le destin réservé à leur race.

Avec cet homme averti on ne risquait plus rien.

L'arrivée du cochon déclenchait un branle-bas général auquel ma mère ne participait pas. L'animal poussait des cris stridents dès sa descente de la charrette. On le calmait avec quelques châtaignes, et sa gourmandise le conduisait droit vers le bûcher.

Notre voisin affirmait : « Il n'a pas mangé depuis deux jours et il pèse ses deux cent vingt kilos. » On le croyait sur parole et on s'extasiait.

Maman Louise arrivait avec une bassine, alors que Fox et Follette, intuitifs, attirés par le bruit, pressentant une aubaine, étaient déjà depuis longtemps sur les lieux, en proie à une excitation si grande qu'elle les faisait se disputer. Fox, pourtant calme à l'ordinaire, dans ces occasions perdait tout contrôle. Ne se laissa-t-il pas aller une fois jusqu'à mordre sauvagement la queue d'un de ces malheureux ! Voulait-il lui créer un moment de diversion ou simplement lui faciliter le passage de vie à trépas en lui faisant prendre conscience des vicissitudes de l'existence ? Je ne sais, toujours est-il qu'il manqua son but, ajouta à la panique, ne fut pas compris et reçut ce jour-là un magistral coup de pied au cul. L'heure n'était pas à ce genre de plaisanterie.

« Pour une belle bête, c'est une belle bête et je suis prêt à parier qu'il a autant de viande que de graisse. »

Rien ne lui était épargné, ni la vue de la bassine, ni la vue des couteaux ; stupidement, au lieu de fuir il continuait à manger.

C'était un guet-apens. Les plans étaient tirés. Le cochon devrait être basculé là, sur la paille, au moyen d'une corde. Mon père devrait se saisir des pattes arrière, le voisin de celles de devant, pendant qu'un troisième acolyte, d'un nœud coulant, lui ligoterait le museau.

« Et vous, les enfants, vous lui tirerez la queue. »

Cette plaisanterie de mauvais goût avait pour effet de déclencher notre fuite immédiate. Nous

nous sauvions au plus loin du jardin pour ne plus rien voir, pour ne plus rien entendre. Nous nous bouchions les oreilles jusqu'à nous en faire mal, pour essayer d'étouffer les cris perçants.

Enfin, l'un de nous faisait un essai, on n'entendait plus rien : nous revenions.

Maman Louise, les mains rouges, éclaboussée, repartait vers sa cuisine, sa bassine pleine de sang, alors que les hommes, arc-boutés, poussant sur des piquets, hissaient notre victime sur un autel improvisé au moyen de deux fortes caisses et d'une échelle. La toilette commençait.

Le cochon était d'abord flambé avec soin avec des bouchons de paille, et durant un bon quart d'heure l'air sentait le roussi. Puis il était lavé avec des seaux d'eau chaude, rasé avec de longs couteaux et frotté à la brique humide. Il sortait de ces opérations rose et frais mais avec un rictus amer qu'accentuaient les traces de la corde qui lui avait serré le nez. Fox et Follette recevaient les premières récompenses de leurs impatiences : les quatre sabots du cochon qui disparaissaient, avalés tout rond.

Transporté sur son échelle, le cortège funèbre gagnait une vieille remise. Sous le poids, les jambes des porteurs flageolaient. Là, fixé par ses tendons, suspendu la tête en bas, le porc était décapité.

« Pour qu'il ne se sauve pas », assurait mon frère qui gardait une arrière-pensée.

Puis, comme il avait vu un jour un canard décapité s'enfuir malgré tout en oubliant sa tête, il ajoutait :

« Je crois qu'il ferait tout de même bien, tant qu'il y est, de l'éventrer tout de suite, ce serait plus sûr. »

Tout cela était fait, et fort habilement, au couteau et à la hache. Pour ma part, en contemplant chaque fois ce spectacle, je pensais à Marie-Antoinette, à Marie Stuart, à ces deux « Marie » qui avaient subi le même sort, et je me promettais bien que, si un jour, j'avais une fille je m'arrangerais : premièrement, pour qu'elle ne soit jamais reine ; deuxièmement, pour ne pas l'appeler Marie.

On l'ouvrait comme un lapin, de haut en bas, pour le vider. L'odeur était infecte et nous faisait fuir une deuxième fois.

Le cadavre écartelé restait ainsi toute la journée, fenêtres ouvertes, abandonné au froid pour être repris le soir, à la veillée, dans une atmosphère de détente. Le coup dur était passé. Le découpage posait pourtant de grandes difficultés. La moitié de notre porc revenait de droit à nos voisins. Il fallait donc tenir compte de ces obligations. Tout passait en dons et redevances : les côtes, les épaules, et c'était une chance si nous pouvions arriver à sauver un jambon. Les saloirs se remplissaient néanmoins, et mon père, avant de plonger les longs quartiers de lard, ne manquait jamais de mesurer avec précision leur épaisseur.

« Dix-huit centimètres ! annonçait-il, et chaque année il ajoutait : c'est la plus belle bête que nous ayons jamais tuée. »

Les pâtés de tête, les saucisses, la charcuterie se faisaient le lendemain. Je garde un souvenir particulier des longs chapelets de boudins aux châtaignes où chaque unité était soigneusement séparée et nouée pour éviter les accidents. Pendus à une corde, ils étaient plongés et replongés dans une grande marmite d'eau bouillante et ma mère les piquait avec une longue aiguille. Plongés rouges, ils ressortaient noirs et brillants, prêts à être consommés, alors que l'eau de cuisson ayant servi à la trempette, dès le lendemain, détail cynique, régalait d'autres cochons !

La distribution de notre porc nous revenait. Toute la journée, mon frère et moi faisions la navette de notre maison à celle de nos voisins avec notre panier et notre assiette contenant tantôt une rouelle, tantôt quelques côtes, le tout évidemment adapté à chaque cas.

Tout cela n'était qu'un prêté pour un rendu. En retour, tout l'hiver, nous recevions de chaque holocauste voisin notre part de butin. On se tirait ainsi allègrement d'affaire en attendant le retour de notre boucher et, mon Dieu, sans trop nous faire de soucis, ni pour notre taux de cholestérol, ni pour un infarctus problématique, qui, d'ailleurs, il faut bien le dire, à cette époque n'arrivait pas.

*

* *

Dans ce pays de cocagne, les primeurs n'existaient pas. Partout ailleurs, la saison des fraises et des cerises était depuis longtemps passée quand les nôtres, à grand-peine, rosissaient. Les fruits ne manquaient pourtant pas. Il suffisait d'attendre, car, en revanche, comme chez nous ils ne se vendaient pas, l'on pouvait avec un peu de patience, chez n'importe qui, n'importe quand, n'importe où, avec ou sans autorisation, sur l'arbre même si l'on voulait, en consommer à en crever. Les poiriers et les pommiers, auxquels la terre convenait, croulaient de fruits, et à la saison ces derniers en particulier couverts de pommes rouges et luisantes de toutes espèces se signalaient de loin dans la campagne pour le bonheur des merles, des chasseurs et des enfants. Les pommes tombées à terre formaient des monticules et il n'y avait qu'à se baisser pour ramasser.

Évidemment, à ces abondances du terroir il y avait des manques. C'est ainsi que le raisin, la pêche, la noix n'existaient pas et que la figue n'était pas encore connue dans le pays.

« Et les citrons ?... » Eh bien les citrons on s'en passait très bien. Et vous, des jujubes et des litchis, ne vous en passez-vous pas ?

Un marchand de melons montait jusqu'à nous une fois l'an, rien qu'une fois, mais toujours il avait été fidèle et on pouvait compter sur lui.

D'où ? On ne savait, mais sûrement pas de Cavaillon, car il m'a fallu un bon nombre d'années pour rectifier mon point de vue sur les mérites de ces cucurbitacées.

Ces melons nous arrivaient dans une maturité indiscutable que confirmait leur odeur éthérée et ils tenaient à la fois du ballon de rugby, de la courge et de la pastèque. Je me demande où il allait les dénicher ?

Ils avaient tellement voyagé, tellement passé de main en main que, crevassés, ils en perdaient leurs entrailles. Et malgré tout on choisissait ! On soupesait, on reniflait, le marchand était aimable et généreux.

Malgré notre bonne volonté – et nous n'étions pas difficiles –, c'était en fin de compte nos poules qui se régalaient. Elles étaient seules à pouvoir apparemment s'en tirer sans dommage, sans douleurs de ventre, ou du moins elles ne le disaient pas.

Le revendeur quittait notre bourg content, en partie délesté et l'on pouvait se faire une idée de l'opinion qu'il avait de sa marchandise lorsqu'on trouvait, le lendemain, les restes invendus versés à quelques kilomètres, en vrac, dans le fossé.

Noé était cultivateur. Il commença à planter de la vigne et ayant bu son vin s'enivra.

Ce ne fut pas chez nous que la chose arriva.

La région faisait venir son pain, ses légumes, une grosse partie de sa viande, mais elle n'avait pas une goutte de vin. À dix-huit sous le litre c'était un handicap, une fuite importante et permanente de devises qui nuisait : ça allait loin !

Certes, on faisait du cidre, et beaucoup de cidre, et nous-mêmes en consommions plus que de vin. Mais si le cidre doux est agréable, il passe vite, devient piquant, cela ne valait quand même pas le vin, et chez nous un verre de rouge avait toute sa valeur.

Notre vin venait par demie du chef-lieu de canton, descendait en force, périlleusement, dans notre cave au bout d'une longue corde pour n'en remonter qu'en bouteilles et si parcimonieusement qu'à la fin il se couvrait de fleurs et que les derniers litres revenaient de droit à notre vinaigrier. Mon père, généreusement, offrait son vin.

« Goûtez-moi ça, c'est un bordeaux léger, qu'en pensez-vous, je viens de le rentrer ? »

Il en offrait plus qu'il n'en buvait lui-même, non par manque de goût mais par économie.

*

*   *

L'automne les ramenait tous les ans. La neige les chassait de leur haute Auvergne natale, la neige et aussi le besoin de gagner quelque argent. Ils étaient deux à monter la côte à pied, toujours les mêmes, un grand et un petit et, chose étonnante, d'année en année, le petit ne semblait pas grandir. Ils étaient si noirs des pieds à la tête et contrastaient si étrangement sur la neige blanche que mon frère, lorsqu'il les vit pour la première fois, vint se blottir dans les jambes de ma mère pour nous prévenir que les nègres envahissaient. Ils arrivaient sans équipage, avec des sacs à dos d'où sortaient seulement quelques brosses et un rouleau de couvertures. Ils s'arrêtaient à chaque maison pour proposer leurs services, et les chiens leur faisaient un accueil menaçant injustifié. Les ramoneurs étaient habitués à ces réceptions, ils ne se formalisaient pas mais se tenaient prudemment derrière la protection des barrières et attendaient. D'un coup d'œil ils jugeaient les cheminées, leur hauteur, leur largeur et pour quelques sous de plus ou de moins ils entamaient des palabres interminables.

Chez nous, nous n'avions pas le cœur à discuter, aussi avions-nous droit, pour vingt sous et la promesse de deux casse-croûte – l'aîné seul buvant du vin, mais il en buvait pour deux –, au grand jeu dans nos trois cheminées. C'était le plus jeune qui, favorisé par sa taille, faisait le travail à lui seul. Aidé au départ par son aîné qui le soulevait jusqu'à l'entrée noire de la cheminée, il s'élevait dans le conduit, arc-bouté du dos et des pieds, grattant la suie avec de larges lames d'acier. En une dizaine de minutes, je ne sais par quelle obscure reptation et par quel prodige d'adresse, il atteignait le haut du toit. On le voyait apparaître, les cheveux en broussaille, comme un diable sortant de sa boîte, puis avec une agilité de chat il changeait de position et entamait sa descente en continuant son travail. Cette partie probablement plus périlleuse, était, au mépris de la suie, suivie avec attention par le frère aîné qui encourageait et conseillait en vidant son premier verre de vin. L'enfant atterrissait enfin en souplesse ni plus ni moins noir qu'à son départ, et il regrimpait haut dans notre estime lorsqu'on le voyait décliner avec énergie l'eau et le savon que poliment on lui offrait.

Ils étaient toujours affamés et cela nous inquiétait, mon frère et moi. Ma mère sortait le pain et les grillons, et toute sa sollicitude allait au plus petit auquel elle imposait toujours un supplément. Le pot y passait en général entier.

Ma mère s'enquérait d'où ils venaient, de leurs âges, où ils couchaient.

Les ramoneurs allaient de cheminée en cheminée, couchaient toujours dans les granges et dans le foin – évidemment on les aurait mal vus dans des draps blancs – et ils payaient leur gîte et leur couvert d'un ramonage gratuit.

Notre situation d'enfants heureux, choyés, privilégiés contrastait tellement avec la leur que nous étions honteux et que nous les regardions, sans oser rien dire, les mains derrière le dos.

C'était le moment que mon père choisissait.

« J'ai là deux lascars qui feraient bien votre affaire. Vous n'auriez pas besoin d'eux ? Ce sont de fameux grimpeurs et un peu de vache enragée ne leur ferait pas de mal. Prenez-les à votre service pour la saison. Vous les reposerez à votre prochain passage. Je ne vous demande rien. »

Pour un autre verre de vin, le dernier, l'aîné acceptait.

Je n'y croyais pas. D'abord j'étais un grimpeur d'arbres et non de cheminées. Mais sait-on jamais ! Par précaution, je prenais quelque distance, quant à mon frère, perdant tout contrôle, il fondait en larmes et en bonnes intentions.

Maman Louise avait deux jours de travail sérieux pour évacuer la suie et faire disparaître les traces des ramoneurs « qui étaient sans soin et piétinaient partout ».

Maman Louise n'aimait pas les ramoneurs.

*

* *

Le colporteur était toujours reçu à bras ouverts. Il passait irrégulièrement. On ne l'attendait pas, on constatait seulement à l'occasion d'un manque :

« Tiens, il y a longtemps qu'on n'a pas vu le colporteur ! »

Il arrivait quand il pouvait, aux beaux jours, ou selon… Sa présence au pays nous était signalée plusieurs jours avant son arrivée par les enfants de l'école. Sa progression à travers la région était des plus lente et paraissait désordonnée alors qu'il n'en était rien, qu'elle était au contraire très étudiée et qu'elle tenait simplement compte de toutes les difficultés et de tous les accidents du terrain. C'est ainsi, qu'à l'encontre de tous les autres qui étaient tractés, il nous abordait, lui, du bourg, retenant dans la descente plus facilement qu'il ne l'aurait poussée dans la côte, sa lourde malle noire et cubique, qui fixée sur quatre roues hautes et légères, ressemblait à un landau mal équilibré.

C'était un homme âgé, calme, organisé, et le long parapluie, que l'on devinait vaste et confortable, fixé le long de sa voiture le prouvait. Plusieurs semaines à l'avance il prévoyait en cours de route ses approvisionnements, et de lourds paquets l'attendaient aux arrêts de l'autobus.

Il s'arrêtait à chaque foyer et son commerce qui dépendait surtout des femmes était prospère. Il créait le besoin, il était la tentation, et à son départ on comptait les sous qui vous restaient dans le creux de la main. Les quatre ou cinq maisons du village le retenaient une longue journée avant de nous le livrer. Il arrivait chez nous le jeudi, jour de congé, et ma mère le recevait avec le sourire, bien qu'*a priori* elle n'eût besoin de rien, du moins elle le croyait.

Ce que cet homme pouvait concentrer dans le petit volume de sa malle défiait l'imagination. Une longue expérience du négoce local lui avait appris tous les articles essentiels qu'on était en droit de lui demander couramment – et il les avait –, mais aussi toutes les exigences les plus inattendues et les plus saugrenues, et comme il n'aimait pas être pris en défaut, il avait tout, il charriait tout.

Sa malle s'ouvrait d'abord en haut par son couvercle puis latéralement, sur le côté opposé au parapluie, et tout était compartimenté d'une façon tellement habile que, vidée de ses plateaux, de ses longues étagères superposées et encastrées, elle couvrait plusieurs tables et constituait un étalage impressionnant. En haut, les choses sérieuses : la mercerie, fils, aiguilles, crochets, ciseaux, élastiques, dentelles et boutons, le tout en abondance. En bas, la bimbeloterie : peignes, brosses, broches, bagues, colliers et tout un ensemble de perles de toutes formes, de toutes couleurs. Se promener par des chemins avec de telles richesses nous paraissait, à mon frère et à moi, un risque inconcevable qui nous faisait douter des bonnes facultés de notre colporteur.

Ma mère faisait un choix précis et judicieux qui excluait toute fantaisie mais tenait compte néanmoins des besoins, des pertes passées et à venir durant six mois, et de notre budget. Paul, que cela laissait indifférent, en était en général de son billet de dix francs, moyennant quoi Marie-Thérèse recevait en plus de sa marchandise un cadeau, une broche somptueuse – qui valait sûrement un grand prix – ou un flacon d'odeur : violette ou jasmin. Le colporteur était galant, savait faire plaisir et soignait sa clientèle.

Maman Louise clôturait chaque passage par de menus achats personnels et souvent par l'acquisition d'une nouvelle paire de lunettes, sans étui s'entend, car elle en avait un en bois et depuis fort longtemps. Son choix était compliqué et nécessitait des essais multiples que ne simplifiait pas son état d'analphabète, et c'est à ce moment où l'on pouvait juger de la patience de notre colporteur. Certes, il y avait bien un petit carton représentant une série de dessins de volatiles, allant de la poule naine au coq de grande race, mais maman Louise connaissait par cœur la rangée des poules et des lapins et les conclusions qu'on en tirait étaient hésitantes et suspectes au point qu'on avait dû l'abandonner. Enfin, maman Louise, sans qu'on sache pourquoi, avait une fâcheuse tendance à tricher. Il fallait donc s'en remettre à une autre formule plus en rapport avec la vie pratique et qui donnait toute garantie. Maman Louise devait, avant de légitimer un nouvel achat, réussir par deux fois et du premier coup à enfiler un fil de laine au travers du chas d'une aiguille dont le choix était en l'occurrence avantageux.

Nous assistions à ces consultations improvisées et nous applaudissions à chaque essai réussi, bien que nous pensions qu'en fait tout cela était parfaitement inutile puisque maman Louise était obligée, chaque fois où elle voulait suivre nos évolutions, de regarder par-dessus ses bésicles.

Enfin, c'était là son idée… Il n'y avait rien à dire.

Le marchand lui faisait une réduction et, en cas d'hésitation, une sur-réduction. Puis il reprenait ses anciennes lunettes à un prix intéressant, si les verres n'en étaient ni cassés ni rayés, et si la monture était en bon état. Le tout était déduit : maman Louise s'en tirait bien.

Ces transactions avec reprise donnaient satisfaction à tous, et les montures d'acier, toutes semblables, simples et robustes, ne modifiaient pas les physionomies. Il se créait ainsi entre les différents hypermétropes un petit échange régulier, un petit roulement que seul pouvait favoriser un colporteur comme le nôtre, et qui faisait que l'on reconnaissait parfois sur le nez de son voisin les lunettes que l'on avait la veille encore sur le sien.

Ma mère, nous ne savions pourquoi, échappait à cette règle. Elle se faisait appareiller à Limoges, et portait des lunettes d'écaille et des verres ronds. Au fond de nous-mêmes nous lui savions gré de ce souci d'élégance et de cette petite note de coquetterie.

Le colporteur prenait congé de nous fort civilement et en fermant son magasin d'un cadenas, nous assurait d'un prochain retour sans en préciser toutefois la date.

Cet homme important couchait à l'auberge, dans un vrai lit, comme tout le monde. Il inspirait pleine confiance, et maman Louise, comme nous tous, l'avait en haute estime.

*

* *

L'arrivée des étameurs était un événement qui échappait à toute prévision et à tout contrôle. On les trouvait le matin devant l'église, installés sous leur vaste tente, leurs instruments de travail déjà disposés près de leurs feux de camp et leurs chevaux attachés aux tilleuls. Ce groupe de nomades nous était familier. Il était constitué par une communauté de chaudronniers et d'étameurs. Nous savions qu'ils n'étaient que de passage et qu'ils ne resteraient guère plus de deux ou trois jours au pays, sur notre place qu'ils avaient annexée durant la nuit et où ils s'étaient mis à vivre au vu et au su de nous tous, aussi tranquillement que si nous n'existions pas.

Notre présence, pas plus que notre curiosité, n'avait l'air de les gêner et c'est avec beaucoup de désinvolture que les femmes se peignaient en plein air, faisaient leur lessive, pendaient leur linge, pendant que les hommes soignaient leurs bêtes et, nonchalants, vaquaient à leurs occupations. Dès les premières heures, les jeunes de la troupe s'éparpillaient dans les villages, faisant du porte à porte, offrant leurs services et collectant un travail abondant pour les hommes qui attendaient. On pouvait aller les voir, et c'était de fort habiles artisans ! Sur leur brasier, l'étain fondait, les fers à souder rougeoyaient et leur campement résonnait de leurs cris, de leurs chants, et de leurs coups de marteaux. Ma mère, après avoir prudemment convenu d'un prix, leur confiait sans hésitation nos fourchettes, nos cuillères, et même notre énorme chaudron de cuivre où nous cuisions nos confitures. Nos couverts nous revenaient quelques heures après, neufs, et notre chaudron, brillant comme jamais, était réparé ; jamais il n'y eut de manque. Une seule fois pourtant un accident : de nos douze fourchettes il ne restait que douze queues. Erreur d'appréciation… Le reste avait fondu !

À ce travail artisanal utile et apprécié, s'ajoutait le soir même de leur arrivée un numéro de grand spectacle, un numéro de cirque dont l'originalité avait été annoncée et commentée toute la journée au cours de leurs allées et venues. On y verrait des athlètes tordant des barres d'acier, on y verrait une poule à trois pattes, on y verrait...

L'entrée était gratuite, d'autant plus libre que la séance avait lieu en plein air, devant les spectateurs debout en un cercle dont l'épaisseur s'amenuisait sournoisement au fur et à mesure que le temps passait et que l'inévitable quête approchait. En ce qui nous concernait, on donnait notre obole, et pour quelques sous, pour ce que l'on voulait, nous pouvions admirer : une chèvre ! – dans le pays, certes, il y en avait mais elles n'étaient ni propres ni blanches et elles ne dansaient pas au son du tambourin –, quelquefois un vieux loup édenté, un peu mité aux encoignures, et assez souvent un ours brun qui se dressait au bout d'une chaîne sur ses pattes arrière en buvant un biberon. C'était fameux, inédit, triste à mourir, mais cela suffisait à nous impressionner.

Après leur départ, la place reniflait une odeur étrange, un mélange de fauve et de crottin, et pendant une huitaine de jours au moins je faisais danser mon frère au bout d'une corde. Il était l'ours évidemment, à quatre pattes s'entend, et il devait se redresser au commandement. Hélas ! cela se terminait toujours d'une façon décevante. En peu de temps mon animal donnait des signes de lassitude et de mauvaise volonté. Il grognait d'abord sans conviction, puis ne répondait plus aux injonctions et, comme tout bon dompteur l'aurait fait à ma place, je devais le corriger. Mais voilà ! Mon ours réagissait mal au bâton, et ses braillements, qui n'avaient rien de ceux d'un plantigrade de sa race, alertaient la famille et mettaient fin à une entreprise qui aurait pu être lucrative avec un minimum de compréhension.

*
* *

« Les enfants, il faut rentrer, il fait nuit. Ah bon ! vous ne voulez pas rentrer ? Comme vous voudrez... Les bohémiens sont au fond de la côte. Attendez qu'ils vous trouvent. »

Cette perspective agissait sur mon frère à la seconde, pour ma part je bravais quelques instants mais je me rendais à la prudence, les bohémiens ce n'était pas les étameurs.

Ils étaient nombreux alors sur nos routes et il ne passait guère de mois sans qu'ils ne traversent notre territoire, allant vers des destinations incertaines, en cortège de trois ou quatre roulottes délavées traînées par de malheureux chevaux, de pauvres bourricots étiques ou par eux-mêmes attelés. Chaque verdine abritait des familles grouillantes d'enfants échevelés, nu-pieds, en haillons, le cul au vent, des adultes à la peau tannée aussi guenilleux que les premiers et des femmes inquiétantes sous leurs oripeaux crasseux. Leur condition était misérable. Ils se voulaient vanniers, aiguiseurs de ciseaux et de couteaux, diseurs de bonne aventure ou jeteurs de sorts à l'occasion. Ils étaient surtout nocturnes, chapardeurs et prudents. Ils ne séjournaient nulle part, et lorsqu'ils campaient pour la nuit, à la croisée d'un chemin, le voisinage n'avait rien à redouter. Ce n'était qu'après leur départ que les ennuis commençaient, car leurs larcins étaient lointains, obscurs, sans preuve possible, bien que prémédités et préparés. Ils vivaient aux dépens des poulaillers et des clapiers repérés à l'avance ou en cas de mauvaise fortune, tout simplement des hérissons qu'ils rencontraient. Un élevage de parade constituait, en cas de soupçons ou de fouilles toujours possibles, leur meilleur alibi. Allez savoir d'où vient la poule ? En général, les gendarmes ne trouvaient rien. Ils étaient soigneux, enterraient toujours plumes et peaux et ne laissaient aucune trace.

Leur visite à la mairie de chaque commune qu'ils traversaient était obligatoire et nécessitait le visa de leur carnet anthropométrique.

« Allez, vous ne déparerez pas la collection avec vos tignasses, mal lavés comme vous êtes, s'ils vous embarquent vous n'êtes pas prêts d'être repérés en cas de recherches. Vous avez des airs de famille. »

Si les bohémiens manquaient de quelque chose ce n'était certainement pas d'enfants, néanmoins la lecture de *Sans famille* n'était pas faite pour nous rassurer et, petits, nous avions très peur d'eux.

Nous cherchions donc à nous prémunir et nous avions, en cas de rencontre imprévue, trois principes à exploiter.

Le premier tirait ses racines de croyances populaires et empiriques. Il était cabalistique, facile à exécuter et destiné à conjurer le sort. Il suffisait, si par inadvertance on se trouvait face à face, de cracher à terre en exécutant un signe de croix, à l'envers : c'était très important. Le deuxième tenait de la prudence et devait suffire à éviter les fatales prophéties. Il fallait pour cela tenir ses mains derrière le dos ou dans ses poches. Sous cet angle nos risques étaient d'ailleurs minimes, nos mains étant en général assez sales pour déjouer toute interprétation. Quant au troisième, qui nous paraissait de beaucoup le plus valable, il consistait, sitôt qu'on les voyait se profiler, à s'écarter de leur chemin.

Nous n'étions pas seuls à les redouter. Ils avaient le monopole du mauvais œil, et leurs prédictions inquiétaient même les grands. La Louise n'avait-elle pas perdu deux vaches pour avoir eu un différend avec eux ? Et la Berthe n'avait-elle pas accouché d'un nabot pour avoir lancé son chien contre l'un d'eux ? La plupart préféraient s'en tirer avec une piécette, la plus petite possible, ou un quignon de pain, ou l'achat d'un panier dont ils n'avaient que faire.

Mais de toute façon personne ne leur aurait jamais confié ni un couteau ni une paire de ciseaux dans la crainte de ne jamais les revoir ou de risquer d'avoir la gorge tranchée dans l'année, pour peu qu'une difficulté survienne au moment de payer.

*
* *

« Généralement parlant, les Limousins professent une dévotion extérieure qui n'exclut pas le vice… Ils ont une vénération, de préférence pour les saints de leur pays, entre autres : saint Martial et saint Léonard, qui va jusqu'à l'oubli des autres saints et même à l'abaissement du culte de Dieu. »

Ainsi s'exprimait avec une évidente malice M. de Bernage, intendant du Limousin sous Louis XIV.

Notre fête tombait fin juin ou début juillet et se déroulait sous le haut patronage de saint Martial, qui en déterminait la date exacte chaque année, en l'occurrence le premier dimanche qui suivait son avènement.

C'était une fête modeste pour laquelle la commune, anticléricale, n'engageait aucun frais et, comme elle n'était pas tapageuse, elle n'attirait personne des alentours. Aucun préparatif précurseur ne l'annonçait au point que le jour même, avant 10 ou 11 heures, on pouvait douter et se demander si elle n'avait pas été oubliée ou supprimée. Heureusement, saint Martial veillait, et c'est lorsque l'on commençait à désespérer que les premiers forains se manifestaient et faisaient leur apparition.

Trois voitures chargées gravissaient alors la côte. Trois stands bâchés sous la direction bruyante d'un seul propriétaire, ce qui devait exclure toute concurrence et toute compétition. Ils arrivaient de Limoges, par habitude, parce que c'était la Saint-Martial, parce qu'ils allaient vers d'autres saints et que nous étions sur leur chemin. C'était pour eux une occasion d'amortir des frais de route, et leur halte était sans conviction.

À midi tout était prêt. Un manège de balançoires fixé, un stand de tir ouvert et un banc de tourniquet équilibré et garni. Ils y adjoignaient, suivant leur humeur, leur temps, et s'ils ne l'avaient pas oublié, un mât de cocagne improvisé. De toute façon cela n'allait jamais plus loin.

« Bon, les enfants, si vous voulez, vous pouvez aller aux manèges. Tâchez d'être raisonnables. Voilà dix sous chacun, si vous les perdez ce sera tant pis pour vous. »

C'était dans les premières heures de l'après-midi que, nos dons familiaux en poche, nous abordions, comme la plupart des galopins de notre âge, ce centre des attractions. Hélas ! nous étions terriblement limités ! Nos jeux, habituellement libres et gratuits, brusquement monnayés, nous causaient une certaine inquiétude, notre souci de gérer avec adresse notre fortune un embarras, et notre premier contact en était paralysé.

« Trois essais pour un sou » : le mât de cocagne nous attirait d'emblée, ce n'était pas cher, tout le monde pouvait se le permettre et ses paquets volumineux, multicolores qui le couronnaient à quelques mètres du sol, permettaient de bien augurer. Puis nous avions l'habitude… On allait voir ce que l'on allait voir…

C'était compter sans la cire et la rouerie des forains.

Le départ était en général assez facile. On s'élevait. On dérapait. On repartait. On y… et l'on se retrouvait les fesses dans la sciure sans savoir ni pourquoi ni comment mais avec un sou en moins. Rares étaient les acharnés qui arrivaient à leur paquet de berlingots ou à leur pochette-surprise. Pour ma part, je n'y arrivai jamais.

« Viens, allons aux balançoires. »

Des balançoires, nous en avions. Nous savions en établir de grande amplitude, sensationnelles, au moyen d'une seule corde et d'un bâton, mais des balançoires en forme de bateau où l'on pouvait prendre place à deux, assis ou debout, on n'avait jamais vu ça !

Là on ne gagnait rien, mais du moins on en avait pour son argent, et pendant les heures creuses, et il y en avait beaucoup, le patron qui allait souvent boire son verre n'était pas très regardant.

Mon frère, petit, avait un faible pour ces engins. On l'installait sur l'une d'elles et il y restait admiratif, heureux et statique car, s'il désirait avec ardeur y accéder, il ne voulait à aucun prix les voir bouger. Son tour lui était, en désespoir de cause, gracieusement offert par la direction qui restait dans l'incompréhension du rêve et de l'extase.

Les autres manèges ne pouvaient pratiquement nous concerner, c'était pourtant vers eux que nous allions, nos ressources épuisées.

« Papa va faire un carton, viens voir ! »

Paul, au tir, se montrait d'une prudence puis d'une habileté qui nous faisaient honneur. La cible touchant presque le bout du canon, il réalisait des cartons de qualité et crevait presque à chaque fois l'œil des pigeons. Seul, un certain Léon, malgré des compétitions répétées, le battait infailliblement. Mais ce n'était pas loyal, Léon était un tordu, myope comme une taupe, et qui, par contre, n'aurait pas vu une vache à dix pas, « et tout de même, en 14, les Boches n'avaient quand même pas l'œil au bout de votre carabine… non ? »

Il se coupait des fleurs que les fiancés offraient à leurs belles, et l'on cassait des pipes... beaucoup de pipes, elles jonchaient le sol, malheureusement en miettes et perdues.

« Oh ! dis donc, si nous pouvions avoir une pipe !... Vas chercher Fox et Follette, j'ai une idée, mais il faudra faire vite. »

Un vieil os jeté à la sauvette sous le rideau suffisait pour que Fox et Follette, sans hésiter, risquent leur vie, semant une panique qui nous permettait d'atteindre la caissette de bois où les pipes intactes étaient entreposées. Grâce à elles, sur-le-champ, nous fumions, faute de tabac, de la barbe de maïs ou du foin. Cela n'était pas fameux, cela faisait terriblement tousser, parfois même vomir, mais c'était viril et cela suffisait.

Au tourniquet, l'importance de l'enjeu était décourageante : cinq sous la partie !

Les roues chargées de vaisselle se déplaçaient bruyamment sur des numéros étudiés. Chaque coup était valable mais, évidemment, il y avait beaucoup de bols, d'assiettes et de cendriers qui n'étaient que des lots de consolation, néanmoins on ne repartait jamais les mains vides. Le patron avait ainsi trouvé une façon élégante de liquider des malfaçons qui auraient été à la casse et de débarrasser du même coup les porcelainiers de la région. Toutefois, avec de l'ambition, de la persévérance, grâce au hasard ou en abandonnant plusieurs lots consécutifs, on pouvait prétendre tout de même à une belle affaire, voire à un service à asperges – il n'y en avait pas dans le pays –, ou à un plat immense pour poisson géant. Gagner du premier coup de pareilles pièces faisait planer la suspicion, attirait la rancune du marchand et la jalousie des spectateurs.

Il reste encore un de ces trophées chez moi, à la maison, au fond d'un placard, un plat tordu, bossu, qui fait ma joie toutes les fois où je le vois, et qui tient à lui seul toute une étagère. Il ne s'est jamais cassé. On ne s'en est jamais servi. On y tient. Il fut gagné au tourniquet, un jour de grande chance, par Marie-Thérèse.

Les festivités, malgré leur attrait, se prolongeaient peu le soir sous les lumières odorantes et incertaines des lampes à acétylène. Les gens sérieux étaient rentrés chez eux et, les jeunes ayant mieux à faire, l'intérêt se déplaçait vers le bal et le bistrot. En général, pour nous, la fête était terminée et sans trop rechigner nous allions au lit. Une seule fois pourtant, je ne sais dans quelle circonstance, il y eut une exception. Une exception qui ne m'aurait laissé aucun souvenir si elle n'avait été à l'origine, dans les jours qui suivirent, de grands soucis familiaux.

Nous nous étions glissés, mon frère et moi, dans la salle basse, poussiéreuse, à l'atmosphère surchauffée, où un nombre important de jeunes couples dansaient, serrés, tassés, et nous avions réussi à nous faire oublier. Nous nous étions perchés sur l'un des bancs qui entouraient la piste. Le bal battait son plein, conduit par un orchestre juché sur une estrade au ras du plafond. Tout cela n'eût été que très banal si l'orchestre n'avait été confié qu'à un seul exécutant. Précurseur de nos jazz modernes, ce musicien infatigable réalisait à lui seul un tintamarre étourdissant, un véritable numéro clownesque dont l'originalité aurait pu, même aujourd'hui, suffire à la renommée d'un grand chapiteau. Il tirait d'abord à plein bras sur un accordéon, actionnait avec les pieds des cymbales et une grosse caisse disposée devant lui, en même temps qu'il agitait le cou et les genoux où il s'était fixé des colliers de grelots. La sueur inondait son visage, il était rouge, congestif, et on devait l'arroser de temps à autre pour lui éviter le pire. C'était à la fois fantastique, fascinant et agaçant.

Il nous fallut friser la syncope pour, qu'inconscients, nous puissions échapper à son emprise endiablée. Mon frère était éberlué, ce fut pourtant lui qui, à moitié étouffé, n'y voyant plus, réagit le premier.

« Viens... Il a l'air idiot... Tu vois bien que c'est un couillon. »

Je suivis. L'air frais nous fit du bien.

Marie-Thérèse était inquiète. Mon frère, depuis quelques semaines, perdait de l'appétit, dormait mal, donnait des signes d'agitation intense. Il grimaçait, s'agitait dans tous les sens, en mouvements désordonnés, incoordonnés, en se tordant dangereusement les vertèbres cervicales.

« Paul, viens voir ! »

Paul observa, pressentit les pires catastrophes et parla même, si cela continuait, d'envisager une consultation chez un grand spécialiste.

« À Limoges, Marie-Thérèse, nous l'amènerons à Limoges si ça continue. »

Mon frère fut dispensé de tout effort intellectuel, on lui fit des compresses d'eau froide sur le front et l'on pensait : convulsions tardives, méningite latente où danse de Saint-Guy.

Grâce à Dieu ce n'était rien de pareil.

Mon frère, tout simplement, se révélait, mon frère était un mélomane !

Son subconscient troublé avait travaillé sournoisement. Cinq semaines, le feu avait couvé sous la cendre et c'était cette longue incubation qui avait faussé nos conclusions.

On prit tout de même à son égard des dispositions énergiques. Le bourg, le dimanche soir, lui fut rigoureusement interdit. Il n'eut droit d'entendre que le chant des oiseaux et on lui acheta, pour le consoler, et un tambour et un pipeau.

*

* *

« Mes enfants, prévenez vos familles. Samedi soir, à 8 heures très précises, il y aura ici, à l'école, une séance de cinéma. Dites bien que cette séance sera gratuite. Vous pouvez venir vous-même en compagnie de vos parents, car du succès de cette première séance d'autres dépendront. C'est une projection dans le cadre d'un plan culturel, et il est prévu un reportage sur la France et en particulier sur Paris. On m'a promis enfin un court-métrage sur le doryphore, vous savez ce que ce fléau représente de dommages pour nos cultures, le mieux connaître sera la certitude de mieux le combattre et c'est d'un intérêt de grande actualité. Ah ! je rappelle à ceux du certificat d'études que la France est au programme de l'examen, ils ont donc tout avantage à assister à cette projection qui sera pour eux l'équivalent d'un voyage à la capitale. »

L'électricité venait d'atteindre notre village. C'était un premier pas hors de l'obscurantisme de nos campagnes jusque-là déshéritées. Il y avait tout lieu de se réjouir et mon père ne s'en privait pas.

« Nous allons voir Paname. J'y ai transité deux jours en 1914, j'en ai gardé un souvenir extraordinaire, mais je me demande si je vais le reconnaître. Les choses changent si vite aujourd'hui ! »

La salle de classe de ma mère avait été transformée. Les tables, privées de leurs encriers, avaient pris le recul nécessaire, et en guise d'écran un drap blanc couvrait le tableau noir.

On attendait...

Le public était venu nombreux, exact au rendez-vous, cela devait être sans nul doute un succès.

Paul, inquiet, avait déjà consulté sa montre plusieurs fois. L'opérateur n'arrivait pas.

Demi-heure, une heure, deux heures... De toute évidence il s'était passé quelque chose.

« Attendons encore un quart d'heure, on va bien voir. »

On allait lever la séance... Le voilà ! Il arrivait. Difficilement, mais il arrivait, et ce n'était pas celui qu'on attendait.

« Le patron est malade, au lit, aux prises avec une grippe carabinée, et si je suis en retard, c'est que je n'ai été prévenu qu'à la dernière minute et que j'ai dû réparer ma dynamo dans le noir. Enfin, je suis là. »

Il avait l'habitude. C'était d'ailleurs lui qui le plus souvent officiait. Il n'y avait plus d'inquiétude à se faire, tout allait marcher.

C'était la grande époque du muet.

Une époque où l'opérateur avait à la fois le souci de faire marcher sa machine et celui de synchroniser ses propres commentaires. C'est dire assez l'importance qu'à lui seul il présentait.

L'appareil fut réglé, l'image cadrée, le rythme étudié, le noir fait et la mise au point recherchée.

Voilà, ça y était, c'était parti…

« Mesdames, mesdemoiselles, messieurs, vous pouvez contempler une vue panoramique de Paris. La tour Eiffel que vous apercevez à droite, dans le coin, domine de sa flèche… »

L'envolée oratoire venait de s'arrêter, stoppée net en plein élan. Ce n'était pas possible, quelque chose d'insolite se produisait.

« Lumière… Mais bon sang, qu'est-ce qu'il se passe ? »

Sur l'écran on eut l'explication. Dans la précipitation du départ, une erreur venait de se glisser. On s'était trompé de lot et ce n'était pas la France à vol d'oiseau que l'on nous projetait, mais les tribulations de *Charlie Chaplin à Paris !* Quant au documentaire sur le doryphore, rapidement vérifié, il était remplacé par une séquence dérisoire sur la propagation de la « tsé-tsé » et de la maladie du sommeil sur les hauts plateaux de la Haute-Volta.

« Ah ça alors ! »

C'était le comble, du moins on le croyait.

Que faire, c'était sans remède ! Annuler ? Remettre à un autre jour ? Devant une pareille assistance il n'en était pas question.

Après une délibération rapide, il fut décidé que le spectacle, coûte que coûte, continuerait.

« D'ailleurs, vous allez voir, c'est un bon film et si vous voulez mon avis, bien plus gai que celui qui était prévu, et puis cela se passe dans les jardins du Luxembourg, c'est à Paris malgré tout.

— Lumière !... »

Mon frère pleurait. Devant l'audace du spectacle, Paul, très vite, venait de réagir et l'avait expulsé dans la crainte légitime qu'il n'eût encore, après des dons de mélomane, des talents de mime insoupçonnés. Quant à moi, ma stabilité nerveuse bien établie me donnait le privilège de rester.

Contre mauvaise fortune bon cœur. L'opérateur faisait de son mieux et, ne connaissant rien à ce qu'il projetait, se mit en devoir d'improviser, sans toutefois se rendre compte que dès le départ il s'était trompé dans l'ordre chronologique de ses bobines.

Ce fut prodigieux !

Nous assistâmes à des péripéties burlesques à un rythme démentiel dont le fil conducteur, et pour cause, semblait échapper autant au commentateur qu'à ceux auxquels il commentait. Jamais projection ne causa plus de surprises et d'imprévus ! La pellicule se rompit trois fois. Le spectacle dura une heure, une heure folle, qui conduisit l'assemblée de Charlot à l'Afrique noire, à la limite de la stupidité.

Paul lui-même s'avoua dépassé, il n'avait même pas reconnu les bancs du Luxembourg !

« Marie-Thérèse, c'est certes un pas vers le progrès, mais il faut reconnaître qu'il y a encore beaucoup à faire. As-tu remarqué cette agitation de la grande ville ? Je t'avoue que je suis heureux de vivre à la campagne. Ces gens n'y tiendront pas. »

La séance n'eut pas le succès escompté. Les avis furent partagés et seuls quelques couples d'amoureux, repliés dans le fond de la salle, qui n'avaient d'ailleurs rien vu, se déclarèrent en fin de compte très satisfaits.

*

* *

Certes, nous avions d'autres voisins, de bons voisins, des gens serviables, sur lesquels on pouvait compter à n'importe quel moment, dans n'importe quelle circonstance, mais cela n'aurait pas suffi. Certes, pour un jeune ménage, dans la fraîcheur de ses premiers printemps, l'isolement n'est pas dramatique, mais une lune de miel ne peut sans faiblesse durer toujours et il y aurait eu sans lui des temps creux, ce jeune couple fut une providence !

Il avait l'âge de mes parents, comme eux avait deux enfants dont les années coïncidaient si bien avec les nôtres qu'on aurait pu croire qu'une entente préalable avait présidé au résultat.

Quelques kilomètres nous séparaient à peine. Même sans voiture, même sans vélo, même en poussant un landau, la distance était négligeable et pouvait être facilement franchie. Cette position géographique ajoutée à des centres d'intérêt commun, ils étaient également enseignants, créa entre nous des liens d'amitié et des relations durables pour la grande joie de chacun.

Cinq kilomètres ! Cette distance n'était d'ailleurs que théorique, chaque méandre de la route étant coupé de raccourcis. Nous parcourions ce chemin en une petite heure par des sentiers difficiles mais ravissants, sous des voûtes de verdure qui, si elles égratignaient au passage, apportaient néanmoins à nos voyages une grande séduction. Le landau de mon frère y était souvent en perdition, malgré tout nous avancions, à la queue leu leu, comme des Sioux sur le chemin de la guerre, nous tirant des mauvais pas, évitant les racines et les gifles des rameaux. Cela constituait de fort belles expéditions. Tout le monde devait y mettre du sien, et seul mon frère, cahoté sur sa litière, se comportait toujours avec le même flegme, comme l'eut fait le dernier de nos rois fainéants. J'y pensais, le voyant dodeliner de la tête, faire des bulles tout en soulageant ses entrailles, ce qu'il accompagnait de trépignements de joie. L'intermède qui s'ensuivait m'était particulièrement odieux et me gâchait le voyage. C'était toujours au moment le plus prenant de la route qu'il fallait s'arrêter pour le changer, tellement il empestait. Sa préméditation était évidente. D'ailleurs tout était prévu et improvisé à la fois.

« Le pauvre chéri ! »

J'étais loin de partager l'indulgence de ma mère.

« C'est un cochon ! Il fait toujours pareil chaque fois. »

Comment pouvait-on supporter cela, alors que je faisais moi-même la route à pied ! Il faut être juste, trop longue pour mes petites jambes je la terminais fréquemment à cheval, hissé sur les larges épaules de mon père, et je crois bien que cette perspective souhaitée accentuait prématurément mes fatigues.

Juché sur mon destrier bienveillant qui acceptait l'éperon sur le flanc, je me sentais grandir, devenir chevalier, et je m'identifiais au seul dont j'avais entendu parler et qui allait, comme moi, sans peur et sans reproche... Sans reproche ce n'était, hélas ! pas toujours mon cas. Lancé dans l'euphorie de la chevauchée, pris par la crainte qu'une demande intempestive n'en suspende le charme, après m'être trop longtemps retenu, ne m'arrivait-il pas d'arroser sans préavis l'encolure de ma monture ! Un chevalier sûrement, même sous son armure, n'aurait jamais fait ça. Cela jetait un froid... Dans ces cas, rares il est vrai, je devais, je m'en souviens, après quelques ennuis, finir ma route à pied dans une ambiance humide de forfaiture.

Les deux couples se retrouvaient toujours avec plaisir. Chez l'un ou chez l'autre, la journée s'organisait suivant la fantaisie du moment et le plus souvent autour d'une table agréablement improvisée. Les hommes parlaient politique, sport ou pédagogie ; les femmes : couture, puériculture et, par un phénomène inexplicable, alors qu'il s'agissait de nous, on nous envoyait jouer un peu plus loin.

C'était là, sur la pelouse où les deux landaus de nos deux frères respectifs nous attendaient, que je retrouvais en tête à tête Henriette, ma petite partenaire de jeux. La garde de nos frères nous était confiée dans un but évident de tranquillité, il faut reconnaître que ni l'un ni l'autre ne nous donnait aucune peine et que nous pouvions, sans scrupule, les abandonner à leur sort végétatif pour jouer comme bon nous semblait. En général tout se passait très bien.

« Jacques pleure ! »

Henriette et moi venions de faire notre rapport.

« Bercez-le doucement. Allons, occupez-vous de lui un peu ! C'est gentil de s'occuper de son petit frère ! »

Allez donc vous dévouer, faire preuve d'obéissance ! Nous agitâmes le berceau, comme il se devait, doucement, en faisant au braillard des minauderies, des mignardises. Jacques continuait. Henriette lui fit des chatouillis honnêtes sous les pieds, sous le menton et même dans les oreilles avec un brin d'herbe. Rien n'y fit. J'essayai alors ce qui réussissait parfois à mon frère : je lui bouchai avec insistance, avec deux doigts, ses trous de nez... C'était un sauvage, un déchaîné qui ne réagissait pas aux douceurs, qui ne devait aimer que les sensations fortes. On lui en trouva.

Le berceau devint roulis, puis tangage, puis tremplin ! L'émulation aidant, nous arrivâmes à faire bondir Jacques en l'air comme un ballon. Il ne pleurait presque plus, il se contentait de crier entre deux sauts, on était sur la bonne voie, cela commençait même à être amusant, sûrement il suffisait d'entretenir le rythme en l'amplifiant. Sans une faute de technique, le résultat était acquis.

Je ne sais comment cela put se produire, toujours est-il que ce fut au cours d'une voltige qu'il manqua son aire d'atterrissage. Il était sur le pré, il n'y avait plus rien à faire et cette fois il fallait en référer.

J'allai, les mains coupables derrière le dos, trouver les autorités.

« Jacques a voulu sortir de son berceau... Il est tombé. »

Il ne s'arrêta de crier que dans les bras de sa mère. Je fus mal récompensé et mes mains mal placées m'empêchèrent toute parade.

Je garde de nos amis le souvenir de gens gais, voire talentueux. Si ma mère brodait à la perfection, la mère d'Henriette était une brillante aquarelliste. Ses bouquets de fleurs me remplissaient d'admiration et comme je ne connaissais encore ni le Louvre ni le Prado, je la faisais figurer dans mon esprit parmi nos grands espoirs contemporains. Son mari, de son côté, volontiers barytonnait des chansons à la mode, et à ces moments il était impressionnant, je n'aurais pas manqué pour beaucoup ses vocalises, il me laissait pétrifié, bouche bée, à moitié sourd et convaincu au fond de l'âme qu'un jour, à n'en pas douter, Jacques tiendrait de lui.

Par beau temps nos rencontres étaient champêtres, à mi-chemin, le long d'un petit ruisseau qui coulait gai entre nos deux coteaux et où les écrevisses pullulaient. Nous faisions sur l'herbe, toute la journée, de délicieux pique-niques au soleil, dans une ambiance de pêche et de bonne humeur. Nous nous séparions à la nuit avec la promesse de se revoir bientôt, et nos appels ponctuaient un certain temps nos progressions respectives pour se perdre enfin dans le lointain.

Nos communes éloignées au fin fond de la Corrèze n'étaient pas faciles à aborder, même avec du courage et de la bonne volonté. Pour un inspecteur primaire, leur existence dans sa circonscription pédagogique constituait un cauchemar. Elles lui valaient une expédition tous les deux ans, une aventure retardée, difficile, mais à laquelle il fallait bien se résoudre enfin lorsque le baromètre paraissait devoir être stable pour quelques jours. Il allait falloir y associer la machine à vapeur, la bicyclette et la marche à pied. C'est dire que cela valait la peine d'y penser, de s'organiser et de savoir grouper pour se débarrasser.

Nos parents et nos amis faisaient donc invariablement partie de la même randonnée.

Le wagon de troisième classe – sur ces petites lignes transversales régnait alors une démocratique égalité – conduisait au chef-lieu de canton et c'est de là que Monsieur l'Inspecteur devait choisir ses victimes du matin, et de ce fait même, celles de l'après-midi. Quatre classes à visiter, un repas de piètre qualité à expédier en cours de route, vingt kilomètres à parcourir, semés d'embûches imprévisibles, il y avait de quoi mettre de mauvaise humeur dès le départ, et il n'y avait pas de temps à perdre si l'on ne voulait pas manquer sa correspondance du soir. C'était une épreuve contre la montre qui, souvent renouvelée, aurait pu révéler des champions.

L'inspecteur arrivait, comme il se doit, sans crier gare, le matin, dans l'une de ces deux communes, et que le circuit fût dans l'un ou l'autre sens, tout se passait à peu près de la même façon.

Une étude attentive et des conclusions pratiques éprouvées sur les différentes dénivellations à franchir nous valaient, en principe, le privilège de la primauté. La disposition de notre portail, l'horaire de la S.N.C.F. conduisaient donc en général Monsieur l'Inspecteur tout droit à la classe de ma mère, entre 9 heures et 9 heures et demie du matin, suivant qu'il avait le vent en poupe ou en proue.

À l'ouverture de la porte, tous les élèves, avec un bel ensemble, se levaient. C'était une habitude, une manière d'agir prudente adoptée une fois pour toutes et admirablement mise au point. C'est ainsi qu'on se levait pour l'arrivée de mon père, pour celle du facteur, pour celle du cantonnier – même s'il avait trop bu – et à plus forte raison pour celle de tout étranger suspect. Pour Monsieur l'Inspecteur, ma mère se dérangeait, descendait de son estrade. Tout le monde avait compris. Le silence se faisait et l'entrée d'une personnalité aussi importante déclenchait aussitôt chez moi, pour aussi curieux que cela puisse paraître, un impérieux besoin de faire pipi, nerveux peut-être, mais immédiat... Toujours est-il qu'ainsi, trompant la vigilance, dans les cinq secondes qui suivaient mon père était prévenu.

L'arrivée inopinée de Monsieur l'Inspecteur dans la classe de ma mère n'avait aucune importance. Les élèves étaient si petits, si charmants, si sales, que Monsieur l'Inspecteur, d'ailleurs très occupé par sa flanelle qui, d'une manière ou d'une autre, soit par la pluie soit par la sueur était trempée, n'y attachait guère d'importance. On sentait que de toute évidence ce n'était là pour lui qu'un passage, qu'une formalité, et que son objectif essentiel était ailleurs, en l'occurrence vers la classe des grands.

Ma mère le savait mais feignait de l'ignorer et, consciente de son devoir, faisait de son mieux pour le retenir et gagner quelques quarts d'heure utiles à son Paul qu'elle avait alerté. Elle allait même parfois, en désespoir de cause, jusqu'à lui offrir perfidement et suivant la saison le verre de café chaud ou le rafraîchissement qu'après dix kilomètres de parcours rarement il refusait.

Monsieur l'Inspecteur trouvait, à son entrée dans la classe de mon père, une ambiance assainie, laborieuse, qui d'emblée faisait sensation. En quelques minutes, les papiers avaient disparu, les livres et les cahiers étaient rangés et seul subsistait dans l'air cette solide odeur de classe que nul au monde n'aurait pu dissiper, et sans laquelle Monsieur l'Inspecteur ne se serait pas senti chez lui. Tout le monde écoutait, les bras croisés, attentif, concentré, une leçon déjà apprise la veille sur laquelle mon père avec une technique de vieux troufion, s'était prudemment replié, sachant par expérience qu'en cas d'attaque il faut savoir se retrancher sur des positions fortes et déjà d'avance longuement préparées.

Pendant ce temps important, qu'une note sanctionnait, et dont l'intérêt ne restait relatif qu'en fonction du manque d'ambition familial, un cycliste pédalait avec ardeur vers la commune jumelée, porteur d'une missive urgente ; missive qui se perdit même un jour en cours de route et que Monsieur l'Inspecteur retrouva.

Cela n'eut aucune importance. Monsieur l'Inspecteur, respectueux de l'enveloppe cachetée, ne put en prendre connaissance et ce fut lui-même qui remit la lettre à nos voisins.

13

Le temps pour une maison comme la nôtre n'a rien à voir avec les heures qu'égrenait l'horloge du clocher. Il était réglé exclusivement par des entrées, des récréations, des sorties, et quatre heures était la limite concluante de la journée. Nous vivions à « l'heure pédagogique ». Son rythme impératif et précis était dispensé par une cloche aigrelette à laquelle obéissaient aveuglément des élèves rangés sur deux colonnes distinctes qui, sur un claquement des mains, s'ébranlaient chacune vers son destin : celle des grands vers la classe de mon père, l'autre vers celle de ma mère, celle des tout-petits.

Les deux salles de classe étaient semblables, cen trées sur un tableau noir et une estrade où trônait un bureau. Elles étaient toutes les deux éclairées par une série de quatre grandes fenêtres qui les rationalisaient. De longues tables lourdes et massives avec bancs fixés et sans dossier, sur lesquels on pouvait facilement prendre place par groupe de six, étaient disposées les unes derrière les autres. Que ce soit dans la classe des grands ou dans celle des petits, le mobilier était le même, fait non pour la commodité, mais pour durer comme en témoignaient certaines inscriptions datées, gravées profondément dans le bois, et tracées au couteau. Ces deux salles possédaient un chauffage en leur centre assuré par un poêle important en fonte et surtout par un immense tuyau noir qui traversait la pièce d'un bout à l'autre pour aller se perdre à l'extérieur, au travers d'une fenêtre condamnée. Sur son trajet dispensateur de précieuses calories, à chaque coude, à chaque raccord, une boîte de conserve pendait recueillant la condensation et la suie.

Tout cela était fonctionnel, familier, pratique, et assurait, avec la chaleur animale de quarante jeunes corps, une température agréable durant tous les hivers.

Les similitudes de ces deux classes, pour aussi évidentes qu'elles puissent être, n'étaient qu'apparentes. En fait, l'ambiance de chacune différait du tout au tout. D'un côté régnait un aimable laisser-aller fait d'insouciance, de bavardages, tandis que de l'autre, la sévérité, le silence et la concentration étaient de règle. Entre ces deux domaines, qui s'emboîtaient aussi mal que nos tuyaux de poêle, existait une cassure que les enfants pressentaient et redoutaient.

*

*   *

On arrivait chez ma mère à l'âge de cinq ans, avec rigueur, le premier octobre, sauf si le premier était un dimanche ou un jeudi. Ces époques n'avaient pas en effet les fantaisies actuelles. Cette date était sacrée et l'on trouvait au rendez-vous des maîtres frais et dispos, n'ayant pas encore cette petite arrière-pensée du congé à solliciter sous huitaine, si fréquente de nos jours – ces maladies communes aux mouches et aux enseignants sont d'apparition récente et ne frappaient pas les anciennes générations. On arrivait, dis-je, conduit par un aîné ou une mère un peu émue, son petit sac sanglé sur le dos, et c'était, pour ces petits paysans en sabots, en tablier à carreaux, qui pour la plupart ne parlaient que patois, la grande aventure et le saut dans l'inconnu. Il fallait prendre des précautions. La mère s'esquivait, la larme à l'œil et, le temps que le nouveau reprenne ses esprits, le portail se refermait. Cela donnait lieu à des séances agitées, accompagnées de trépignements et de bruyantes vocalises qui créaient pour les anciens une diversion à leurs propres regrets. Les plus intrépides se précipitaient contre le portail, les plus agiles cherchaient à l'escalader, bien peu arrivaient à s'échapper et ceux qui y parvenaient devaient être repris sur-le-champ. Ces déchirements matinaux duraient, en général, une ou deux semaines puis finissaient par s'apaiser grâce à la patience de ma mère et à une énorme boîte de pastilles à la menthe prévue à cet effet. C'est dire ce qu'était la classe des tout-petits pendant plusieurs semaines en ces dramatiques rentrées d'automne.

Ma mère exerçait une autorité douce, compréhensive et pénétrante sur une classe mouvante où toute discipline était impensable. Il eut été plus facile de contrôler un boisseau de puces que ces petits. Le premier obstacle était dialectique. Il fallait d'abord se faire comprendre, communiquer, et comme ma mère se refusait à parler le patois on avait recours, pour le premier contact, à de jeunes interprètes improvisés. On se serait cru chez les Zoulous !

Les préoccupations majeures, compte tenu des changements d'habitude, des émotions, étaient corporelles. Un doigt levé donnait droit, sans discuter, à une promenade distrayante et accompagnée, pour éviter toute fugue, vers le fond de la cour, et c'était pour beaucoup un moyen de rompre une monotonie oppressante. Il y avait des abus, un va-et-vient permanent, préférable malgré tout à certains accidents riches en odeurs qui, bien que repérés dès leur début, entraînaient des complications redoutables et l'ouverture toute grande des fenêtres par n'importe quel temps.

Après l'hygiène venait la politesse. C'était comme cela, et ce n'était pas un vain mot. On s'appliquait à remplacer le « oui » et le « non » un peu secs par un « oui monsieur » ou un « oui madame ». Le pli était long à prendre mais on y arrivait.

On était attaché alors à ces vieux principes tombés de nos jours en désuétude.

Les classes de ma mère présentaient un incontestable laisser-aller. Il était permis de quitter sa place, de rendre visite à un petit voisin, et lorsque la maîtresse avait le dos tourné, de régler, en tirant quelques cheveux, une affaire qui décidément ne pouvait attendre la récréation. On s'entraînait à rester en place malgré ses désirs, et demeurer les bras croisés était un effort méritoire sanctionné par les plus hautes récompenses. À ces entraînements, beaucoup ne résistaient pas, trouvaient le sommeil en de longues siestes malgré le brouhaha. C'est ainsi que Monsieur l'Inspecteur, arrivant un jour à l'improviste, trouva la moitié de la classe endormie. Il félicita grandement ma mère et se retira sur la pointe des pieds.

Au bout de quelques jours, le patois était en principe interdit, mais quelques mois n'étaient pas de trop pour permettre les premiers échanges culturels dans la langue officielle du pays. On y parvenait à grand renfort de bons points qui donnaient droit à des images, elles-mêmes convertibles en bonbons. Avec un peu de bonne volonté de part et d'autre on pouvait gagner son image dans la journée et sucer son caramel au week-end – qui alors n'existait pas.

Petit à petit la confiance s'établissait et bientôt Marie-Thérèse en recueillait les premiers fruits. C'était d'abord un bouquet de feuilles mortes puis quelques fleurs d'arrière-saison et, l'émulation gagnant la classe entière, elle avait au printemps, tous les matins, assez d'herbe verte pour nourrir Philippe, notre lapin. Elle recevait ces présents toujours avec un affectueux sourire et de grands témoignages de gratitude. Puis, comme il y avait surabondance, qu'il fallait que tout le monde soit content, elle prélevait sur chaque botte un petit élément, une fleurette, un brin de folle avoine, pour faire de l'ensemble, tous les jours, un bouquet de fraîcheur sur son bureau.

Le travail sérieux pour la division des nouveaux ne commençait pas avant Pâques et seulement avec l'apparition du premier alphabet, du premier cahier et du premier crayon.

Les voyelles donnaient du fil à retordre, on démarrait par le « O ». Avec calme et persévérance, les cinq premières lettres devaient y passer. Dès les essais, les caractères s'affirmaient. Il y avait les indolents, les rêveurs, les vifs, les têtus, et ceux qui étaient déjà dépassés.

« A », disait ma mère.

« O », répondait l'enfant.

Cela durait depuis un moment et cela durerait encore sans l'élève qui mit un terme à la leçon.

« Je dis "O", nom de Dieu ! »

Que vouliez-vous faire ? On fermait le livre, on attendait de meilleures dispositions en envoyant le jeune convaincu faire quelques lignes de barres ou un dessin de son choix.

Ma mère passait une partie de son temps à retailler des crayons et à distribuer, à l'encre rouge dans la marge des cahiers, des « Bien » d'encouragement.

La division supérieure, les rodés, ayant expédié les consonnes, attaquaient les syllabes avec la « pipe de papa », « la tunique de maman », pour finir, en ânonnant et en suivant les lignes du doigt, par la lecture dite courante.

Enfin il y avait les bûchettes ! Chacun devait posséder son petit fagot retenu par un élastique et comportant des éléments fignolés prévus pour les dizaines. Les additions et les soustractions se concrétisaient grâce à elles sur les tables et donnaient lieu à de longues méditations. Des exercices de ce niveau réalisés rapidement et sans trop d'erreurs contribuaient, avec l'âge, à la consécration de la grande division. Ils permettaient d'envisager dans un proche avenir le passage dans l'autre classe ; cette classe redoutée dont certains avaient déjà fait l'expérience dans des circonstances délicates, puisque ma mère y envoyait de temps à autre, mais seulement dans les cas exceptionnels, les insoumis, pour un petit stage d'une ou deux heures. Ceux auxquels cela arrivait en revenaient terrorisés, calmés et prêts à toutes les concessions.

C'était une entreprise difficile que de capter les jeunes attentions. Ma mère y arrivait à la perfection. Ses leçons de choses en particulier, empreintes du merveilleux de la vie qui seul avait crédit avec nous, m'ont laissé d'inoubliables souvenirs. Qui ne se souvient de notre baromètre ?

Marie-Thérèse l'avait conçu avec une échelle miniature, une grenouille verte et un bocal à cornichons désaffecté. Grâce à cet ensemble nous avions des prévisions qui, pour être empiriques, n'en auraient pas moins pu concurrencer, aujourd'hui encore, celles de la météorologie nationale. Installée en haut de son perchoir, notre grenouille annonçait indubitablement le « beau fixe », alors que sa retraite dans l'eau, tout au fond du bocal, était un présage certain de « grandes pluies ». Les enfants se passionnaient, transmettaient les indications à leur famille et le succès de notre reinette fut tel qu'elle fit école et eut des émules dans de nombreux foyers. Notre grenouille avait enfin l'avantage, sur le baromètre de Torricelli, de ne jamais se détraquer. Il suffisait de l'entourer de soins, de changer son eau souvent et de la gaver de sauterelles et de mouches tous les jours. Elle fit notre joie toute une année. Elle disparut une nuit sans préavis, mais non sans raison puisque sa fuite coïncida avec une période de sécheresse exceptionnelle dont on garde encore le souvenir.

Suivant la saison, nous eûmes en pension un jeune épervier, des moineaux tombés du nid, orphelins adoptés un peu à la légère, et dont le ravitaillement contrôlé, sinon rationnel, posa bien des problèmes en viande, en chenilles ou en vermisseaux. Il y eut même la présence parmi nous d'une adorable petite chouette grise aux yeux immenses et curieux. Oiseau de la sagesse, cette dernière resta quelques semaines sur le bureau d'où elle observait sans rien voir, roulant des ailes, ses radars aveugles pointés dans toutes les directions.

Tous ces hôtes de passage recouvraient leur liberté sans dommage en nous laissant quelques regrets.

— Mais si, mes enfants, tous les têtards deviennent grenouilles. Apportez-en de bien vivants, bien sûr, vous verrez, nous les laisserons grossir et nous assisterons à leur transformation.

Jamais élevage ne captiva autant notre classe, ne donna autant d'espoirs et ne finit aussi mal.

Nous leur avions fait un lit de sable fin sur un fond d'herbes aquatiques. On pouvait tout à loisir les observer, monter et descendre dans leur aquarium improvisé, à la recherche de quelques bulles d'air. Ils grossissaient ! Chez certains, les plus évolués, on pouvait même voir apparaître deux amorces de petites pattes annonciatrices de la grande mutation. Nous attendions avec impatience la chute de leur queue qui était, paraît-il, le dernier obstacle au parachèvement du miracle.

Cela s'éternisait, mais c'était en chemin, aussi quelle ne fut pas notre déconvenue un matin en constatant que nos têtards gisaient sur le sable, par dix centimètres de fond, ventre en l'air et sans queue, dans des poses qui, pour aussi voluptueuses qu'elles paraissaient, n'en laissaient pas moins aucune illusion sur leur état.

Je ne fus pas le dernier à m'étonner.

Sans l'enquête serrée de ma mère qui révéla ma culpabilité, je m'en tirais.

J'avais cru bien faire en donnant un petit coup de pouce à la nature et quelques coups de ciseaux deci, de-là. Notre élevage, par ma faute, était ruiné et on n'eut pas le courage de le reconstituer.

Il y eut des leçons sur la poire, la pomme et l'on étudia même un jour une orange arrivée en compagnie de cinq ou six de ses sœurs, je ne sais comment, jusqu'à nous.

Ce devait être une leçon d'un intérêt exceptionnel. Pour en souligner toute l'importance, cette orange avait été exposée sur le coin d'une table où l'on pouvait et la voir et la toucher, en attendant sa dissection. Ma mère en avait déjà vanté les caractéristiques et le goût. On devait procéder à son sacrifice un jour prochain.

L'agrume disparut !

Cela devait arriver, il ne faut pas tenter le diable.

Marie-Thérèse jugea que ce n'était pas une affaire, renonça à toute recherche et, sacrifiant malgré mes protestations énergiques un autre échantillon, décida que la leçon aurait lieu malgré tout.

On décortiqua donc le fruit. On admira les tranches, les petits sacs gorgés de jus, les petits pépins non comestibles, certes, mais qui, plantés, donneraient, ô prodige de la nature, autant d'arbres porteurs de beaux fruits à leur tour.

Il fallut le consoler et ce fut difficile tellement il sanglotait. On dut le rassurer, il se voyait mal parti, une plantation d'orangers dans le ventre, car non averti il avait tout avalé : la peau, les quartiers et les pépins… Il n'y eut pas de conséquences.

Ma mère ne sévissait pratiquement jamais. Elle avait donc toute la confiance de son petit monde qui lui racontait tout, et bien souvent ce qu'elle aurait préféré ignorer. Elle savait par exemple que le père de l'un d'eux cachait des pièces jaunes, qui n'avaient plus cours, sous la sole de son four, et qu'un autre battait régulièrement sa femme à la grande joie des gamins de la maison qui y voyaient une juste revanche de la vie. Elle ne savait jamais où les méandres d'une conversation allaient la conduire et quelles révélations il s'ensuivrait.

« Madame, je veux vous dire quelque chose. Lorsque je me marierai je vous inviterai à ma noce, mais je n'inviterai ni mon père ni ma mère. Ah non !

— Ah ! Tu as le temps d'y penser, François. Voyons, pourquoi ?

— Parce que j'ai vu une photo de leur mariage, et vous le croirez si vous voulez, eh bien ils avaient invité ma grande sœur et pas moi… »

Ma mère souriait.

Nous avions droit à un conte par semaine, le samedi, jour faste et béni entre tous, car non seulement c'était la veille du dimanche, et ce n'était pas à dédaigner, mais nous raffolions de ces lectures. Tous les livres de contes y passèrent. On aurait entendu voler une mouche. L'attention était si grande que chacun en oubliait de renifler et que les vessies même s'arrêtaient de fonctionner.

Ma mère assurait pour l'ensemble des élèves le registre des fournitures scolaires. Le cahier affecté à cet usage témoignait d'un soin et d'un luxe de détail qui ne permettaient, comme il se doit pour des affaires sérieuses qui touchent à l'argent, ni l'erreur ni le litige.

On y lisait :

— lundi matin 3 février.

— une plume sergent-major 1 centime.

— une gomme 5 centimes.

— un crayon 5 centimes.

et l'élève signait, lorsqu'il était en état de le faire, en face de son nom.

Cela donnait lieu, en fin d'année, à une envolée de petits bouts de papier sur lesquels les plus grosses notes, dans les familles nombreuses, atteignaient rarement plus de quatre ou cinq francs. Évidemment, on accordait tous les délais nécessaires pour le règlement de ces papillons dont certains d'ailleurs ne revenaient jamais. À ce régime, on ne faisait pas fortune et l'on veillait avec soin à ce que le gaspillage ne s'en mêle pas.

Mes parents fournissaient l'encre. Une belle encre violette, de fabrication maison, qui maculait, d'une façon absolument indélébile, tous les tabliers, et dont les taches persistaient sur les doigts pendant plusieurs semaines au point qu'elles ne disparaissaient même pas pendant nos deux mois de congés.

*

* *

Cours moyen et supérieur constituaient la classe des grands, et s'il était permis de rêver de temps en temps au cours moyen, il n'en était pas de même au cours supérieur où l'on préparait pour la fin de l'année un examen sérieux, couronnement de sept ans d'efforts, dont la seule évocation faisait trembler tout le monde : le certificat d'études primaires. C'était pour beaucoup la fin de toute scolarité, le seul diplôme possible, mais qu'avec un peu d'intelligence et de volonté on était en droit d'espérer. Parents et élèves tenaient à ce parchemin, à cette validation de connaissances qui était censé départager pour l'avenir imbéciles et éclairés. Disons tout de suite qu'il n'était pas encore, à cette époque, galvaudé par de dégradantes démagogies, qu'il signifiait quelque chose, et que son niveau équivalait largement à celui de nos brevets élémentaires actuels. Certains devaient donc se faire une raison et s'en passer. Une école avait la renommée de ses succès. Il s'ensuivait que chaque échec était durement ressenti, et par les maîtres et par les disciples. Tous les ans, huit ou neuf candidats, guère plus, pouvaient, après une préparation intensive et acharnée, postuler. C'est dire l'ambiance qui régnait dans la classe des grands.

Si chez les petits un flottement était inévitable, là il n'en était pas de même et dès le départ un emploi du temps précis réglait le travail des deux divisions dont certains programmes communs s'enchevêtraient.

La journée, de toute façon, commençait, pour tous et tous les jours, par une demi-heure d'instruction civique ou de morale et la place même de cette entrée en matière soulignait tout l'intérêt qu'on lui attribuait. On nous y apprenait qu'il fallait retirer son béret pour parler aux aînés, que l'on devait céder sa place à la femme ou à l'infirme, qu'il fallait respecter le vieillard qui a beaucoup vécu, et qu'il y avait enfin des droits mais aussi des devoirs pour chacun.

« Bon, voyons si vous avez tous compris. Voyons, Albert, suppose que tu sois dans le train, tu entres dans un compartiment, que fais-tu avant de t'asseoir ? Enfin, tu as bien écouté... Que fais-tu ?

— Je regarde si ma place est propre.

— Non, non et non. Tu ne regardes pas si ta place est propre. Tiens, tu me copieras trois fois ta leçon, cela t'apprendra à t'amuser pendant que je parle. Bon, toi, Joseph, tu es assis dans ce même compartiment, il rentre une femme enceinte, que fais-tu ?

— Je me lève et je lui offre ma place.

— Bien, très bien. Maintenant, suppose que ce soit un aveugle, que fais-tu ? Allons, voyons... Cela ne demande pas tellement de réflexion.

— Je reste assis parce qu'il ne me voit pas.

— ! ! ! »

Ce n'est qu'après ce petit temps de mise en route que les choses sérieuses devaient commencer. Le calcul était une matière jugée alors essentielle, tant parce qu'elle figurait à l'examen sous un gros coefficient, que probablement parce que les machines à calculer et les ordinateurs n'existaient pas encore. Il fallait donc à ce niveau passer sans retard de l'addition à la soustraction, de la multiplication à la division à retenue, voire même avec virgule incorporée. Pour cela il n'y avait d'autre moyen que d'avaler les tables de multiplication. C'était un temps essentiel du programme. Il paraît que ce n'est plus tellement nécessaire. À l'époque, c'était encore fondamental et ce mot, bien que rarement usité, avait toute sa valeur. Ironie des choses, ce qui était alors fondamental n'a plus d'importance aujourd'hui, ce qui n'avait pas d'importance est devenu fondamental.

Dans ce domaine, aucune hésitation n'était tolérée. Les connaissances devaient être poussées jusqu'à l'abêtissement, jusqu'aux réflexes parfaits. Pour ce faire, la classe entière entonnait en chœur, son et paroles, une bonne heure chaque matin, la table de Pythagore de « A jusqu'à Z ». L'air en était monotone mais assez facile, seules les paroles posaient quelques difficultés. La table de « 1 » ne comptait pas, celle de « 10 » non plus. Il restait donc huit couplets et comme pour *La Marseillaise* c'étaient les premiers que l'on savait le mieux. Les derniers, « 7 », « 8 », « 9 », étaient cauchemardesques et les savoir dans l'ordre ne suffisait pas. On devait pouvoir répondre au coup par coup, réagir au doigt et à l'œil et c'était toujours vers le rêveur que l'index impératif se tendait.

« Voyons, toi là-bas : six fois huit ?

— Je m'en fous. »

Absent plus que de coutume, l'un de nous venait de s'oublier au point de livrer d'une voix claire et distincte, sinon le fond de sa pensée, du moins celui de son état d'âme du moment. Mon père frisa l'apoplexie.

Ce fut un cas unique que personne n'osa, par la suite, imiter et le grain devait mettre quarante ans pour pouvoir regermer.

Dans la classe des grands, compter sur les doigts n'était plus admis. Le calcul mental demeurait le fin du fin ; c'était celui du maquignon, celui que l'on rencontrerait un jour sur le champ de foire, autour d'une vache, d'un mouton, ou simplement d'un panier de poulets. Pour que chacun en prenne bien conscience, les exercices étaient posés sous une forme pratique qui ne laissait aucun doute sur ceux qui seraient un jour roulés.

« Je vais à la foire avec six douzaines d'œufs. Je veux acheter six mètres de tissu à deux francs cinquante, combien dois-je vendre la douzaine d'œufs pour rapporter trois francs à la maison ? »

Les fronts se plissaient, les lèvres se pinçaient et, un esprit de compétition se mettant de la partie, les doigts se levaient sans perdre de temps pour prévenir qu'un nombre important de fausses solutions étaient enfin trouvées.

D'un intérêt moindre, les problèmes sur « les trains qui se croisaient », « qui se rattrapaient », ou sur « les héritages compliqués », dans les familles toujours nombreuses où l'aîné se taillait la part du lion et les autres ce qu'ils pouvaient. Que vouliez-vous que cela fasse au fils unique ou à ceux qui, trop nombreux, n'avaient rien à partager ; quant à la cuve qu'un robinet remplissait alors qu'un autre, resté invariablement ouvert, vidait, avouez qu'il fallait quand même être tordu pour ne pas avoir envie de fermer au moins l'un d'eux.

On s'attaquait malgré tout à tous ces traquenards, aux fractions, aux intérêts simples ou composés et à la fin de l'année les trains se rencontraient à l'heure prévue, et chacun avait enfin sa part de revenus.

Après le calcul, on croyait à l'orthographe !

Si l'on n'appliquait pas les règles de grammaire, du moins on les connaissait. Celles des participes passés notamment revenaient sans cesse sur le tapis ; hibou, joujou, caillou, et bien d'autres exceptions n'avaient plus de secrets pour nous. Et pourtant nous faisions des fautes, de belles fautes, des fautes de mots d'usage et même des fautes d'accord.

Les dictées étaient longues, sans préparation, semées d'embûches. Mon père, même en décomptant les virgules et les accents, arrivait en début d'année à des chiffres records impressionnants.

Il classait les résultats en couvées de poulettes, poules, dindes et au-dessus : six, douze, dix-huit et plus. Les notes qui s'ensuivaient devenaient négatives et, comme le thermomètre, de tout l'hiver nous restions accrochés bien au-dessous du zéro. On était premier avec moins quatre, et il fallait quelques mois à la division pour franchir le cap et se positiver. Tout cela était injuste car si l'on pouvait toujours atteindre le moins quinze on ne dépassait jamais le plus cinq, même dans le parfait des plus beaux jours d'été, et les moyennes s'en ressentaient.

Mon père ne plaisantait pas avec l'orthographe et l'un des élèves ayant été surpris par hasard au moment où il affirmait au tableau noir une opinion catégorique : « Le maître et un con », se vit infliger cent fois la conjugaison de la phrase : « Je suis un insolent », à tous les temps du verbe être, non pour le point de vue – mon père les jugeait tous défendables –, mais à cause de l's qui avait été oublié.

Je n'étais pas doué. Sans la baguette de coudrier dont j'avais l'exclusivité et qui était maniée prestement, je crois que j'aurais atteint facilement le zéro absolu. Aucune phonétique, même la plus appliquée, même la plus évidente, ne me mettait sur la voie. Je ne voyais pas, je n'entendais pas, je ne sentais pas ! En vérité, je n'avais pas, et n'ai jamais eu, le don inné de cette orthographe qui échappe à tout raisonnement et pour laquelle certains ont du génie.

Cela faisait planer une ombre regrettable sur mes devoirs de français, ces compositions françaises où j'aurais pu briller sans ces détails que je jugeais assommants et superflus.

J'avais une imagination valable, et Dieu sait s'il en fallait avec les sujets qui nous étaient proposés. Bien sûr, il y avait les sujets classiques : les couchers de soleil, les claires matinées de printemps, les soirées d'automne ou les nuits de lune, où il y avait pourtant peu de choses à voir, mais il y avait aussi les sujets qui se voulaient originaux, inattendus, tels que les aventures d'une goutte d'eau, celles d'un grain de blé, ou même la journée d'un Gaulois !

Allez donc, à douze ans, savoir ce qu'ils fabriquaient ces bougres quand on n'a pas eu la chance de connaître Astérix ? Comment aurions-nous pu imaginer que nos ancêtres, guère plus sérieux que nous, passaient le plus clair de leur temps en des bombes effrénées et en festins de marcassins ! Alors nous faisions comme ils devaient faire souvent eux-mêmes, nous improvisions.

« Voilà ! voilà tout ce que l'un de vous a pu trouver à dire sur un sujet pareil... Zéro... J'ai mis zéro et c'est bien payé. »

L'épreuve proposée était pourtant d'envergure : « histoire d'un gland » – de chêne voyons... bien sûr.

Dès que tombé de l'arbre, l'anecdote pouvait commencer et lorsque l'on connaît la longévité de cette essence, on pouvait s'imaginer tout ce que l'on devait en tirer. Mais voilà, encore fallait-il donner à ce gland sa petite chance et pour cela le laisser au moins germer. Le narrateur ne lui en avait pas laissé le temps et, sans possibilité de rattrapage, venait de saboter sa composition en battant en outre de très loin tous les records du raccourci.

« Tenez-vous bien ! Écoutez ça : "Un gland tomba d'un arbre et un cochon qui passait par là le mangea." C'est quand même malheureux ! Zéro, je dis zéro. »

L'humour de cette situation dû à cette imprévision semblait échapper à mon père... Et pourtant... Il y a des destinées qui sont brèves et tous les glands ne pouvaient donner naissance à des chênes séculaires dignes de saint Louis !

La note avancée fut maintenue d'autant plus fermement que dans son désarroi, aux prises avec cet événement fortuit irréversible, l'élève avait réussi à introduire dans son texte, malgré sa brièveté, deux fautes impardonnables dont il n'avait pas besoin.

Le coup de feu dans la classe de mon père avait lieu le matin avec les matières essentielles sur lesquelles on ne badinait pas, alors que les après-midi étaient pour la plupart consacrées aux leçons magistrales, si possible illustrées.

Les heures réservées aux sciences, à l'histoire, à la géographie permettaient la relaxation, et en affichant un air faussement intéressé, garant des apparences, on pouvait même alors sans trop de risques jeter un coup d'œil discret par la fenêtre vers les hautes cimes de la charmille où grives et merles se jouaient dans les derniers carreaux de ciel bleu. Mais le moment idéal pour ces évasions restait celui des expériences.

L'expérience avec mon père n'était pas la démonstration, mais l'imprévu, l'aventure, la remise en cause du « mieux établi ».

Pour les réussir il y mettait toute son application, mais il lui aurait fallu un rien d'adresse, un rien de chance, et dans ce domaine il n'en avait pas ; aussi en général il les ratait.

Mon père avait à ces occasions des allures machiavéliques, sentait le soufre et le phosphore et, très convaincu, s'occupait avec beaucoup d'acharnement de ses appareils. Lui, habituellement si économe, dans ces moments ne lésinait pas, et la moindre tentative pour le résultat le plus décevant lui coûtait toujours une boîte entière d'allumettes. Il en était ainsi avec les exercices qui le mettaient aux prises avec le vieux pyromètre à cadran, même si par zèle il se servait de la lampe à alcool, la flamme dix, vingt fois rallumée n'arrivait jamais à mobiliser l'aiguille si rouillée sur son axe qu'aucun coup de pouce n'y pouvait rien ; il en était encore de même avec la bougie destinée à la combustion de l'oxygène sans cesse éteinte ou renversée au milieu de sa cuvette alors que l'eau se refusait à monter dans l'éprouvette. Même les mouches, avec lui, se mettaient de la partie et s'obstinaient à vivre dans l'oxyde de carbone le mieux préparé.

Il fallait y renoncer. Paul était alors dans tous ses états et l'énervement s'en mêlant il y avait un risque à ne pas être attentif à la fin de ses démonstrations.

Les leçons d'histoire et de géographie n'avaient pas pour nous le même intérêt. La géographie nous laissait en général indifférents. Nos colonies étaient lointaines, nos fleuves, nos montagnes et nos côtes baignées de soleil nous étaient inconnus et cela manquait d'autant plus de charme qu'il y avait aussi cette désastreuse carte murale des départements avec préfectures, sous-préfectures et chefs-lieux de cantons, qui nous rebutait tous, et que je n'ai pour ma part jamais pu avaler.

Avec l'histoire, malgré la liste un peu indigeste des dates importantes à retenir, depuis longtemps oubliées et dont on peut fort bien se passer, il y avait plus d'attrait.

« À qui a-t-on cassé le vase ?

— À Clovis.

— Le vase venait d'où ?

— De Soissons.

— Qui a brûlé Jeanne d'Arc ?

— Pierre Cauchon.

— Pourquoi a-t-on brûlé Jeanne d'Arc ? Voyons, toi.

— Parce qu'elle était pucelle.

— Mais voyons c'est idiot ce que tu dis là ! Voyons, qui le sait ?

— M'sieur, m'sieur, moi !

— Alors, pourquoi ?

— Parce qu'elle était d'Orléans, monsieur.

— Non ! Je vous l'ai dit déjà dix fois, Jeanne d'Arc a été brûlée parce qu'on la considérait comme étant une sorcière. »

On était fort instruit en général sur tous ces couillons qui n'en finissaient pas de se faire assassiner, tirer par les cheveux ou écarteler par leurs chevaux.

Tout cela était plaisant, anecdotique, frappait notre imagination et nous le retenions.

C'est fou ce que l'on pouvait alors demander à nos mémoires d'enfant.

Nous connaissions un nombre impressionnant de textes, de poésies, de fables que je retrouve encore sans peine aujourd'hui. Nous avions même parfois de grandes ambitions, nous apprenions Racine, nous apprenions Corneille. Il nous arriva même un jour de jouer la comédie, et je garde le souvenir d'un soufflet que l'un de nous, pris par le feu de l'action, joignant le geste à la parole, ce qui n'était tout de même pas prévu, aligna en force à un Don Diègue improvisé.

Ce fut à l'origine d'une mésaventure car ce dernier, d'ailleurs trop jeune pour avoir un fils valeureux capable de le venger, s'en chargea lui-même et sans préavis à la récréation en pochant l'œil de son interlocuteur prétentieux.

Malgré la teinture d'arnica il fallut quinze jours pour que ma paupière tuméfiée voulût bien virer du violet au jaune et reprendre sa couleur originelle. Je n'ai jamais eu depuis de velléité pour le tréteau.

Non seulement je dus supporter stoïquement des ennuis trop visibles à mon gré, mais encore dans un but de réconciliation, j'eus droit, ainsi que mon adversaire, à deux heures de retenue durant lesquelles il nous fallut apprendre et recopier les jérémiades de l'orpheline.

Mon père avait souvent fort à faire avec nous. Pourtant il sévissait et punissait.

Ses punitions consistaient, l'été en heures supplémentaires, en heures perdues sur un livre ou sur un cahier, alors qu'il faisait bon jouer dehors sous le soleil. Les jours longs de l'été et une étude spéciale après la classe pour ceux qui préparaient l'examen, en contraignant mon père à rester dans la classe, étaient favorables à ce genre de sanction.

Nous en faisions tous assez souvent la pénible expérience.

Dans ces cas, il n'y avait rien à faire, il fallait y passer et, pour certains, rentrer seul à la maison sans la compagnie de leurs petits voisins était la plus grande des privations.

L'hiver, par contre, il ne pouvait être question de retarder les départs d'élèves qui, après plusieurs kilomètres, pour la plupart n'arrivaient chez eux qu'à la tombée de la nuit. C'était donc à la maison que devait se faire le travail de celui qui avait trop hésité sur la conjugaison du verbe aimer – si utile il faut bien le reconnaître –, ou sur celle des verbes irréguliers. Il devait en principe présenter son cahier le lendemain à son retour. C'était des cas – mon père ayant mauvaise mémoire – dont on se tirait beaucoup mieux et une absence d'un jour ou deux, légitimée par une vague angine ou un mal de tête opportun, suffisait à noyer le poisson. Beaucoup usaient et abusaient du stratagème dans les cas trop compliqués.

Il y avait enfin les peccadilles, bavardages, dissipations, dont nous, les garçons, faisions souvent les frais et qui n'entraînaient pas de lourdes conséquences sauf, on le savait et l'on se tenait sur ses gardes, les jours de mauvaise humeur. Elles se soldaient par un quart d'heure de piquet, un ramassage, qui se devait méticuleux, des papiers de la cour, ou plus souvent par une corvée de balayage le soir à la sortie.

Cette tâche journalière qui nous incombait nécessitait un recrutement régulier de victimes que nous fournissions facilement. C'était un hasard bien exceptionnel lorsqu'il n'y avait pas deux ou trois punis, et dans cette occurrence, rare il faut bien le dire, comme à l'armée, mon père désignait des volontaires d'autorité.

Ce qu'étaient ces séances de balayage censées être suivies d'époussetage est à peine concevable ! Elles s'effectuaient sans surveillance, en une dizaine de minutes, après un arrosage nourri réalisé au moyen d'une casserole percée qu'il fallait manipuler avec rapidité et qui permettait et la bagarre et la douche. Des quatre fenêtres ouvertes s'échappaient en quelques secondes des nuages de poussière dont les retombées, pour n'être pas radioactives, n'en avaient pas moins besoin de toute une nuit pour s'effectuer.

À l'abri de notre poussière, la classe possédait deux vitrines dont les carreaux, faute de soins, étaient devenus à la longue plus opaques que des verres dépolis.

L'une réservée à la science s'ouvrait rarement. Sur son étagère haute on arrivait, avec de l'insistance, à distinguer une douzaine de tubes à essais sur leur support, deux ballons, une cornue Pyrex, trois éprouvettes graduées et une poignée de longs tubes de verre de plus d'un mètre que mon père, dans de rares occasions, coudait habilement à la flamme d'une bougie. Ce stock important ne quittait guère sa place, il était précieux, réservé aux grandes entreprises, qui à cause de leur danger n'avaient jamais lieu. Le fond de ce placard, dans une atmosphère concentrée de naphtaline, recelait pêle-mêle, en vrac, un alligator bourré de foin – cadeau de Simon – destiné à nous donner le goût de l'aventure et une idée de l'Afrique équatoriale d'où il venait, une carapace de tortue, un pic-vert naturalisé dans son attitude de grimpeur, perdant sa plume, et un écureuil empaillé tenant une noisette. Ce dernier aurait eu assez d'allure s'il n'avait perdu lui-même sa queue, ce qui lui enlevait malgré tout beaucoup de son panache.

Enfin, c'était au fond de cette vitrine qu'était entreposée la collection de cailloux de mon père et celle-ci a son histoire qui mérite qu'on s'y arrête un peu.

« Voyez cette pierre, monsieur l'instituteur, je l'ai trouvée dans mon fossé. Je n'en ai jamais vu de semblable.

— Par exemple ! Mathieu où avez-vous ramassé ça ? »

C'était une hache en pierre polie ébréchée légèrement mais indiscutable dans son authenticité. Vingt-cinq mille ans... Ça impressionne ! Mon père n'avait pas hésité et il l'avait troquée à Mathieu contre un litre de vin blanc.

« Mathieu, si vous en trouvez d'autres, ne manquez pas de m'avertir. »

Mathieu y avait mis beaucoup de bonne volonté mais, hélas ! tous les galets s'étaient révélés sans intérêt jusqu'au jour où la sagacité de mon père en éveil crut reconnaître dans un éclat de silex un grattoir, un grattoir magdalénien, et Paul, ce jour-là, perdit un autre litre de vin.

Mathieu redoubla d'attention et par un été chaud, au cours d'une saison où l'on a toujours le gosier sec, il trouva tout un filon providentiel.

Il y avait de tout : des coups-de-poing, des rabots, des fragments de couteaux, le gisement était tel que les échanges furent ramenés du litre au verre et que mon père crut à la découverte, au miracle, à l'intérêt scientifique de première importance et qu'il faut à tout prix révéler.

Ce fut au dixième litre qu'il décida de l'expertise. La réponse fut rapide, décevante, catégorique : « Pas de retouches, pas de bulbes de percussion, rien à voir avec la préhistoire. »

L'enthousiasme de Paul s'effondra.

La mystification de Mathieu, que le besoin avait rendu ingénieux, devenait évidente.

Que faire ?

Le troc s'arrêta net, notre collection aussi. La valeur de nos pierres ne fut pas remise en question, Paul garda le secret, mais à partir de ce jour il garda aussi son vin.

L'autre vitrine était d'un intérêt incontestable et un carton écrit à l'encre rouge en faisait foi : « Bibliothèque ». Elle n'était pas débordante de livres mais les ouvrages qu'elle contenait étaient choisis avec précaution et réflexion. On y trouvait Victor Hugo, Alexandre Dumas, George Sand, Daudet, Jules Verne, et elle était à la disposition des élèves studieux et de leurs aînés. L'ensemble était modeste car elle ne bénéficiait d'aucune aide, d'aucune subvention ni d'aucun don, tout au plus de quelques quêtes réalisées à l'occasion de mariages huppés. La collection ne pouvait prétendre s'enrichir de plus de quatre ou cinq volumes par an et encore fallait-il l'aide de tous.

Pour cela nous réalisions des prouesses, des efforts constants et nous avions mis sur pied, à cette fin, un petit négoce de plantes médicinales qui n'était rentable que parce qu'avec lui ni le temps ni la matière ne comptaient.

Un herboriste nous achetait, pour un prix dérisoire, l'ensemble de nos récoltes constituées de fleurs de ronces, de tilleul, de sureau et de chiendent. Séché, le tout devenait extrêmement léger. Ma mère en avait la responsabilité, et nos cueillettes si elles ne faisaient que peu de poids, en revanche occupaient beaucoup d'espace. Tous nos greniers, du printemps à l'automne, en étaient encombrés et remplis d'odeurs. Envahissantes, elles descendaient jusqu'à nos chambres qu'elles imprégnaient. Elles variaient suivant les saisons, douces et impalpables à l'époque des violettes, elles devenaient étourdissantes et lourdes lorsque aux derniers beaux jours la bryone séchait, coupée et étalée là-haut sur les longues feuilles de nos journaux.

*

* *

Comme le cidre trop longtemps prisonnier de sa bouteille, à chaque récréation les classes se vidaient dans un bouillonnement de bousculades et de cris. À une époque où les ramassages scolaires n'étaient ni conçus ni concevables, où la plupart des élèves devaient, matin et soir, battre des records d'endurance à pied pour venir à leur école, on aurait pu croire à des récréations calmes et tranquilles ; eh bien il n'en était rien. La résistance de ces petits paysans en sabots ou galoches était inattaquable.

Le brassage intime, garçons et filles, obligé dans ces écoles mixtes devant les pupitres, cessait dès notre sortie, et la cour était censée être divisée en deux parties qui se voulaient égales, par une ligne fictive qui passait en son milieu et qui, en principe, n'aurait dû entraîner de part et d'autre aucune altercation. En réalité, sans qu'il puisse y avoir de remise en cause, la cour appartenait aux garçons, sinon par droit du moins par force.

Cette cour était pierreuse, vallonnée, dangereuse et insuffisante pour le déploiement de nos jeux. Les parties de barre, de cachettes qui exigeaient de l'espace, entraînaient en permanence la violation des frontières, l'accident et la punition. Malgré une surveillance attentive, il y avait des collisions, des chutes, où les filles étaient invariablement bousculées et sans ménagement roulées dans la poussière. Les écorchures aux genoux, les nez ensanglantés ne se comptaient pas au cours de la semaine, et ma mère avait beaucoup à faire dans son rôle d'infirmière dispensatrice de teinture d'iode et d'eau oxygénée, alors que mon père punissait sans arrêt, reléguant au piquet les trop impétueux jusqu'aux heures de la rentrée.

Par beau temps l'ambiance était des plus animée, bruyante, mouvante, et sans la vigilance de mon père les récréations se seraient facilement prolongées. Par mauvais temps, la pluie nous reléguait sous des préaux exigus, un pour chaque sexe, cela valait mieux, où nous étions entassés les uns sur les autres sans autre possibilité que quelques parties de billes, de marelles ou de pugilat. C'était là des jours sombres, trop nombreux, perdus pour le jeu où le signal de la rentrée ne nous prenait pas au dépourvu et nous laissait indifférents. C'était par contre, en hiver, dans ces régions où le gel et la neige étaient fréquents, que nos récréations prenaient vraiment tout leur sens et toute leur importance.

Les premiers flocons qui tournoyaient dès novembre étaient salués par des cris d'allégresse et nous communiquaient une systématique excitation. Une pellicule de neige avait à peine pris corps que déjà des batailles acharnées s'engageaient, mettant aux prises filles et garçons d'un côté à l'autre de leur camp. Rien n'arrêtait nos ardeurs, ni les rigueurs du froid sur les oreilles ou les genoux, ni l'onglée pourtant si douloureuse, et il n'était pas rare que dans la mêlée confuse qui s'ensuivait ma mère ou mon père n'héritassent eux-mêmes d'un projectile incontrôlé.

Cette première euphorie passée, nous entreprenions du sérieux, notre bonhomme de neige, auquel tout le monde, garçons et filles, collaborait. Nous roulions d'énormes masses de neige, plus hautes que nous, fermes et tassées, hissées les unes sur les autres, elles permettaient le chef-d'œuvre qui, gelé, passerait tout l'hiver avec nous. Cette saison ramenait les jeux violents, les jeux virils qui réchauffent. Sur la neige, sans souci de nos coccyx, nous improvisions de longues glissades où nous nous lancions les uns derrière les autres avec volupté. Chacun de nous les entretenait, prenant bien soin d'arracher les clous ou les fers de ses sabots pour ne pas en rayer le miroir. Paul redoutait ces glissades, craignait les accidents qui pouvaient en résulter, bras ou jambes cassés, et chaque soir dans un but de sécurité collective, s'employait, à la pioche ou à la cendre chaude, à nous les saccager.

« Tu te démerdes... On compte sur toi. »

Tel était l'ultime conseil des camarades en passant le portail.

Je me débrouillais.

Mon père n'avait pas tourné les talons, son action destructrice accomplie, qu'un grand seau d'eau, dans ces nuits où il gelait à pierre fendre, rétablissait la situation.

« Il y avait un endroit faible. J'ai arrangé ça. »

Mon frère, consciencieux, méticuleux, remettait de l'ordre à sa braguette. Il venait, dans l'obscurité, en cachette, d'apporter lui aussi sa contribution modeste peut-être, mais toujours valable, en parachevant mon travail rénovateur.

« Si tu en as envie ça ne fera pas de mal, tu peux y aller, tout à fait à la fin. »

Quelques flocons complices ou un peu de neige fraîche camouflaient mon forfait, et le lendemain, au grand étonnement de mon père, notre patinoire, en quelques minutes, était reconstituée et fonctionnait.

Nous connaissions des prés aux pentes glacées sur lesquelles un chat n'aurait su s'aventurer. Si nous avions eu une luge c'eut été formidable, mais on savait s'en passer. Nous nous y rendions, les jeudis et les dimanches, et malheur alors aux planches des laveuses qui traînaient dans les coins, près des pêcheries, à leur place habituelle ; retournées, elles convenaient parfaitement à nos évolutions.

Paul chercha longtemps un couvercle arrondi en forme de berceau, cerclé de fer, qui s'était désolidarisé de sa malle. Je crois bien me souvenir aujourd'hui qu'il trouva une fin honorable un jour où, trop chargé en sautant une rigole imprévue et gelée, tout simplement il éclata.

*
* *

Mon père assurait les cours d'adultes et certaines soirées d'hiver leur étaient consacrées. En principe notre âge aurait dû nous mettre à l'abri de leurs risques, mais il valait mieux se méfier. Notre curiosité cédait donc le pas à la prudence, et pour palier tout danger de compétition possible nous prétextions, mon frère et moi ces jours-là, aussitôt après le souper, une grande fatigue qui nous permettait d'aller au lit.

Ces séances – on dirait aujourd'hui ces séminaires – tenaient leurs assises tous les quinze jours, les mercredis soirs, dans la classe de ma mère qui pouvait garder dans l'esprit de ces jeunes bonnes volontés une bonhomie de bon aloi. Elles se déroulaient d'octobre à avril, au cours de cette période de grand repos de la terre où, à part le travail du bois, il ne restait rien d'autre à faire dans nos campagnes. Malgré ce moment propice, il faut bien le reconnaître, il y avait à leur égard un manque d'ardeur et il fallait relancer les candidats. Les cours étaient toujours irrégulièrement et peu suivis. Ils étaient destinés à combler des lacunes, or ces soirées faisaient le désespoir secret de mon père qui y mesurait chaque fois l'étendue des désastres que quelques années d'oisiveté intellectuelle avaient creusés après de studieuses et confortables scolarités. En principe elles commençaient par quelques dictées, quelques problèmes, le tout simple et sans difficulté. L'œil exercé de mon père, auquel rien n'échappait, s'arrondissait d'épouvante de ce qu'il entrevoyait par-dessus les épaules. Pris d'une pudeur instinctive, anormale chez un homme de sa trempe, il en renonçait à corriger lui-même et, pour éviter de trop grandes confusions, après avoir repris le texte au tableau, il laissait à chacun le soin d'annoncer le total des fautes qu'il jugeait bon. Il ne vérifiait jamais et cela était préférable car aucune couvée au monde n'aurait pu convenir au classement. Il faisait preuve du même stoïcisme avec les problèmes qu'après une heure de réflexions stériles, sans demander les solutions, il se résignait à expliquer.

Obtenir un résultat était hors de propos et on aurait pu passer des nuits entières sans succès, avec ces élèves mamelus ou moustachus, pour qui l'arithmétique était le cadet des soucis. Mon père le comprenait parfaitement, se montrait conciliant, conseillait la lecture, le retour aux sources, à la grammaire, quant au calcul il ne pouvait tout de même pas être question de les remettre à la bûchette.

Cela se terminait pourtant fort tard, souvent autour d'un verre de cidre, dans une atmosphère de tabac, en parlant de la pluie et du beau temps et, tout de même pour tenter quelque chose de profitable, on discutait : engrais azotés, potasse et rendement. Moyennant quoi on se séparait très bons amis.

Malgré tant de compréhensions et de concessions, en s'enfonçant au cœur de l'hiver, les bonnes volontés se relâchaient, les absences se multipliaient et assez vite il ne restait plus que deux ou trois acharnés qui, dégoûtés, finissaient par disparaître à leur tour.

Les cours d'adultes étaient terminés pour l'année.

Servaient-ils à quelque chose ? Très certainement pas… Si cependant, à quelques-uns qui y trouvaient le bonheur, à quelques groupes d'amoureux qui, grâce à eux, eurent là un moyen providentiel d'échapper à une contrainte familiale trop sévère à leur gré.

C'est ainsi qu'un de ces couples n'arriva jamais jusqu'à la classe de ma mère bien qu'il fût assidu tout un hiver. Il dépassa même de plusieurs semaines la clôture prévue des cours et c'est ce qui fit découvrir le pot-aux-roses aux parents en même temps qu'une petite cabane accueillante bien placée et bien aménagée. Améliorèrent-ils leurs connaissances ? Je n'en sais rien, toujours est-il qu'ils ne perdirent pas tout, se marièrent aux premiers beaux jours et eurent des jumeaux avant l'été.

*

* *

Il faut se rendre à l'évidence, ce sont des coutumes perdues, les veillées de mon enfance n'existent plus. Peut-être s'en trouve-t-il encore plus loin, dans des régions encore isolées, séparées du monde, du bruit, où les hommes ont toujours besoin de se sentir très proches. J'irais si je savais où, j'irais pour y retrouver, et ce serait probablement bien en vain, une certaine chaleur, une certaine quiétude faite d'insouciance et de confiance qui constituent ce bonheur réservé aux enfants.

À l'automne, dès les premiers jours de la rentrée, les veillées commençaient autour de notre table ronde, à la lumière vacillante et familière de la lampe à pétrole qui, ménageant des coins d'ombres, intensifiait ainsi l'intimité entre ceux qu'elle éclairait. Mon père installait une pile impressionnante de cahiers et commençait, à l'encre rouge, des corrections qui n'en finissaient plus et qu'il ponctuait, de-ci, de-là, d'exclamations. Sa plume écorchait le papier des heures durant, tandis que ma mère, qui n'était pas astreinte à de semblables corvées, brodait.

Mon frère et moi étions censés faire nos devoirs, en réalité nous lambinions, rêvions et nous disputions sans trop de bruit, réglant nos comptes sous la table, en coups de pied sournois mais précis, pour éviter de mettre le reste de la famille dans le circuit. Les tout premiers jours, tout cela se terminait assez vite et, vers 10 heures, on regagnait nos chambres à la chandelle, croulant de sommeil. Le pli n'était pas pris. Il fallait attendre l'entraînement, les longues nuits au cours des grands froids, pour que reprennent ces veillées alors interminables dont je garde le magnifique souvenir et durant lesquelles, regroupés en demi-cercle autour du feu de grosses bûches aux flammes hautes, nous cuisions nos jambes nues.

Il y eut probablement des hivers cléments, des soirées calmes. Ce n'est pas elles que je retrouve en y pensant, et si, cherchant en ma mémoire, je perçois les silences ouatés des tempêtes de neige, c'est surtout les rafales de la pluie crépitant sur les carreaux, les tornades de vent froid faisant claquer nos portes, que j'entends presque toujours.

Une maison, une famille, c'est avant tout un feu. Comment bien le comprendre si l'on n'a pas soi-même éprouvé ce profond et viscéral sentiment de sécurité qui, du fin fond des âges, lia l'homme à son foyer. Nous ressentions tout cela et, à l'abri des éléments mauvais déchaînés dans la nuit, on était tous là, père, mère, enfants, chien et chat, rendant inconsciemment hommage au feu, au feu vivant, divinisé, à ce feu attractif qui depuis des millénaires dispense à l'homme chaleur et protection.

Près de lui le temps se suspendait, on se serrait, on était bien.

Nos veillées, habituellement tranquilles, comportaient cependant, de temps en temps, de l'imprévu et les visites les plus insolites pouvaient survenir au moment où l'on s'y attendait le moins. Elles rompaient un peu la monotonie coutumière, étaient toujours les bienvenues et c'était sans le « qui est là ? », rituel de nos jours, que notre porte s'ouvrait toute grande, sans hésitation, sans inquiétude, sur la curiosité.

C'était quelquefois des visages inconnus, venus des villages lointains et partis pour de longues randonnées. Ils arrivaient, le plus souvent par deux, dans un but précis, traînant en général le cadavre figé d'un renard, d'un blaireau ou d'un putois. Une capture hivernale de cette importance leur donnait un droit de visite et un droit de récompense, deux œufs, trois œufs suivant la richesse de la maison et l'animal présenté. On admirait sans toucher, en se bouchant le nez, la bête raidie suspendue au bâton. Elle sentait, comme il se doit, la sauvagine, mais répandait en plus une odeur avancée qui en disait long sur le chemin qu'elle avait déjà parcouru et sur l'exploitation intensive dont elle faisait l'objet. De pareilles prises étaient pour ces gens une aubaine à une saison où les œufs étaient rares, et le déprédateur poursuivait ses voyages nocturnes jusqu'à sa complète décomposition ou jusqu'à l'écœurement des porteurs. Ces derniers, violets, aussi froids et, malgré le vent, aussi parfumés que leur bête, se réconfortaient tout au long de leur randonnée au gros rouge, racontaient leur aventure, toujours amplifiée et embellie, et repartaient vers d'autres lumières en titubations dangereuses et pour eux et pour leur panier d'œufs.

Si, aujourd'hui, à une heure tardive, on frappait à votre porte, à moins d'être médecin, vous seriez surpris et une arrivée imprévue à cette heure comporterait une inquiétude ou pour le moins une interrogation. Heureux temps où il n'en était rien !

Le plus souvent, la porte s'ouvrait sur des visages familiers, des voisins du bourg ou d'un proche hameau.

« Comment allez-vous, père Simon, père Antoine ? Rentrez, rentrez vite, il fait bien mauvais ce soir. »

Ils soufflaient la lanterne, ils cognaient du sabot sur la marche neigeuse, et avec une bouffée de vent glacé ils prenaient place autour du feu.

Ils venaient pour le plaisir, pour passer le temps – on en avait de reste –, parce que enfin il était réconfortant de trouver chaleur humaine et contact d'amis. On se réchauffait d'abord, puis les conversations s'engageaient. Lorsque le nombre le permettait on battait les cartes pendant que les marrons cuisaient dans la cheminée, à même la flamme, en éclatant sous notre nez. Nous les mangions brûlants, les mains noircies par leur charbon, aidés d'un doigt de vin blanc, même pour les enfants, pour lesquels une perspective lointaine de cirrhose valait tout de même mieux qu'une mort prématurée par étouffement.

Ils parlaient politique, foires, marchés, cours du porc et du veau, et presque invariablement entre personnes de même âge, de même classe – classe 13, classe 14 –, la conversation glissait infailliblement vers la guerre, cette guerre encore très proche, cette grande épopée qui portait nom : « Chemin des Dames, Côte 304, ou Verdun ». Ils parlaient tranchées, attaques au petit jour, replis stratégiques, Clemenceau, Pétain, et ils finissaient cette satanée « garce de période » en beauté, prisonniers certes, mais souvent dans le lit des *Gretchen* et vainqueurs malgré tout sur le meilleur de tous les fronts.

« Papa, qu'est-ce que c'est que les *Gretchen* ? »

C'était mon frère qui, poussé par le désir de s'instruire, en plein milieu d'une conversation hilarante et animée où nous aurions dû nous faire oublier, rompant avec toutes les règles de la politesse et de la tradition, venait d'un air innocent, sur mon instigation, d'intervenir. Ce ne fut pas une réussite ! Paul fut stupéfait, puis m'octroya à tout hasard une gifle que certes je méritais, et voilà ! « Nous étions trop jeunes pour nous mêler de ça et nous n'avions rien compris à la guerre, à ses servitudes et aux gloires de nos aînés. »

Dans de rares occasions, certains de nos petits camarades se joignaient à leurs parents. Nous étions alors autorisés sans difficulté à quitter la pièce pour aller jouer à notre guise... ailleurs... dans une classe si nous voulions... ou dehors si cela nous faisait plaisir.

Les grands ont des conversations trop ou pas assez sérieuses pour les enfants, et c'est bien connu.

Ces soirées étaient pour nous d'un intérêt exceptionnel puisque dans l'indifférence générale, nous pouvions nous éclipser. Nous en profitions, et seule la pluie pouvait nous retenir. Nous prenions la clé des champs, aussi bien sous les clartés incertaines de la neige que par les nuits les plus obscures, pour improviser, souvent très loin de la maison, d'étranges parties de cache-cache, suivies de batailles, de jeux violents et insolites, qui convenaient à notre tempérament. Nous revenions crottés, les pieds gelés, sales, souvent déchirés et couverts de bleus, mais contents et prêts à supporter les pires remontrances pour recommencer à la première occasion.

C'est au cours de ces expéditions tardives – la nuit tous les chats sont gris – que certains de nos petits comptes personnels trouvaient enfin leur solution. Allez donc imaginer de quelle façon la herse ou la charrue d'un forgeron taquin avait bien pu monter, nuitamment, à la cime d'un chêne ? Elles y montaient pourtant à l'aide d'une grosse et longue corde jetée adroitement en travers d'une branche qui servait de poulie. Amarrées là-haut sans bruit avec des moyens de fortune, la corde ayant prudemment regagné son grenier, elles attendaient un ou deux jours que leur propriétaire veuille bien lever le nez et les découvrir pour les redescendre à grands renforts de jurons. De semblables prouesses étaient des performances de telle envergure que nous ne pouvions être raisonnablement soupçonnés.

Il n'y avait pas de sonnette électrique aux portes de notre petit village perdu sur sa colline battue par les vents, et pour cause. Pour rentrer chez quelqu'un on heurtait du doigt recourbé honnêtement et en cas d'échec fermement du poing. Chez les sourds on s'aidait d'une pierre s'il en traînait une par là ou de la pointe du sabot, sans ménagement, jusqu'à l'ébranlement du chambranle. Si l'on ne répondait pas, il n'y avait pas lieu d'insister, c'est qu'il n'y avait personne, et on remettait à plus tard sa visite.

Une seule porte du bourg faisait exception. Elle était ornée d'un bien joli marteau en fer à cheval ouvragé qui portait sur un clou géant, et elle faisait face à une petite murette de pierres sèches de l'autre côté de la rue placée bien à propos.

Dès le premier choc, la lumière nous avertissait que notre message était perçu, que l'on sortait de son premier sommeil. Le temps de frotter quelques allumettes, et une tête hirsute, bien sympathique, s'encadrait interrogative entre les volets. D'un côté... de l'autre... c'était évidemment une erreur, un cauchemar, tout était si désert, si calme sous la lune qui éclairait comme en plein jour.

C'est alors qu'il fallait de la patience, aller jouer ailleurs, pour tuer le temps et laisser notre victime se rendormir avant que de revenir prudemment, une heure après, pour avoir la joie de revoir la même face, furieuse cette fois, réapparaître au même endroit. L'aventure ne pouvait sans danger se renouveler plus de trois ou quatre fois, encore valait-il mieux à la dernière reprise casser d'un coup sec le fil qui nous reliait au marteau, car la porte s'ouvrait alors sur-le-champ, poussée avec vigueur par notre voisin en caleçon. L'immobilité devait durer un bon quart d'heure, à l'abri de notre murette, si l'on voulait éviter les ennuis et il y avait de quoi attraper cette fameuse pneumonie double que mon père redoutait tant.

À chaque expédition de ce genre ma mère perdait une bobine de fil noir, quant à notre pauvre forgeron, auquel décidément nous en voulions bien injustement, il y perdait le sommeil et finissait à la longue par avoir des doutes sur son bon équilibre nerveux.

Bien qu'à petits pas, le progrès était en marche, il devait un jour nous pénétrer, et nos veillées rudes et poétiques y perdirent une partie de leurs attraits.

Cela se produisit un été par le biais d'une cassette à dessus d'ébonite noire, truffée de fils, garnie de boutons multiples et agrémentée d'un lot de bobines interchangeables de volumes et d'orientations variables. Arrière-grand-père de nos transistors actuels, ce poste à galène marchait comme eux sur piles ou accus et devait culbuter nos habitudes au point de transformer toute l'ambiance de notre vie.

Ça y était, on venait de capter les ondes ; des salves d'ondes faites de bruits étranges qui commençaient par des crépitements, des miaulements prolongés ou stridents, et qui se terminaient quelquefois après de nombreux essais, par des voix anonymes, lointaines qui, avec un peu de chance, pouvaient bien venir de Paris. Tout cela vous arrivait avec violence et précision jusqu'au creux de l'oreille après des cheminements complexes sur une antenne gigantesque, qui partie du haut d'un châtaignier voisin à des altitudes extravagantes, traversait toute notre cour pour disparaître dans le grenier avant de pénétrer dans notre boîte, après avoir percé le plafond de la salle à manger.

L'installation de l'appareil n'avait pas été une mince affaire. Outre cette antenne qu'il avait bien fallu grimper là-haut, nous avions dû nous relier à la terre et cela grâce à un puissant fil de cuivre que l'on arrosait tous les jours et qui lui-même était rattaché à un treillis métallique perdu dans une tranchée profonde de plusieurs mètres de long. Notre fossoyeur, pourtant entraîné, avait passé deux jours à cette réalisation titanesque et malgré sa sobriété, d'ailleurs toute relative, avait éclusé à cette occasion une bonbonne de dix litres de vin nouveau !

Par temps calme et découvert l'appareil fonctionnait au moyen de deux casques qu'on devait s'appliquer sur les oreilles, les mêmes que ceux que l'on voit encore orner parfois outrageusement les indéfrisables de certaines standardistes de nos campagnes et qui sont probablement à l'origine de leur air lointain et de l'humeur qu'on leur connaît.

Leurs effets sur nos père et mère pour n'en être pas tout à fait aussi désastreux – ma mère n'avait pas d'indéfrisable – n'en étaient pas moins tout aussi étranges. Cela les rendait sur l'heure muets, béats et indifférents. Ils avaient des passages à vide, des rires subits et communicatifs, des inquiétudes communes, bref ils prenaient avec ces deux macarons un air de demeurés.

Devenus aveugles et sourds nous pouvions entreprendre à côté d'eux en toute quiétude une partie de bataille navale, une partie de morpions ou une dispute animée, bref tout ce qui en temps ordinaire n'aurait pas manqué de transformer le paisible en catastrophe. Le travail passait au second plan. Les veillées se détendirent, et cela à tel point, qu'avant même que mon père n'en ait eu pris conscience, elles me valurent la plus spectaculaire des reculades jamais enregistrée dans tous mes classements et évidemment, par un juste retour des choses, les réactions qui s'imposaient.

14

Délire fou ou manque de mesure ! Les parents s'en arrachent les cheveux, font leurs calculs et les budgets basculent !

Depuis trois semaines, que dis-je depuis deux mois les vitrines étincellent, aveuglantes de lumières et de fastes. Le jouet est partout. Le jouet est roi !

Il y a les poupées qui rient, celles qui pleurent, celles qui parlent. Il a des modèles de Chanel, ceux de Lanvin, tous des articles de parade et de prestige auxquels l'enfant ne pourra décemment jamais toucher. Il y a des soldats en uniforme, des panoplies de peaux-rouges, de cow-boys, il y a tout ! Tout ce que l'on peut convoiter, et, paradoxalement, l'enfant ne sait plus, ne désire plus et finit par rêver. À rêver à des bateaux de papier que l'on pourrait sans dommage laisser glisser sur l'eau du caniveau et abandonner sans histoire à la bouche de l'égout... « Papa, tu me feras un bateau avec ton journal ? »

Nos Noëls n'avaient rien de comparable. Ils étaient purs, simples, presque sans surprise, et pourtant nous les attendions avec impatience, avec ferveur puisque toujours ils nous comblaient.

Nous y crûmes longtemps mon frère et moi, grâce à la générosité de ma mère qui, pour notre joie et peut-être aussi pour la sienne, renforça au bon moment, d'une adroite façon, nos défaillantes convictions.

Depuis quelques mois nous avions des doutes, des doutes qui nous avaient été fielleusement communiqués, qui menaçaient de faire leurs ravages si l'on n'intervenait pas, et que les assertions de Maman Louise elle-même ne pouvaient arriver à effacer.

« Le Père Noël, maman, c'est toi... Adrien me l'a dit. »

Mon frère ne partageait pas mon avis et ma mère ne partageait ni le mien ni celui d'Adrien.

« Bon ! Eh bien voilà la clé, ferme la porte toi-même, garde la clé. Tu verras bien. Ce n'est tout de même pas moi qui descendrai par la cheminée. »

Mon frère était furieux et comme il avait déjà du vocabulaire il ne mâchait pas ses mots.

« Tu viens de faire une belle connerie, si Adrien a dit la vérité nous pouvons nous brosser, et il aurait mieux valu faire semblant d'y croire, et si le Père Noël existe il sera fâché... Tu n'es qu'un imbécile. »

La clé était restée avec moi toute la nuit, au creux de ma main, sous mon traversin, et malgré tout, le lendemain, grâce à un passe-partout dont j'ignorais l'existence, le miracle s'était produit. J'étais pantois, persuadé cette fois mais aussi furieux, car pour la première fois les sabots de mon frère étaient mieux garnis que les miens.

Certes, nous pensions au Père Noël bien avant son arrivée, nous nous tenions sur nos gardes dans la crainte de l'indisposer et nos lettres partaient bien en temps voulu en direction du ciel, mais nous n'en faisions pas pour autant une maladie et nous n'avions aucune des exigences des enfants d'aujourd'hui.

Rien d'ailleurs n'annonçait particulièrement cet événement, ni la préparation d'une crèche garnie de santons coloriés, luxe réservé au Midi, ni l'édification d'un sapin enrubanné, luxe réservé au Nord, ni même le son des cloches des trois messes basses de notre église, notre cure étant déserte ; et nos veillées de Noël étaient presque semblables à toutes les autres. Elles étaient simplement interminables et seul un peu d'excitation et d'énervement y présidait.

Nous attendions la disparition des dernières flammes sur les bûches et nous couvrions les derniers tisons pour faciliter la descente scabreuse.

Enfin nous rangions nos chaussures au plus près de la cheminée, chacun sa paire, la plus avantageuse possible dans l'espoir évident de forcer la générosité, les sabots de mon frère et les miens bien au centre, au premier plan, ceux de nos père et mère de chaque côté, et nous allions nous coucher.

« Crois-tu qu'il va venir ? La cheminée est bien étroite tu sais ! Puis elle est trop haute, c'est idiot de faire des maisons comme ça.

— Penses-tu, il s'en fout bien, il a l'habitude, il est bien déjà venu, et regarde les ramoneurs.

— Si nous faisions semblant de dormir ? »

Nous restions dans le noir attentifs au moindre bruit. Le sommeil était long à venir. Il venait enfin, lourd, chargé de rêves, nous terrassant tous les deux jusqu'au lendemain.

Nos parents étaient encore au lit que, pieds nus, en chemise, nous étions en bas. Formidable ! C'était formidable... Nos sabots étaient pleins. Oh ! sans excès, rien ne débordait, mais ils étaient garnis et c'était l'essentiel. Il y avait même deux grandes verges jaunes d'osier frais qui en disaient long sur l'opinion qu'avait de nous le messager du ciel. Nous les faisions disparaître prestement avant l'arrivée du reste de la famille, et nous procédions sans retard aux inventaires. Ma mère n'avait pas été oubliée, elle avait bien une rave, une carotte, quelquefois un chou, alors que le soulier de mon père contenait invariablement un paquet de tabac, du gris, de celui qu'il aimait, quant à nous c'était bien autre chose !

Sur un fond de crottes en chocolat, suivant les années, nous avions soit deux pipes rouges et blanches en pâte d'amande, soit deux petits Jésus de six à huit centimètres en sucre candi, soit encore deux sacs de pièces en or qui recelaient à leur intérieur du chocolat.

Après vérification, nous pouvions nous rendre à l'évidence : nos deux parts étaient strictement semblables et ne tenaient compte ni de mon droit d'aînesse ni des impératifs de mon estomac. Ce partage équitable aurait dû en principe exclure toute possibilité de dispute, en fait, dès que le premier sentiment d'émerveillement était passé, il n'en était rien et les conflits commençaient.

Mon frère et moi n'avions pas devant les choses le même comportement. J'étais un expéditif, lui un jouisseur, et rien ne peut mieux le faire comprendre qu'une petite histoire de dragées qui lui arriva un jour et où il fallut le battre pour paradoxalement le consoler.

Cela ne se passait pas à la Noël.

Nous avions reçu de ma mère chacun une dragée. La mienne n'avait pas fait long feu et était presque oubliée lorsque mon frère fondit en larmes. On crut à l'accident. Une dragée dans une bronche, ça peut arriver, c'est grave ! Mon père, alerté, avait déjà envisagé tout le désastre avant que mon frère au milieu de ses hoquets n'ait eu la possibilité de s'expliquer.

« Elle est tombée dedans...

— Où dedans ?

— Dedans mon ventre et je n'ai pas eu le temps de la sucer. »

On respira, on rit beaucoup et à ma grande indignation il eut droit à une autre dragée qu'il croqua cette fois avant de s'effondrer en larmes une deuxième fois.

C'était trop fort ! On le secoua, il fut sommé de s'expliquer et il fit comprendre à sa manière que s'il pleurait c'est qu'il se trouvait encore perdant, la deuxième gratification lui ayant rendu encore plus amère sa première frustration.

Il ne faut tout de même pas exagérer. Il fut fessé !

Avec de pareils principes les Noëls de mon frère auraient pu durer des semaines et cela d'autant plus que les cadeaux célestes étaient sacrés pour lui et qu'il n'osait pas y toucher. J'avais tout terminé qu'il entamait à peine ses réserves de fondants et de chocolats. Quant aux pièces maîtresses, pipes ou Jésus, elles auraient tenu sans moi éternellement, à moins qu'elles n'aient ranci sur place ou fondu pendant l'été.

J'expédiais pour ma part ce qui me revenait assez rapidement. Oh ! j'aurais pu faire mieux, mais j'y mettais malgré tout certaines formes. C'est ainsi que je commençais toujours ma pipe par le tuyau pour lui conserver le plus longtemps possible un peu d'allure et son aspect normal, mais le tuyau ne durait pas et le fourneau lui-même y passait dans la journée. Quant au Jésus, n'osant l'attaquer de face je l'entreprenais par les pieds que je grignotais avant de l'amputer franchement. Cette amputation n'était alors qu'un passage rapide car le fils de Dieu était devenu de ce fait si pitoyable qu'il valait mieux en finir et que, pour ne plus le voir, je prenais le parti de l'avaler.

Après quoi je convoitais.

Je convoitais les richesses de mon frère qu'il laissait bien en évidence, exposées sur le buffet. Je rougis en y pensant ! En son absence je m'emparais de sa pipe et je soustrayais en son milieu une partie du tuyau avant d'effectuer un raccord habile au moyen d'un morceau d'allumette bien taillé. En deux fois la pipe prenait une forme vicieuse et d'élégante qu'elle était devenait une toufiane trapue. S'il s'agissait du Jésus, je procédais autrement, et je l'attaquais en coups de langue discrets dans le dos, perfidement, en lui donnant petit à petit la cambrure d'une tuile. Il gardait ainsi une façade honnête et souriante bien qu'il soit dangereusement atteint dans ses profondeurs et, lorsque mon frère se rendait compte des dégâts, il était déjà à moitié dévoré.

La découverte de mes méfaits déclenchait chaque fois des cris de goret, des plaintes interminables, que mon frère portait en haut lieu, sans pour autant en tirer toujours les effets escomptés.

Il faut se méfier de la justice, elle est variable suivant l'humeur et le moment et il faut surtout se garder de ne pas indisposer les jurés.

« Tu l'as bien cherché. Tu n'avais qu'à le manger, tant pis pour toi, et puis allez régler vos affaires entre vous et foutez-nous la paix. »

C'était un comble, mais que faire, j'étais en général en fuite.

Lorsque l'on se retrouvait il y avait des moments pénibles, des mots amers, mais je le consolai de mon mieux. Je lui expliquais que tout cela n'était après tout que sucre et chocolat, denrées périssables entre toutes, déjà rances, couvertes de poussières, et qu'il n'avait pas lieu de regretter puisque d'ailleurs elles m'avaient donné mal au ventre. Enfin, lorsque je comprenais que cela ne suffisait pas à le convaincre, qu'il fallait faire un geste, après lui avoir rappelé qu'il y aurait d'autres Noëls, j'hypothéquais sans hésiter tous mes avoirs futurs, et je lui donnai même un jour, dans un grand élan de repentir, mes propres pièces d'or qui étaient d'ailleurs tout aussi vides que les siennes, comme il pouvait le constater.

*

* *

Décidément, ce mois de décembre où l'hiver s'installait de pied ferme dans le froid était malgré tout un bon mois et deux fêtes séparées par deux jours de vacances étaient une aubaine après la sinistre période de novembre aux jours trop courts, trop humides et encore incertains.

Le premier janvier était pratiquement indissociable de la Noël et pourtant il revêtait dans notre maison un caractère spécial qui le différenciait. Ce jour, chez nous, comme partout, était le jour des vœux familiaux, et nous ne manquions pas à nos devoirs, c'était le jour des bonnes résolutions, et nous en prenions plus que nous ne pouvions en tenir, mais c'était aussi et surtout chez nous un jour de tradition.

À cette époque où nos campagnes ignoraient les résidences secondaires mais étaient fort peuplées, les élèves venaient en classe de très loin et, le ramassage scolaire étant une initiative récente, ils devaient franchir à pied au moins deux fois par jour des distances importantes qui excluaient, pour les trois quarts d'entre eux, toute possibilité de retour à leur foyer vers midi. À l'exception de ceux du bourg et de nous-mêmes qui étions des privilégiés, les enfants quittaient donc, l'hiver, par tous les temps, leur maison au petit jour pour n'y revenir qu'à la nuit. C'était une épreuve dure pour leur âge – il y en avait de si petits ! –, et qui comportait fatalement à midi un repas improvisé.

Par les beaux jours d'été ils le prenaient sous les préaux mais les jours de froid ou de pluie la classe des petits, proche de notre cuisine, se transformait en réfectoire.

Il n'y avait pas de cantine scolaire, il fallait palier ce manque et c'est ma mère qui s'y employait à longueur d'année. Tous les jours il se préparait sur notre feu une grande marmite de légumes et de bouillon chaud qui servait à tremper les soupes de tout ce monde. Et c'est ainsi qu'aux environs de midi, sur notre large cuisinière, des dizaines de ravissants petits bidons de couleur s'alignaient et attendaient leurs jeunes propriétaires pour transformer radicalement l'ambiance d'un repas qui sans eux serait resté froid.

Pour tous les élèves ce premier jour de janvier était le jour de la reconnaissance.

Ils arrivaient de tous les coins de la commune, s'imposant une trotte que n'auraient su décourager les plus rigoureuses intempéries. Dès 9 heures, mes parents les attendaient. Ils venaient les uns après les autres, se succédant toute la journée, pour présenter leurs vœux et embrasser, malgré leur nez glacé et leurs oreilles rouges, leur maître et leur maîtresse.

Ils s'entendaient dire quelques mots affectueux. Aux uns, aux grands, espoirs de l'année, on souhaitait succès, aux autres sagesse et application. Ce jour-là de toute façon il ne pouvait être question de rancune, et les griefs les plus sérieux étaient oubliés.

Mon père et ma mère recevaient leurs élèves chez nous, dans notre appartement, dans ce que nous avions coutume d'appeler la grande salle à manger, désignation bien pompeuse pour une pièce de quatre mètres sur cinq à peine, et que l'on garnissait ce jour-là de toutes les chaises disponibles de la maison. Chaque enfant, riche ou pauvre, – et cela navrait mes parents – se faisait une joie d'apporter un petit présent : une volaille en général, produit de la ferme, ligotée par les pattes et bouclée dans un de ces petits paniers noirs allongés à couvercle tressé comme l'on en rencontre encore quelquefois sur nos marchés.

Maman Louise veillait et s'occupait de couper de quelques coups de ciseaux sans pitié, ailes et queues de nos nouveaux pensionnaires avant que de les mettre, honteux et privés de leurs rémiges, dans notre poulailler où notre coq affolé perdait la tête devant les responsabilités et les perspectives nouvelles qui allaient lui incomber.

Mes parents offraient à chacun des chocolats et surtout d'énormes pralines rouges consommables sur l'heure, à volonté, et qui faisaient des langues roses en fondant.

Ces pralines que Marie-Thérèse achetait plusieurs semaines avant le jour « J », en prévision et en abondance, étaient pour mon frère et moi-même un sujet de convoitise. Nous entreprenions d'actives recherches afin de trouver leur cachette, en général nous y arrivions assez vite, et dès cet instant la tentation était trop forte.

« Viens ici. Fais voir ta langue ? »

Impossible de m'y soustraire, j'avais bâillé avec trop de conviction.

« Tiens, tiens, Marie-Thérèse, cet enfant a une drôle de langue. Regarde elle est rouge. Je parierais qu'il va nous faire une scarlatine... Son frère est pareil, tu devrais vérifier leur température. »

Trente-six neuf, trente-sept un. Ne pouvant avouer, nous restâmes en observation jusqu'à ce que nos langues aient repris leur couleur habituelle, ce qui fut au demeurant rapide, mais cette année-là il ne fut pas question de renouveler nos anticipations.

Les élèves emportaient tous à leur départ un petit sachet de ces bonbons en témoignage d'amitié à leur famille, accompagné des remerciements et des vœux de nos parents. Les vœux devaient être jugés suffisants par les petits commissionnaires puisque je n'ai jamais entendu dire qu'aucun cornet ne soit jamais parvenu à sa destination.

La rentrée du deuxième trimestre avait lieu le 3 ou le 4 janvier. Deux ou trois jours pour se remettre de ces émotions c'était peu, d'autant plus que nous avions droit immanquablement, mon frère et moi, au cours de cet intervalle, à une grosse cuillerée à soupe d'huile de ricin, remède rendu nécessaire par nos excès et qui contribuait grandement à gâcher la fin de nos congés.

*
* *

Durant ces années qui suivirent la guerre, où le café était encore un luxe au point qu'une demi-livre de ses grains constituait pour la « grand-tante », à laquelle on faisait visite, un cadeau somptueux, où l'on mangeait du pain rassis, où la pâtisserie était un mythe qui pouvait même se transformer en poison violent si elle arrivait de la ville jusqu'à nous – rassurez-vous elle n'y arrivait jamais –, Mardi gras, à mi-chemin entre Noël et Pâques, était une oasis folklorique et gastronomique appréciée. Je crois pouvoir affirmer que sans lui nous n'aurions mangé qu'un seul gâteau par an. Un seul gâteau de pâtissier, un cornet à la crème que maman Louise, la pauvre femme, nous apportait à l'occasion de son unique sortie annuelle lorsqu'elle se rendait à une foire lointaine au pays où elle était née.

Carnaval heureusement était là.

C'était l'époque par excellence de la grippe pour les chrétiens, l'époque par excellence des morts violentes pour les cochons, l'époque par excellence des festivités et des gâteaux pour les enfants.

Cela durait une semaine, ni plus ni moins, mais pendant cette période tous les fours particuliers en état de fonctionner, et ils étaient nombreux alors, ne s'arrêtaient pas de chauffer, réalisant tous les jours une ou deux fournées de gâteaux pour les uns ou pour les autres, et cela à pleine sole chaque fois.

On aurait pu répartir cette abondance dans l'année, ce n'était pas les occasions qui auraient manqué, eh bien, il n'en était rien ! On n'y pensait pas et c'était ainsi. Par contre, pendant ces huit jours on était sans mesure, limités seulement par les tôles de la maison, et certains foyers en mettaient plus de vingt en action. Vous vous imaginez ce que cela pouvait donner !

Nous étions chez nous des plus raisonnables. Nous faisions sept gâteaux : gâteau de viande, de pommes de terre, de pruneaux, de marmelade, de confiture, de crème pâtissière et même un de pralines si toutefois, à la dernière minute, elles n'avaient pas disparu, le tout sur un fond de pâte standardisée, pétrie en une seule fois.

Nous transportions nos productions gastronomiques une fois réalisées, avec fierté et précaution, sur une brouette à travers tout le bourg, vers une maison amie qui chauffait à notre intention ou nous laissait une place dans son four. Une semaine durant nous mangions nos gâteaux matin, midi et soir à en être malades. Chauds, froids, secs ou tendres, tout y passait sans qu'il reste une miette. Après quoi, eh bien, c'était fini. On se mettait la tringle pour une année de plus.

Quand on dit « Carnaval » de nos jours, on pense Nice, Rio, chars, confetti et cavalcades. Nos carnavals ne connaissaient pas ces fastes. Ils étaient un tantinet plus modestes bien que nous ayons nos masques et nos déguisés.

Ils arrivaient à la maison à la nuit tombée en se suivant par groupes de deux ou trois. On frappait avec insistance du bâton ou du poing à notre porte. Mon père, l'imprudence même, allait ouvrir, sans arme, alors que mon frère et moi-même battions en retraite vers les jupons de ma mère ou vers le coin de la cheminée qui nous paraissait le plus inaccessible et le plus défendable à l'occasion.

Ils arrivaient par équipes, la figure dissimulée sous des trognes inattendues et enluminées, habillés de haillons, déguisés, hommes ou femmes, en bohémiens ou en mendiants, sans dire un mot, leurs yeux luisants et mobiles au travers des fentes de leurs masques figés. Mon père, décidément très téméraire, leur serrait la main, des mains gantées, et essayait inutilement d'improviser une conversation. Il allait même jusqu'à les regarder sous le nez pour chercher quelques indices à exploiter, mais il n'y avait rien à faire pour percer le mystère et ils repartaient sans identité précise après avoir pris un verre de cidre qu'ils pompaient lentement avec une longue paille pour mieux garder l'anonymat.

Certains, avant de disparaître, voulaient nous tendre la main mais, même s'il nous semblait les reconnaître, pour nous l'habit faisait le moine et nous avions très peur. Mon frère frisait la grande crise alors que je me saisissais résolument des pincettes, prêt à faire face s'il le fallait.

Ils n'insistaient pas.

Après quelques dernières grimaces, quelques dernières menaces, ils reprenaient la porte, happés par le noir, et on les entendait rire et s'éloigner dans la nuit.

Ces soirs-là mon frère et moi usions d'« Anatole », notre pot de chambre bleu à œil central, et rien n'aurait pu nous décider à aller comme de coutume à l'extérieur accomplir nos journalières et ultimes ritualités.

Les masques faisaient leur apparition au magasin de « l'Adeline » quinze bons jours avant d'arriver chez nous. Leur prix relativement trop élevé pour intéresser les enfants les réservait aux adolescents.

Mon frère en avait une grande frayeur et la première fois où il s'en essaya un devant une glace il fut pris d'une telle panique qu'il se sauva en hurlant.

*

* *

La ville se joue des saisons. Les transitions y sont insaisissables, trop lentes, trop fades. Elle n'a que quelques arbres à reverdir, que quelques rosiers à fleurir, que de pauvreté en comparaison de la bouffée de vie qu'insuffle la nature à tout ce qui pousse en liberté dans nos campagnes.

Pâques, selon sa date, et malgré son caractère éminemment baladeur, coïncidait en général avec la fin de l'hiver ou le début d'un de nos printemps tardifs. C'était assez souvent encore le moment de la fonte des dernières neiges, de la disparition des dernières congères accumulées pendant des mois et qui, en reculant, découvraient de-ci, de-là, en bordure des haies pelées, les cadavres noirs desséchés et décharnés de nos merles victimes des premiers froids. C'était d'autres fois par contre déjà l'époque du renouveau, et sous la feuille sèche écartée avec précaution dans les recoins abrités, la découverte des premières violettes, violettes à queues courtes, souffreteuses peut-être, mais si parfumées et tellement inattendues. Les jonquilles, hautes et jaunes, faisaient leur apparition en abondance dans les prairies humides, et sur les talus moussus on pouvait cueillir dès lors les primevères en fleur. C'était enfin les premiers bourgeons, évidents, éclatés aux branches des lilas ou à peine perceptibles sur les futaies lointaines auxquelles ils donnaient leurs couleurs estompées.

De jour en jour la vie reprenait ses droits. Les rigoles longtemps figées déversaient de nouveau en abondance une eau claire et froide et l'herbe dans les prés tout autour reverdissait. La mésange bleue, la petite charbonnière à tête noire, enfant du pays, s'affairait en progressions mécaniques, acrobatiques, pendue la tête en bas dans son exploration attentive des branches mortes envahies de lichen de nos fruitiers, alors que le minuscule roitelet se glissait en frôlements imperceptibles sous les fougères gisantes des sentiers. Chants d'oiseaux de plus en plus présents, premiers nids dans les halliers à peine couverts, premiers rayons timides mais déjà chauds, tout annonçait que le miracle était proche, que la sève bouillonnait, que l'on était en marche en un élan souverain. Et brusquement, mystérieuses, cachées mais distinctes, pour confirmer la chose d'une façon éclatante, un beau matin on percevait, lointaines, les deux notes claires du coucou messager du printemps.

Alanguis, paresseux, rêvant de plus longues vacances, de plus complètes libertés, nous profitions de Pâques, relais providentiel stigmatisé plus par quinze jours de repos que par la résurrection du Seigneur.

« Les enfants, préparez-vous. Allez vous laver. Vous savez que vous allez à la messe et vous serez en retard. Tâchez de bien vous tenir et gare à vous si vous me faites honte ! »

Faire honte, nous n'en avions sûrement pas l'intention, quant à bien nous tenir c'était une autre affaire !

Cette messe était la seule de l'année qui nous fût imposée. Elle était célébrée par un vicaire détaché du chef-lieu à l'occasion. Il n'avait qu'un jour à nous consacrer, c'était donc un concentré qui nous était dispensé le dimanche de Pâques ou celui des Rameaux et plus fréquemment ce dernier. Nous nous y rendions sans gaieté de cœur, sans conviction. Oh ! évidemment, si les choses avaient été ce qu'elles sont aujourd'hui, si l'on nous avait confié ces impressionnantes pièces montées enrubannées, croulantes de biscuits, de chocolats et de fruits confits, que nos enfants promènent avec ostentation avant que de leur faire un sort, cela aurait ravivé notre ferveur. Mais ce n'était pas le cas, et nos Pâques étaient austères et sans attrait. L'office avait lieu aux environs de 10 heures et j'y allais au pas de course à la dernière minute à cause de mon costume, traînant à bout de bras mon fagot de buis vert qui, sous peu, bien que béni, ne manquerait pas de me servir pour fustiger mon frère ou balayer l'église lorsque personne ne me verrait.

Sans les Vendredis saints en fait, je n'aurais eu de Pâques que peu de souvenir. Heureusement, ils existaient et avec eux mon calvaire renouvelé tous les ans et que je ne suis pas prêt d'oublier.

Pour beaucoup d'enfants, Pâques était symbolisé par un œuf bien garni ou une cloche en chocolat, ou à la rigueur un poisson, pour moi c'était beaucoup plus original, Pâques était symbolisé par un plat de morue.

Petit, il m'arriva bien de recevoir de-ci de-là quelques gâteries mais ce furent des exceptions sur lesquelles on ne pouvait compter, par contre rien ne fut jamais plus sûr, tous les ans ce jour-là, que l'apparition de la traditionnelle brandade de morue, à midi sur notre table.

Ce plat unique, que j'avais en sainte horreur, suffisait, par son odeur, à me conduire au bord de la nausée et, alors que toute la famille, frère y compris, se préparait à s'en régaler, la seule vue du poisson coupé, perdant sa saumure dans la bassine, me donnait des cauchemars.

« Mais voyons, c'est stupide, tu vas en prendre une cuillerée. Goûte-la, j'y tiens, tu verras c'est excellent, regarde ton frère.

— Non, je ne l'aime pas.

— Comment peux-tu dire ça, tu n'en as jamais goûté ! »

« Mon attitude était idiote », « mon entêtement » à ne pas participer aux agapes communes, évident. Les choses finissaient par se gâter et l'on arrivait à m'administrer, au lieu de la côte de porc ou des rondelles de saucisson que je réclamais, une injuste correction. Une telle incompréhension me révoltait et m'éloignait incontestablement de tout sentiment religieux, c'était navrant !

Il s'ensuivait des larmes, un jeûne total ou un larcin prémédité que j'accomplissais en cachette, sans remords et de l'avis de tous au risque de me perdre, alors qu'en vérité j'étais le seul à subir ce vendredi stoïquement dans la privation et la grande ligne des Saintes Écritures.

Tous ces vendredis se ressemblaient. Il y en eut pourtant un d'exceptionnel, un qui mérite d'être évoqué. Comment fit Marie-Thérèse, je me le demande encore, toujours est-il que ce jour-là elle avait surestimé toutes les possibilités familiales et vu indiscutablement trop grand. La quantité de morue mise en chantier avait été telle qu'il fallut bien, malgré des efforts louables, s'avouer vaincu et au bout d'une semaine abandonner une partie des restes à notre chat.

Huit jours durant – ayant pour ma part obtenu gain de cause et une série d'œufs sur le plat – j'eus la joie de voir toute ma famille se débattre en vain dans la brandade.

J'espérais un dégoût collectif. Il n'en fut rien ! Et, si l'année suivante fut plus mesurée, la morue n'en fut pas moins pour autant de la fête.

Je n'aime toujours pas la morue… Ni le caviar d'ailleurs… Ni le saumon fumé, et je garde encore un faible pour le saucisson.

*

* *

Notre petit village était farouchement républicain – il serait à peine radical aujourd'hui –, votait résolument à gauche comme un seul homme, et cela quel que soit le candidat qui se présentait. Il n'avait pratiquement aucun budget, vivait sur les centimes additionnels, mais en accord avec ses convictions il se payait sans hésiter un royal feu d'artifice tous les ans au 14 juillet. À part les habitants du bourg, personne n'y assistait, mais que voulez-vous, l'éclatement de la contrainte, les libertés retrouvées, l'émancipation du peuple, ça se fête... envers et contre tout ! Ce n'était pas Versailles, c'était un effort quand même de près de demi-heure, soutenu, brillant, et presque toujours réussi.

Mon père était artificier.

Le spectacle avait lieu dans la cour de l'école à la nuit noire, condition nécessaire pour ne rien perdre de son effet. On faisait reculer les spectateurs dans un périmètre raisonnable et calculé. « On ne joue pas impunément avec la poudre », et mon père se préparait à appliquer son grand principe appris au cours de toutes ses préparations militaires, sûrement valable dans tous les cas : « Ne jamais mettre personne ni soi-même en face d'une arme chargée ou pas. » Enfin, rien ne pouvait commencer avant l'ultime recommandation de ma mère :

« Paul, fais attention, tu sais que c'est dangereux.

— Voyons Marie-Thérèse, tu sais bien que ta recommandation est inutile. »

Inutile, elle ne l'était pas tellement puisque l'une de nos commémorations avait bien failli tourner, une année, en catastrophe, malgré la prudence de Paul. Il est vrai que l'on ne peut pas tout prévoir.

Cela s'était passé bêtement à cause d'une étincelle malencontreuse qui avait ce jour-là, dès le début des opérations, mis le feu à l'ensemble du stock aux pieds mêmes de l'officiant, déclenchant en quelques secondes, devant une assistance stupéfaite et privée de moyens, un déluge de feu.

Mon père, en bon soldat imprégné du « se faire tuer sur place plutôt que de reculer », à aucun moment n'avait eu un réflexe de fuite. Écrasé comme ceux de la Marne sous le pilonnage des batteries ennemies, face contre terre, la nuque protégée de ses bras, il avait voulu faire face, entouré de flammes et de détonations. Hélas ! ce qui valait à la rigueur pour la mitraille ne l'était pas dans ce cas ! Mon père allait flamber comme une allumette, faisant ainsi du même coup une veuve et deux orphelins, sans la présence d'esprit de ma mère qui, d'un seau d'eau, maîtrisa la situation, inonda le champ de bataille et du même coup sauva son amour de la fournaise. Mon père sortit de l'aventure grandi, trempé des pieds à la tête mais indemne et comme elle l'aimait.

Depuis ce jour aucun feu d'artifice ne se déroulait jamais sans la présence gênante mais rassurante, sur les lieux de l'opération, d'un baquet d'eau rempli ras le bord.

Deux douzaines de fusées, invariablement on pouvait les compter, montaient vertigineusement à tour de rôle au firmament lorsqu'elles voulaient bien décoller de leur rampe de lancement que constituait le portail en fer de notre cour. Elles retombaient en pluie d'étoiles aux couleurs multiples, jaune, verte, orange, bleue, et c'était fantastique pour des garçons qui n'avaient jamais rien vu d'autre que des vers luisants. Mon père donnait les départs au briquet à mèche d'amadou pour diminuer les risques et avec lenteur pour faire durer le plaisir et créer des suspenses excitants. Chaque réussite, chaque ascension en flèche, était saluée d'un murmure de sincère admiration. Et ce n'était là qu'un lever de rideau, qu'un prélude aux choses sérieuses qui commençaient avec un lot important de bombes enrobées de ficelles. Elles constituaient le gros morceau du programme, étaient jugées dangereuses, puisqu'en cas d'indécision elles pouvaient éclater dans les mains mêmes de leur manipulateur, et que là le baquet n'aurait été d'aucun secours. Paul retrouvait avec elles, dans cette séquence, un geste propulseur magnifique et coutumier qui était celui qu'il avait mis au point en compagnie de grenades dans sa guerre de tranchées.

Les pétards éclataient loin, à des distances qui défiaient les concurrences, dans un fracas épouvantable qui mettait à l'épreuve nos tympans et nos vessies. Le jet de mon père était téméraire, puissant et précis. Il n'y eut jamais d'accident. Tout au plus un incident stupide dû à un manque à la discipline, à un besoin pressant et à une imprudence d'une voisine que l'émotion avait contrainte à un bref isolement dans un recoin noir qu'elle croyait inaccessible alors que c'était justement l'objectif que mon père s'était choisi. Le projectile arriva au but et éclata presque entre les jambes de l'infortunée.

On eut très peur. Ce fut un miracle si elle ne fut pas défigurée. Elle s'en tira bien, avec de simples piquetés bleuâtres qui restèrent très longtemps visibles sur ses mollets.

La fin du spectacle était toujours une apothéose et en général constituée par trois feux de Bengale allumés successivement qui inondaient la cour entière d'une clarté irréelle d'apocalypse, propulsant des ombres gigantesques et donnant à tous nos visages des pâleurs de déterrés.

C'était divin, sublime, et l'ensemble justifiait sans nul doute amplement aux yeux de tous la prise de la Bastille et la chute dans la sciure de la tête de Marie-Antoinette et de son pauvre mari.

Mon père, le devoir accompli, fier, heureux et sentant le roussi, recevait un baiser de récompense de Marie-Thérèse qui, dans le creux de l'oreille, en profitait pour lui donner un dernier conseil.

« Paul, la nuit est fraîche, tu es en sueur, va changer ta flanelle, un chaud et froid est si vite attrapé. »

Et pour être plus sûre d'être écoutée, elle l'accompagnait.

15

« La Jeanne du Mas se marie contre le Pierre de la Chassagne. » C'était ainsi. En Corrèze on se mariait « contre » et non « avec »... Pourquoi ? Devait-on y voir une image sensuelle de ce parallélisme parfait du couple dans l'alcôve qui allait mélanger chaleur, sueur, plaisir et insomnie, ou une prémonition des tendances agressives inévitables qui ne pourraient manquer d'opposer un jour en une lutte farouche la mégère acariâtre et l'époux exigeant ? Je ne sais ! Je vous laisse trancher.

En Corrèze, on n'était et on n'est masculin ou féminin non pas selon son sexe, non pas selon ses mérites, mais suivant ses droits et surtout sa position familiale dans la maison ou sur la propriété. Là, pas d'équivoque possible, le pantalon change de main et échappe à celui qui vient en qualité de gendre ne serait-ce que sous un toit de chaume. Dans ce cas, la femme garde ses prérogatives. Elle est « il », la décision dernière, la signature sans laquelle rien ne saurait avoir lieu, et c'est l'élément fort malgré son apparente faiblesse. « Elle », c'est alors le gendre... l'étranger en somme, la rustine collée tant bien que mal à la famille pour les besoins de la cause et cela pendant des générations. Comment voulez-vous donc qu'un étranger s'y reconnaisse ? Mais pour celui du terroir, celui qui sait, cet article est éloquent et en dit plus long qu'un long discours.

Suivant le pronom il sait que l'épouse est chez elle, sur sa terre : qu'elle est foncière, fille de la maison et que le mari ne peut espérer avoir droit au chapitre que lorsqu'il est entre les draps.

En Corrèze, les conjoints parlant l'un de l'autre disent entre voisins et en patois : « notre homme », « notre femme » et cet élargissement d'une possession qu'ils savent illusoire et incertaine, qui laisse sa part à l'aventure dans un domaine où il convient d'être prudent, montre leur sagesse.

Le mariage en haute Corrèze, aux confins du Limousin, était élevé, à l'époque de notre enfance, au niveau non d'une fête familiale mais d'une fête locale. Le plus modeste durait un ou deux jours, pour certains, en tenant compte des préparatifs, la semaine entière était nécessaire et tout le village y était invité. Pour en être exclu, il fallait des raisons sérieuses, mais une vieille dispute de bornage ou une ancienne querelle d'héritage suffisaient. Mon père et ma mère échappant à ces contingences, nous étions donc de chaque noce.

La vie sédentaire des populations rurales obligeait à cette époque à des prises de position dans un rayon restreint, d'une commune à l'autre, et exposait à des consanguinités, mais les fiançailles en étaient facilitées et les unions sans mauvaises surprises permettaient en revanche le remembrement ou les échanges avantageux.

Les voyages de noces n'étaient pas encore entrés dans les mœurs, ils étaient compensés par des festivités moins égoïstes dont tout le monde profitait, et qui n'avaient pas lieu, comme aujourd'hui, sous l'anonymat d'un restaurant voisin, mais sur place, à la ferme, dans ses murs. C'était des occasions où chaque famille avait son honneur à soutenir ; aussi l'on ne transigeait pas, même si les économies de l'année devaient toutes disparaître au cours de ces huit jours, même si l'on devait se serrer la ceinture dans l'avenir.

La date de la cérémonie, flottante jusqu'aux dernières semaines, n'était fixée ni par le maire ni par le curé, ni par la famille ni même par les amoureux. Seule la cuisinière, pressentie pour la circonstance, en général un véritable cordon-bleu à l'emploi du temps chargé, qui organisait, dirigeait tout et s'occupait de la pâtisserie, pouvait en décider. On s'assurait de son concours longtemps à l'avance, prêt à passer sans discussion sous ses fourches caudines, moyennant quoi tout irait bien, même si le fiasco financier le plus complet devait en résulter.

Les libations commençaient la veille ou l'avant-veille lors du ramassage de la mousse et du lierre destinés à la décoration de la grange où le repas, la plupart du temps, avait lieu sur un fond de draps blancs tendus entre les convives et les ruminants. Barrière fragile dressée probablement plus à l'intention de la vache dont on allait manger le veau, que pour l'agrément des convives habitués aux ambiances de crèche et que l'odeur de bouse n'incommodait pas.

Ces préliminaires étaient l'affaire des jeunes, filles et garçons, auxquels une nuit commune près du foin sec ne faisait pas peur. Une équipe joyeuse travaillait du clou et du marteau, escaladant les échelles, faisant durer le plaisir, alors que deux ou trois des plus solides gaillards faisaient le guet non loin de l'église pour éviter, au matin de la cérémonie, la désastreuse et significative présence du sac de son sur le parvis, lorsque la conduite un peu douteuse de la jeune épousée pouvait le faire redouter.

Les choses sérieuses débutaient tôt le matin. La dernière main à la robe de la mariée demandait du temps, et en attendant le vin coulait en abondance, mettant tout le monde en condition. Enfin, accordéon en tête, à pied, on se mettait en route entre les haies vertes pour gagner le village d'un pas cadencé, souvent un peu excité et toujours gai.

Maire et secrétaire n'échappaient pas à l'ambiance qui était plus celle d'une bacchanale que celle d'un hyménée. Aussi, dès la mairie, il s'ensuivait des drôleries ! C'était le plus souvent un code difficile à déchiffrer, une page introuvable, et c'est ainsi qu'un jour, au hasard d'un signet qui avait quitté sa place, le jeune couple eut droit à une lecture originale sur la bigamie – ce dont personne ne s'émut –, alors qu'une autre fois, dans un cas extrême où l'officier ministériel devait être plus brumeux que de coutume, on unit sans le vouloir le gendre à la bellemère en consignant le tout noir sur blanc. Ce fut cet inceste, dont on ne se rendit compte que beaucoup plus tard, qui ayant causé scandale et entraîné des complications administratives, rendit tout le monde plus prudent, incita par la suite à signer la feuille en blanc et à remettre à plus tard, à tête reposée, la rédaction du registre d'état.

Dans de pareilles dispositions les bénédictions étaient sommaires, avaient des rigueurs relatives mais étaient grandement compensées par un séjour prolongé à l'estaminet. Ce dernier temps laissait tout loisir à tous de se remettre et permettait à un photographe de métier, venu de loin, de se préparer et de fixer sur la plaque sensible les fastes du moment.

La photo ! C'était un programme difficile. Chacun devait s'y plier et y participer, les chiens de la ferme eux-mêmes n'auraient su en être dispensés. Elle demandait du temps, de la patience. Il fallait tenir compte de l'esthétique, du soleil, de l'ambition folle de l'opérateur, quelquefois même du ventre déjà rondelet de l'épousée que l'on devait escamoter au mieux, et souvent du minus de la famille, dont on redoutait la grimace au dernier moment et qui, en fin de compte, était celui qui s'en tirait le mieux.

Tout le monde devait être visible, à son avantage, et cela nécessitait des cadrages multiples, compliqués, des déplacements latéraux, en avant, en arrière, suivis à l'œil, à l'objectif, et sans cesse rectifiés.

« Les enfants, mettez-vous là, devant, assis, jambes croisées, plus à droite, là, avec les chiens, devant le grand-père. Grand-père, soyez gentil, boutonnez votre braguette… Bien. »

Caché sous la toile noire de son trépied, le photographe prenait soin de tout contrôler, de tout vérifier minutieusement, un oubli est si vite arrivé ! « Et sur une photo, fichtre, ça se remarque. »

Grouper du reste quarante ou cinquante personnes sur des bancs ou des tréteaux branlants disposés en escalier pour une minute de pose qui devait se dérouler dans une immobilité absolue, c'était une entreprise ! Minute pourtant importante, décisive pour la réussite, pendant laquelle il fallait figer le regard, tenir en équilibre coûte que coûte serrés autour du jeune couple, en évitant l'effondrement. Il en résultait des attitudes curieuses, des visages inquiets, crispés, sur lesquels il se lisait une impression de catastrophe imminente, inévitable, et l'on devait recommencer.

Seuls ceux qui touchaient terre, les enfants, les vieillards, échappaient à l'angoisse générale et pouvaient, se sentant en sécurité, prendre leurs aises et se décontracter. Mais un parmi tous se sentait exposé, plus en danger, plus pressé d'en finir qu'aucun autre, et c'était l'époux. Le pauvre époux qui, dans un but louable de compenser les dix centimètres qui lui manquaient pour réaliser l'image du couple idéal, avait cru bon parfois de se percher sur un podium improvisé au plus haut sommet de la pyramide.

À la Douanier Rousseau, disposés en pièce montée, parents, amis, voisins posaient pour la postérité, pour la descendance, pour la décoration du buffet de famille...

Il en résultait des chefs-d'œuvre douteux, des œuvres d'art qui, malgré de nombreuses et inévitables retouches, restaient inquiétantes, voire complexantes pour les intéressés qui ne pourraient ignorer ainsi une trop évidente pérennité.

Les festivités débutaient assez tard dans l'après-midi, mais les repas étaient gargantuesques. Ils se déroulaient dans une débauche inaccoutumée de viandes et de vins, et à ce rythme soutenu on s'échauffait, on devenait rouge et les anciens frisaient l'attaque. Des libations multiples donnaient et entretenaient le ton. On parlait fort et on riait de même. On s'excitait ! À la fin du repas on chantait, sur des airs inédits et qui pouvaient surprendre, des chansons voulues osées, en partie improvisées faute de mémoire : *Jeanneton prend sa faucille, La Chanson de la mariée, Monte là-dessus*. Les bonnes volontés ne manquaient pas, il y avait beaucoup de refrains repris en chœur mais bien peu de couplets. C'était dommage ! Nous le regrettions, car l'ambiance n'étant pas aux précautions oratoires, nous profitions de l'allégresse générale, des allusions et des sous-entendus pour parfaire notre éducation. Si l'on avait le bon esprit de ne pas se faire remarquer on nous ignorait ; encore fallait-il être prudent.

« Je t'ai donné mon cœur... »

La jeune mariée venait d'entonner sans aucune malice la dernière rengaine d'actualité. Certes, le comique ne tuait pas plus autrefois qu'aujourd'hui, mais il n'était que trop évident qu'il y avait eu des dons voulus et non voulus et le voile blanc, bien que vaporeux, ne pouvait les dissimuler. Dans un silence relatif j'éclatai de rire, imprudemment, trop près de mon père. Une retentissante paire de gifles me ramena à la réalité et aux convenances de mon âge en me rappelant qu'il vaut mieux parfois savoir ne rien comprendre.

En principe, nous, les enfants, faisions ce que bon nous semblait, mais les gens sérieux ne se levaient de table que pour des raisons précises, vite expédiées contre le mur voisin, et reprenaient leur place pour refaire le plein. Cela se prolongeait des heures, et ces festins étaient dignes, par leur durée, de ceux du Roi-Soleil. Le repas se terminait toujours dans une débauche de pâtisseries et en particulier par d'impressionnantes pyramides de choux à la crème dégoulinantes de caramel qui faisaient notre admiration, d'autant plus qu'elles étaient toutes surmontées et ornées de symboliques figurines de plâtre peint que nous nous disputions.

Au fur et à mesure que la soirée avançait, les nouveaux époux étaient soumis à une surveillance de plus en plus étroite. Chaque déplacement de l'un ou de l'autre était rigoureusement contrôlé, car la tradition voulait qu'à la fin du repas, ou au début du bal qui suivait, le jeune couple s'esquive pour une nuit de noce intime favorisée par un parent ou un ami qui en offrait une hospitalité préparée d'avance et tenue secrète pour la bonne règle du jeu. Cela donnait lieu à des guets, à des pistages, à des poursuites discrètes où les ruses les plus adroites étaient toujours déjouées. Leur retraite connue, on laissait les amoureux prendre leur quartier, croire à leur réussite, mais ils ne perdaient rien pour attendre, on allait s'occuper d'eux.

La nuit était très avancée ou le jour prêt à poindre quand on s'y décidait.

Le vin chaud ou la soupe à l'oignon, que devait remplacer avantageusement par la suite la traditionnelle bouteille de champagne, était préparé, que dis-je élaboré avec soin par une bande de joyeux drilles pour qui le spectacle de jeunes mariés surpris, rouges jusqu'aux oreilles, et n'en menant pas large, n'était pas une occasion à laisser passer. Alors qu'ils se croyaient sauvés, ces derniers devaient subir grivoiseries et audacieuses plaisanteries avant que d'avoir droit jusqu'à la dernière cuillerée au breuvage écœurant auquel le poivre ne manquait pas.

Coutume ancienne, probablement d'origine arabe, où le fiancé n'était toutefois pas obligé de tout consommer sur l'heure et d'en donner les preuves. Nuit perdue aussi et c'était dommage puisque c'était une des rares nuits tranquilles dont les époux auraient pu profiter.

Les cloisons étaient rares à l'époque, et dans bien des maisons on en était encore à la chambre commune où les lits répartis aux quatre coins de la pièce se surveillaient sous le couvert d'hypocrites rideaux. Dès le lendemain ce serait pour le jeune couple les déshabillages aveugles, les silences obligatoires dans des ébats mesurés et tardifs avec l'unique espoir que les ronflements voisins ne soient pas simulés ; espoirs vains que viendraient infirmer souvent les soupirs de la belle-mère un peu garce ou les palabres insolites du beau-père inconscient.

Il y avait de quoi refroidir les ardeurs les plus vives, et ce n'était pas drôle. Comment dans ce climat ne pas préférer les libertés bucoliques du fond de l'étable, de l'ombre d'une haie ou d'une meule de foin ensoleillée, aux sournoiseries de la maison !

Beaucoup s'y résignaient dans cette région boisée, pourvue de grands espaces déserts où l'atteinte à la pudeur ne pouvait en souffrir.

L'hygiène alors était difficile, les pratiques anticonceptionnelles taxées perverses. Il y avait beaucoup, beaucoup trop d'enfants, et les belles-mères étaient d'une humeur redoutable.

16

« Ô Magali ma bien-aimée, fuyons tous deux sous la ramée, au fond des bois silencieux, au fond des bois silencieux... »

Évidemment, dans ces régions couvertes de forêts,

c'était là un programme facile, réalisable à tout moment et ne comportant ni frais ni déplacement.

Dans une envolée de fausses notes, mon père entonnait, de sa chambre en se rasant, le grand air d'opéra de *Mireille*, Gounod en aurait pâli, en aurait eu le souffle coupé si toutefois il l'avait reconnu !

Ma mère, à la cuisine, fredonnait de son côté :

« Adieu, mon jeune et galant officier, adieu… tu me reviendras, tu me reviendras… »

C'était certain. D'ailleurs il n'était pas parti, et il n'y avait aucun risque. Paul ne s'absentait que les jours de foire pour aller au chef-lieu de canton en vélo y chercher son poisson, et rentrait fidèlement le soir même à la tombée de la nuit. L'idée d'une fugue était exclue.

Dans un village où au cours d'une après-midi d'été on ne voit passer qu'une chèvre, l'amour d'un couple ne peut que cristalliser ou éclater. Le leur cristallisa. Mes parents formaient un ménage harmonieux, étonnamment uni, et je crois que leur vie fut sans nuages, une réussite parfaite que le sort est loin d'accorder à tous les êtres même s'ils s'adorent.

Tout allait donc bien, affectivement bien, bien qu'en réalité sur d'autres terrains il n'en était pas de même. Il y avait de gros ennuis, de graves soucis que nos parents, je dois le reconnaître, se gardaient de nous faire partager.

La solde de un sou par jour, en qualité de soldat, de quarante-quatre sous, avec les responsabilités d'aspirant, n'avait pas permis au « jeune et galant officier », durant quatre années de guerre, de faire fortune. Avait-il été imprévoyant ? C'est possible.

On sait l'insouciance du soldat en campagne, et le tabac était cher et ce soldat était un grand fumeur. Mais il faut bien dire à sa décharge, et c'est bien connu, que les combats n'enrichissent jamais ceux qui les font. Comme les anciens croisés de saint Louis, Paul était revenu au pays chargé d'honneurs et de souvenirs mais amaigri, sans argent, couvert de vermine, bienheureux malgré tout d'avoir eu la vie sauve et d'avoir conservé la santé.

Ma mère avait fait un examen rapide et probablement complet de la situation et de l'homme épouillé et dépouillé et, ayant jugé le tout encore valable, avait pris la résolution immédiate d'édifier avec lui un amour qu'elle voulait solide et durable.

Elle avait pensé à juste raison qu'un lit et une table étaient un minimum, indispensable certes, mais suffisant pour monter un ménage. Elle acheta donc les deux, commençant toutefois par le lit où elle mit sans plus attendre son soldat en sécurité. Ses économies y étaient passées mais rien ne manquait plus au bonheur. Le reste était question d'équilibre et de confiance. La vie commença, oh non dans l'opulence, mais dans une relative tranquillité puisque, malgré les dépenses obligatoires : pain, vin, l'achat annuel d'un cochon et le salaire de Maman Louise, grâce à des prouesses d'économie qui faisaient néanmoins une place raisonnable au tabac de mon père, le couple réalisa sur des traitements ridicules, sou par sou, une épargne inespérée.

Si mon père n'avait qu'un costume, au moins ne se mitait-il pas accroché à un clou.

« Trois mille francs – mille ne prend jamais la marque du pluriel. »

Le ménage était dans l'aisance.

« Marie-Thérèse, qu'allons-nous en faire ? »

Des événements familiaux allaient se charger de tout remettre en question et, en un tour de main, de lui enlever tout souci dans ce domaine.

Deux deuils coup sur coup venaient de faire de mon père, fils aîné, le chef de file et de ce fait le responsable de ses frères et sœurs. Il n'était pas question de se dérober. Avec cœur, sans compter, dans la mesure du possible, il aida.

Ma mère vit s'envoler en un rien de temps le bas de laine et ne fit jamais aucune remarque sur les hémorragies répétées et constantes qui saignaient son budget. Elle-même consentait de bon cœur, et c'était une preuve et une épreuve supplémentaire à verser au dossier de son amour. On compta un peu plus, Paul fuma un peu moins, et le mauvais pas finit par être franchi. Ce fut néanmoins une rude période, sur laquelle je passerai vite, pudiquement, et respectueux de souvenirs qui ne sont pas les miens.

Le temps ayant passé, de dévaluations en dévaluations, les sacrifices aux yeux de tous parurent moins grands et il ne resta bientôt plus qu'une tutelle bienveillante que mon père exerça toujours inconsciemment vis-à-vis de ses frères et sœurs qu'il considérait un peu comme ses enfants, et qu'un souvenir confus de trois mille francs prêtés un jour de grande nécessité. Souvenir si confus que le prêteur ayant atteint ses quatre-vingts ans me confiait un jour qu'il ne se rappelait même plus si on les lui avait rendus.

Faire des économies, alors que l'argent était rare, était difficile. Le garder sous son matelas en pleine période d'instabilité était une stupidité. Il n'y avait qu'une solution logique et valable : le faire fructifier, mais cela restait une gageure dans le coin perdu où nous vivions.

« Marie-Thérèse, que faut-il faire ? »

Il est bien certain qu'avec le temps l'achat massif d'un stock de moutarde, d'un lot de balais ou de brosses à dents eût été une bonne affaire – c'est d'ailleurs toujours valable –, mais le héros de Verdun ne voulait ni attendre, ni jouer sur des inflations successives, dont l'idée même lui paraissait éminemment défaitiste et incompatible avec sa notion de patrie. « On ne se bat pas quatre ans pour la France pour miser par la suite sur ses faiblesses. » Seuls les feux de la haute finance, les spéculations boursières, qui en apparence ne nuisent à personne, l'attiraient. C'était pour lui un domaine inconnu, étrange et fascinant, « dont on pouvait attendre le meilleur en évitant le pire. Il suffisait de se tenir sur la brèche et sans cesse au courant ». C'était compliqué mais non point impossible. Cela demandait des qualités mais Paul sentait qu'il les possédait. Évidemment il fallait réagir vite, passer des ordres mais le tout comportait l'attrait du jeu avec tout ce que cela implique d'imprévus et de risques d'ailleurs largement compensés.

Des invites alléchantes étaient parvenues jusqu'à la maison : « Doublez votre capital en six mois », « Faites fortune en dormant ». Paul, dans une naïve confiance, rêvait.

Il suffisait de se renseigner... Dans le fond tout s'avérait simple, tout tenait dans un seul principe rationnel : acheter bas pour revendre haut.

Mon père était un homme prudent qui ne se lançait pas à la légère, et je reste convaincu qu'il ne lui manqua, pour réussir, que peu de chose, qu'un rien... qu'une simple boule de cristal.

« Marie-Thérèse, je dois sacrifier quelques jeudis. Les jours de foire il y a trop de monde à la banque, ils ne peuvent permettre une étude sérieuse qui nécessite une concentration et de solides déductions. Ce mois de février sera un mois d'observations et de réflexions mais ce sera fructueux. Marie-Thérèse, tu verras. »

La succursale obscure, de la non moins obscure banque privée du canton, n'était pourtant pas faite pour inspirer confiance bien qu'elle eût, il faut lui rendre cette justice, gardé l'apparence honnête de sa médiocrité. Les allées et venues y étaient rares et son dépêché avait le temps de lire les tribulations de Tintin en toute quiétude en attendant un avancement qui probablement ne viendrait jamais, auquel lui-même avait cessé de croire, et qu'il finissait par ne plus désirer.

Paul y fut reçu à bras ouverts. Les échanges de vues eurent lieu dans une atmosphère cordiale, poussiéreuse, simple et confidentielle, où mon père se vit confirmer le bien-fondé de ses principes qui non seulement n'étaient pas contestables, mais partagés et seuls valables en la matière.

Il revint enchanté, chargé d'une bonne douzaine de journaux boursiers aux cotations rigoureuses, et remplis de prévisions encourageantes et alléchantes. Sa conviction était faite ! Son immobilisme, son ignorance des choses depuis des années lui avaient coûté cher… très cher !

« Marie-Thérèse, “ils” me le paieront, viens voir ça avec moi. »

Crayon en main, Marie-Thérèse à ses côtés, il fit un examen complet des dix derniers numéros suivi de moyennes rigoureuses.

« Tu vois, la Bourse est à la hausse, bien orientée, le vent est favorable. Il aurait fallu même démarrer plus tôt. »

Seules quelques actions n'avaient pas encore pris le départ mais cela ne pouvait tarder, comme le laissait prévoir un léger frémissement.

« Il y a peut-être encore quelque chose à faire, mais il est temps ! »

La semaine parut interminable ; et ce fut en calcul et pour toute la classe la grande période des intérêts composés, des fractions, des problèmes où, après une série de transactions astucieuses et une remise en route d'un capital agrémenté de ses bénéfices acquis, le transactionnaire heureux se retrouvait presque infailliblement – malheur à qui trouvait le contraire – à la tête d'une petite fortune qui, gérée à son tour, ne demandait encore qu'à s'arrondir.

« Paul, sois prudent.

— Ne t'inquiète pas, je garderai la tête froide. »

Méprise… Méprise… Paul se méprenait. Marie-Thérèse lui faisait toute confiance et ce n'était pas le transfert audacieux des économies familiales qui la préoccupait, mais l'agitation qu'elle constatait chez son Paul, son Paul enfourchant sa bicyclette... Elle sentait que malgré la machine, dont le guidon pointé vers le ciel enlevait toute velléité de performance, les dix kilomètres seraient couverts dans un temps record et dangereux.

Elle avait raison. Paul était de retour avant midi ayant, grâce à un superbe effort du mollet, réduit ses frais et fait l'économie d'un repas.

C'était fait... Le tout déjà couvert par téléphone.

« Ça arrivera recommandé à un prochain courrier et j'ai eu droit à l'occasion de cette première opération à un abonnement gratuit de trois mois à un hebdomadaire spécialisé. C'est une offre généreuse de la banque qui se chargera de mes effets présents et à venir. »

Et, toujours à ma mère qui n'avait pas l'air de partager suffisamment son enthousiasme, il affirma :

« La Bourse n'a d'intérêt que par ses fluctuations et être au courant de celles-ci est la seule façon d'en tirer des profits. »

Son choix, sur le conseil du banquier, homme avisé en qui l'on pouvait avoir confiance, s'était porté et réparti à parts égales sur des emprunts sains encore bas, mais garantis par des pays neufs, solides, en mouvement, dont l'avenir ne pouvait décevoir et qui ne pouvaient manquer de faire parler d'eux un jour. Sur ce dernier point au moins il ne se trompait pas.

« Emprunts russes », « Chemins de fer chinois », et comme malgré tout il faut être patriote : actions au porteur sur les « wagons-lits de nos chemins de fer français ».

« Paul, ne crois-tu pas que tout cela est un peu loin ?

— Marie-Thérèse, le fait même qu'un emprunt soit émis en France par des pays aussi éloignés est à mon avis une preuve évidente de son sérieux. Ne crois-tu pas que placer sa confiance en des pays aussi étendus, aussi importants que la Chine et la Russie, est aussi valable, sinon plus, que de la mettre sur les Galeries Lafayette ou Le Printemps dont on peut faire sans se presser le tour en un quart d'heure ? »

Marie-Thérèse ne demandait pas mieux que de le croire.

Elle fut définitivement conquise lorsque notre facteur lui remit en échange d'une simple signature – quelle imprudence –, un paquet qui à lui seul encombrait presque tout son sac et dont il fut fort aise de se débarrasser.

Tout était investi et cela représentait une sacrée marchandise !

Des papiers, beaucoup de papiers écrits en russe et en chinois. Les libellés en étaient hermétiques, mais il y avait des coupons bleus, jaunes, blancs qui avec leur date d'échéance parlaient d'eux-mêmes. On ne pouvait douter, c'était du sérieux qui d'ici quelques mois donnerait de premiers résultats.

D'ici là, les titres étant anonymes, une précaution urgente s'imposait, il fallait les mettre à l'abri, leur trouver une cachette sûre, invulnérable, et le volume n'était pas pour faciliter les choses !

Il n'était question de les mettre ni dans la chambre, ni dans la cuisine, ni dans la salle à manger à la portée du premier venu, ni entre une paire de draps – c'est toujours là où le voleur va chercher. Alors où ?

Ce fut mon frère qui trouva.

Dans la mairie, au centre de la stèle creuse sur laquelle trônait le buste de la République et dont la crasse garantissait l'inviolabilité.

Les numéros furent relevés avec soin – deux précautions valent mieux qu'une – et le soir même de leur arrivée, emprunts russes et chinois prirent leur place sous la protection impassible et sereine de la Marianne française.

Paul enfin pour la première fois respirait, soulagé, content. L'argent vivait.

Le facteur brusquement prit de l'importance. On l'attendait, on s'étonnait de ses horaires irréguliers, qui étaient passés jusque-là inaperçus, et Paul en oubliait l'offrande rituelle du verre de vin pour se plonger plus vite dans son journal. Le facteur se mit à croire qu'on lui en voulait.

Au quinzième jour il y eut un mouvement. Si les autres titres stagnaient encore, les emprunts russes prenaient le départ. Oh ! un départ prudent certes, mais ce sont « les meilleurs », affirma mon père. Un calcul rapide l'assura que cette hausse, si toutefois on pouvait en tenir compte, était déjà assez sensible pour couvrir les frais en pain et en vin de la maison pendant un mois.

Paul décida de porter son avoir en coordonnées sur un papier millimétrique qu'il gardait en réserve pour les croquis cotés. Un trait rouge pour les russes, jaune pour les chinois, noir pour les français. Trois lignes au départ, on allait bien voir.

Le franc gardait l'horizontale, surprenant !

« À la réflexion, Marie-Thérèse, pas tellement. Comment veux-tu qu'une population, contrainte depuis longtemps aux wagons à bestiaux, se fasse à l'idée de voyager en couchettes ? Il faut à la France le temps de s'habituer au confort, et puis il n'y a pas lieu de s'alarmer, les premiers coupons arrivent à échéance, et mon calcul est positif malgré tout. »

Les chinois dessinaient une scie aux dents curieuses, mais Paul, qui avait décidément explication à tout, affirma qu'il s'agissait là sûrement d'un manque d'information.

« Une action sur un chemin de fer ne peut rapporter du jour au lendemain. Il faut quand même laisser au réseau le temps de s'installer. »

Le russe, par contre, était prometteur. Sa progression ascendante, régulière, se situait entre 5 et 6 % et compensait largement les hésitations du chinois. Mon père se frottait les mains. On était sur la bonne voie et son graphique prolongé dans le temps laissait prévoir des résultats brillants.

« Les enfants, cette année nous irons à la mer. Huit jours, peut-être plus, pourquoi pas ? J'ai envie que nous allions à Saint-Jean-de-Luz. La côte basque est paraît-il des plus belles et il y a des crabes à profusion. Vous n'en avez jamais vu, eh bien vous en verrez et nous en mangerons, je vous le garantis. »

Les premiers coupons arrivèrent à échéance. Le franc restait lourd et inchangé, le chinois bas mais stabilisé. Paul encaissa à la première foire ses premiers intérêts qui couvrirent les frais de courtage entraînés par l'achat des titres, son repas de midi et même l'achat délicat d'un petit flacon de parfum de violettes qui remplit Marie-Thérèse de joie.

Le banquier fut rassurant.

« En Bourse, il faut savoir attendre, ne pas s'exciter tous les huit jours sur un journal qui ne signifie rien, sauf au moment de l'achat et à celui de la vente. La hausse est inévitable, patientez. »

Il ne lui conseilla même pas l'abonnement onéreux d'un journal spécialisé, à quoi bon, celui de la banque restait à sa disposition tous les jours de marché. Lui-même d'ailleurs ne le consultait que rarement.

Mon père écouta son conseil. Il n'eut pas tort, en effet six mois après on payait encore les coupons, mais aucun graphique n'était plus possible. Emprunts et actions avaient disparu du journal et n'étaient plus cotés.

Il y eut un retour à la maison pitoyable. Paul, dans les semaines qui suivirent, fit une dépression. Il ne parlait rien moins que de mettre fin à ses jours. Heureusement, Marie-Thérèse qui n'avait pas l'âme d'une jeune veuve ne l'entendait pas de cette oreille. Elle s'acharna d'abord à le persuader que l'argent était le cadet de ses soucis en lui rappelant quelques principes bien admis, tels que : « L'argent ne fait pas le bonheur », « Plaie d'argent n'est pas mortelle », « Tant qu'il y a de la vie il y a de l'espoir », puis lorsqu'elle eut acquis la conviction que son mari était décidément devenu imperméable à tout raisonnement, elle dut probablement changer sa dialectique par une action plus efficace. Toujours est-il que, sans tranquillisant, par des moyens probablement simples mais sûrement aussi valables, elle parvint à ramener son époux à des vues plus sages et à lui redonner quelque goût à la vie.

Paul fut cajolé, écouté, compris, entouré et dorloté, et dut sortir, bon gré mal gré, de son désespoir. La partie était gagnée. Sans risque ? Sûrement pas, car alors la pilule n'existait pas !

À la suite de cette crise, Paul garda une profonde rancune envers le peuple asiatique qu'il taxait volontiers de sournois, une méfiance qui ne fit que croître et embellir envers le régime soviétique, et se promit bien de ne jamais user, ne serait-ce qu'une fois au cours de ses possibles voyages, des wagons-lits français.

Il s'ingénia à nous apprendre à ne jamais mettre nos œufs dans le même panier, et comme il ne manquait pas d'esprit, il donna dans sa classe la priorité absolue à une fable de ce « bon monsieur de La Fontaine », qu'il ne manquait pas de nous commenter et qu'il voulait que nous sachions tous par cœur :

Perrette et le pot au lait

Les emprunts russes et chinois, tout comme les wagons-lits, constituent aujourd'hui mon portefeuille boursier, mais s'ils font partie de mon héritage ils ne font pas partie pour autant d'une collection, car je n'y ai jamais ajouté ni les emprunts du Congo belge, ni les mines du Chili, ni les pétroles d'Algérie.

Cet exploit familial m'a rappelé à la sagesse.

J'ai tout de même malgré tout un très joli paquet. Je le contemple rarement, mais toujours avec admiration. Je le garde, à tout hasard. Ne me suis-je pas laissé dire un jour qu'il pourrait m'être remboursé ! Et puis il est presque suffisant pour tapisser ma chambre si le papier venait à manquer. Enfin, sait-on jamais, si une incursion de l'Est venait à se produire, cela pourrait peut-être quand même me servir. N'aurais-je pas là la preuve palpable d'avoir contribué à la grandeur de ceux qui viendraient me visiter ?

Cela peut servir ! Cela peut servir ! Avec la Bourse il ne faut pas se décourager, il faut savoir attendre.

*

* *

Vingt ans après les crabes sont bien là sur cette côte découpée, plats, innombrables au soleil, accrochés aux rochers noirs qui sentent le varech.

Ils sont pour l'heure immobiles, supportant la chaleur, confondus à la pierre. De temps en temps l'un d'eux se soulève et s'esquive en un déplacement latéral rapide et précis vers une faille ou un refuge d'ombre où il disparaît.

Pinces repliées, pattes écartées, ils attendent au milieu des bigorneaux, des arapèdes et des moules sauvages, la montée de la marée qui ne tardera pas à pousser vers eux ses flots d'écume vivifiants et soulèvera en chevelures vertes et ondulantes les algues momentanément inertes et iodées.

Les yeux pédiculés, minuscules, dérisoires au ras de leur carapace, s'imposent ; habitués aux fraîcheurs de la mer ils ont l'air de souffrir. Ne vous y trompez pas. Faites le moindre geste et vous verrez ces monstres miniatures aussitôt en mouvement. Alertés, c'est la fuite, sans hésitation, toutes pinces menaçantes, vers les recoins les plus imprévisibles, les plus inviolables où, cramponnés, repliés sur eux-mêmes, ils défient et font front. Rien ne peut les extraire, ils ne sont saisissables qu'en prenant des risques, par surprise et sur le dos, derrière leurs pinces redoutables, et malheur à vos doigts !

17

Tout laissait prévoir l'événement. Les préoccupations de mon père avaient souvent des prolongements pédagogiques aux ramifications multiples et, si chacune d'elles n'était pas significative, leur réunion ne pouvait manquer de conduire à de quasi-certitudes.

Nous avions étudié la machine à vapeur et salué au passage celui qui, heureux homme, avait eu le loisir, un jour en se chauffant les pieds et en profitant de la bonne odeur de son pot-au-feu, de voir sauter le couvercle de sa marmite. Nous avions abordé, bien que cela ne fût pas au programme, le moteur à explosion et nous avions eu droit à une ébauche de son mécanisme où l'on avait parlé : d'arrivée d'essence, de chambre de compression, de bielle, de soupape, de carburateur. En géographie, nous nous étions penchés tout particulièrement sur les richesses minières, pétrolières en particulier, et nous connaissions le Texas où l'on meurt de soif mais où le pétrole jaillit entre les pierres pour peu qu'on y enfonce sa canne, le Koweit où il vaut mieux ne pas fumer si l'on ne veut pas que tout s'embrase. Tout cela conduisait sans équivoque à l'automobile et à l'économie française pourvoyeuse d'engins divers rigoureusement au point et qui, pour des raisons de confort et de consommation, concurrençaient efficacement les marques étrangères sur leur propre terrain.

Voitures fameuses qu'avait sous-estimées le peuple germanique et grâce auxquelles Clemenceau avait su transformer une défaite en victoire.

Nous avions eu droit à des problèmes où il fallait tenir compte de moyennes, de consommations, de prix de revient au kilomètre, et même à une rédaction inattendue : « Raconter une panne d'automobile ».

Ce devoir avait d'ailleurs été une catastrophe, beaucoup parmi nous n'ayant que peu d'idée du véhicule, donc des pannes, mais le maître avait été indulgent, souriant, compréhensif, et avait même fini par dire qu'en vérité, à part les crevaisons toujours possibles, une bonne voiture régulièrement entretenue ne doit jamais tomber en panne, et que ce sujet manquait d'intérêt.

Mon père venait de réaliser, après bien des déboires, que le vrai sens de la vie, sa vraie richesse étaient résumés en un seul mot, un mot magnifique dont il déplorait l'origine étrangère mais qu'il s'acharnait à prononcer à la française : *standing*, sans équivalent chez nous.

C'était encore un secret pour les voisins mais à la maison on y pensait, on en parlait. L'achat d'une auto venait d'être décidé.

Paul se posait pourtant des questions. Saurait-il tenir un volant, serait-il en mesure d'accomplir ces redoutables marches arrière qui causaient des difficultés aux conducteurs les plus chevronnés, aurait-il le réflexe voulu ?

Marie-Thérèse, sans hésiter, lui affirma que oui.

L'auto c'était le progrès, la négation de la distance, le rapprochement des continents si l'on faisait abstraction de l'eau, et Paris n'était plus qu'à « quelques tours de roues », tout comme la mer et la montagne que nous ne connaissions pas et qu'il faudrait bien un jour ou l'autre aborder.

« Et puis Marie-Thérèse, as-tu fait le calcul de ce que nous coûterait le train ? Deux places entières plus deux demi-places.

Je t'assure, Marie-Thérèse, on paie de l'essence avec la même somme. Tu peux me croire. Enfin, si nous partons, rien que pour aller à la gare, vois déjà les fastidieuses marches à pied qu'il faut accomplir pour voir filer le train sous notre nez. Il y a les horaires et ils sont contraignants. Partir dans ces conditions j'y renonce, j'en suis lassé avant que de démarrer. »

Puis il y avait le médecin, les remèdes qui pouvaient être urgents et, bien que notre consommation médicale n'ait pas augmenté, et que rien ne puisse laisser prévoir un changement, de telles conjonctures pouvaient se poser d'un moment à l'autre… Il fallait y penser.

« Vois-tu Marie-Thérèse, nous avons eu de la chance jusqu'à ce jour, mais touchons du bois. Sait-on jamais, un accident, un bras cassé. Puis, Marie-Thérèse, tu n'as pas bonne mine, un petit changement d'air à toi aussi cela ne ferait pas de mal. »

Paul était dégoûté d'aller seul aux commissions les jours de foire. Le vélo à pneus ballons et à selle suspendue, déjà acheté depuis peu, toujours dans la ligne de l'amélioration du « standing », ne lui suffisait plus.

Une fièvre d'évasion inconnue jusqu'alors se communiquait à toute la famille, d'autant plus violente, d'autant plus précise, que la somme prévue pour l'achat exceptionnel du véhicule était enfin réunie.

*

*   *

« N'entendez pas votre moteur ? »

L'œil rivé au loin comme on le lui avait conseillé, sans perdre de vue le bouchon du radiateur qui devait longer le fossé pour assurer une bonne position de route, obnubilé par sa droite, par sa gauche, Paul n'entendait rien…

« Débrayez, voyons, mais débrayez, passez en deuxième… mais débrayez je vous dis ! »

Paul voulait bien, il ne demandait pas mieux que de débrayer mais les pignons grinçaient, la boîte de vitesses devait être faussée... les vitesses ne passaient pas !

« Écraserez la voiture avant de savoir conduire. »

La voiture ne risquait plus rien, heureusement, et il fallait bien s'attendre à ce qu'elle se désintègre un jour ou l'autre, mais malgré tout, mon père faisait des voeux pour que ce ne soit pas entre ses mains. Transformé en élève, plein de bonne volonté mais peu doué, il subissait sans broncher les remontrances permanentes et justifiées d'un garagiste apoplectique, irritable et toujours irrité. On le lui avait recommandé pour ses compétences en l'assurant que malgré ses colères subites il était brave homme et un des plus capables en tout cas de conduire au succès.

« Et puis, il paraît qu'il est en très bons termes avec Monsieur l'Inspecteur des Mines. »

Enfin, il était le seul dans le pays.

« La conduite, avait-il dit le premier jour à mon père et avant toute leçon, est innée chez tout le monde. » Il faut croire que Paul faisait exception à la règle car il l'apprenait à ses dépens.

C'était donc fait, notre décision était officialisée et connue d'autant mieux que deux paires de bœufs avaient dû déjà intervenir pour des caniveaux sournois. Pourtant le tronçon de route choisi pour les exercices avait été minutieusement étudié, droit sur trois ou quatre kilomètres au moins, dégagé de fossés et bordé de talus élevés et rassurants. Mais que voulez-vous : trois pédales, un volant, un frein à main, sans compter l'avance à l'allumage et l'avertisseur, cela en fait beaucoup pour un néophyte.

On avait laissé tomber délibérément les codes et les phares, mon père ayant déclaré qu'il ne se mettrait jamais à la nuit et que dans ce domaine la théorie lui suffirait.

Il en restait assez.

Paul revenait chaque semaine de ces demi-heures de leçon, vidé, navré, en sueur et on devait le bouchonner.

« Entre vos leçons, pensez à ce que vous venez de faire, à vos erreurs, entraînez-vous. »

L'élève s'entraînait... seul dans la cour, manipulant un volant fictif, cherchant le mouvement précis, le sens giratoire parfait qui conduirait l'arrière de sa voiture à droite ou à gauche et invariablement à trente centimètres du trottoir ; et c'est curieux, alors ça marchait bien. Faute de réflexes, Paul intellectualisait sa conduite... Il en rêvait !

Hélas ! sur le terrain c'était une autre affaire. Il n'avait plus la notion aussi précise du braquage, encore moins celle de l'empattement. Certes, il n'était pas question à cette époque des créneaux, mais déjà les demi-tours sur route, les démarrages en côte, les doubles débrayages étaient à la mode et d'une complexité insurmontable. Paul calait, reculait dangereusement, et dans les meilleurs cas, dans un bruit de tonnerre, il se laissait aller à faire la sauterelle...

La vue de ces exercices était interdite à Marie-Thérèse et à nous-mêmes, et pour en suivre les évolutions nous dûmes, à deux ou trois reprises, nous cacher dans les taillis voisins.

Le garagiste qui s'était engagé à la légère dans un forfait optimiste s'en arrachait les cheveux et pourtant il n'était pas question d'abandonner, son honneur était en jeu. Par contre, de séance en séance, le maître devenait de plus en plus hargneux, méchant – sans mordre toutefois –, et à mon père qui, dans l'espoir de l'amadouer, lui demandait quelques conseils sur l'entretien des véhicules en général, il n'hésita pas à répondre en levant les bras au ciel :

« L'amènerez toutes les semaines au carrossier, tous les deux mois à mon garage, si toutefois vous obtenez votre permis, ce qui, je l'avoue, m'étonnerait. »

Paul était à l'agonie.

Il se vengeait sur le code. Le garagiste le lui avait abandonné et le moins qu'on pouvait dire c'est qu'il le savait. Il en connaissait les demandes et les réponses, pouvait en réciter des tirades par cœur, sans hésiter, poussant même le luxe du détail jusqu'à citer chaque fois le numéro de la question et de la page. Dans ce domaine il se sentait invulnérable et se faisait fort de lancer un défi à l'examinateur pourvu que la question posée soit dans le manuel, bien entendu.

« Serez jamais au point… l'aurez à l'usure… vaut mieux tenter tout de suite. »

Propos peu encourageants pour un sujet déjà suffisamment inquiet et qui ressentait, à l'approche de l'épreuve, la même nervosité familière que celle qui préludait aux assauts imminents des petits matins pâles sur la côte 304.

Le jour « J » – n'était pas encore inventé – arriva.

« Penses-tu qu'il sera reçu ? Ce serait drôle qu'il soit collé ! »

Cette question valut à mon frère une gifle assortie d'une remontrance sévère : « On ne sape pas impunément le moral d'un candidat avant l'examen, et on ne doute pas des possibilités de son père. »

Devant une faute aussi évidente, le fils indigne fut au désespoir et on dut le consoler.

« Après tout, c'est possible, concéda mon père, mais ce n'est pas souhaitable. »

On fut tous de cet avis, mais j'entendis à mon oreille :

« Il sera recalé, tu verras... je te parie six billes. »

Je pariai.

Le garagiste avait fait toilette, troqué ses bleus habituels par un costume qui l'engonçait. Le rendez-vous avait lieu sur le champ de foire, sur une esplanade déserte qui favorisait les départs, et où six postulants impatients attendaient.

Monsieur l'Inspecteur des Mines avait un léger retard.

« Méfiez-vous, sera sévère sur le code, les dernières statistiques sont "éloquentes"... Il m'a dit "éloquentes" la dernière fois, il y a de plus en plus d'accidents et trop de fous sur les routes. »

Le garagiste donnait à ses candidats ses ultimes conseils.

Paul se rengorgea. Une sévérité, une intransigeance sur le code laissait peut-être espérer un peu de clémence sur la conduite. Et puis voyons... avait-il l'air d'un fou du volant ?

« C'est à vous. Faites attention, dans le double débrayage ne perdez pas trop de temps. »

Mon père ouvrait le ban...

Monsieur l'Inspecteur était en effet arrivé et s'était d'autorité, après un salut bref qui ne laissait rien présager de ses intentions, installé à la place du passager dans la vieille Citroën que le garagiste, resté respectueusement en retrait, lui avait avec déférence abandonnée.

Son premier soin fut de fouiller dans sa serviette fébrilement pour un tri de papiers qui probablement n'avait pas été fait depuis longtemps, et qui était devenu urgent.

Paul, les deux mains sur le volant, par discrétion tenait l'œil à trente mètres, louchant à peine, juste assez pour constater que les précieux papiers n'étaient en réalité qu'un amas de factures personnelles dont la présence était là pour le moins surprenante.

« Mauvaise gestion, manque d'ordre, pensa-t-il, et qui n'augure rien de bon. »

Brusquement, Monsieur l'Inspecteur se ressaisissant eut l'air d'avoir trouvé, et d'un quart de tour, mon père en ayant fait autant, fit face.

Sans un mot, sans préambule, on attaquait le code.

« Bourru peut-être mais brave », pensa mon père, auquel cette entrée en lice convenait.

La réponse fut immédiate, précise, nourrie comme une salve de mitrailleuse. Monsieur l'Inspecteur ferma le manuel.

« Bon. Voyons la conduite. »

Décidément cet homme, petit rondouillard – il faut toujours se méfier des maigres et des colériques –, était bien. Paul sentait la victoire à sa portée.

« Vous démarrez, vous tournez à gauche, allez vers la ville. »

À ces derniers mots, Paul sentit les sueurs le gagner. Ça y était... la ville ! Le pire de ce qu'il redoutait. C'était certainement en vue du demi-tour dans une de ces rues étroites, bordées de trottoirs dont le contact, à l'avant ou à l'arrière, signifiait l'échec à chaque coup. C'était la tuile ! Ses moyens, il le sentait, l'abandonnaient.

« Démarrez. »

Vitesses passées, accélérateur au plancher, moteur à plein régime, la voiture ne bougeait pas. Paul lâcha son embrayage, un peu, beaucoup, à fond... Un bond, deux, trois bonds... Calé, et Monsieur l'Inspecteur qui s'attendait à tout sauf à ça avait une bosse au front. Le pare-brise avait tenu.

Paul n'eut pas à ouvrir la portière. Monsieur l'Inspecteur des Mines, rendu agressif par le choc, le fit pour lui.

Exécuté ! Il était exécuté...

« Vous reviendrez passer la conduite quand vous saurez vous servir d'un frein à main. Au suivant... »

Le garagiste fut glacial.

« Après ça, inutile de dire qu'il n'y aura pas un seul reçu ! Mais bon Dieu je vous ai fait signe, n'avez pas vu ? »

Obnubilé par un platane qui, à cinquante mètres, ne lui demandait rien, Paul n'avait pas vu.

« J'ai le code, hasarda-t-il.

— M'étonne pas. »

Et un haussement d'épaules accusa le peu d'intérêt que le moniteur accordait à ce succès d'intellectuel auquel il n'avait pas participé.

« Non, non, Marie-Thérèse, c'est ma faute je t'assure.

— À mon avis Paul, tu as été trop brillant dans tes réponses. Tu l'as indisposé, tu aurais dû hésiter, il aurait été plus coulant.

— Marie-Thérèse, cet homme est juste, généreux même et si j'avais été à sa place je ne me serais donné ni l'un ni l'autre, car j'ai oublié un cas important dans la perte des priorités. Tu peux me croire, j'ai compté, il m'en manquait un, et je reconnais que moralement j'ai grillé un feu rouge... C'est grave !

— Un feu rouge... On n'en voit jamais. Il t'a collé en pratique parce que tu étais trop fort en théorie, tu ne m'enlèveras pas ça de l'idée. »

Quinze jours après, devant un même platane, Paul, plus ému encore que la première fois, tirait vainement sur le démarreur et croyant son carburateur noyé – il n'y avait décidément qu'à lui qu'une pareille chose arrivait – s'entendit dire, en un murmure, par Monsieur l'Inspecteur qui s'était penché pour récupérer un crayon volontairement échappé :

« Le contact voyons, mettez le contact. »

Mais que voulez-vous faire lorsque la déveine s'en mêle !

Le circuit était terminé, correct, presque sans faute, lorsque Paul, grisé, grilla sous le nez de tous – et c'est ça qui était grave – le seul « stop » du pays, ajoutant, pour comble d'infortune, une embardée sur le trottoir. C'était irrécupérable, c'était trop flagrant.

Je perdais douze billes, cela devenait angoissant.

« Paul, tu devrais faire intervenir quelqu'un.

— Jamais Marie-Thérèse, jamais, je l'aurai par le mérite ou je marcherai à pied.

— Et si tu disais que tu ne te serviras de la voiture que le dimanche, peut-être serait-il plus indulgent ?

— Marie-Thérèse, cet homme n'est pas plus sévère qu'il ne convient, et si tous étaient comme lui il y aurait moins d'accidents sur les routes et moins de chauffards inconscients. »

Il devait pourtant y en avoir un de plus un mois plus tard ! Oh ! Pas par excès de vitesse, sûrement pas, mais parce que le milieu de la route était pour lui la seule solution possible et qu'il lui fallait bien toute cette place pour circuler.

« Vous êtes de la "classe 14" comme moi ? Quelle arme ?

— Infanterie.

— Ah merde !... J'étais dans le génie. Vous étiez à Verdun ?

— Quelle compagnie ?

— Mais alors tu as connu "Trébuchet" ? Par exemple ! Tu ne pouvais pas le dire. Ah merde ! »

De loin le garagiste avait conclu :

« Ça devait arriver, il lui fait repasser le code.

— Bon. Tourne à droite, encore à droite. »

Et loin de tous les regards, sous une haie d'aubépine odorante, l'auto s'était arrêtée pour une longue, très longue conversation entre deux vieux poilus contents de se retrouver, pendant que sur le champ de foire le garagiste se rongeait les sangs, songeant sérieusement que cette fois sa voiture avait bien fait son temps.

Mon père avait rejoint le groupe, prudemment conduit par M. l'inspecteur lui-même, qui déclara au garagiste stupéfait :

« Votre voiture n'a plus de freins. Je l'ai ramenée moi-même, il faudra penser à revoir ça. Votre candidat est parfait. Manœuvrer comme il l'a fait avec cet engin tient du prodige. Voilà le genre de conducteur que vous devriez m'amener plus souvent. »

Paul reçut, rouge de confusion, son permis, ce permis rouge comme lui qu'il convoitait depuis deux mois, accompagné d'une poignée de main chaleureuse et d'un petit conseil que personne n'entendit.

« Fais attention les premiers mois, ce n'est tout de même pas un tank que tu vas acheter. Pense à la "Biffe", et puis ce serait bien trop con d'être sorti de la guerre pour se faire tuer sur la route ; et dis donc, n'oublie pas qu'on se revoit dans un mois, c'est promis ? »

« Maman, papa n'est pas encore rentré, il fait nuit.

— C'est bon signe, les enfants, quelque chose me dit que cette fois il a réussi. Allons à sa rencontre. »

Il l'avait arrosé, bougrement arrosé avec le garagiste qui ne s'expliquait pas cette défaillance subite et passagère des freins – de l'huile sur un tambour probablement –, avec les candidats heureux comme lui, avec les candidats malheureux, et il revenait à pied poussant sa bicyclette, plus sûr ainsi d'un équilibre que nous n'avions pourtant jamais vu compromis.

« Marie-Thérèse, il était temps, la bicyclette me fatigue. »

Et sans hésiter il nous abandonna la machine pour prendre le bras de son amour.

Une ère nouvelle s'annonçait, et je regagnai ce soir-là toutes mes billes en une fois.

*

* *

Dans un village où il n'y avait que des vélos et des voitures à ânes, l'acquisition d'une automobile ne pouvait passer inaperçue, elle allait soulever commérage ou jalousie. Par son caractère de luxe, donc son inutilité apparente, c'était aux yeux de tous une preuve, une évidence de l'aisance qui régnait chez les fonctionnaires, et il eût été vain de discuter. Mon père pensa et repensa ce problème qui ne pouvait être favorable, mais la tentation était trop forte, et puis il avait son permis ! Malgré les conséquences, l'achat, sous la pression de nous tous, fut maintenu.

On décida seulement de le rendre le plus discret possible, d'en parler longtemps à l'avance pour habituer l'opinion, et Paul entreprit une campagne habile d'où il ressortait qu'il serait de toute évidence, dans un avenir prochain, le commissionnaire toujours prêt, gratuit, pratique et attitré du pays.

« Marie-Thérèse, mon intention n'est pas de réclamer un garage. Ce ne serait pas raisonnable, ce serait même une gaffe et cela passerait pour de la provocation. La municipalité ne comprendrait pas et ne suivrait pas. Je vois d'ici la séance... "la place manque", "les fonds sont introuvables" et s'il fallait recourir aux centimes additionnels, nous ruinerions notre crédit dans l'esprit de cette population fruste, arriérée et pour laquelle, tu le sais aussi bien que moi, la marche à pied est habituelle, naturelle et signe de santé.

— Non, nous nous arrangerons. »

Le cas fut débattu en famille. Hélas ! Chacun eut beau se creuser, faire preuve d'imagination, apprécier les coins et les recoins, il n'y avait que deux solutions : les préaux ouverts à tous les vents ou le bûcher déjà occupé.

Les préaux furent jugés impensables. C'était prendre une place utile aux enfants et créer un risque pour la voiture qui n'aurait pas été en sécurité. Seul le bûcher, débarrassé de son contenu, nettoyé, pouvait peut-être à la rigueur convenir et constituer un refuge de quelque efficacité. Évidemment il y avait un point noir. Un point noir qui était constitué par un puits mal placé, au milieu de la cour, qui allait rendre l'accès difficile en obligeant à des manœuvres périlleuses, à des présentations en biais compliquées au cours desquelles le risque serait à l'avant, à l'arrière et sur les côtés. De toute façon on n'y pouvait rien, ce risque devait être accepté et Paul décida.

« La cour est relativement plate. On manœuvrera à bras, cela limitera les risques, les fautes d'appréciation et à l'occasion les dégâts. Personne ne devra se mettre à l'avant du véhicule, bien entendu.

— Et le bois ?

— Le bois, nous le plongerons en plein air sous un abri de planches. Un peu d'humidité ne l'empêchera pas de flamber et nous pourrons quand même laisser les fagots à leur place en les disposant au fond du garage. Sans occuper trop de place ils constitueront, à défaut de vieux pneus, un rempart élastique idéal en cas de réflexes malheureux. Ce tampon ne sera d'ailleurs qu'une double protection car j'ai l'intention de disposer une poutre épaisse pour caler mes roues avant, au bon moment de la manœuvre. »

Tout était parfait, prévu. Seule la voiture restait à découvrir.

Il nous fallait une Citroën.

« Marie-Thérèse, ce sont des voitures robustes, spacieuses, faites pour durer et, argument majeur à mes yeux, j'ai leurs vitesses bien en main. »

Nous étions citroënistes... Un modèle neuf sorti d'usine était impensable, l'idée ne nous effleura même pas. C'était d'ailleurs la grande époque de la voiture d'occasion, objet rare et recherché. Nous étions citroënistes d'occasion.

L'automobile restait l'apanage des grandes villes, elle n'avait pas encore imprégné nos campagnes, et l'unique voiture du médecin, convoitée bien qu'à moitié morte, était déjà vendue un an avant sa mise à la retraite. Heureux temps ! Je n'ai connu qu'une autre période comparable à celle-ci, ce fut celle qui suivit l'occupation allemande pendant laquelle le dernier des chars à bancs, muni d'un moteur même poussif, se vendait à prix d'or.

Toute recherche sur place était donc inutile.

« Marie-Thérèse, tu vas écrire à Félix et bien lui expliquer ce que je veux. Puis non, à la réflexion je lui écrirai moi-même, il y a des questions techniques qui t'échapperaient. »

Félix, notre oncle, tenait un garage dans une ville importante. Ses compétences indiscutables étaient pour Paul la meilleure des garanties. Ce fut à lui que revint la mission importante, pleine de responsabilités et d'embûches, de la recherche et du choix. « En première main, Félix, j'y tiens et une voiture de préférence que vous connaîtrez et que vous aurez toujours suivie. Je compte sur vous. »

La voiture était trouvée !

Elle venait de Paris. Elle nous attendait à Poitiers. Une lettre détaillée nous annonçait la nouvelle : « Occasion unique, modèle récent, affaire exceptionnelle compte tenu du prix et de l'état. »

Paul prit son portefeuille et ce fut l'un des rares déplacements de notre enfance où nous migrâmes tous pour deux jours, dans une nervosité générale qui, malgré l'euphorie de l'aller et du retour, nous valut quelques ennuis.

*

* *

Elle était au milieu du garage, magnifique, imposante.

« Inquiétante », affirma mon père du premier coup d'œil. Elle n'avait rien de comparable au tacot qui avait servi à sa formation et mon père se mit à douter.

« Je la voyais plus petite, hasarda-t-il timidement.

— Comme vous me l'avez demandé, Paul, je l'ai eue de première main », affirma mon oncle, et c'était vrai. Encore fallait-il ajouter que le chauffeur de taxi s'en débarrassait après lui avoir fait sillonner en long et en large, durant trois ans, la capitale et qu'il l'abandonnait autant pour son essoufflement que pour son encombrement.

« Cette voiture me paraît conçue pour la vitesse. J'ai peur de ne pas la faire marcher à son régime. Croyez-vous, Félix, que je saurai conduire un bolide de ce poids ?

— Mais Paul, c'est un bijou (c'était un gros bijou, prototype avancé à mi-chemin entre nos voitures modernes et le petit autobus) et avec elle vous n'aurez plus besoin de faire le double débrayage. Les vitesses sont synchronisées, la direction sans jeu se laisse manœuvrer d'un seul doigt, et le simple rodage de soupapes que je viens de faire équivaut à une remise à neuf qui vous assure dix mille kilomètres sans y toucher. »

Mon père leva les bras au ciel, exprimant ainsi clairement que cette perspective lui accordait plus qu'il ne pensait jamais avoir besoin.

Elle était couleur aubergine, rutilante de chromes, du carter aux marchepieds, que ma tante, en femme soigneuse, avait cirés pour donner plus d'allure à notre acquisition. Les pare-chocs épais à l'arrière comme à l'avant s'imposaient, résistants, donnant à l'ensemble massif une apparence dangereuse. Les roues étaient garnies d'enjoliveurs sur lesquels, accroupis, on se voyait.

« Ils cachent chacun cinq écrous, et quelle que soit votre vitesse Paul, vous ne perdrez pas de roues. C'est une C 4 G moteur flottant comme l'atteste le signe blanc d'origine que vous avez sur l'aile arrière gauche, c'est en partie à ça qu'elle doit sa souplesse, et malgré tout cette voiture a un châssis, sa caisse est enlevable et en cas d'accident tout peut être arrangé.

— J'espère bien n'être pas contraint à de pareilles extrémités, Félix, mais sait-on jamais, il y a tellement d'imprudents sur les routes ! »

Ma tante nous assura qu'avant notre départ il y aurait un « saint Christophe » fixé par ses soins au tableau de bord. « Il faut mettre toutes les chances de son côté. »

« Et si vous l'essayiez, Paul ?

— Je veux bien, Félix, mais à l'arrêt d'abord. »

Mon père monta, s'assit au volant, et disparut ! Il déclara qu'il ne voyait plus rien, ni la route, ni son guide indispensable : le bouchon du radiateur.

On fut bien obligé de le croire, on fit des essais : un coussin, deux coussins s'avérèrent nécessaires, et ma mère s'employa sur-le-champ à leur confection. Et cela allait économiser le tissu des sièges par la même occasion.

Les vitesses passaient bien. Il y avait au volant un klaxon sensible qui nous fit sursauter, et un autre au pied réservé à la route, actionné par aspiration, qui faisait paraît-il un bruit infernal en cas de besoin.

« Je ne m'en servirai pas », déclara mon père qui considérait que trois pédales suffisaient à son bonheur.

Il se trompait ! Confondu avec l'accélérateur dont il était trop proche, cet avertisseur d'urgence, impératif, devait souvent dans l'avenir donner à nos départs et à nos accélérations un caractère impatient, bien qu'hésitant et peu discret, qui ne nous permettait pas de passer inaperçus. Cela nous valut même dans les débuts quelques injures que l'on n'entendait d'ailleurs pas, mais aussi une route libre, et en définitive, c'est ce qu'il fallait.

La caisse était vaste. On y accédait droit, sans contorsion, trois à l'avant, quatre à l'arrière sans être gêné. L'intérieur était propre, confortable, presque cossu avec son vase à fleurs et son cendrier.

Elle démarrait au quart de tour et l'absence de manivelle à portée de la main confirmait cette bonne habitude. On la chercha néanmoins, par sécurité, parce qu'elle devait y être, et on la trouva reléguée au fond d'une malle immense en compagnie d'un cric moderne, d'un manomètre et d'une pompe à main, prometteuse d'exercices émulatifs en groupe, et propres au développement des pectoraux.

« Il ne vous manque qu'un petit chargeur, déclara mon oncle.

— Nous l'achèterons dès demain, Félix, mais je ne me crois pas en état de conduire cet engin… J'ai une grande appréhension.

— Détrompez-vous, Paul, nous ferons des essais. »

Ils s'avérèrent pénibles, tristement concluants et durèrent toute une après-midi.

*

* *

Le départ eut lieu le lendemain, tôt, avant le passage du premier tramway, à l'heure où seuls les chiens vagabondent et où les chrétiens honnêtes sont encore dans leur lit.

À 5 heures le quartier fut réveillé et, après une série de quelques bonds préparatoires de mise en condition, nous prenions, en première, notre vitesse définitive de croisière dans un vrombissement puissant qui, à trente à l'heure nous emportait témérairement pour une étape impensable : Poitiers, Limoges et la Corrèze, deux cent cinquante-trois kilomètres, pas un de plus pas un de moins.

Les premières bornes furent franchies dans l'allégresse. Nous connûmes la griserie et la vitesse grâce à notre chauffeur, et celle de l'air pur matinal grâce à mon frère qui, secoué d'un hoquet significatif, annonçait d'imminentes restitutions. Nous passâmes Bellac très en avance sur nos prévisions et la confiance gagnait l'ensemble du convoi.

« Marie-Thérèse, cette voiture marche comme une montre. Félix avait raison, je sens que je l'ai déjà bien en main. »

Après une centaine de kilomètres, Paul eut une crampe au mollet, une douleur à la nuque et stoppa. Nous en profitâmes aussitôt, mon frère et moi, pour régler certains détails majeurs que le départ trop matinal n'avait pas permis, pendant que ma mère, dans le même fossé, confectionnait un bouquet de primevères et de crocus violets.

« Marie-Thérèse, si nous restions là, le coin me paraît idéal pour un pique-nique. Je sens que la conduite m'a creusé l'estomac. »

L'idée fut acceptée à l'unanimité. Le casse-croûte fut long et joyeux. Marie-Thérèse avait tout prévu.

Paul, l'estomac tranquillisé, profita du moment pour exécuter quelques mouvements d'assouplissement, vérifier le niveau de l'huile et de l'eau avant que de se plonger dans sa carte routière et d'étudier son itinéraire.

« Je quitte la nationale environ à deux kilomètres d'ici, je tourne à droite puis à gauche, puis... le parcours est un peu compliqué mais il me permet de déborder Limoges sans y pénétrer. J'économise de surcroît quelques kilomètres et donc de l'essence. Tout va bien. Allez en route ! »

Tout allait trop bien, nos ennuis commençaient.

Engagés sur un chemin de terre, cahotés d'ornières en ornières, ce fut moi qui entamai la série noire en vomissant sans préavis mon saucisson à l'ail, maculant pour la première fois nos sièges, et couvrant du même coup, pour le reste du voyage, l'odeur discrète du bouquet de primevères de ma mère qui faute d'eau se desséchait.

« Je t'assure, Paul, ce ne sera pas grave. Avec une brosse fine et du savon en paillettes je peux faire partir ces tâches, je m'y emploierai dès demain.

— Lorsqu'on a l'estomac fragile on reste à la maison et on ne se déplace pas en conduite intérieure mais en porcatière. »

Et il fut décidé, sans discussion, et à l'unanimité, que dorénavant, avant tout voyage, je serais préventivement privé de nourriture pendant vingt-quatre heures au moins.

« Et en particulier de dessert, tu m'entends. »

Comme si le saucisson à l'ail pouvait être assimilé à un dessert !

« C'est bien fait, me dit mon frère qui d'habitude compatissait mais auquel j'avais subtilisé, de haute lutte, une dernière rondelle de charcuterie.

— Je n'aurai pas le droit de boire ? »

Ma question fut jugée impertinente. Je n'obtins pas de réponse et j'eus la chance que mon père ait eu les mains occupées par le volant.

La réprobation était générale. J'abandonnai…

Je me repliai dans la méditation et je me mis à penser… au chameau. Cet animal fantastique qui, lui au moins avec sa bosse pouvait voir venir, pouvait se passer de manger vingt-quatre heures sans souffrir et ne risquait pas de vomir en auto. Une certaine impression encore vague se faisant précise… le chameau avait-il envie de pisser quelquefois ?

Tous les chemins dit-on mènent à Rome. J'en connais au moins un qui ne menait nulle part puisque nous nous trouvions au milieu d'un grand champ. Le sol était gras, la tension montait dangereusement et le demi-tour fut difficile.

« Marie-Thérèse, éponge-moi le front. »

Trois fois on nous avait remis dans le droit chemin, et trois fois nous nous retrouvions au même endroit. Nous n'aurions pas fait mieux dans un labyrinthe. Paul était furieux.

Perdus ! Nous étions perdus, en rase campagne, sans clocher visible, devant un horizon muet, sans une borne indicatrice, sans lunette d'approche, sans carte d'état-major et sans boussole.

« Et si nous attendions la nuit, nous nous réglerions sur la polaire ? »

L'idée de mon frère, qui était pertinente et qui aurait pu être géniale en d'autres circonstances, fut très mal accueillie. L'heure des suggestions était passée et Marie-Thérèse elle-même n'y pouvait rien. Personne ne pipait mot.

Le conducteur, le chef, seul s'extériorisait.

« Je plaque tout dans ce champ si l'on ne peut plus se fier à une carte ! Nous partirons à pied, d'ailleurs nous y serons obligés je n'ai plus que dix litres d'essence. »

Mon frère, par un geste hardi compte tenu du moment, me fit comprendre qu'il ne quitterait pas la voiture et, en sourdine :

« Nous pouvons très bien coucher dans l'auto. Je resterai sur la banquette et toi sur le plancher, et il y a encore du pain et du saucisson. Moi je ne vomis pas le saucisson… »

Il fallut deux heures de lutte avant que nous puissions nous présenter, réservoir vide – la nourrice elle-même ayant été utilisée – aux portes de Limoges en mouvement, à l'heure de pointe redoutable entre toutes, celle que nous devions à tout prix éviter, l'heure de l'ouverture des ateliers.

« Père, prends garde à droite, père, prends garde à gauche. » Grâce à ces conseils judicieux, pourtant toujours mal accueillis – il paraît que nous ne connaissions rien au code –, nous passâmes de justesse. Il fallut dix minutes, dix bonnes minutes d'arrêt à la sortie de la ville, sur le bas-côté de la nationale retrouvée, pour éponger Paul.

Tout paraissait enfin résolu, gagné… Il n'en était encore rien !

Le pire nous attendait après un tournant à quelques lieues de là : des travaux sur la route ! Des travaux et surtout un rouleau, un paisible mais énorme rouleau qui, tout en faisant un boucan de tous les diables, ne bougeait pratiquement pas. Il n'y avait pas de déviation possible, l'obstacle devait être franchi !

« Marie-Thérèse, je sens que je ne passerai pas. »

Notre chauffeur était en proie à la panique. Dans ce cas, le code stipulait : ralentir, et Paul était discipliné. Mais voilà, l'auto dans les gravats se cabra, puis cala et, dans un brusque et imprévisible écart, heurta de l'aile l'unique poteau qui se trouvait à sa portée !

C'était le drame…

Je ne sais ce qui se serait passé sans la présence apaisante des ouvriers compatissants. Ce fut grâce à eux que nous franchîmes le mauvais pas, moteur éteint, au point mort, poussés par leurs mains vigoureuses, mais l'auto était commotionnée.

Paul aussi, et qui plus est, découragé.

« Marie-Thérèse, je ne rentrerai pas à la maison avec une voiture dans cet état. »

Sûrement, il y avait une petite bosse et un petit creux, mais rien de grave, il n'en était pas moins vrai que Paul était exténué et qu'une nouvelle pause s'avérait nécessaire. On la fit chez le carrossier du pays, un homme aimable et compréhensif, qui nous permit un retour honorable avant la nuit.

À l'arrivée, Paul n'eut pas la témérité d'aborder l'ultime manœuvre. L'air était doux, la nuit claire, tout le monde mort de fatigue, l'auto resta donc au milieu de la cour, fort heureusement plate, car le lendemain à la première heure son propriétaire étant revenu sans rancune la voir, constata avec stupeur qu'il avait oublié de serrer son frein à main.

Les taches n'étant pas parties, elle eut donc des housses fastueuses, faites à la main et brodées. Elle connut des soins attentifs, mais aussi des coups durs suivis de rendez-vous obligatoires au carrossier. On lui reforgea même un jour sa colonne vertébrale, mais elle tenait, « increvable », comme mon oncle l'avait prédit.

Décolorée par le soleil et la pluie, après de longs repos, elle devait, des années par la suite, entrer à mon service personnel et faire encore son devoir, sinon mon bonheur, en devenant ambulance avant que de finir, transformée en fourgonnette et munie d'un gazogène, dans la tournée d'un épicier.

*

* *

C'est une bête sympathique, pleine de qualités et de défauts. Elle fut chantée des poètes antiques pour ses caprices, admirée des sculpteurs pour ses volumes dégrossis à la serpe, et ce n'est pas pour rien qu'elle a prêté son pied fourchu à la luxure.

La chèvre est un curieux animal qui ignore la cellulite. Dégingandée, son ossature toujours saillante crève par endroits, sur ses flancs, son pelage rude et peu soigné. Sa tête intelligente, fine, coiffée de cornes et d'oreilles bien proportionnées, est agrémentée d'une barbiche qui, bien que comique, ne nuit pas à ses yeux moqueurs et paillés d'or.

Malicieuse, si on cherche à l'approcher elle fuit, si on l'ignore elle vient quémander les caresses.

Elle dédaigne l'herbe tendre pour la ronce inaccessible ou l'arbuste épineux.

À ses heures c'est une amoureuse passionnée. Le vice l'anime. Bourrée d'hormones elle sent fort, et son bouc, pour lui plaire et être à l'unisson, doit empuantir et savoir, toujours prêt, marcher droit sur ses pattes arrière.

À toutes ces qualités elle joint celle de la vivacité, du réflexe imbattable et sa détente, qui n'est paraît-il jamais prise au dépourvu, lui permet de prendre les risques les plus grands.

Mon père avec elle faillit pourtant un jour gagner et emporter la prime, prévue alors par Michelin, pour qui par mégarde l'écraserait. Trompée par une conduite peu orthodoxe, la pauvre bête réagit avec quelques secondes de retard. Heureusement nous la touchâmes à peine. Elle en fut quitte pour la peur et put s'échapper en bredouillant quelques injures.

18

Troche : trois ou quatre maisons basses plus que modestes, serrées sous des châtaigniers qui me paraissaient gigantesques, constituaient pour mon père, ses frères et ses sœurs, le nid. Leurs parents disparus les avaient laissés là désorganisés et, un peu comme une compagnie de perdreaux qui n'ose se disperser, ils revenaient à la demeure familiale, peut-être plus étroitement unis dans les difficultés et les peines qu'ils ne l'auraient été dans l'aisance et le bonheur.

Mon oncle, le cadet de la famille, y entretenait la flamme du foyer et, si mon père fut souvent le bras droit de la maison, c'est lui qui en était incontestablement l'âme et le cœur. Toujours souriant et affable, d'une bonté sans limite, il permettait la continuité, les retrouvailles familiales et permanentes suivant le désir de chacun. Son hospitalité ne tenait compte ni des embarras, ni des problèmes qui pourtant ne devaient pas manquer. La vaste cuisine recevait tous les siens... On se serrait simplement plus ou moins sur les deux bancs le long de la table massive, et la chaleur qui y régnait s'en trouvait renforcée. Évidemment c'était à la fortune du pot, pommes de terre ou châtaignes le plus souvent, cidre ou eau tout simplement. Personne n'était exigeant et il y avait de toute façon toujours pour chacun le pain tendre ou rassis – on devait quelquefois le casser au marteau –, que l'on cuisait une seule fois par mois au fournil de la maison. Tout était possible chez mon oncle. Il n'y avait que quatre lits mais même si nous étions dix on s'arrangeait encore. On dédoublait, on se groupait, on contenait ; et, ce qui ailleurs eût été gêne ou contrainte devenait chez lui sujet d'amusement.

À Troche, pays des couades – on y faisait des godets de bois et leur industrie alors y était prospère –, pays où ne poussent ni la vigne, ni le figuier, mais où les pommiers cassent sous le poids des pommes rouges, mon père retrouvait le parfum de son enfance et pour quelques jours échappait à l'influence des siens, même à celle de Marie-Thérèse, pour se plonger dans un bain de jouvence qui le métamorphosait.

Paul alors parlait patois. Paul tutoyait les voisins et on le tutoyait. C'était inusuel, contraire aux habitudes et nous paraissait presque scandaleux.

On l'appelait par son prénom, on l'embrassait comme si l'on ne l'avait quitté que de la veille.

Nous étions tous parents dans ce pays !

Par un jeu compliqué et subtil de mariages entre un veuf à la puissance « N », ayant eu des enfants de ses différents lits, dont la femme, devenue veuve à son tour, avait choisi pour convoler un autre veuf dont les enfants s'étaient remariés avec les siens, et cela même sans tenir compte des bâtards toujours possibles, l'arbre généalogique de la famille était devenu un casse-tête chinois.

Seul mon père s'y retrouvait avec la force de l'habitude, quelques méditations et pas mal de rectifications. Pour les autres, sans repères et pour aussi curieux que cela puisse paraître, ils s'en tiraient avec l'intuition. On hasardait au jugé et suivant l'âge. « Grand-oncle », « cousin », « cousine », et en principe cela marchait.

« Dis bonjour à la grand-tante. »

Elle était sourde comme un pot malgré deux cornets acoustiques géants, deux cornes de vache creusées, qui étaient censés capter les ondes, et qu'elle manœuvrait dangereusement dans toutes les directions sans percevoir le moindre bruit. Elle sentait le tabac à priser et avait de la barbe. Force nous était de nous exécuter. On le faisait prudemment, mais on se rattrapait volontiers sur les cousines à la peau douce et engageante que l'on étreignait plutôt deux fois qu'une, probablement pour se sentir encore mieux parent.

C'était très drôle et cela ne manquait ni de saveur ni de piquant.

À Troche, mon frère comme moi-même devenions « lou fir dé Paul » et nous écoutions surpris évoquer les souvenirs des uns et des autres, d'une jeunesse difficile mais heureuse – la jeunesse est toujours heureuse quelles que soient les conditions –, où l'on couchait au grenier dans le foin et où l'on n'avait qu'un pantalon pour trois à mettre le dimanche, ce qui obligeait à un ordre de sorties rigoureux. Et cela nous paraissait fantastique, lointain, alors que quelques années à peine nous en séparaient.

Mon oncle était tailleur, comme l'avait été son père, dont il avait pris la succession.

L'atelier voisinait la cuisine. C'était la pièce essentielle de la maison, la pièce pour laquelle tout avait été sacrifié. On travaillait dur chez mon oncle. Cinq personnes occupaient en permanence l'atelier. Deux culottières assises devant leurs machines y menaient un train d'enfer alors que trois hommes, juchés sur deux grandes tables de coupe, jambes repliées, tissus posés sur les genoux, tiraient l'aiguille en cadence d'un même geste ample et régulier.

Dès l'entrée on était pris à la gorge par l'odeur un peu âcre, si particulière, que dégageaient le drap neuf et la pattemouille fumante passée et repassée sous les fers chauds, lourds, garnis de braises. L'activité toujours intense devenait fébrile dans certaines circonstances : communions, mariages, périodes de fêtes. Dans ces cas les journées, paradoxalement pour mon oncle, débutaient en pleine nuit, à 3 ou 4 heures du matin, après quelques heures de repos. C'est alors que, seul, il coupait, finissait, rattrapait le retard ou préparait pour les autres le travail de la journée.

Dès 7 heures l'ambiance reprenait, débordante d'action mais pleine aussi de cordialité.

À cette époque qui ne comportait ni tourne-disques ni transistors, on chantait et on savait chanter. On chantait dans l'atelier des airs locaux, des rengaines du terroir, des chansons patoises ou à la mode, et le reste du temps on discutait de la pluie, du beau temps et du travail.

Des noms étranges revenaient sans cesse : ratine, serge, tweed, cheviotte, pied-de-poule, alpaga, col, emmanchure et rabat.

Quatre grosses lampes à pétrole aux quatre coins de la pièce prolongeaient la journée en projetant leur lumière crue très tard dans la soirée. Dès septembre, le poêle auprès duquel dormaient les chats ne s'arrêtait ni jour ni nuit.

Nous étions admis à l'atelier. Nous avions l'autorisation de nous y asseoir sur le sol, sous les tables et de jouer avec les chutes de tissus, les bobines et les fils, et c'était pour nous un grand plaisir car cette pièce constituait un monde étrange encombré d'objets inusuels et bien curieux.

Il y avait bien sûr des mannequins mais aussi des jeannettes, des passe-carreaux, des pieds de biche, de longues règles, de grandes équerres de coupe et surtout des ciseaux démesurés. Ceux de mon oncle en particulier étaient remarquables par leur taille, leur forme et leur talon. Ils glissaient admirablement sur la table, tranchant avec aisance plusieurs épaisseurs de tissus, mais il n'était pas question de s'en saisir, mon oncle en gardait l'exclusivité.

Sur des étagères, contre les murs jusqu'au ras du plafond, s'alignaient des piles de tissus en coupons que l'on présentait aux clients, et qu'ils touchaient et examinaient longuement avant de se décider. Revers droits, croisés, à un, deux ou quatre boutons, on extrayait ces derniers par pleines boîtes pour montrer et assortir sur-le-champ.

À l'arrivée des clients nous devions nous esquiver car l'atelier était aussi le lieu des essayages.

Les essayages des autres me laissaient indifférent. Il n'en était pas de même des miens qui, bien que peu fréquents, constituaient chaque fois pour moi une épreuve que je n'aimais pas.

« Allons, viens ici, on va t'essayer ton costume. Tâche d'être tranquille, ce ne sera pas long. »

Pourquoi n'avais-je pas droit comme tout le monde à la protection et à la discrétion du paravent ? Pourquoi devais-je m'exécuter en public, montrer mes fesses nues ? Même à des culottières, je trouvais ça choquant, indécent et ma pudeur en souffrait.

Je m'exécutais de mauvaise grâce et dans ces conditions le déroulement des opérations, qui aurait nécessité la plus stricte immobilité, s'en trouvait compromis et dégénérait malgré moi.

« Tiens-toi droit. Ne te gratte pas le nez.

— Marie-Thérèse, il a peut-être des vers, vous devriez le purger.

— Vous avez peut-être raison, Henri, il faudra que je voie ça.

— Laisse tomber tes épaules naturellement. As-tu une puce... Mais enfin as-tu envie de faire pipi ? »

L'idée ne m'était pas venue, mais en y réfléchissant... peut-être... il me semblait... c'était le comble ! N'allait-on pas en plus me demander de m'exécuter devant tout le monde ?

« Non ? Bon alors, tiens-toi tranquille. »

Marie-Thérèse avait parlé, mais c'était plus facile à dire qu'à faire, car je venais d'encaisser deux ou trois piqûres d'épingles plus ou moins bien placées, dont je n'osais me plaindre dans la crainte où j'étais d'avoir encore une fois à me remettre nu.

Stoïque, j'étais stoïque, et je pensais à cet enfant de Sparte, cet autre idiot qui s'était laissé bouffer les tripes par un renard plutôt que de capituler.

J'étais navré.

Navré d'avoir une épaule plus haute que l'autre, navré d'avoir le dos déjà, et à mon âge, voûté, navré d'avoir une si défectueuse tenue.

Heureusement je n'étais pas complexable. Je supportais. Je n'étais pas non plus très convaincu, et je me demandais à la longue si dans le fond toutes ces critiques ne cachaient pas simplement le défaut d'un système.

Pourquoi donc d'un coup de ciseaux vouloir chaque fois détruire tout un assemblage si soigneusement agencé pour le remplacer par des épingles ? Que de travail gâché, que de temps perdu !

Dans mon esprit tout cela aurait bien pu être évité.

Mon oncle était patient, habile, mais rien n'était terminé tant que tout le monde ne m'avait pas tâté à tour de rôle sous toutes les coutures, sans que tout le monde n'ait donné son avis – sauf le mien qui ne comptait pas – et ne se soit enfin déclaré satisfait.

« Je crois que ça tombe bien, Marie-Thérèse. Allez, ça va.

— Il est sauvage, disait mon oncle.

— Vous voulez dire il est impossible », renchérissait ma mère.

Libéré, j'enfilais ma culotte de velours et enfin bien chez moi, rongé par la honte, je m'éclipsais.

Hors de l'atelier c'était la « buge », un petit bois délicieux garni de beaux rochers noirs, d'où, entre les arbres roux, au loin on apercevait briller la surface argentée d'un étang.

C'était là, où faute de compagnons de notre âge, nous nous retrouvions, mon frère et moi, avec les animaux de la maison.

Il y en avait beaucoup chez mon oncle, des poules, des canards, un porc. Nous les tourmentions tous à tour de rôle, mais l'un d'eux avait toutes nos préférences, toutes nos faveurs si l'on peut dire. Il y avait un âne dans le pré. Une ânesse pour être plus précis, noire et âgée, affublée de longues oreilles mobiles, qui répondait au doux nom de « Négrou », et qui savait se montrer compréhensive lorsque nous lui offrions un quignon de pain. Elle venait nous le prendre aimablement du bout de ses lèvres râpeuses dans le creux de la main sans nous faire le moindre mal. Elle se laissait caresser, et dans ses bons jours nous pouvions même lui grimper sur le dos, à cru, sans selle ni bride, jusqu'au moment où, lassée, elle nous virait d'un coup de rein pour piquer un cent mètres en lâchant dans notre direction, comme un moteur déréglé, une salve de pets ironiques et bruyants.

Négrou était brave mais ne supportait pas qu'on lui touche les oreilles, même avec une petite verge cinglante de noisetier. Elle ruait à ces occasions et il valait mieux se méfier. Par contre elle n'avait rien d'une mule puisqu'elle était sans rancune et qu'elle oubliait.

Nous ne restions jamais très longtemps chez mon oncle. Notre oisiveté contrastait trop avec le travail intensif qui y régnait. Cela nous donnait mauvaise conscience et un certain sentiment de culpabilité.

Mon père y réglait quelques affaires, ma mère en profitait pour y faire exécuter une ou deux jupes et nous repartions trop vite, empreints d'une certaine nostalgie, insatisfaits, nos boutons recousus, nos pantalons repassés et un volumineux paquet de bobines vides sous le bras qui faisaient notre joie des semaines durant.

*
* *

Donzenac : avec ses cinq mètres sur huit, le modeste magasin de ma grand-mère était malgré tout un précurseur des grandes surfaces actuelles, et annonçait déjà l'esprit qui anime nos libres-services d'aujourd'hui. On n'aurait su lui accorder une juste désignation. Ce n'était pas une épicerie, ce n'était pas une quincaillerie, ce n'était ni une mercerie, ni un bazar, c'était tout à la fois dans une unique et même pièce.

Certes, ma grand-mère y pesait le poivre, le sel, y détaillait le sucre en pain auquel, par mesure d'hygiène, personne ne touchait, mais tout le monde pouvait là y prendre sans contrainte, en tendant seulement la main vers l'étagère, son paquet de coquillettes, sa boîte de thon à l'huile ou son paquet de bougies, suivant ses besoins, son état d'âme ou sa découverte.

On se servait puis on déposait le tout en vrac sur un comptoir derrière lequel, les lunettes à l'extrémité du nez, ma grand-mère additionnait.

Dans ce magasin il n'y avait pas un peu de tout, il y avait tout.

Des pièges à rats, du vin rouge ou blanc, à emporter ou à consommer au verre ou à la chopine sur un zinc minuscule mais suffisant pour ceux qui avaient soif, des pointes et des clous de toutes dimensions pour le couvreur pris de court dans ses réparations sur la maison voisine, des sardines sèches à griller pour les jeunes femmes en mal d'enfant et prises d'envies, des billes et des pétards pour les gamins qui avaient de l'argent.

Seules manquaient les étiquettes ! Mais raisonnablement où aurait-on pu les mettre et quels services auraient-elles bien pu rendre à ceux qui ne savaient pas lire ou tout simplement à ceux qui avaient la vue trop basse ? Il n'y avait pas à le regretter. D'ailleurs quoi de plus trompeur qu'une étiquette ! On lui fait confiance, on va à elle tout droit, et s'il n'y a rien à son niveau on est tenté de conclure à un manque alors que l'objet recherché vous crève les yeux tout à côté. Cela ne pouvait arriver chez ma grand-mère.

L'habitué pouvait s'en passer, il savait où les choses se trouvaient, quant à l'autre il lui suffisait de regarder.

Les museaux en treillis pour les vaches : c'était facile, on les heurtait en rentrant ; le raphia, il pendait à la porte à côté des lanières de nerf de bœuf destinées aux fléaux, on les voyait ; quant aux fromages, il n'y avait pas à s'en faire, si on ne les voyait pas on les sentait... à moins d'être enrhumé et si, même dans ce cas on ne les sentait pas, eh bien évidemment il était préférable de consulter son médecin !

Pour ce qui échappait à une première investigation, si l'on n'était pas timide ou si l'on était pressé, on le demandait avec force et autorité, car ma grand-mère était un peu dure d'oreille, et bien sûr il y en avait.

Il y avait des bleus de travail, des torchons au mètre, des mouchoirs à ourler, des tissus pour tabliers faits ou à faire, et l'on pouvait sans rougir réclamer aussi bien des clous de girofle qu'un vase de nuit émaillé fleuri, qu'une douzaine d'œufs frais. Il n'y avait rien à dire, de toute évidence, et de l'avis de tous même des plus difficiles, le magasin était abondamment pourvu.

Deux portes se faisant vis-à-vis y entretenaient un courant d'air constant rappelant aux ménagères voisines ce qu'elles avaient pu oublier, et le quartier ne pouvait ignorer que le café était frais puisqu'il était grillé devant la porte sur un feu de bois, dans une sphère aussi noire que lui qui, lorsqu'elle était ouverte pour en verser les grains sur un large tamis, parfumait tout le pays. On venait en chercher cinquante grammes, cent grammes, dans un cornet et puis en passant on emportait un paquet de biscuits à la cuillère à tout hasard et par la même occasion.

Le magasin, pas plus que nos grands ensembles des plus grandes villes, ne fermait entre midi et 2 heures. Comment aurait-il pu en être autrement ? Il n'y avait pas des clients, il y avait la « Julia » qui avait oublié ses allumettes, la « Lucie » qui à la dernière minute devant sa poêle réalisait qu'elle n'avait plus d'huile, et l'« André » dont la soif inextinguible et proverbiale ignorait tout des horaires et des repas.

Ce négoce était à l'origine d'allées et devenues permanentes, de palabres incessantes, mêlées pourtant d'une certaine discrétion, chacun attendant la sortie de l'autre pour entrer à son tour et faire ses commissions.

Pour toute personne qui n'y aurait pas été entraînée comme ma grand-mère, des journées semblables eussent été exténuantes, infernales, voire impossibles. Pour elle il n'en était rien. Petite, un peu ronde, toujours en mouvement, pas toujours de bon poil toutefois, elle ne perdait ni la tête ni son crayon et trouvait encore le moyen, à certaines heures plus calmes, de travailler à son tricot. Le commerce lui convenait. Elle était aidée dans les moments de presse par ma tante, mais on ne pouvait moins faire que de remarquer que cela coïncidait aussi à ses moments d'humeur. On sentait qu'elle n'aimait pas d'intrusion dans ses affaires, et qu'elle préférait voir chacun à sa place : ma tante dans sa cuisine, et elle dans son magasin.

« Voyons, si vous débarrassiez le parquet, je n'aime pas avoir tout le monde dans mes jambes. »

L'invite était sans équivoque, ne comportait pas d'exception et s'adressait aussi bien aux uns qu'aux autres.

Mon grand-père et mon oncle le savaient et, en sages, en avaient pris leur parti. Préférant sans doute le calme de la nature aux caprices de leurs femmes ils ne restaient tous les deux que très peu à la maison. Quelques arpents de terre plantés de vigne, bien exposés, une quinzaine de poules et un élevage égal de lapins dans une cabane au milieu des terres à une courte promenade du village les occupaient, constituaient leur domaine et suffisaient à leur bonheur.

C'est vers ce havre de paix que mon grand-père, son gilet marron sur le dos, son panier au bras, se dirigeait de bonne heure depuis des années, tous les jours et presque par tous les temps. Pour y arriver, il suivait un petit sentier de chèvre, pierreux, escarpé et difficile, mais qui en un rien de temps s'élevait au-dessus de la ville vers les crêtes des collines. Tournant délibérément le dos au bruit et à l'agitation, vite il dominait et alors, les mains dans le dos, profitant du bon air, des parfums du moment, des chants des oiseaux, il allait en flânant vers sa vigne, vers la chaleur, sur un versant si bien orienté que du matin au soir, que ce soit hiver ou été, le soleil y donnait.

La cabane s'était posée naturellement sur un petit terre-plein, à mi-coteau. Carrée, édifiée de pierres plates et grises, elle était bien là à sa place, harmonieuse, sans prétention, bordée d'une treille haute qui donnait de l'ombre à sa porte et à un petit banc bien fait pour la méditation ou la sieste l'après-midi. Une eau inattendue coulait près d'elle, apportant une fraîcheur providentielle à ses abords auxquels deux ou trois rosiers sauvages et moussus, quelques touffes d'hortensias et des bordures de pervenches conféraient une surprenante coquetterie.

La porte de cette cabane était de bois plein, une lucarne basse en avancé laissait croire à un grenier, et le toit d'ardoises était coiffé en son sommet d'un épi de faîtage, un as de pique vernissé, sobre et de bon goût. Certes, elle n'était pas unique en son genre dans cette région où chaque repli de terrain possédait la sienne, mais plus qu'aucune autre elle avait su trouver les proportions idéales qui la faisaient non seulement accepter mais qui la rendaient indispensable à ce qui l'entourait.

Une clé torte toujours présente, dissimulée sous une ardoise innocente, ouvrait après d'inévitables tâtonnements l'unique pièce.

C'était, bien qu'éclairée par une petite fenêtre grillagée, une remise un peu sombre mais suffisamment vaste malgré tout pour servir de refuge valable en cas de pluie et pour permettre le rangement occasionnel de nombreux outils, bêches, houes, faux et faucilles, indispensables au travail de la vigne. Sa partie profonde était occupée par un poulailler d'où quelques poules, dès l'ouverture, s'échappaient au soleil vers un petit parcage habilement prévu, et par un élevage de lapins en caisses superposées. Au milieu de la pièce, bien en évidence, il y avait toujours un large fauteuil d'osier. Poussé devant la porte au soleil, ce siège permettait d'attendre, de voir venir, de se reposer. De cet observatoire d'où l'œil allait loin dans la vallée, toute activité perdait son sens, devenait futile, irréelle, et les bruits eux-mêmes n'arrivaient qu'assourdis, lointains et sans objet.

Les poules soignées d'une poignée de maïs, les lapins pourvus d'eau et d'herbe verte, mon grand-père s'occupait de sa vigne : épamprait, attachait et, avec beaucoup de bon sens, prenait le temps de rêver, de philosopher et de goûter ses figues.

Une lettre de mon grand-père donnait tous les ans, à peu près à la même époque, le signal de notre départ.

« Le bacco est ramassé, si le temps se maintient et le permet nous commencerons les vendanges la semaine prochaine. Nous vous attendons comme d'habitude. »

« Bien, les enfants nous partirons lundi tôt le matin, mais attention, je veux que vos cahiers de devoirs de vacances soient à jour ! Tenez-vous-le pour dit, je les verrai la veille. D'ailleurs s'ils ne sont pas faits, vous les emporterez et vous travaillerez là-bas. Je m'en occuperai moi-même, j'aurai le temps. »

Prévenus, il nous restait à faire le nécessaire en un temps record, car pas d'histoires, une ribambelle de cousins et de cousines sensiblement de notre âge – ce qui témoignait de la bonne condition familiale – nous attendait là-bas et il n'était pas question de gâcher même quelques heures d'un séjour où nous nous rendions dans l'intention de prêter main-forte mais surtout dans l'espoir de nous amuser.

« Si le temps le permet ? Voilà, je me demande si les quelques nuages qui se lèvent depuis ce matin ne vont pas tout remettre en question. D'ici que nous nous engagions dans une période de pluie… »

Mon père décidément était un trouble-fête. J'étais inquiet. Quinze jours sans une ombre et maintenant il pleuvrait ! Ce serait bien la poisse.

« Ne te tracasse pas, m'assurait mon frère, il fera beau c'est sûr, la grenouille de maman ne se trompe jamais, ce n'est pas comme celle d'Adrien qui prédit toujours le beau et refuse de quitter le haut de son échelle depuis le jour où, pour rire, il lui a mis de l'alcool dans son bain. Tu verras. »

En général mon frère avait raison.

Nous arrivions donc à Donzenac toujours vers la mi-septembre, quelques jours avant les vendanges, car une opération de cette envergure ne s'improvisait pas !

Ces quelques jours étaient pour nous une affaire, mais constituaient pour la famille, et en particulier pour ma grand-mère, l'épreuve de force de l'année. Nous contenir dans des limites raisonnables, alors que l'émulation jointe à l'oisiveté nous rendaient impossibles, que les surveillances tutélaires habituelles, heureuses de se retrouver, se relâchaient, était impensable et malgré une vigilance accrue ma grand-mère y laissait des plumes à chaque fois.

Tout avec nous était en même temps menacé : la quiétude de son magasin, donc celle sacro-sainte de sa clientèle, sans compter son stock de bonbons, dont les boîtes à notre portée étaient tentatrices et plus que vulnérables au cours de la pagaille que fatalement nous entraînions.

« Mais enfin ! Ces enfants me feront devenir folle. Vous rentrez, vous sortez, mais allez donc un peu jouer dehors, bon sang... Tiens ça y est, ça devait arriver ! »

Cela devait arriver en effet, mais ce n'était pas le fruit du hasard, bien au contraire, ce résultat avait nécessité un stratagème étudié et une belle action d'ensemble pour réussir.

Tandis que l'un de nous venait de casser par mégarde une bouteille d'eau de Javel dans un angle de la pièce, qu'un autre arrivé en coup de vent bousculait le grand bidon d'huile compromettant ainsi tout un équilibre, un troisième en profitait pour opérer dans un autre azimut, vers le rayon des confiseries perdu de vue un instant. Il bourrait alors, sans scrupule, toutes ses poches de caramels, de chocolats ou de pastilles à la gomme, et disparaissait sans se faire remarquer.

Les comparses s'en tiraient comme ils pouvaient, en général sans grand dommage et dans la fuite ; quant à la révision du butin elle avait lieu quelques minutes plus tard, sur une petite route tranquille, tortueuse à souhait, couverte de noyers qui nous dissimulaient, et cela dans la plus stricte égalité.

Il y eut parmi nous des poussées d'urticaire, des constipations opiniâtres, des crises d'acétone suivies de vomissements incœrcibles que l'on ne savait trop à quoi attribuer.

« Mais, Marie-Thérèse, le changement de nourriture tout simplement ! Le changement de climat peut-être. Ce n'est pas grave, enfin si tu veux fais venir le médecin. »

*

* *

« Une purge, madame, ces enfants ont tous la langue blanche. Une cuillerée d'huile de ricin et demain tout sera terminé. »

Heureusement les vendanges commençaient.

Elles ne duraient que trois ou quatre jours, mais c'était trois ou quatre jours exceptionnels.

Mon grand-père avait plusieurs vignes plus ou moins éloignées, mais qui ne nécessitaient toutefois ni des départs matinaux ni de trop longues journées. Nous arrivions sur le lieu du travail lorsque le soleil était déjà haut, panier et sécateur en mains, chassant devant nous les grives et les tourterelles surprises qui se levaient à notre approche en vols individuels rapides et bruyants.

Le travail était agréable, sans contrainte, à l'ombre des ceps que nous encadrions par deux, et ne répondait qu'à un seul impératif : ne rien laisser derrière soi. Nos paniers glissés sous les feuilles recevaient les grappes lourdes détachées au bruit sec et bref de nos sécateurs plus ou moins besogneux. Grappes noires ou blondes, peu importait, se mêlaient, non dans l'espoir d'un grand cru, mais dans la certitude d'un vin qui se voulait honnête et « goulant ». Chasselas, Herbemont, plants américains, voire même un peu de noat dans des proportions étudiées, contribuaient à son bouquet qui devait déjà beaucoup et au soleil et au terrain.

Question de mains plus que d'âge et de force, le travail avançait vite et c'est au pas lent des vaches que, juchés sur les charrettes au milieu des comportes débordantes, nous rentrions le soir avant la tombée de la nuit.

Le pressoir était à la cave, dans les profondeurs humides de la maison. Ce n'était ni rationnel ni pratique, et les lourdes comportes devaient pour le rejoindre emprunter un escalier étroit et scabreux. Les descendre était une affaire d'hommes, aussi être admis à cette tâche nous remplissait d'orgueil.

Un à chaque anse, un autre poussant au cul des lourds cuveaux, et les quarante kilos de vendange, préalablement broyés sous le pilon, basculaient dans le pressoir avant que nous ne puissions nous pendre en groupe au levier d'acier dans la joie du premier verjus qui, sous le poids des poutres, giclait entre les claies de bois. Un verjus mousseux, sucré, dans lequel nageaient, de-ci, de-là, quelques pépins échappés que nous éliminions du doigt avant de lui faire honneur avec des airs de connaisseur.

« Laisse-les faire, Marie-Thérèse, ce n'est jamais que du raisin et encore chaud de soleil. »

On effectuait ce travail le soir, éclairé à la lumière vacillante des chandelles qui accentuait le merveilleux et le fantastique de nos bacchantes évolutions.

Un sommeil lourd nous terrassait et chaque soir nous reconduisait au lendemain.

Nous quittions Donzenac à regret, nos vêtements en désordre, presque hors d'usage, avec dans nos bagages une bonbonne ventrue dont il fallait surveiller les effets car elle était remplie de vin nouveau.

« Marie-Thérèse, décidément je crois que votre médecin de famille vieillit, je me demande s'il est bien raisonnable de continuer à lui confier les enfants. Je le soupçonne de ne plus être aussi sûr qu'autrefois de ses prescriptions. Ne crois-tu pas qu'il a un peu trop forcé la dose cette année ? Qu'en penses-tu ? Voilà quatre ou cinq fois que je m'arrête en moins d'une heure ! Évidemment nous ne sommes pas pressés et nous sommes dans des zones de bois, mais quand même ma moyenne s'en ressent. »

Au même moment le bouchon de la bonbonne sautait ; propulsé en l'air à plusieurs mètres sous une irrésistible pression en un pet sonore, qui à lui seul était une réponse ou une explication.

19

Nos activités et nos jeux se déroulaient sur un fond de luttes permanentes, et les bagarres qui nous opposaient tenaient de la boxe, du judo, de la gréco-romaine, du pancrace et du pugilat. Nous cherchions dans ces sports violents, où tout était permis, une libération, une soupape indispensable à notre exubérante vitalité, et ils n'excluaient pas pour autant entre nous une parfaite amitié.

S'il en résultait des blessures ou des coups auxquels personne n'attachait le moindre intérêt, il n'en était pas de même des dégâts qui atteignaient nos vêtements. Nous faisions bien de notre mieux pour en amortir les effets, mais ces derniers étaient souvent par trop visibles et cela légitimait bien des corrections.

Oh ! évidemment tout n'avait pas la même importance, un accroc à un gilet était un accident mineur, un gilet ça se pose, on peut avoir trop chaud que diable ! et pendant ce temps ça se répare, mais que faire après une déchirure qui emporte une partie de la culotte ?

C'est là une autre affaire ! On ne peut tout de même pas toujours rester assis ou constamment se présenter de face ou se déplacer en biais, et quoi que l'on fasse ça finit toujours par se repérer.

Pour le garçon, le pantalon c'est l'important, c'est l'essentiel ; avec lui si le fond résiste, l'honneur est sauf, encore faut-il trouver la solution, je vais vous la donner.

Nos pantalons nous causèrent longtemps beaucoup d'ennuis. Avec notre nature, ce dernier devait être à toute épreuve, capable de supporter toutes les avaries, toutes les glissades sur les fesses ou le long des troncs rugueux, toutes les ronces et même tous les fils de fer barbelés que nous rencontrions. Tous les tissus réputés les plus solides avaient été à tour de rôle essayés en vain, puis abandonnés pour d'autres essais tout aussi décevants. Nous étions deux cas, probablement uniques, qui désolaient ma mère et pour lesquels apparemment rien n'était prévu.

Mon oncle n'arrêtait pas d'ajuster rustine sur rustine, et maman Louise de repriser… Cela ne pouvait durer.

« Mon pauvre Henri, je me demande ce qu'il faut faire ! Qu'en pensez-vous, dois-je les laisser aller le cul au vent ? »

Devant l'aggravation, d'année en année, de ces désastres, mon oncle chercha.

« Écoutez, Marie-Thérèse, s'ils arrivent à bout de ça je perds mon nom ! »

C'était prendre des risques… Et pourtant, dans une lueur de génie, mon oncle venait d'entrevoir la solution, la vraie, la riposte efficiente aux soucis de ma mère, évitant du même coup à nous bien des ennuis, et à mes parents tout simplement la ruine.

Si vous avez de semblables tracas pensez à la « peau de diable ». À dater de ce jour, mon oncle ayant gagné la partie, je n'eus pas plus de deux culottes et j'en garde un souvenir ému. Nous n'arrivâmes, mon frère et moi, ni à les user, ni à les déchirer et si, vieux et dans la dèche, je ne peux m'offrir qu'un pantalon, je sais ce qu'il me restera à faire, c'est dans ce tissu-là, si je peux en trouver, que je me le ferai confectionner.

C'était un velours beige, presque blanc, que seuls portaient alors les charretiers, les charpentiers et les maçons, et qui faisait un certain bruit indéfinissable en se frottant. Nos culottes étaient courtes, s'arrêtaient à mi-cuisse et constituaient une sorte de cuirasse qui, lorsqu'on la posait, se tenait toute seule droite tellement en était grande sa rigidité.

La « peau de diable » résistait à tout, le clou et la pointe ne l'effleuraient pas, quant aux tractions quelles qu'elles soient, si la couture tenait il n'y avait aucun risque. Nous pouvions rester suspendus à l'extrémité d'une des piques en fer de notre portail sans que cette dernière arrive à traverser, et le tissu était si serré que l'on pouvait même se permettre de tomber à la renverse dans une flaque d'eau sans avoir les fesses humides pour autant.

Enfin, mes enfants, dans le cas de fessées, je peux vous affirmer de solide expérience que rien ne peut mieux les amortir que ce velours côtelé.

Nous avions parachevé notre confort par des ceintures de cuir brut et résolu le problème des boutons par une fixation au fil de laiton qui les rendait inarrachables puisque le tissu résistait. Nous étions ainsi sans souci pour nos arrières ; le reste de notre habillement avait beaucoup moins d'importance, mais puisque j'en suis à notre garde-robe finissons-en, ce ne sera pas long.

Les jours ordinaires – ils l'étaient pratiquement tous –, nous portions l'été un maillot de laine à même la peau, vert pour moi, brun pour mon frère, et des sandales de caoutchouc blanc venues en droite ligne de *La Samaritaine* et qui seraient réservées aujourd'hui aux bains de mer.

C'est tout !

Tout cela était fonctionnel, sinon sain. Nos maillots buvaient et séchaient notre sueur et se feutraient sur notre dos ; quant à nos sandales elles étaient d'un entretien si pratique, et nous les avions tellement bien adoptées, que nous les portâmes pieds nus plusieurs années consécutives, même lorsque sans semelles elles ne furent plus pour nous que de banals enjoliveurs. Avec elles pas de corvée de brossage ou de cirage, dans les cas extrêmes un barbotage du pied et de la chaussure dans le baquet de Gédéon suffisait. Nous ne les quittions qu'à l'entrée de l'hiver pour des chaussettes tricotées et des sabots, tout en endossant en même temps nos gilets de laine à cols roulés et nos cirés noirs à capuchon.

Lorsque j'aurai enfin ajouté que nous ne portions ni béret, ni chapeau aussi bien sous le soleil que sous la pluie – notre calvitie précoce ne vient donc pas de l'abus du couvre-chef –, vous aurez une idée exacte de nos deux silhouettes, telles qu'elles pouvaient se profiler par tous les temps et en tous lieux.

Nous eûmes probablement quelques costumes, peu nombreux certainement, qu'en aurions-nous fait d'ailleurs, les dimanches ressemblaient tellement aux autres jours et nos occasions de sorties étaient si rares ! De toute façon, ces fastes vestimentaires, s'il y en eut, ne m'ont laissé que bien peu de souvenirs.

Pourtant, à la réflexion... Mais oui, j'en suis sûr, j'eus un jour un uniforme et c'était la mode !

C'était une veste bleue à boutons dorés, avec une ancre en relief sur la manche et un col marin blanc, je devais même en toute logique, mais cela je ne saurais l'affirmer, avoir le pantalon assorti.

Pauvre de moi, quelle aventure !

Nous étions invités... Paul et Marie-Thérèse mettaient la dernière main à leurs plumes. Mon frère et moi étions parés. La partie de billes engagée pour attendre l'heure ne comportait en principe aucun risque, c'était là un jeu pacifique, un jeu qui ne comptait pas, un jeu pour faire passer le temps. Tout aurait dû très bien se passer, et se serait très bien passé, si je n'avais eu la malencontreuse idée de tricher en poussant du bout du pied une de mes mises mal placée pendant que mon frère avait le dos tourné. C'était une affaire sans importance qui tout au plus méritait la bousculade qui eut lieu.

« Marie-Thérèse, viens voir ! » Paul venait enfin d'articuler.

Évidemment, une veste à col marin, sans col, même si l'on a gardé sur le haut de son crâne un béret à pompon bleu portant l'inscription en lettres dorées du *Normandie*, ça vous coupe le souffle !

Mon frère ne l'avait pas voulu, il avait simplement mal calculé son coup, mal auguré de la solidité de la pièce. Le col marin avait quitté l'arrimage et lui était resté dans la main, décapitant ma veste au ras du cou.

Je passe sur tout ce qui suivit...

« Si l'on veut mon avis, ce col a été forcé au montage, et c'est pour cela qu'il n'a pas tenu. »

Mon frère qui ne manquait pas de bon sens, répétant une phrase déjà entendue en d'autres circonstances, venait de donner son avis.

Nous étions au sixième essai, jamais ce damné col blanc, malgré les efforts conjugués de ma mère, de Maman Louise et d'un nombre impressionnant d'épingles qui me piquaient le cou, ne pouvait retrouver un équilibre décent sur mes épaules.

Heureusement, la sagesse l'emporta, ma mère n'était pas femme à s'acharner sur ce qui l'ennuyait. J'usai donc ma veste à col marin sans col, un ourlet serré en carcan autour du cou, ce qui contribua grandement à me la faire détester. Pour la vérité de l'histoire je dois ajouter que de quatre boutons, ma veste se transforma en une à deux boutons, mon frère m'ayant fauché les autres, ce qui était bien excusable compte tenu de leur exceptionnelle rareté.

Depuis cette aventure j'ai gardé une certaine méfiance pour tout ce qui est neuf, voire frivole, pour tout ce qui en général exige trop de concessions, et j'enfile encore aujourd'hui avec inquiétude tout costume nouveau, certain que la première tache imprévisible sera pour moi, donc pour lui.

*
* *

« Marie-Thérèse, ces enfants chaussent grand. »

On le crut longtemps dans la famille, or cette légende n'avait aucun fondement solide, et doit faire place à la vérité. J'affirme que ni mon frère ni moimême n'avions des pieds démesurés.

Les voyages de mes parents étaient rares, deux ou trois par an tout au plus, et c'était vers Limoges qu'ils avaient lieu. Aller si loin constituait une expédition qui, si elle ne nécessitait pas l'usage de la diligence, n'en débutait pas moins aux aurores par une longue marche à pied, pour se terminer vingt heures plus tard en pleine nuit. Il fallait pour l'entreprendre du courage, de la résistance, de la nécessité et un ciel serein pour coiffer le tout, c'est dire que ces déplacements n'étaient jamais entrepris à la légère.

Ils étaient en principe déterminés par la santé fragile de ma mère et donnaient lieu chaque fois à une consultation auprès d'un spécialiste entérologue alors en renom.

Ma mère rapportait de ces voyages un certain apaisement, et des ordonnances originales, dont les prescriptions magistrales font mon bonheur lorsque je les retrouve, tout en me laissant rêveur chaque fois.

Leur particularité essentielle était leur invariabilité, dans leur forme comme dans leur fond, et je peux affirmer avec preuves à l'appui que seules leurs dates différaient. Elles témoignaient de la part du spécialiste, sinon d'une richesse de prescription, du moins de solides convictions, et de la part de sa cliente d'une belle et sûrement exceptionnelle confiance comme on n'en trouverait plus aujourd'hui.

Jeudi 8

(seul jour possible de la semaine)

1°) marche à pied de quelques kilomètres tous les jours.

(La thérapeutique était déjà en action depuis le matin.)

2°) jus de pruneaux : une tasse le soir un jour sur deux.

3°) huile de paraffine : une cuillerée à dessert le soir au coucher le jour sans pruneaux.

N.B. : L'huile de paraffine peut être remplacée le soir par la prise d'une cuillerée de graines de lin ou du son mélangé au potage.

(Et comble du comble)

Malade à revoir dans six mois.

Ce praticien avait probablement des vues justes, puisque sa malade en fin de compte lui survécut et put continuer sans peine sa thérapeutique, même après sa disparition.

« Voyons, Marie-Thérèse, cette prescription n'est pas parfaitement explicite. Je lis : “jus de pruneaux”, à mon avis cela exclut le pruneau lui-même. Je n'ose pas lui poser la question mais je crois que l'on doit s'en tenir rigoureusement au libellé de l'ordonnance. »

Nous étions de cet avis. Les pruneaux nous revenaient de droit et nous étions les plus sûrs garants de la régularité thérapeutique.

Limoges c'était la grande ville, la ville des achats exceptionnels et en particulier la capitale incontestée du cuir et de la chaussure de qualité. Ses braderies de printemps et d'automne y étaient renommées et c'est en général à ces périodes que mon père annonçait :

« Marie-Thérèse, si tu veux, et si tu te sens un peu mieux, nous irons voir ton médecin jeudi prochain et nous en profiterons pour faire en même temps quelques commissions.

— Tu entends, me disait mon frère qui était un déductif, ils vont à Limoges. Ils vont peut-être nous acheter des souliers, je te parie qu'il va falloir encore se laver les pieds ! »

L'idée était pertinente, envisagée avec sang-froid, mais sa mise en application méritait réflexion ! Bigre, on ne nous achetait tout de même pas des chaussures chaque fois !

D'un commun accord nous remettions donc cette corvée au lendemain, ce qui faisait que nous étions finalement pris au dépourvu lorsque se faisait le relevé de nos empreintes podométriques, la veille du départ.

Ce relevé était réalisé au crayon, sur un carton rigide et blanc, où, après le lavage redouté, nous devions appliquer le pied nu, le droit seulement, et pour chacun de nous.

Nos empreintes serties étaient ensuite mesurées en longueur et en largeur, puis comparées avec des épreuves dernières prises deux ou trois ans auparavant, soigneusement gardées au fond d'un tiroir, et que l'on avait quelquefois des difficultés à retrouver.

De ces comparaisons résultait en général la constatation d'un certain changement à partir duquel on cherchait à déduire les modifications prévisibles pour les années à venir.

Comme les chaussures d'alors étaient solides, que nous ne les mettions que rarement, comme l'on préférait être au-delà plutôt qu'en deçà, qu'il vaut mieux se mettre à l'abri de toute surprise et qu'avec les enfants une croissance est toujours imprévisible, on était amené à de prévoyantes rectifications, auxquelles enfin on ajoutait un bon centimètre de plus en guise de marge de sécurité.

On arrivait ainsi à des résultats qui auraient pu paraître aux yeux de tout le monde extravagants, alors qu'ils n'étaient pour mon père que rassurants.

Étant l'aîné, j'étais l'objet des plus grandes attentions, mon frère étant toujours là pour prendre le relais. J'étais donc celui qui chaussait le plus grand !

Évidemment, j'étais clownesque, je devais faire attention en montant les escaliers d'attaquer la marche franchement, mais à part cela j'étais confortable. Il y avait un peu de jeu à l'avant, à l'arrière et sur le cou du pied, mais cela avait un avantage et me permettait de retirer et de mettre mes chaussures sans les délacer, sans casser le contrefort, et enfin mes orteils à l'aise pouvaient respirer.

C'est certainement à ces conditions exceptionnelles que je dois d'avoir les pieds bien faits, sans cors, sans déformations, des pieds qui en définitive aujourd'hui me donnent toute satisfaction.

Nous sommes à ce jour mon frère et moi stabilisés.

Chez le marchand, dans le magasin, j'annonce pour ma part du quarante bien que je me sente encore à l'aise dans du trente-neuf s'il le faut. Je ne mets jamais ainsi les vendeuses dans l'embarras et je reste insensible et impassible si l'on me marche sur la pointe des pieds.

*

* *

Pourquoi ce jour-là, rompant avec toutes les bonnes traditions de leur race, les grenouilles ne voulaient-elles pas de nos appâts ? Faisait-il trop chaud ? Craignaient-elles quelque sécheresse terrible qui leur enlevait tout moral ? Ou avaient-elles entrepris tout simplement une grève de la faim ?

Allez donc savoir ce qui se passe dans une cervelle de grenouille si toutefois elles en ont !

Elles étaient pourtant bien à leur place habituelle, vigilantes, les yeux grands ouverts, mais elles restaient amorphes, privées de détente, butées. Nous avions tout essayé : le leurre, l'appât vivant, en l'occurrence des sauterelles brunes choisies pour leur plaire auxquelles habituellement elles ne résistaient pas. Elles boudaient, elles boudaient l'insecte même à portée de langue et restaient sans réaction. Ma parole elles nous narguaient !

Un jour ordinaire cette indifférence nous eût laissés indifférents nous-mêmes, mais il se trouvait que ce jour-là nous avions besoin de grenouilles donc de plus de compréhension, et leur attitude devenait un défi.

« Puisque c'est ainsi, vidons la pêcherie. »

L'idée était géniale, logique et fut adoptée à l'unanimité.

On allait bien voir…

Prises de panique cette fois les grenouilles avaient plongé, mais nous savions qu'elles n'iraient pas loin, qu'elles se réfugieraient en profondeur dans le peu de vase qui tapissait la mare, où nous n'aurions plus qu'à les ramasser, car jamais grenouille n'a eu d'autre réflexe que de se terrer devant une eau qui se raréfie ou disparaît. L'heure de vérité approchait. Nous avions posé nos chaussures et, le limon jusqu'aux mollets, nous traquions nos premières victimes ; tout se passait très vite et selon nos prévisions.

Ce fut mon frère qui donna l'alerte, sans lui nous étions faits comme des rats, et pourtant Eugène dévalait la pente, bras écartés, hurlant des invectives que de loin, trop occupés à nos affaires, nous n'entendions pas. Sa silhouette gesticulante et désarticulée témoignait d'une grande nervosité et laissait présager clairement ses intentions.

Ce fut un sauve-qui-peut général suivi d'une poursuite immédiate, où malgré notre âge et notre agilité, nous perdions notre avance de minute en minute. Nous ne pouvions plus compter que sur son souffle. On le disait asthmatique et myope, ce jour-là il l'oubliait.

Le bois traversé, c'était la route, puis le pré et l'espoir sur l'herbe où nos pieds nus pourraient regagner du terrain.

Ce fut un enterrement qui nous sauva.

Le curé n'eut pas le temps de réaliser qu'entre le corbillard et lui cinq garnements, sans se soucier des convenances, venaient déjà de franchir la route comme une échappée de lapins.

Nous étions déjà loin, alors qu'au bord du fossé le père Eugène, vaincu par le destin, rendait encore, dans une ventilation laborieuse, un involontaire hommage à un disparu qu'il ne connaissait pas.

Nous ignorions tout de la chose ! Qui aurait pu se douter qu'Eugène avait transformé sa pêcherie en vivier. Pour lui notre intention était évidente, nous avions voulu lui voler ses poissons et tout s'expliquait : sa fureur, la poursuite et le miracle qui sauve les innocents.

Sa vue basse ne lui avait pas permis de nous reconnaître. Tout le monde s'en tirait bien, les grenouilles avaient échappé au massacre, les poissons avaient retrouvé leur liberté, il n'y avait que moi qui, pris de panique et dans la précipitation, avais dû abandonner mes souliers.

Revenir les réclamer n'était pas pensable.

Eugène tenait une pièce à conviction. On pouvait s'attendre au pire, ce fut leur dimension qui me sauva.

« Pourtant ça ressemblait à des gamins. »

Eugène, chaussures en main, dut bien se rendre à l'évidence, c'était là une pointure importante de jeune adulte et qui sans aucun doute ne pouvait convenir à des enfants.

« Marie-Thérèse, où ont bien pu passer ces souliers ? »

Personne ne savait rien. Ils auraient dû être à leur place sous l'escalier de la cave, or ils n'y étaient pas !

Je jouai mon rôle à la perfection, je les cherchai avec insistance et je fus accusé de désordre. Quant à Fox et Follette, alors dans leurs premières dents, et qui adoraient le cuir, ils furent très sérieusement soupçonnés et reçurent à la première occasion un maître coup de pied au cul « pour leur faire passer cette déplorable manie qu'ils avaient de traîner les chaussures un peu partout ».

Je crois pouvoir enfin aujourd'hui lever le voile sur cette affaire tout en étant prudent, et je crois bien que ce fut Eugène, dont le pied était petit, qui finit par user mes souliers pour se consoler de ses poissons.

« Et qu'il vienne me les réclamer celui-là, je serai content de le connaître. »

J'avais l'occasion de revoir mes chaussures tous les dimanches, mais je ne réclamais rien à leur nouveau propriétaire. D'ailleurs à quoi bon, avec le temps je chaussai rapidement beaucoup plus grand que lui.

20

Le risque était certain. Il ne se passait pas d'été sans qu'une ou deux personnes soient mordues. Une ampoule de sérum antivenimeux attendait en permanence à la mairie, soigneusement remplacée par une autre aussitôt qu'elle était employée, et jamais sa date de péremption marquée en rouge n'était atteinte. Une leçon de chose y était consacrée tous les ans, et on savait que si l'on avait du courage, il fallait ouvrir et faire saigner la plaie ou à défaut aspirer énergiquement à son niveau.

Follette avait été mordue à la patte et s'en était tirée après une longue maladie, durant laquelle elle avait uriné du sang avant de devenir d'abord énorme puis squelettique enfin. Fox avait été touché lui aussi à la truffe, mais cela devait arriver à un curieux comme lui qui avait la fâcheuse habitude de fourrer son nez un peu partout. Il avait eu droit à son ampoule de sérum dès que l'on s'en était aperçu, ce qui ne l'avait pas empêché de rester cinq ou six jours couché sans boire ni manger, animé de grands frissons, poussant de profonds soupirs, et sans pouvoir ouvrir les yeux. Il en avait valu de moins, était devenu peureux et avait perdu l'odorat.

Ni Fox ni Follette n'avaient donné leurs impressions, par contre la vieille Mélanie, piquée en fauchant le seigle à la faucille, Mathieu, piqué en débroussaillant ses fossés, ne s'en étaient pas privés. Ils continuaient tous les deux à se plaindre périodiquement et, si l'on pouvait se montrer un peu sceptique vis-à-vis du cantonnier qui n'était pas des plus ardents et qui en tirait quelques avantages, on ne pouvait par contre douter de la Mélanie, femme vaillante et courageuse s'il en était.

Les vipères dans nos régions sont rouges ou noires et affectionnent les coins chauds et humides ; on les appelle les aspics ; ou grises et préfèrent les terrains secs, on les appelle tout simplement vipères grises. Trapues, assez courtes, les deux races peuvent devenir énormes et abondent chez nous.

La vipère est un animal pacifique, peureux, et qui fait bien tout ce qu'il peut pour se faire oublier. Un bruit, une présence insolite, une ombre anormale l'épouvante, et elle disparaît silencieuse, prudente, sans se faire remarquer. Rien à voir avec les réactions des énormes couleuvres qui fuient en fouaillant sur leur passage les hautes herbes, marquant leur sillage sans la moindre discrétion.

La vipère n'attaque jamais, sauf si elle est surprise, sauf si elle se croit menacée, sauf si par inadvertance vous lui marchez sur la queue. Alors elle se défend, se détend et mord une seule fois avant de disparaître. Elle ne récidive jamais. Même si vous la pourchassez elle ne fera jamais front, et vous pouvez battre bruyères et ajoncs aux alentours, elle s'est volatilisée.

Vue, si elle vous voit, elle ne bouge pas. Elle reste immobile, espère en sa chance, comptant sur son mimétisme, mais si vous détournez les yeux ne serait-ce que quelques secondes, elle en profite et disparaît.

Les vipères ont peu de points communs avec les enfants, elles en ont tout de même un, comme eux elles adorent le voisinage des noisetiers. Si dans une haie fournie il y a une seule touffe de ces rejets aux branches frôlantes, ne cherchez pas ailleurs, elles sont là, à leurs pieds.

Nous ne sortions jamais sans nos bâtons, des tiges flexibles d'un bon mètre dont nous connaissions l'efficacité.

« Attention ! »

L'un de nous avait vu... Le geste de l'autre restait suspendu, figé, et la suite se déroulait en quelques secondes.

Les vipères sont vulnérables, soit qu'elles sommeillent, roulées sur elles-mêmes, la tête au centre de leur peloton, soit qu'elles fuient avec une lenteur mesurée. Le bâton s'abattait violemment en travers du corps. Les reins brisés elles se tordaient, bloquées sur place, projetant dans tous les sens leur petite tête plate devenue impuissante à frapper. Rares étaient celles qui nous échappaient. Un ou deux coups avaient suffi à écraser la tête alors que longtemps encore après leur queue se tordait en reptations spasmodiques et désordonnées.

Nous n'en abandonnions jamais une seule sans l'ouvrir. Bien mortes et prises entre nos deux bâtons, d'un coup sec de la pointe de notre couteau, nous libérions soit un mulot à demi digéré, soit un oiseau méconnaissable, soit un pauvre crapaud, mais aussi quelquefois, et c'était là le but de nos entreprises, de minuscules vipereaux pâles qui cherchaient le salut dans une fuite alors qu'ils étaient infailliblement condamnés à notre coup de talon.

« Regarde... »

Sans se soucier de nous, avec de petits cris plaintifs, sautant de branche en branche, toujours plus bas, le roitelet descendait, attiré fatalement, attiré par les deux minuscules prunelles rouges et fendues qui le fixaient, et par une gueule immense qui s'ouvrait déjà pour l'engloutir.

Dans un sifflement brutal la badine de mon frère avait mis fin au charme meurtrier et libéré l'oiseau.

Ce fut la seule fois où il nous fut donné d'assister à cette tragédie.

L'oiseau était parfait de connerie ! Était-il devenu amoureux de deux petites prunelles rouges ? C'est à croire, car rien sinon l'amour ne pouvait expliquer plus stupide égarement.

La lutte de la vipère et du hérisson a grande allure.

L'un ou l'autre est perdu, mais c'est l'un qui y passe le plus souvent, car les hérissons adorent les serpents et savent s'y prendre avec eux.

L'un et l'autre se sont vus. La fuite pour la vipère serait la pire des tactiques. Elle le sait, et contrairement à ses habitudes, elle fait face, courageusement, car elle devra compter avec l'agilité surprenante de cet adversaire redoutable, de ce petit animal au groin de cochon, aux pattes courtes, couvert de piquants acérés, et qui sait défier sur place, roulé en boule, le chien le plus tenace ou le renard le plus patient.

C'est la queue, l'extrémité seule de la queue qu'il faut saisir. Se tromper, exposer son museau à la morsure serait sa fin. Le hérisson tourne autour du serpent, près, tout près, jusqu'au moment où le croyant à sa portée ce dernier se détend. Une esquive, le coup est manqué, c'est cet instant que le hérisson attendait, car il sait, guidé par un instinct ancestral des plus sûrs, qu'il faut à une vipère un court moment pour remettre en action le jeu complexe de ses muscles et frapper de nouveau, et c'est ce moment qui lui suffit.

Avant qu'elle ait pu réagir elle est saisie, il s'est enroulé, et c'est contre une bogue hermétique couverte de piquants épais que la vipère se retourne trop tard.

Rien ne presse plus, replié sur lui-même, sa proie fermement maintenue dans ses profondeurs, le hérisson attend car il sait maintenant que, là encore, de mémoire de hérisson, aucune vipère ne s'est jamais tirée vivante de cette situation.

Percée, lacérée, vaincue par chacun de ses propres efforts, la vipère n'est bientôt plus qu'un cadavre que son vainqueur, malgré sa modeste corpulence, en toute quiétude, fait disparaître en peu de temps.

Jambes nues, notre panier de noisettes au bras, je ne sais par quel miracle, au cours de nos vagabondages, nous ne fûmes jamais mordus !

21

La demeure avait dû avoir grande allure au temps de sa magnificence avec ses dépendances multiples, toutes ceintes d'un mur de pierres, surmonté lui-même de grilles monumentales.

Ces grilles je les ai connues rouillées, mais encore droites, soutenues par un lacis de glycines géantes croulantes de grappes en fleur, et Dieu sait ce que cela était encore beau dans le bourdonnement et l'odeur du printemps !

Elles avaient dû protéger un parc dont on devinait les vestiges de massifs disparus sur des monticules surélevés où subsistaient encore d'increvables yuccas, des touffes épaisses de gynérium à plumets blancs, ou des bouquets de bambou.

Au milieu de la cour entretenue – et cela mérite d'être noté –, coulait une petite pièce d'eau, un bassin rond avec margelle et un jet d'eau réglable dont les effets suivaient le rythme des saisons. Gelé l'hiver, ce dernier était au mieux de ses performances au printemps et en automne, mais il restait toujours suffisant pour assurer la survie d'une flottille de poissons rouges, dont certains séniles étaient blancs.

Autour de tout cela évoluaient deux ou trois paons. Cette vision inattendue, et bien que fugitive, m'est restée d'autant plus nette que je me souviens de les avoir perfidement pourchassés dans tous les coins, sans succès d'ailleurs, dans l'espoir insensé de leur plumer la queue.

Ces splendides pensionnaires, incarnation du luxe, disparurent toutefois assez vite. Je ne sais pourquoi, volatilisés sans raison peut-être, pour faire comme tout ce qui est devenu trop brillant, qui peut porter ombrage et doit s'évanouir comme bulle au soleil.

Ils cédèrent la place à une équipe plus démocratique de dindons énormes, congestifs, mais ombrageux, qui faisaient encore admirablement la roue en gloussant d'aise pour peu que nous les y incitions en sifflant. Certainement plus prolifiques, ces derniers avaient, bien que dotés de moins vives couleurs, l'avantage de mieux se comporter sous la graisse, et c'est pour cela qu'en fin de compte ils triomphèrent et restèrent maîtres de la situation.

Portail franchi, la maison inquiétait. Elle avait un balcon, c'était un luxe, mais il était douteux, et de longues lézardes bien visibles, malgré les treilles et les rosiers grimpants à l'abandon, couvraient ses murs décrépis. Les volets avaient pratiquement disparu, et ceux qui persistaient aux fenêtres devenaient menaçants, bruyants, concurrentiels pour la girouette dont l'inclinaison laissait mal présager des vents. Un nombre important de carreaux manquait. La toiture fléchissait sur la gauche.

Le tout, et cela n'était pas qu'une apparence, donnait l'impression que la vie s'était retirée dans la partie droite encore habitable de la maison.

On pénétrait par un couloir éclairé d'une double-fenêtre vitrée et ce fait, inaccoutumé dans la région, témoignait dès le seuil du caractère hautement aristocratique de la demeure.

On y entrait aussi par les fenêtres en bousculant un peu des chambranles qui ne résistaient pas, et il était bien évident que de générations il n'y avait jamais eu là le moindre effort d'entretien ou de réparation.

L'armature intérieure persistait. Les huisseries y étaient, mais les cloisons étaient dans un tel état que les animaux lares et en particulier deux magnifiques setters irlandais roux, de haute taille, pouvaient circuler d'une pièce à l'autre sans se soucier des portes. À ce stade les courants d'air eux-mêmes n'avaient plus prise et n'existaient plus.

Les planchers anciens et ouvragés étaient torves, disjoints, absents par endroits. Les papiers qui restaient encore pendaient, décollés des murs, et tombaient en lambeaux sur des meubles somptueux ou qui avaient dû l'être et qui, de toute façon, même en leur état, auraient à eux seuls assuré la fortune d'un antiquaire. Sous des portraits de famille, indifférents dans leurs cadres ovales, l'Empire et son faste s'étaient retranchés en trois pièces où l'on trouvait : consoles, buffets, tables et sièges laqués et dorés, moisis sous la poussière. Plusieurs salons et une salle à manger avec ses acajous bagués de bronzes ciselés attendaient là que le temps et les vers en terminent avec eux.

À chaque avarie, et d'évidence elles étaient fréquentes, la pointe et le fil de fer étaient l'unique remède, et tout fauteuil réparé qui ne retrouvait pas un équilibre valable était immédiatement condamné et allait terminer sa carrière sous le hangar, ou tout simplement sur un joyeux feu de bois.

La vaisselle était traitée d'une égale façon. Chats et chiens mangeaient et se disputaient autour de plats cloutés d'abeilles d'or, tandis que les canards barbotaient dans la soupière qui en son temps présidait aux charmes de la table d'un préfet de Napoléon.

À pareille demeure ne pouvait correspondre qu'un être exceptionnel et c'est en fait une des figures les plus originales qu'il m'ait été donné de rencontrer.

Son dédain des convenances habituelles contrastait étrangement avec la particule que lui avaient transmise ses ascendants. Il affichait dans ce domaine un certain mépris, venu peut-être d'un désenchantement et d'une amertume qu'il cachait bien, et il ne se gênait pas pour clamer que titre ne valait pas pipette et sûrement pas bourse bien garnie.

Revers de fortune, insouciance, trop fructueuses gestions de régisseurs enrichis l'avaient conduit à des conclusions réalistes : l'époque des baronnies et des chasses à courre était révolue, il fallait s'adapter ou disparaître. Il en avait pris philosophiquement son parti et œuvrait malgré ses titres de noblesse comme tout le monde, en exploitant ses bois d'abord, puis ceux de ses voisins à l'occasion.

Il était fort, puissamment campé sur les jambes, et sa tête qu'il rentrait dans les épaules le faisait paraître voûté. On le trouvait toujours dans un égal débraillé, dépoitraillé, la chemise largement ouverte sur une foison de poils poivre et sel... Il était impressionnant !

Rarement rasé, un béret crasseux sur ses cheveux grisonnants il gardait, malgré tout ce négligé, grâce à une façon d'être, à une certaine attitude, une classe qui ne trompait pas.

Il ne parlait pas, il claironnait d'une voix forte, d'une voix de tribun, accompagnant chaque phrase de gestes éloquents. La main tendue, la tête inclinée, pour les choses les plus banales il semblait toujours prêter serment.

« Laissez-les faire, mon pauvre ami, il faut qu'ils apprennent à vivre tout seuls, à leurs risques et périls... Il n'y a que l'expérience que l'on fait soi-même qui est profitable dans la vie. Venez plutôt prendre un verre, ils se débrouilleront bien comme bon leur semblera. Il n'y a plus tellement à écraser ici, que voulez-vous qu'ils abîment ? Laissez-les donc jouer. »

Ce discours nous concernait, il s'adressait à mon père que des raisons paperassières conduisaient souvent chez lui. Nous y retrouvions trois galopins toujours prêts à se conduire en vandales comme nous, bien décidés d'accomplir en cachette les pires prouesses au prix des pires excentricités.

Il y eut donc le toboggan, les parties d'équitation sur les bœufs, les balançoires géantes et, les jours les plus défavorisés où il n'était pas question de bivouaquer au-dehors, les jeux de salon improvisés.

Trois ou quatre mètres cubes de planches – elles ne manquaient pas et n'étaient pas chères –, plusieurs kilos de pointes et pas mal de litres d'huile de vidange furent nécessaires à la confection de notre toboggan. Son réseau de rails en bois, soutenu par de lourds piquets, partait d'une plate-forme élevée et occupait par son lacis, en suivant la pente naturelle du terrain, toute la longueur d'un pré qu'il condamnait. Son assise de départ avait à elle seule nécessité un travail de plusieurs semaines et l'achèvement du tout nous avait occupés plusieurs mois. Mais il n'y avait pas à dire, c'était une belle réalisation. La pièce maîtresse, celle qui par contre ne nous avait donné aucun mal et sans laquelle rien n'aurait été possible, était constituée par un lourd chariot d'acier dont l'usage premier avait été de conduire les énormes troncs de chênes vers les dents de la scie. Désaffecté, il était devenu l'élément mobile de notre système sur lequel nous pouvions sans difficulté prendre place cinq ou six à la fois. Son poids ajouté aux nôtres nous permettait des vitesses de pointe folles, voisines de celles des grands huit de nos foires modernes, et cela nous enchantait d'autant plus que nous ne connaissions pas ces derniers.

Le parcours très étudié était relativement long et se terminait au cœur d'une haie où le convoi en général se bloquait et déraillait.

Trente secondes de griserie pour un quart d'heure d'efforts communs, tel était le prix à payer pour pouvoir se hisser les uns derrière les autres de la plate-forme sur le chariot, dans un ordre précis et suivant un déroulement qui devait donner à chacun son droit régulier d'être en tête du convoi pour être le premier à plonger tête en avant dans les buissons. « Prêts ? »

Les mains se retiraient prudemment des zones dangereuses, les pieds se relevaient et le chef de file, à qui incombaient les responsabilités, après avoir jugé que tout était en ordre, d'un coup de marteau libérait la cale et du même coup le bolide qui, chargé de voluptueuses sensations, sans frein, s'élançait vers la haie des voisins.

Aujourd'hui, une scierie c'est un lot de camions, de tracteurs à chenilles, de treuils d'acier compliqués, voire de grues, il n'en était pas de même autrefois.

Les transports se faisaient tronc après tronc, au moyen de fardiers hauts sur pattes, traînés par des bœufs puissants et roux dont la paire dépassait la tonne. Deux, quatre bêtes, guidées par l'aiguillon étaient nécessaires pour rouler les énormes billes et les sortir de leurs ravins. Amenés à pied d'œuvre, les troncs étaient roulés en force au moyen de piques jusqu'à leur zone de débitage où ils devenaient planches, poutres ou traverses, suivant la qualité, les commandes ou les besoins.

Cinq ou six ouvriers arc-boutés étaient indispensables pour remuer les lourds madriers, et l'exploitation demandait l'effort conjugué de tous les bras.

Si nous avions eu à notre disposition des chevaux il eût été hors de doute que nous serions devenus d'excellents cavaliers, malheureusement le travail dur et de patience de l'entreprise ne convenait pas à la fougue du cheval et seules les forces inépuisables du bœuf pouvaient toujours se tirer des plus mauvais pas.

Nous ne connûmes donc pas dans notre jeunesse de belles chevauchées à travers la campagne mais seulement de brefs rodéos improvisés sur le dos des ruminants, ce qui n'est tout de même pas commun et reste une très noble forme d'équitation.

C'était le dimanche, au moment où les bêtes au repos n'aspiraient qu'à paître ou à rêver dans leur enclos, qu'elles nous voyaient apparaître désireux d'exercices et de fantaisies.

Il nous fallait d'abord les attraper – et ce n'était pas facile car, méfiantes, dès qu'elles nous apercevaient elles se levaient –, puis leur passer une corde autour des cornes, ce qui était un exploit avec des partenaires de leur envergure. On y arrivait pourtant à force de persévérance, de quelques poignées de sel, et de pas mal de ruses. Nos vingt-cinq kilos tractaient ensuite la masse de muscles résignée jusqu'à l'échelle qui devait nous permettre de prendre place, jambes en équerre, à trois ou quatre sur leur vaste échine.

Un coup d'aiguillon, c'était parti, et cela ne durait guère. En un rien de temps nous étions vidés, renversés, liquidés. Comment diantre fit Europe pour atteindre la Crète sur son taureau fougueux ?

Le dernier à perdre l'équilibre était proclamé vainqueur.

Tantôt sur une bête, tantôt sur l'autre, nous passions des heures à chercher un équilibre impossible au milieu d'une joie générale que seuls les bœufs ne partageaient pas.

Cela durait jusqu'au moment où, lassées, aucune de nos montures ne voulait plus se laisser approcher, et où force nous était bien de chercher ailleurs d'autres occupations.

Il ne manquait pas de cordes à la scierie, des cordes solides, d'une exceptionnelle longueur, indispensables pour coucher les arbres les plus hauts, à l'endroit choisi, au moment voulu, lorsqu'à leurs pieds l'entaille de la hache était devenue si profonde que leurs craquements annonçaient leur imminente chute. Évidemment ces cordes devaient reprendre leur place immédiatement après l'usage, mais en fin de journée, hors des heures de travail, elles nous appartenaient, et cela nous suffisait.

C'est avec elles que nous édifiions nos balançoires géantes dont les points d'attache se situaient au sommet de hauts sapins aux escalades facilitées par des branches en escalier. Leur amplitude était stupéfiante, et à bout de course demandait du sang-froid. On était loin des paisibles manèges coûteux et à peine entrevus une fois l'an les jours de fête.

Nos perchoirs étaient d'une déconcertante simplicité, au mieux un manche à balai passé entre les jambes, mais au besoin un simple nœud pour cramponner les pieds nous suffisait. Nos oscillations entretenues d'un coup de rein donné à bon escient nous permettaient, sans aucune intervention étrangère, des performances.

Là aussi, chacun son tour, c'était la règle et c'était à celui qui époustouflerait l'autre. Comme nous avions tous de l'imagination c'était bien compliqué. J'y arrivai pourtant, au moins une fois, et enlevai la palme en combinant ma voltige à un arrosage très personnel, au passage, sur la tête des copains qui ne s'y attendaient pas.

Jeux puérils qui sans laisser de place au spleen étaient tout en fantaisies et improvisations... Personne n'osa aller plus loin.

Les jours de pluie, qui nous contraignaient à rester à l'intérieur, nous réunissaient tous les cinq dans une pièce éloignée, à l'extrémité de la maison, dans un débarras vaste où l'inutile était relégué, et qui avait l'avantage de jouir de l'indifférence la plus totale.

Nous pouvions faire là tout ce que bon nous semblait, personne ne nous entendait et n'aurait eu l'idée de venir nous y surprendre.

C'est là que nous fumâmes nos premières cigarettes dont les effets désastreux furent mis sur le compte d'une intoxication de sardines ; c'est là que nous composâmes nos fameux brûlots : eau-de-vie de prune, Cointreau, Grand-Marnier, grenadine à parts égales plus dix morceaux de sucre, le tout chauffé dans une casserole puis flambé sur feux doux.

Cela donnait un breuvage dont la dégustation même à petite dose nous procurait des vertiges et des inspirations subites si nous en manquions. La potion de Panoramix n'aurait pas eu plus d'effet !

Malheureux fauteuils ! Malheureux canapés ! Ivres comme des grives, nous bondissions sur leurs ressorts qui finissaient par céder et crever le tissu, pour nous suivre dans nos envols en nous menaçant les fesses.

C'est là aussi où nous réalisâmes grâce à une vaste table Louis XVI un billard qui compte dans notre souvenir comme une de nos plus belles réussites.

La table fut bordée d'une ceinture de planchettes clouées, puis elle fut percée sur son plateau, à l'aide d'une énorme tarière, de trous disposés selon les meilleures règles du jeu. Quelques manches à balais devinrent de très honnêtes queues de billard et comme nous avions le goût du fini, grâce à un intérieur de pendule de cheminée, nous rationalisâmes notre œuvre en limitant à un quart d'heure la durée de chacune de nos parties.

« Mon cher ami, venez voir ! Avouez que c'est ingénieux. Les enfants, montrez-nous un peu comment ça marche. Avouez mon cher ami que ce n'est pas mal agencé. »

Mon père ne connaissait rien aux meubles d'époque, il ne pouvait que convenir. Seul l'œil énucléé de la pendulette vidée de ses entrailles entre ses deux candélabres aurait pu nous demander des comptes.

Alors on continuait.

22

Sur l'ensemble des bois, les châtaigniers dominent en Limousin par la densité de leurs verdures étagées, et leurs vastes plages sombres que l'on devine de loin, opaques, se distinguent des autres essences. L'altitude moyenne, le climat conviennent à l'arbre qui devient là puissant, et étouffe à ses pieds toute végétation, ne tolérant que de vastes tapis de mousses humides et souples dans lesquels le pied s'enfonce et où le champignon se plaît.

C'est dans les derniers jours d'octobre, en peu de temps, avec les premiers vents, que les châtaignes parfois libérées, parfois encore dans leur bogue, tombent en Corrèze chassant par leurs impacts mats et répétés les grands capucins roux qui s'étaient endormis sous le couvert des bois. Il y en avait beaucoup alors sous les châtaigniers vigoureux, tellement que la plupart se perdaient abandonnées sous la feuille sans que personne ne s'en soucie pour la providence des cochons et la joie des écureuils.

Ramasser les châtaignes où que ce soit, chez n'importe qui, n'était pas alors un délit. Il y en avait pour tous et l'on était compréhensif, voire plus que généreux.

Une bordure de vieux arbres greffés, aux fûts énormes, nous revenait. Nous devions cette largesse à autrui. À nous de les ramasser.

Nous nous y rendions le soir après 4 heures, râteau et paniers au bras et, au mépris des bogues à demi éclatées que nous libérions d'un coup de talon de leur contenu, nous ensachions jusqu'à la tombée de la nuit.

Nos sacs que nous laissions sur place se remplissaient et, liés, attendaient côte à côte le passage d'une charrette amie qui, sans que nous le demandions, les amenait à la maison.

Fraîches, elles étaient délicieuses blanchies, cuites à l'étouffée, consommées dans de grands bols de lait chaud, et dans la saison plus avancée elles restaient toujours valables en marrons que nous cuisions le soir, pétaradants et brûlants, dans notre feu de cheminée.

Nous les mangions encore au printemps sous forme de « Jacques » si sèches et si dures que c'était un miracle de ne pas y laisser une dent. Enfin crues et cassées, les plus chétives, les plus douteuses et les dernières allaient aux poules qui se les disputaient, et en un clin d'œil les liquidaient.

À l'encontre de nos petits camarades, qui tous à notre âge se rendaient déjà utiles et presque indispensables à la ferme et aux champs au point de perdre de-ci, de-là plusieurs jours de classe lorsque les travaux urgents ou un temps incertain l'exigeaient, nous n'étions, mon frère et moi, que bien peu nécessaires à la maison et les services que nous pouvions rendre se comptaient.

La corvée du lait toutefois nous incombait tous les jours, et lorsque je dis corvée c'est très exagéré, car l'expédition, rapide l'hiver, de durée imprévisible l'été, n'était en vérité pas une contrainte pénible mais plutôt une détente agréable et attendue.

Nous allions chercher le lait tous les soirs. Nous empruntions pour ce faire un petit chemin encaissé entre des talus bordés de noisetiers, fleuris de mauves campanules, de hautes digitales pourprées, qui, peu fréquenté, même des charrettes, se réduisait de lui-même par endroits en un sentier caillouteux. En rien de temps nous étions hors du bourg, en rase campagne, et nous émergions entre bois et prés pour un parcours sinueux et sans repères, qui ne tenait plus compte que des haies des bordures et de notre fantaisie.

Notre arrivée à la ferme était rapide. Quelques mots d'amitié échangés, une inspection systématique à un massif de framboises et nous repartions, notre litre de lait à la main, pour un retour qui aurait dû être aussi simple mais qui en réalité, hélas ! était plein d'embûches, et dont la durée ne dépendait que du soleil.

Il y avait des branches mortes en tas, élastiques, qui constituaient de merveilleux tremplins, d'où l'on pouvait se propulser haut et loin. Il y avait un pré couvert de saponaires roses et de millepertuis qui incitait aux cabrioles et un petit ruisseau qui le traversait. Ce ruisseau coulait clair et sur lui la moindre écorce munie de mâts flottait et devenait un voilier dont il était impossible de ne pas suivre les évolutions et les périls.

Enfin il y avait Adrien... Adrien et son chien, Bricole, un berger de Brie magnifique, mal peigné, couvert de longs poils noirs qui lui tombaient sur les yeux et le bout de la truffe, et joueur avec ça ! Tous les deux gardaient leurs vaches et avaient besoin de compagnie.

Il y avait un nid d'agace à surveiller, du soleil encore chaud, des pâquerettes en fleur et… au pied de chacune d'elles des milliers de grillons.

Les fraîcheurs du soir et les premiers rougeoiements de l'horizon nous surprenaient en nous ramenant aux réalités.

À trois, en quelques minutes, tendres ou coriaces, sans trop se soucier de ceux qui étaient en fleur, bien au contraire ils se voyaient de plus loin – et la fleur est si vite arrachée –, un maigre tas de pissenlits était constitué pour légitimer notre retard… Et quelle mère enfin aurait-elle eu le cœur de réprimander deux enfants qui lui revenaient animés de sentiments aussi affectueux, concrétisés en bleuets, marguerites, coucous ou boutons-d'or, ou tout simplement en chardons d'âne s'il n'y avait rien d'autre à ramasser.

Il y avait des incidents. La bouteille oubliée au creux de la rigole fraîche, chacun de nous ayant la ferme conviction que l'autre la portait, et que nous repartions récupérer au pas de course ; la bouteille tout simplement cassée et perdue corps et biens.

Ce cas était fréquent, beaucoup trop fréquent pour que nous ne l'ayons prévu. Une deuxième bouteille de même apparence, cachée dans un coin précis de la haie était la meilleure parade et attendait cette conjoncture et, Adrien étant là, tout était sauvé.

La rousse ou la brune, ou les deux alternativement tenues par les cornes, tirées par la queue, malgré les mouches, malgré leur évident désir de fuite, malgré leur incompréhension et leur mauvaise humeur devaient pallier la catastrophe et rentrer en action.

Ce n'était pas facile...

Essayez donc un jour, si vous avez du temps de reste, une vache dans un pré à votre disposition, de la traire avec comme unique récipient une bouteille étroite, et vous m'en direz des nouvelles !

On en perdait deux ou trois litres pour en avoir un, mais on y arrivait.

Et c'était à cause de nous si les vaches de l'Adrien étaient réputées inconstantes en rendement.

« Adrien, tu as bien fait attention aux vaches ? Comment se fait-il qu'elles n'ont quasiment pas de lait ce soir ?

— La brune comme la rousse ont été ensemble dans le trèfle frais. Le temps que je coure de l'une à l'autre je n'ai pas pu les empêcher. Et un moment d'inattention ça peut arriver, non ? »

Adrien, pour nous, subissait des réprimandes sévères et c'était un bon copain.

23

À part les terrains trop humides, les grillons sont partout, et si on ne les voit pas, du moins on les entend. Leurs petits terriers creusés en cachette ont la fantaisie de petits pavillons de campagne et leur emplacement discret, choisi sous une touffe d'herbe protectrice au pied d'un bouquet de thym sauvage ou de romarin odorant, personnalise leur caractère. Les grillons adorent le calme, le soleil et la musique, et ils ne manquent jamais de faire, par les après-midi les plus chaudes ou dans la sérénité des soirs heureux, leur petit concert de guitariste amoureux, au-devant de leur porte.

Ces grillons n'ont rien à voir avec leurs lointains parents du foyer porte-bonheur au même titre que les dieux lares de nos maisons. Ils n'en ont ni la forme, ni la teinte, ni l'esprit communautaire, car eux sont individualistes à outrance et célibataires endurcis.

Un par trou ; un trou creusé avec tellement d'habileté, dont l'ouverture est si bien exposée qu'elle défie aussi bien les averses les plus sévères et les plus brutales que les plus fines pluies. Le ruissellement coupé par la touffe protectrice s'écarte à son abord et humidifie à peine l'entrée.

Au cours de ces intempéries les grillons restent au fond de leur demeure, ils ne sortent que par temps sec, ils ont horreur de se mouiller les pieds.

Un territoire abandonné, selon certaines fantaisies, pour des raisons de convenances personnelles, ou de mauvais voisinage, ou de désirs d'aventures, ou tout simplement de décès, ne tarde pas à perdre sa fraîcheur, voire à être obstrué par une minuscule toile d'araignée, et un habitué ne s'y trompe pas. De petits sentiers bien tracés, entretenus, partant en éventail, parsemés de minuscules crottes à courte distance – il faut être prudent –, témoignent par contre que les lieux sont occupés, que le propriétaire est chez lui ou dans les environs, jamais très loin puisque bien que paisibles les grillons ont beaucoup d'ennemis.

Oiseaux, petits rongeurs, sans parler des poules qui ne les manquent jamais, en font une hécatombe silencieuse et propre puisqu'il n'en reste rien, tout au plus deux pattes arrière abandonnées au cours d'une résistance d'ailleurs désespérée et inutile.

Faire sortir un grillon de son trou n'est pas facile. Il n'y a que deux ou trois procédés, je vous les livre, et les truites étant friandes de grillons, cela pourra servir aux pêcheurs et, comme ils connaissent probablement déjà ces techniques, cela ne pourra tout de même pas nuire à mes grillons.

Le premier moyen, celui qui séduit d'emblée, est simple et ne demande aucun matériel. Vous vous couchez dans l'herbe – on est mieux –, le nez dans la saponaire, la ciboulette ou la navette, et armé d'une tige d'herbe flexible, de beaucoup de patience car votre partenaire n'en manque pas, doucement, après avoir délicatement enfoncé votre arme, vous chatouillez lentement, avec insistance, le fond du trou.

Cela peut durer dix minutes, un quart d'heure, sans aucun effet, puis brusquement vous le voyez apparaître tête en avant, ses volumineux yeux globuleux étonnés, cherchant à comprendre avant de replonger dans ses profondeurs.

Une fois, deux fois, jusqu'au moment où n'y tenant plus il s'élance enfin hors de son repaire. Vous n'aurez aucun mal alors à le saisir, mais si vous êtes gentil laissez-le fuir. Il est furieux !

La deuxième méthode a moins de charmes et elle nécessite la possession d'une cartouche vide. Peu importe le calibre, le grillon s'en fout et un vieux tube d'aspirine ferait tout aussi bien l'affaire.

C'est la curiosité du grillon qui le perdra, du moins je le crois, à moins qu'il ne soit claustrophobe !

Vous coiffez l'orifice de la galerie et vous pensez à autre chose. Il montera ; il montera pour voir ce qui se passe, car brusquement chez lui c'est le noir d'encre comme au cours des nuits les plus sombres, et lorsque vous retirerez et secouerez votre piège il tombera dans le creux de votre main.

Enfin si vous êtes pressé, si vous avez le cœur dur et que vous désirez un résultat immédiat, il y a une dernière méthode, il suffit de verser un dé à coudre d'eau dans le petit clapier. Votre victime sortira à la seconde.

Adrien avait amélioré la technique, le grillon ne faisant aucune différence entre l'eau froide et l'urine tiède.

Il réussissait à chaque coup, mais pour cela il fallait le besoin, la précision et la maîtrise, trois conditions souvent difficiles à réunir, et qui excluent les prostatiques.

24

Pour aussi étrange que cela puisse paraître, les courses de Pompadour évoquent dans nos souvenirs d'enfance, non des chevaux, mais des autos !

Dans leur cadre incomparable, sous les fenêtres du château de la marquise, elles avaient déjà, à l'époque de ma jeunesse, grande renommée. On y allait de loin, et Limoges, qui s'y rendait volontiers, empruntant pour ce faire le seul itinéraire possible et tout juste praticable, passait au bas de notre côte. C'était à ces occasions un défilé inaccoutumé et important de voitures automobiles, qui avait lieu en principe chaque dimanche de juillet et d'août, pendant cette longue période de vacances où rien n'était envisageable pour nous que soixante jours d'isolement – *at home*.

En quelques heures, sur une route habituellement si calme que les bourricots s'y laissaient aller à somnoler en trottinant, et où l'on pouvait entreprendre une partie de billes sans courir le risque d'être dérangé, c'était le déferlement. Ces événements répétés, attendus, constituaient pour nous une de nos distractions favorites de l'été, une diversion au cours de cette période un peu monotone, une occasion inespérée de droits à rencontres sans surveillance entre galopins.

Sans préavis, d'un commun accord, nous nous retrouvions au soleil, sur la pente d'un grand pré vert (ils sont tous verts en Corrèze. C'est du moins ce qu'affirment encore aujourd'hui les grands panneaux d'accueil de notre département) d'où nous pouvions surveiller la route sur un très long parcours, et là, au bord de cette départementale, nous regardions passer les autos !

Les voitures arrivaient presque toutes à la fois, surgissantes, rutilantes ou poussiéreuses, rapides ou lentes, soulevant sur leur passage des nuages de poussière, dans un bruit de ferraille malmenée. Longtemps avant l'heure, à notre poste d'observation, nous attendions la ruée, – on dirait le « rush » aujourd'hui –, la vitesse, et déjà la compétition, que favorisait une des belles et rares lignes droites de la région. Nous n'étions pas habitués à des spectacles aussi insolites, c'était l'aubaine !

Nous commencions par compter les voitures, par supputer leur vitesse, par affirmer leur marque, nous disputant pour le plaisir sur des appréciations et des affirmations d'ailleurs invérifiables. Cela durait un certain temps... Malheureusement la passivité béate n'était pas dans notre nature et c'eût été mal nous connaître que de nous attribuer les qualités de sagesse propres aux ruminants voyant passer des trains. Nous étions des contemplatifs à limite et les statistiques n'étaient pas notre idéal, nous attendions autre chose de défilés aussi exceptionnels, qui de gré ou de force devaient entrer dans notre jeu.

Ils y entraient.

Il y eut pour cela des idées nombreuses et originales. On essaya tour à tour : les clous, les pointes, le verre cassé et même le cageot innocent oublié en pleine route.

Des succès relatifs pour des dépenses relativement élevées firent que beaucoup de nos essais furent abandonnés. Deux seuls devaient triompher, s'avérer dignes d'être retenus. Leur intérêt était tel, qu'après leur mise au point, nous devions les reprendre chaque dimanche, toujours avec la même satisfaction et à l'insu de nos parents bien entendu.

La course, c'est l'enjeu et le hasard, tout le monde en conviendra. Nous avions donc constitué, à une époque où le tiercé n'existait pas, avec un certain nombre de conventions, une forme de pari mutuel qui, faute d'argent, se soldait en espèces, en l'occurrence en billes, dont nous avions tous une réserve permanente et suffisante pour cela.

C'était encore, sous ce climat frais, la saison des pommes de « Saint-Jean ». Au mois d'août, quel bled ! et nous arrivions sur notre terrain muni chacun d'une égale provision de ces dernières qui constituaient les pièces essentielles de notre jeu.

La route étant déserte, chacun de nous y jetait une pomme et chacune d'elles, suivant sa position plus ou moins favorable, se voyait gratifiée d'une mise rapidement débattue. Il ne restait plus qu'à attendre. Ce n'était pas long. Une voiture, deux voitures passaient sans en toucher une seule, puis, brusquement, ça y était, l'une d'elles était écrasée et rapportait du même coup à son propriétaire deux, trois ou quatre billes, quelquefois plus.

C'était ingénieux, prenant, captivant, mais cela ne pouvait toujours continuer. Nos provisions épuisées mettaient fin à nos gains et à nos pertes, et c'était de bon cœur que nous passions à d'autres exercices dont l'attrait peut échapper encore aux automobilistes, mais non point aux enfants.

Le pré très en pente convenait parfaitement au déroulement des opérations. Une auto à peine entrevue à l'extrémité de la ligne droite, nous le dévalions à toute allure dans une poursuite calculée, sinueuse, traîtresse, qui devait de toute façon s'achever avec précision, au moment même où le bolide arrivait à notre hauteur, par une glissade sur les fesses tout au long du talus.

Les résultats étaient stupéfiants : coups de freins, coups de volant et embardées se succédaient à la queue leu leu. Seuls les automobilistes sans réflexe y échappaient.

Stoppés en pleine vitesse, les conducteurs découvraient alors, à côté d'eux, des têtes de parfaits idiots qui les regardaient, bouche bée, vociférer leurs injures, sans avoir l'air de comprendre ce qui leur arrivait, puisqu'en vérité ils n'étaient pas sur la route mais bien dans le fossé, ce qui après tout était leur droit.

C'était fort drôle !

L'auto ne s'arrêtait guère, et nous nous tapions les cuisses de bonheur avant de remonter en hâte notre pente pour recommencer.

Nous tenions, dans une orthographe libre et phonétique d'avant-garde, une liste type des meilleures et plus fréquentes réactions. C'est ainsi que l'on pouvait y lire :

Petit idio	+ + + + + +
Petit crétin	+ + + + + + + + +
Petit maurveu	+ + +
Putin de moine	+ +
Petit couyons	+ + + +
Graine de sagouin	+
Aussi stupides que vos parents	+ + +

Nous parfaisions notre vocabulaire.

Ce fut moins drôle le jour où par mégarde je laissai tomber la liste de ma poche ! Heureusement les écritures multiples me sauvèrent. Mon père fut stupéfait, n'y comprit rien, et finit par admettre la seule explication valable que je lui donnai après quelques secondes de réflexion :

« C'est un papier que j'ai trouvé dans le chemin. »

La dernière affirmation : « aussi stupides que vos parents », écrite d'une main juvénile, le laissa un instant rêveur mais ne me permit pas néanmoins de couper à une dictée de mots d'usage où toutefois « morpion » et « putain », pourtant d'importance évidente, ne figuraient pas.

Nous n'allions jamais aux courses de Pompadour. Ce n'était certes pas très loin, une quinzaine de kilomètres tout au plus, mais de l'avis de Paul, « il aurait fallu être fou comme un lapin pour se mettre en route un jour pareil », et nous n'étions pas fous, Dieu merci !

25

Raoul habitait à trois ou quatre lieues de chez nous : imprécision provenant non de la lieue elle-même, que Paul et les Gaulois fixaient très exactement à 4 444 mètres, mais du fait que les chemins conduisant chez lui n'avaient ni bornes ni tracés définis, suivaient l'ombre ou le soleil suivant l'inspiration de chacun, et tant vaut-il dire n'existaient pas. Parler donc de kilomètres n'eût pas été plus valable, et c'eût été moins joli et bien trop prosaïque pour Raoul, qui méritait l'admiration pour son tempérament d'artiste, de poète et de philosophe à sa façon.

On n'aurait pu lui donner d'âge. Tout ce que l'on pouvait dire c'est qu'il n'était pas vieux, qu'il boitait – et ça on le voyait d'emblée –, qu'il portait la barbe et était d'une maigreur squelettique. N'étant jamais peigné il n'était jamais dépeigné. Ses yeux étaient vifs, brillants et s'imposaient sur les traits tirés de sa figure. Raoul sentait la maladie, pulmonaire disait-on dans le pays. C'était probablement vrai. De toute façon c'était son affaire et Raoul n'en parlait pas et ne voyait jamais le médecin.

Il vivait dans une vieille ferme qui était abandonnée avant sa prise de possession, loin de tout voisinage, avec comme uniques compagnons un chien et un chat tout aussi maigres que lui.

Un grand désordre régnait autour de sa maison. Caisses, planches, bois, ferrailles, chaise longue, vieux bidon servant de niche, scie à bûches, tout traînait, abandonné à l'endroit même où l'objet avait cessé d'être utile et où il attendait d'être nécessaire de nouveau.

Aux jappements de son chien, Raoul apparaissait et on était saisi.

Raoul portait une blouse vaste qui aurait dû être blanche et qui, tombant de ses épaules voûtées jusqu'à ses pieds, le faisait ressembler à un épouvantail mal garni.

On était saisi… et pourtant on savait. On savait, puisqu'en général on ne venait le voir que pour cela, et que Raoul était naturaliste.

Comment cette vocation lui était-elle venue ? C'eût été difficile de le dire, peut-être au contact de la nature, sûrement par goût, peut-être aussi un peu par nécessité, quoique dans ce domaine Raoul ne se laissait guère aller et échappait à toutes contingences. Toujours est-il qu'il était connu et disposait de loin d'une grande notoriété. Ses clients suffisaient à le faire vivre très chichement, sans ambitions exagérées, mais librement, et c'est cela qu'il désirait.

Raoul, étique, survivait. Un petit jardin sans frontières, qu'il disputait mollement aux ronces et travaillait par à-coups, sans ardeur ni conviction, et seulement lorsqu'il s'ennuyait, ce qui était rare, l'aidait.

Raoul en avait simplifié la culture. Le gros de son effort portait sur la pomme de terre dont il avait toujours une suffisante réserve et qu'il mangeait en ragoût lorsqu'il n'avait pas d'huile, et en frites lorsqu'il en avait. Cela constituait le fond de son régime bien qu'il y eût beaucoup d'extras, mais ceux-ci étant fonction du hasard et des circonstances et dépendant des différents animaux, oiseaux ou sauvagines, que sa clientèle lui apportait, il ne pouvait y compter.

De tout cela Raoul était satisfait. Ses menus imprévisibles, pleins d'originalité, qui allaient du blaireau au perdreau, de l'oie sauvage au putois, lui convenaient, et il se considérait mieux nourri que la plupart des gens qui vont au restaurant.

Ses deux pensionnaires suivaient son sort et s'en trouvaient apparemment fort bien. Ils l'écoutaient chanter et jouer d'une guitare qui ne lui coûtait rien car elle n'était pas électrique, et les uns et les autres avaient l'air heureux.

Certes on le soupçonnait de rechercher de temps en temps un peu de son optimisme dans les vignes du Seigneur, mais cela aussi c'était son affaire... De toute façon c'était discret, ses ressources ne lui permettant d'ailleurs pas de faire mieux, et il savait être buveur d'eau, avec regret, à l'occasion.

Raoul était un sage, un rien suffisait à son bonheur et un lapin entretenu sous un cageot, dans sa cuisine, en vue des jours difficiles, suffisait à lui donner une confiance inébranlable en l'avenir.

Enfin, on le savait, Raoul n'acceptait de travailler que sur des animaux toujours absolument frais, et pour s'éviter un refus n'invitait jamais personne à sa table.

Raoul, évidemment, était célibataire.

Comment aurait-il pu en être autrement ? Quelle femme aurait accepté de partager son insouciance, quelle épouse aurait voulu supporter son mode de vie ? Et même si cela avait été concevable, Raoul était trop fier, il ne l'aurait pas admis.

Pièce unique, chambre-cuisine-bûcher et atelier, tout était réuni, unifié dans un fatras qui n'était pourtant qu'apparence et où, dans le fond, chaque chose était bien à sa place, selon une logique commode qui ne dépendait que de l'usage tout en ne permettant à rien de s'égarer.

Dès l'entrée, les murs vous captivaient. On ne voyait rien d'autre, ni les meubles, – il est vrai qu'il y en avait peu –, ni la poussière, ni le désordre, ni même le balai qui traînait à terre et vous rappelait au besoin à la réalité.

La maison de Raoul était un musée, un musée ni mal ni bien tenu, car c'était là le triomphe de l'art, de l'art qui écrase et qui efface, de l'art qui seul reste et s'impose. L'on aurait bien été en peine de dire si les murs étaient couverts de chaux, de papier ou de peinture, puisqu'on ne voyait rien d'autre que ce qu'ils supportaient.

Ce n'était partout que trophées, qui d'une branche, qui d'une planchette, semblaient fixés en pleine vie et vous regardaient.

On allait de l'un à l'autre, du loriot au corbeau, du pic épeiche au héron cendré en passant par le coucou, ce tricheur toujours invisible et qui pourtant se trouvait là. On les admirait tous : éperviers, effraies, vanneaux dans leurs attitudes habituelles, prêts à la course, prêts à l'envol, toujours admirablement observés, admirablement groupés, mais plus ou moins vite, plus ou moins consciemment, inévitablement l'œil finissait par aller au chef-d'œuvre évident, indiscutable, que Raoul n'avait jamais consenti à vendre, même dans les moments les plus durs, et Dieu sait s'il y en avait eu, et qui trônait au-dessus de la cheminée : une énorme buse noire et blanche d'envergure exceptionnelle qui, l'œil en feu, la queue en éventail, déchiquetait les viscères rouges d'un lézard vert.

Ce que ne pouvaient recevoir les murs : genettes tigrées à la gueule rouge, fouines aux dents pointues, petits félins à l'œil méchant dans des poses d'attaque, de replis souples et agissants, étaient dans tous les coins, sur tous les meubles, sur toutes les étagères et même sur le lit.

Raoul était un grand artiste.

Sa table centrale, immense, était comme le reste : un poème. Un arsenal complet de dissection, d'instruments fins et précis : pinces, ciseaux, scalpels, pinceaux la couvraient. Il y avait du fer doux, des fils de laiton de calibres divers, des flacons de vernis, de peintures rouge, beige, ocre, le tout étiqueté comme si cela n'avait pas été évident et, dans la zone la moins exposée, hors d'atteinte, d'innombrables petites boîtes aux couvercles de verre, toutes plus curieuses les unes que les autres, qui faisaient l'admiration. Elles étaient garnies d'yeux, par paire, par taille, par teinte et, si l'on avait en aucun cas le droit de les toucher au risque de les ternir, disait Raoul, on pouvait tout de même lire de près : passereaux, rapaces, grands nocturnes, petits félins, et même sur l'une, à la suite d'une erreur d'expédition : tigre et lion, ce qui, si l'on n'était pas au courant, ne manquait pas de surprendre même en Corrèze et même à cette époque-là.

Toutes ces pièces de joaillerie étaient changeantes à la lumière. Tantôt douces et perçantes, tantôt dures et froides, elles constituaient pour l'artiste une fortune… un investissement. C'était là la partie onéreuse mais indispensable du métier car de la richesse du stock constamment entretenu dépendait la réussite.

Avec une patience, une minutie et une adresse incroyables, Raoul dépeçait sur sa planchette. Les meilleurs morceaux allaient sans hésitation et tout droit dans sa marmite, puis avec le reste il s'arrangeait, il composait.

Il perçait tous les os, spongieux ou pas, passait ses fils d'acier, bourrait d'étoupe, cousait, brossait et tordait l'armature, pour un aplomb juste et une recherche du mouvement qu'il voulait parfait.

À ces moments-là Raoul ne voyait plus personne, n'entendait plus rien. S'il ouvrait la bouche c'était pour se parler à lui-même, et cela durait des heures et des heures pendant lesquelles il avançait, reculait, tournait, jusqu'au moment où, satisfait, épuisé, il s'asseyait et continuait à contempler son œuvre tout en mangeant sa soupe près de la grande boîte de fer-blanc où l'on pouvait lire, imprimé en lettres géantes et rouges :

« SAVON DE BECŒUR – ARSENIC – POISON VIOLENT. »

26

Dans le monde animal notre sympathie allait naturellement aux oiseaux. Ils faisaient partie de notre univers, nous fascinaient, et pourtant nous n'hésitions pas à les poursuivre de nos lance-pierres, à leur tendre des pièges, et à installer contre eux au ras du sol nos perfides nœuds coulants pour leur saisir les pattes au moment où ils s'y attendaient le moins.

Tout cela ne nous posait aucun drame de conscience et n'était pas contradictoire.

La chasse, à tout âge et quelles qu'en soient ses formes, reste un sport noble où les deux antagonistes, s'ils ne partagent pas les risques, gardent néanmoins leurs chances respectives, et elle n'exclut pas entre le chasseur et le chassé une certaine affection.

Je suis resté chasseur. C'est un vieil atavisme que je porte en moi et pour lequel il y a sûrement des circonstances atténuantes ; l'homme, pas plus que l'enfant, ne pouvant comprendre ni expliquer pourquoi il lui arrive ainsi de torturer ce qu'il aime.

Dire que nous connaissions tout des oiseaux de nos plateaux eût été bien exagéré, bien prétentieux et inexact. Il n'en était pas moins vrai que leurs habitudes, leurs comportements nous étaient des plus familiers puisque à l'encontre des petits citadins, qui ne connaissent que les pigeons et les moineaux, nous avions le loisir de les côtoyer tous et de les observer.

C'est ainsi que de loin, rien qu'à leur vol, nous étions fixés, capables de les identifier avec certitude. Un plongeon suivi d'une lente remontée puis d'un autre plongeon suffisaient à nous apprendre qu'un pic-vert changeait de bocage ; ce point là-haut, frémissant sur place au-dessus des chaumes, qu'un faucon pèlerin était en quête d'une proie, alors que plus haut, très haut, perdu dans le ciel près des nuages à la limite de la visibilité, sans un battement d'aile, ces vastes cercles concentriques nous prévenaient qu'à coup sûr la grande buse était sortie de ses futaies pour surveiller de ses yeux infaillibles les mouvements de notre poulailler.

Leurs cris, leurs chants pourtant si différents suivant l'espèce, la saison, et qui vont du sifflement strident aux trilles les plus douces, nous étaient connus.

Le dos tourné nous pouvions affirmer : c'est un loriot, un rossignol, un merle effrayé, un geai qui donne l'alarme ou qui simplement règle ses comptes de voisinage.

Nous savions que les roitelets construisaient leurs nids de plumes et de toiles d'araignée, suspendus en hamac à l'extrémité des brindilles dans le lierre de la charmille, que les rouges-gorges préféraient l'abri des souches sèches surplombant le chemin creux, et que nous pouvions, sans les effrayer, aller les admirer les uns et les autres au passage, alors que confiants et se croyant invisibles ils couvaient, malgré nos allées et venues, sans la moindre appréhension.

Nous connaissions les œufs suivant leur teinte, leur grosseur : verts tachetés de brun, c'était ceux du merle ; bleutés, ponctués de noir, ceux de la grive ; petits et bruns ceux de l'alouette autochtone qui les abandonne sous notre nez dans son nid sommaire fait d'herbes et de crin au ras du sol, à l'abri d'une simple touffe de gazon ou dans l'empreinte propice d'un pas de bœuf.

Ces oiseaux étaient sacrés pour nous. Hors de nos périodes de chasse ni l'alouette adoptive de notre champ, ni la grive de nos forêts n'avaient rien à craindre et nous faisions volontiers un long détour pour ne pas les déranger. Mais il y avait d'autres victimes pour lesquelles il n'y avait pas de trêve, pour lesquelles nous étions, hélas ! sans pitié, et qui pouvaient s'attendre au pire avec nous.

C'était affiché à l'entrée de la mairie, à côté du panneau réservé à la lutte contre le doryphore ; c'était cloué sur le tronc du gros tilleul de la place de l'église, et si le crieur public ne l'avait pas proclamé dans tout le village, c'était simplement parce qu'il n'y en avait pas.

« Sont déclarés nuisibles, au même titre que le blaireau, la fouine et le putois : les pies, les geais, les corbeaux, la buse et le grand-duc. Une prime de vingt-cinq centimes et un franc sera accordée à la mairie sur présentation d'un œuf ou d'une tête de chacun des oiseaux précités. »

Mon père comptabilisait, cassait les œufs et enfouissait les têtes pour éviter la fraude. Un registre témoignait de ces opérations.

Nous n'avions pas besoin de pareils encouragements.

Paul et Marie-Thérèse avaient pourtant et d'un commun accord interdit de grimper aux arbres.

« Que ce soit bien entendu. Tenez-vous-le pour dit ! »

C'était bien entendu, mais c'était peine perdue.

L'escalade présentait déjà en elle-même beaucoup d'attraits, doublée d'une prime qui n'était pas négligeable et de son interdiction, elle devenait irrésistible.

Évidemment, nous ne pouvions réclamer nous-mêmes les récompenses, mais nos petits camarades se chargeaient de ce détail et nous reversaient les fonds que par prudence nous convertissions sur-le-champ en billes, boulards et rouleaux de réglisse, suivant les envies ou les besoins.

Nous disposions, les jeudis et les dimanches, de beaucoup de liberté et de loisirs, et c'est donc deux fois par semaine que nous partions à trois ou quatre pour nos périlleuses expéditions dont personne ne savait rien.

Les nids de pies, en fagots haut perchés, se voient de loin, se balancent entre ciel et terre dans le vent sur les arbres les plus élevés de nos haies ou en lisière des bois et, s'ils sont de l'année, ont un aspect hirsute qui ne trompe pas. Les atteindre était un défi et c'était en tout cas une aventure dangereuse, un véritable exploit qui n'était ni pour nous décourager ni pour nous déplaire.

Chaque escalade était un cas particulier et avant tout départ nous jugions notre arbre de loin, puis de près dans toute la complexité de ses moindres détails. Les fûts droits, volumineux, sans branches, étaient redoutés, mais seule une branche horizontale supportant le nid à bout de course était susceptible de nous faire renoncer.

Légers, exercés, nous grimpions en général tous très bien, et c'est après une bordée de jurons que n'aurait pas désavouée un charretier, que l'un de nous se décidait.

Il s'élevait collé au tronc, lentement, difficilement, et ceux qui prétendent grimper comme des écureuils, ou n'ont jamais vu grimper ce petit animal, ou n'ont jamais eux-mêmes attaqué les grands chênes. Nos ascensions n'avaient rien à voir avec des parties de plaisir et c'était chaque fois un tour de force. La reptation pénible, coûteuse en effort, se faisait progressivement, centimètre par centimètre, contre le tronc rugueux qui écorchait et laissait de sérieuses estafilades sur nos cuisses et nos genoux. Les premières branches atteintes, aidé de quelques rétablissements, tout allait beaucoup plus vite et bientôt coupé du vertige on disparaissait en direction des fines ramures qui oscillaient sous notre poids.

C'était alors une affaire d'appréciation. Il fallait ou arriver, ou couper la branche, et Adrien avait un couteau à scie admirable pour ce genre d'opération, mais en général on arrivait.

On arrivait au volumineux fagot d'épines et de branchettes grossièrement entrelacées, pétri de boue, couvert de son toit protecteur, et on cherchait l'entrée, une étroite ouverture latérale où la main se faufilait en aveugle. On y trouvait des œufs, de petites pies nues, duveteuses ou prêtes à fuir, d'autres fois rien, ce qui valait toujours mieux que le froid contact d'une longue couleuvre qui, nous ayant précédés, s'échappait en sifflant et dégringolait de branche en branche presque aussi effrayée que nous.

Les oisillons prenaient sous notre impulsion un essor prématuré et arrivaient au sol sans ménagement. La descente des œufs, plus délicate, se réalisait dans les meilleurs cas dans un mouchoir au bout d'une longue ficelle que nous laissions couler jusqu'au pied de l'arbre ou, en cas d'imprévoyance, dans ce même mouchoir serré entre nos dents.

Les œufs étaient une mauvaise affaire, vingt-cinq centimes au lieu de un franc ; c'était déjà une perte au départ qui ne pouvait que s'accentuer à l'arrivée, compte tenu des omelettes qui ne manquaient pas de se produire.

C'est dans l'ombre des grands bois, dans les taillis épais, profonds et sauvages, jamais fréquentés, que l'on avait quelque chance de découvrir l'aire de branches d'écorces et de bruyères que la grande buse construisait au mois de mai. Nous nous y enfoncions souvent dans l'espoir insensé de cette découverte, mais je dois avouer qu'avec elle nous fûmes toujours déçus.

Nous avions par contre plus de chance avec le chat-huant que nous rencontrions souvent sur notre route, tapi au cœur des vieux châtaigniers au tronc volumineux et creux, qu'il dispute aux écureuils.

Grimpés jusqu'à l'ouverture, nous le taquinions à tour de rôle alors que, pelotonné au tréfonds de son refuge dans un angle inaccessible à nos bâtons, il résistait.

On voyait ses yeux rouges s'ouvrir et se fermer et briller dans l'obscurité. Excité, furieux, le grand rapace soufflait et attaquait notre baguette qu'il lacérait de la griffe et du bec, faisant front avec tellement de courage et d'efficacité qu'il n'était pas question de risquer un seul bras dans sa direction.

Nous savions qu'il sortirait vainqueur de l'épreuve, sa force et sa patience étant inépuisables, aussi lassés, nous finissions à la longue par le laisser en paix.

L'intérêt que nous portions aux geais était d'une autre nature. Avec eux il n'était question ni de destruction, ni de prime. Le geai est beau, c'est un oiseau de cage qui s'habitue à son tortionnaire, peut rester en liberté surveillée et auquel on peut inculquer un rudiment de langage en conversant des heures durant avec lui, lorsqu'il est prisonnier sous un pot de fleurs.

C'est à mi-chemin du sol et des grosses branches, contre le tronc d'un chêne de grande futaie, à peine visible au départ de quelques brindilles de bois sec, que le geai fait son nid. L'hiver, l'automne, lorsque les feuilles tombent il est facile à découvrir, mais ayant assuré sa tâche, le vent peut éparpiller sa carcasse, il n'a plus d'intérêt. C'est au mois de mai qu'il faut arriver à le voir alors qu'il est bien caché, bien protégé, et que même un habitué peut passer et repasser sous lui sans jamais s'en douter. Pour le trouver, chaque chêne doit être inspecté attentivement, sous tous ses angles, et si deux ou trois brindilles paraissent suspectes, c'est là qu'il doit être soupçonné.

Une trouvaille de cette importance ne s'ébruitait pas. Le voisinage du nid était soigneusement respecté et surveillé à distance pour éviter tout risque d'abandon.

« Marie-Thérèse, où sont mes lunettes d'approche ? Ce sont des lunettes qui ont fait Verdun avec moi, on me les a déplacées.

— Mais non, Paul, tu as dû les mettre ailleurs. Je suis sûre que tu les retrouveras au moment où tu ne les chercheras pas. »

Il les retrouvait en effet.

« Enfin, comment ai-je pu les mettre là ? »

Les allées et venues du père et de la mère annonçaient l'éclosion. Trois semaines étaient nécessaires avant l'envol et il fallait agir ni trop tôt ni trop tard. Il nous fallait les petits vivants, drus, dans le maximum de leur développement. Grâce à ça beaucoup eurent la vie sauve et s'échappèrent sous nos mains.

À chaque printemps il n'était tout de même pas rare de voir arriver dans notre cuisine un ou deux pensionnaires qui devenaient du même coup un ou deux prisonniers, et que nous allions entourer de prévenances, oh ! bien peu de temps, car nous n'eûmes jamais beaucoup de chance avec eux.

Notre désir de réussir était grand et à qui revenait le poids de la défaite ? Était-ce à nous qui voulions trop bien faire ou à eux qui insatiables ouvraient toujours le bec ?

Ils crevaient, et ils crevaient dans la pléthore ! Nous les trouvions un matin écrasés sur le fond de notre vaste cage, leurs croupions blancs en l'air, et leurs ailes, déjà magnifiques rayées de noir et de bleu, écartelées lamentablement alors que la veille encore nous les gorgions de fraises et de pois.

Nous en avions toujours un grand chagrin ; mon frère surtout qui, désolé de ne pouvoir posséder un geai vivant, décida même une année d'apporter un de ces petits cadavres à Raoul afin de le naturaliser.

« Tu m'aideras, nous paierons en billes s'il le faut. »

Raoul l'aurait fait pour rien, mais ce n'était pas possible !, « la plume trop jeune ne tenait pas » et enfin il y avait le grand principe, celui avec lequel il ne dérogeait jamais : Raoul ne travaillait pas sur des sujets morts de maladie.

« Et même s'ils sont morts d'indigestion, cela ne change rien. »

Mon frère fut déçu, on ne pouvait pourtant douter des connaissances et de la parole de Raoul.

C'était un homme habile qui pouvait naturaliser même une couleuvre pourvu qu'on la lui apporte vivante. Il l'avait fait pour un pharmacien. Simplement, à cette occasion, il avait changé l'appellation du reptile. Il l'avait baptisé « anguille », non pour surmonter son appréhension dans le travail, ce dont il n'avait que faire, mais pour l'application d'une recette de matelote dont il avait le secret.

De toutes ces expériences il m'est resté une conviction : que la pédiatrie chez le geai est une science difficile entre toutes, que l'homme n'y connaît rien et qu'il vaut mieux, à tout prendre, la laisser aux seuls soins de ces oiseaux.

27

« Paul, où as-tu encore laissé ton parapluie ? Quand l'as-tu pris pour la dernière fois ?

— Marie-Thérèse, je ne sais pas, je ne comprends pas.

— Mais enfin, tu ne laisses pourtant pas ton chapeau. Pourquoi ne les poses-tu pas côte à côte ? C'est si facile ! »

Deux fois au cours du même automne Paul avait eu droit à ces justes reproches.

« Inexplicable !... »

Les recherches s'avérèrent vaines.
« Décidément, lorsqu'on n'est pas soigneux ! »

Recette pour faire un arc et un nombre élevé de flèches de bonne qualité.

Attendez les jours sombres d'automne ou les giboulées du printemps. La saison en vérité a très peu d'importance et une bonne pluie d'été suivie d'une longue période de sécheresse peut faire l'affaire tout aussi bien, c'est une question de flair et d'intuition.

Le soir même, sans hésiter – si vous devez avoir des remords par la suite, et c'est valable pour ça comme pour le reste, laissez-y faire –, fauchez le parapluie. Faites attention, celui de votre père, celui de votre mère ne conviendraient pas et ce serait de toute façon prendre un trop grand risque, les femmes ayant dans ce domaine un ordre dangereux.

Détruisez aussitôt le tissu et le manche qui ne pourraient vous attirer que des ennuis – le feu étant pour cela et sans conteste la meilleure des solutions –, puis sans vous presser, avec délicatesse, détachez les baleines de la corolle où elles sont retenues par un simple fil de laiton. Ce travail, je ne saurais trop vous le conseiller, doit se faire assez loin du milieu familial. Une fois terminé, le reste ne sera qu'un jeu pourvu que vous disposiez d'un petit cordonnet. Vous l'assurez dans l'ancien orifice occupé par le fil de laiton et vous l'attachez à l'autre extrémité de la baleine tendue très légèrement en arc. Les flèches seront très simples à réaliser avec le reste du matériel. Il suffira de couper avec une tenaille leurs chas en leur milieu et d'aiguiser sur une pierre molle les parties opposées.

Ne vous découragez pas, relisez, essayez, vous verrez c'est facile. L'opération la plus délicate est toujours la soustraction du parapluie...

Nous nous exercions loin de la maison sur des cibles improvisées et nos flèches d'acier s'enfonçaient profondément dans les planches les plus résistantes. La précision était valable, meilleure que celle que nous obtenions avec nos lance-pierres les plus perfectionnés. Sur le bois l'impact approchait du parfait, hélas ! le limité de nos flèches ne nous permettait guère de nous exercer dans les buissons. Un magasin de parapluies lui-même alors n'y aurait pas suffi.

J'ai toujours été très impressionné par le comportement déroutant de la plupart des espèces. J'ai vu des sauterelles fuir en abandonnant leurs pattes arrière, des papillons s'envoler privés d'une partie de leurs ailes, et n'ai-je pas vu un jour un canard blessé, dont le ventre traînait à terre, se gorger avec délices de ses propres entrailles avant que de s'effondrer, vidé mais repu.

« Jean, vois la poule... »

La tentation avait été trop forte, le réflexe trop rapide. Transpercée de part en part, elle allait s'échapper avec notre flèche ! Il n'en était pas question, heureusement à la première haie elle se coinça, fut rattrapée et libérée vivement sans ménagement ni sensiblerie inutile de son entrave et notre première victime prit la fuite sans manifestation exagérée.

« Oh ! dis donc, elle ne saigne même pas ! »

Nous l'observâmes malgré tout toute la journée. Rien ne se produisit et elle participa activement comme ses congénères à la distribution du grain. Seule une certaine méfiance à notre égard persistait.

C'était encourageant.

Désormais les poules furent donc de-ci, de-là l'objet de nos attentions. Mais tous les coups ne sont pas également heureux, et leur mise à la broche finit par amener quand même quelques défections le soir sur les perchoirs.

Cela dura un temps, mais cela ne pouvait durer longtemps, le poulailler étant sous la surveillance de maman Louise qui connaissait son cheptel à l'unité.

« Monsieur, trois poules ont disparu en huit jours. Je ne sais que penser. Je les ai cherchées partout et ce n'est plus l'époque où elles couvent.

— Madame Theillaumas, malgré la saison avancée c'est par contre encore le moment où le renard a ses petits. C'est certainement lui. J'ai entendu dire qu'il chasse loin à ces occasions. »

Cela aurait dû nous mettre en garde, mais allez donc !

Maman Louise n'était pas convaincue et sa suspicion devint une certitude le jour où elle trouva mon frère une flèche à la main – imprudence grave –, assis sur les marches de l'escalier chantonnant : « Tout va très bien madame la marquise », et en contemplation d'une poule qui depuis plusieurs heures s'ingéniait, sans lassitude apparente, à ravaler avec ardeur une dizaine de grains de blé qu'elle rejetait aussitôt de son jabot ouvert.

Ce circuit écourté dont elle n'avait pas conscience n'avait pas l'air de la perturber, bien au contraire et devant une abondance intarissable, toujours mue et pour cause par le même appétit, elle prenait un évident plaisir.

Maman Louise ne fut pas dupe une seconde. Contrairement à sa compréhension habituelle, elle menaça de tout dévoiler et ses réactions furent telles qu'elles firent planer sur nos fesses les pires dangers... Le paquet était de taille !

Devant l'urgence et l'évidence d'une situation indéfendable, je passai à des aveux incomplets suivis d'un repentir prudent et de promesses fermes.

Enfin, pour bien montrer notre bonne volonté, nous l'aidâmes à se saisir du volatile – nous y avions un certain entraînement depuis quelques semaines –, que maman Louise, les lunettes sur le nez, répara au fil capsule noir, mettant ainsi fin à un spectacle curieux qui tout en étant monotone menaçait de devenir permanent.

La poule s'en tira tout aussi bien que nous.

L'effectif se stabilisa et au bout d'une quinzaine mon père arriva à cette magistrale conclusion :

« Madame Theillaumas, vous voyez que j'avais raison. Je crois pouvoir affirmer que la sauvagine à laquelle nous avons eu affaire a fini d'élever ses petits. Je pense qu'il n'y a plus de risques de ce côté. »

Le petit hochement de tête de maman Louise nous fit comprendre qu'elle l'entendait bien ainsi.

*

* *

Ils allaient déjà par deux, tout comme aujourd'hui, mais ils n'avaient rien de commun avec les échantillons modernes que l'on croise avec inquiétude sur nos routes, écrasés sur leur bruyante machine, casqués, bardés de cuir noir, ceints de baudriers blancs et décorés puérilement comme des shérifs.

Nos gendarmes avaient une autre allure.

Ils allaient à cheval sur des bêtes splendides qui étaient leur propriété, et leur silhouette détachée sur la route nous était familière.

Quatre par chef-lieu de canton sillonnaient la campagne en selle, guêtrés, dans des uniformes militaires et sous képi.

Ils représentaient la loi et peut-être plus encore l'autorité et l'armée. Ils restaient avant tout les porteurs des plis officiels, fascicules, convocations aux périodes militaires très en vogue encore dans un pays qui n'avait pas eu le temps de se réhabituer à la paix.

Les engagements, les recrutements, auprès d'une jeunesse devenue malgré la victoire farouchement antimilitariste, étaient leur préoccupation majeure. Ils arrivaient à la mairie porteurs de propositions alléchantes : « Voyagez cinq ans gratuitement sur nos terres africaines », « Visitez le monde sous le pavillon de la marine nationale », « Faites votre carrière dans l'armée, dans la gendarmerie, dans la garde républicaine ». Autant de propositions qui aujourd'hui pourraient séduire mais qui alors laissaient indifférent. Quatre ans dans la boue, sans pain, les pieds gelés, tout cela était trop frais, trop souvent évoqué par les aînés, ils ne se faisaient guère d'illusions.

Certes, ils s'occupaient des plaques de vélos, des voitures mal éclairées les soirs de foire, et de menus larcins de-ci, de-là, mais tout cela n'était pour eux que broutille sans importance.

Ils comprenaient, ne cherchaient pas la petite bête et tenaient surtout à faire oublier qu'ils étaient ceux qui, à la veille de la grande mobilisation, avaient cloué aux portes des mairies et sur les places publiques ces déclarations fracassantes si lourdes de conséquences pour toute une génération.

Le braconnage était le dernier de leurs soucis. Seule une dénonciation aurait pu les mettre en branle en rechignant, mais personne n'aurait alors osé faire une semblable « vacherie », même au pire de ses ennemis. Ils s'occupaient donc d'autre chose, estimant à juste raison que ceux qui avaient passé plusieurs années de leur jeunesse à recevoir des coups de fusil pouvaient bien en revanche en tirer quelques-uns sur des lapins, même en temps prohibé.

Notre commune n'avait pas de garde champêtre et si elle en avait eu un, probablement aurait-il fait comme tout le monde.

Il n'était pas pensable de remettre en question des prérogatives seigneuriales qu'une révolution avait définitivement abolies. Le gibier était à tous, à ceux qui savaient le prendre et à ceux qui dans le fond le nourrissaient. Tant vaut dire qu'en la matière on faisait chez nous ce qu'on voulait, et qu'il y avait un nombre égal de braconniers que d'habitants.

Il n'était ni rare ni scandaleux en se promenant le long des genêts, le long des jachères, le long des haies, de se prendre le pied au passage dans un collet. On se baissait pour se dégager, et on reprenait sa route sans plus y prendre garde, laissant le soin à son propriétaire de remettre les choses en place comme bon lui semblait.

« Tu disposes ton fil de laiton à quinze centimètres du sol si c'est un gros, et tu donnes une boucle de dix centimètres. J'ai vu faire mon père. Si "la" lièvre passe, "elle" est morte. »

C'était un conseil solide de technicien que nous donnait Joseph.

« Mais fais attention, fixe ton laiton solide à une branche car "elle" se débattra. »

La coulée nous avait paru fraîche, bien tracée sous les ronces qui formaient une voûte, au coin de notre pré.

À n'en pas douter c'était un gros.

Le lendemain notre curiosité était à son comble, nous ne nous levions pas assez vite pour aller voir. Mon frère parti en éclaireur me faisait de grands gestes.

« Ça y est, ça remue, il est pris. »

Il était pris en effet… le chien de notre voisin, un petit roquet minable et déjà naturellement hargneux. L'état des lieux était éloquent. À n'en pas douter il avait passé une mauvaise nuit dans une bataille farouche contre notre séton qui lui pénétrait le cou et le faisait saigner. Notre approche le mit dans une fureur baveuse qui décuplait ses mouvements désespérés et douloureux.

La situation nous dépassait et on ne pouvait tout de même pas le laisser là.

« Un chien s'est pris dans un collet dans notre haie ! »

Paul était l'homme exceptionnel qu'il fallait pour cette affaire exceptionnelle.

« Si je savais l'imbécile qui a mis un collet aux alentours de la maison, il aurait affaire à moi, c'est inadmissible. »

Il eut d'abord affaire au chien. Son approche fut délicate, peu engageante, et il fallut trois sacs de grosse toile pour le cerner, le maîtriser, et Paul en récompense de son courage, après le coup de tenaille libérateur, fut gratifié d'un vigoureux coup de dents du cabot qui disparut sans demander ses restes.

Il fut taxé d'ingratitude et nous lui promîmes pour venger Paul une volée de pierres à la première occasion. Puis l'on se mit en chœur à plaindre et à soigner mon père pendant que par mes soins le nœud coulant disparaissait dans la crainte qu'une curiosité légitime ramène le blessé sur le lieu de ses exploits et qu'il reconnaisse par hasard un morceau de câble de frein de son propre vélo !

Juchés sur une caisse dans la cave face au soupirail, on surveillait notre terrain de chasse préparé à quelques mètres de la maison.

La neige tombée depuis plusieurs jours, durcie par le froid, ne laissait aucun espace vert, aucune zone de terre, aucune chance aux oiseaux qui commençaient à claquer du bec sérieusement. Notre guet-apens était préparé en bonne place. Une bassine d'eau tiède avait fondu la neige sur un bel espace rond, et nous avions disposé nos graines de foin, quelques miettes de pain bien au centre, sous une lourde planche dont la chute dépendait d'un fil presque invisible qui arrivait jusqu'à nous et commandait le trébuchet.

Nous attendions. Un, deux, trois moineaux se présentèrent presque aussitôt, hésitèrent, prirent leur élan, leur graine, et disparurent en un clin d'œil.

« Laisse-les faire, nous avait dit Albert, ils reviendront plus nombreux et ils resteront, tu n'auras alors qu'à tirer. »

Ils étaient maintenant une dizaine affairés, mobiles, bien placés. Le moment était venu !

Onze d'un coup ! Sans un serrement de cœur nous venions de libérer la planche. L'enfant est bon naturellement.

À la cuisine, les mains derrière le dos, nous dûmes subir de sévères remontrances.

« C'est indigne d'attirer ainsi de pauvres petites bêtes qui souffrent déjà assez cruellement du froid et de la faim, dans un piège où ils trouvent une mort certaine alors qu'ils ont déjà si peu de chance de survivre à un hiver si pénible. Qu'avez-vous à dire pour votre défense, petits malheureux ? »

Les pauvres petits malheureux n'avaient rien à dire… Bien qu'en réfléchissant…

« La planche était lourde et ils n'ont pas souffert, et puis puisqu'ils étaient condamnés à mourir de faim ! Et puis on a laissé les graines aux autres, ils pourront les manger. »

Mon frère en avait les larmes aux yeux.

Morts pour morts, on les mangea. On les mangea sur de petits canapés de pain, bardés de lard et un petit croûton de pain aillé fiché dans le croupion.

Maman Louise, après avoir pesté pour les plumer, avait réussi un de ses meilleurs plats.

Paul, Marie-Thérèse et les pauvres petits malheureux se régalèrent et ne laissèrent que les becs et les yeux.

« Les moineaux, je veux bien, de temps en temps, mais je vous interdis formellement de tuer les tout petits oiseaux, sinon vous aurez affaire à moi. »

Il n'y avait pas d'ortolans dans la région, mais cela excluait malgré tout les rouges-gorges, trop peureux pour s'aventurer sous la planche, les roitelets, trop intelligents pour cette duperie, mais surtout ces vicieuses petites mésanges bleues qui, elles, arrivaient toujours au mauvais moment. À cause d'elles, nous dûmes améliorer notre système. La planche aveugle fut remplacée par un vaste treillis d'où les indésirables pouvaient être relâchés, alors que les autres passaient rapidement de vie à trépas selon une technique éprouvée qui consistait à leur tourner la tête un certain nombre de fois dans le sens des aiguilles d'une montre, ce qui est le sens le plus commode dans tous les cas.

Paul, fumant sa pipe, prit même l'habitude de venir nous rendre visite à notre guet, nous donnant quelques conseils, et se risqua même, je crois, autant que je m'en souvienne, à tirer un jour sur la ficelle dans une circonstance où il y avait une urgence absolue.

Nos prises passaient ainsi sans façons ni remords du froid au chaud dans notre cocotte où elles n'avaient plus rien à craindre des rigueurs impitoyables de l'hiver.

Par temps de neige il n'y avait pas de difficultés, mais il y avait les jours sans ; de longues semaines où malgré le sol glacé il ne fallait pas compter sur les moineaux méfiants qui savaient trouver ailleurs leur nourriture.

Nous nous étions bien enhardis jusqu'à réclamer des pièges, mais nous nous étions heurtés à un refus catégorique. Paul aimait les oiseaux mais il était discipliné et cela aurait constitué pour lui un engagement, une autorisation ouverte. En outre, les pièges étaient chers et c'était à considérer.

Force nous était alors d'attendre les grandes périodes de passage où les grives et les alouettes allaient nous envahir.

Les alouettes arrivaient les premières, réunies en vols épais, compacts, qui tournoyaient, s'éloignaient, disparaissaient très loin pour revenir s'abattre enfin dans un ensemble étonnant comme une nuée de pierres grises sur le pré vert. Leur bataillon serré se déplaçait alors rapide sans un coup d'aile, en un fourmillement et un grouillement qu'une simple présence insolite pouvait modifier ou transformer en nuage immédiat.

Nous les attendions, nos longs cordonnets tendus dans tous les sens au ras du sol, garnis de crins prélevés à la queue des chevaux qui constituaient autant de nœuds coulants invisibles où les pattes se prenaient.

Nous dirigions le vol dans leur voisinage par des apparitions furtives et de loin. Une prise confirmait le succès. On la laissait se débattre et elle devenait appeau pour ses compagnes, et le jeu brillant de ses ailes argentées attirait les autres bien mieux que n'eût fait le plus parfait des miroirs.

Les grives ne tardaient guère à suivre, grives litonnes, grosses draines ; avec elles un crin eut été insuffisant et il fallait ruser. Même au moment de leur grande abondance leurs déplacements étaient imprévisibles et si elles suivaient les rigoles, les endroits humides, encore fallait-il savoir les canaliser.

Nous leur dressions pour cela de petits obstacles, de petites haies d'une dizaine de centimètres de haut faites de genêts secs et serrés. Cela les contraignait à emprunter de petites chicanes où un ver les attendait mais aussi un fin Nylon « à la tortue » bien fixé à un bâtonnet.

Leurs prises étaient moins fréquentes qu'avec les alouettes mais trois ou quatre, bourrées de genièvre, constituaient un plat remarquable dont nous tirions une fierté retenue dans la crainte de nous entendre dire, ce qui gâtait notre digestion :

« Ah ! si vous étiez aussi forts en orthographe ou que vous mettiez autant d'ardeur avec vos verbes irréguliers... »

Pour cela nous avions le triomphe modeste, surtout après les repas où les remords tardifs pouvaient prendre de curieuses tournures.

Rien ne laissait prévoir que tout ne se passerait pas comme les jours précédents, et si notre procédé se soldait encore une fois par un échec nous étions bien décidés à l'abandonner.

Les vers annelés, frais, pris du matin, délicatement empalés sur de petits clous de ligne, placés bien en évidence sur des feuilles négligentes, se mouraient, séchés par le soleil sans qu'aucun des merles réfugiés sous le couvert des haies ne se soit hasardé à s'en occuper. Le Nylon était pourtant invisible, son arrimage étudié et bien caché, décidément ces chasses d'été ne valaient rien. Il fallait en convenir, le monde des oiseaux est plus subtil que celui des poissons.

Nous, nous étions lassés, et nous avions délaissé nos pièges, une douzaine tout au plus, disposés au fond du pré, dans un coin discret, que les lunettes d'approche de Paul plaçaient de la fenêtre à notre portée, pour un de ces innombrables jeux de printemps qui accaparait tous nos efforts et toute notre attention.

Lorsque nous repensâmes à nos appâts, ce que nous vîmes dans nos lentilles faillit nous faire choir de notre chaise.

« Ce n'était pas possible !... Mais elles étaient fermées il y a une heure à peine ! »

Six ou sept poules assises sur leur derrière, ce qui est tout à fait inhabituel pour des poules, toutes ailes écartées, leur bec grand ouvert, tiraient...

Notre sang ne fit qu'un tour. En cinq secondes, pris au passage, les ciseaux de ma mère libéraient, au fond du gosier, aussi loin que possible, les prisonnières qui s'enfuyaient.

Maman Louise, devant la douceur de cette après-midi, avait cru bon d'accorder à ses pensionnaires un peu de liberté pour une petite promenade dans la nature. Privées de verdure, au lieu de se rouler dans la poussière selon leur habitude, c'est vers notre pré que d'un commun accord ces dernières s'étaient rendues, et les poules sont particulièrement friandes des petits vers annelés.

Nous venions de l'échapper belle ! Nous n'osions même pas en parler entre nous.

Et voilà, une étrange maladie frappait notre volaille. Huit éléments et non des moindres venaient de mourir coup sur coup.

On les avait trouvées raides au pied de leurs perchoirs.

Maman Louise avait beau les examiner sous les ailes, sur le dos, sous le croupion, sa sagacité ne réussissait pas à percer le mystère.

Tout avait été envisagé : le changement de saison, le blé traité, rien n'était satisfaisant.

Mon père, au bout d'une pincette – on se craint des morts, que voulez-vous –, venait de porter la neuvième en terre. Cela devenait inquiétant.

Paul, depuis vingt-quatre heures, s'était plongé dans un ouvrage extirpé du plus sombre recoin de la bibliothèque scolaire, le *Précis d'élevage pratique du gallinacé*, il en connaissait un rayon et, son devoir de fossoyeur accompli, il déclara :

« Marie-Thérèse, je vais voir moi-même ce poulailler. »

Ce ne fut pas long. Paul réapparut pour disparaître en se frottant les bras, les jambes et le cou.

« Marie-Thérèse, c'est abominable, inutile de chercher plus avant, j'ai trouvé, je reviens. »

Paul venait de se changer de pied en cap, vieille chemise, salopette, vieux souliers. Il fut précis et péremptoire.

« Marie-Thérèse, ces poules meurent dévorées par les poux. De plus, ce poulailler est victime d'irrationalité. »

Ma mère fut admirative. Mon frère et moi soufflés, quant à maman Louise, à qui revenait l'entretien des « lieux saints », elle ne fut ni plus ni moins que scandalisée et vexée. Avant de disparaître elle fit remarquer que des générations de poules avaient vécu avec des poux sans ennuis et qu'en ce qui concernait les « irrationalités », bestioles d'ailleurs qu'elle ne connaissait pas et qu'elle n'avait jamais vues, elles ne devaient pas être là depuis longtemps car sans cela elle les aurait sûrement remarquées.

« En plus, ce poulailler est mal tenu.

— Paul, maman Louise ne peut pas tout faire, tu es injuste.

— Non et c'est bien pour cela que tu me vois dans cette tenue, je vais le nettoyer moi-même, modifier les perchoirs, badigeonner le tout à la chaux et garnir les nids de menthe verte et tu verras le résultat. »

Attelé à la brouette, puis armé du pinceau, pendant que maman Louise boudait dans sa cuisine et qu'animé du plus grand zèle on cueillait la menthe verte, mon père rénova la volière.

Il mit ce qui était en haut en bas, et ce qui était à droite, à gauche.

Les poules mirent quinze jours à s'y retrouver. Mais ce fut un miracle. La mortalité fut stoppée.

Paul sortit grandi de l'épreuve, traînant avec lui une odeur épouvantable que trois bains successifs eurent du mal à dissiper et, victime du devoir, il garda une dizaine de jours un prurit tenace, impérieux, qui le fit beaucoup souffrir et qui, en d'autres périodes, aurait été attribué sans hésiter aux vendangeons ou aux morpions.

28

Mille quatre cents hectares de terre argileuse mêlée de kaolin, sous un climat rude, excentrique, couvrant un plateau venté, faisaient de notre commune une des régions les plus ingrates où aucune culture, à part celle de la pomme de terre et du topinambour, ne pouvait être envisagée.

Très peu de blé, guère de seigle, beaucoup de sarrasin occupaient les faibles portions de terres labourables, caillouteuses et vallonnées, encore fallait-il qu'ils les partagent avec les nielles, les pavots et les bleuets. Les prairies étaient fangeuses, leur herbe tardive, maigre et de piètre qualité. Le vulpin, le bouton-d'or et la marguerite y abondaient, et leur donnaient de fort belles couleurs en juillet mais ne permettaient pas pour autant d'élevage florissant.

Les fermes, dans ces conditions, étaient pauvres, avaient besoin d'espace et n'en manquaient pas car tout cela était noyé dans des brandes, de la bruyère et des bois.

Sans ces derniers, c'eût été la steppe, la désolation ; heureusement ils étaient là et, à part les résineux qu'un sol trop argileux décourageait, toutes les autres essences poussaient.

Les arbres devenaient grands et forts, et rapidement enfonçaient profondément leurs racines dans cette terre toujours humide où il n'y avait guère à chercher. Dans ce domaine, la puissance vitale était manifeste. D'une année à l'autre une coupe déserte se mutait en taillis verts vigoureux, faits de rejets en éventail jaillissant des vieilles souches mères abandonnées, et ne tardait pas à se transformer en une épaisse futaie.

Certes les coins déshérités, sans humus, sur le rocher, ne manquaient pas. Ils étaient couverts de bruyères et de frêles bouleaux, alors que dans les vallées gorgées de trop d'eau quelques peupliers géants, pourvoyeurs malgré tout de belles perspectives, donnaient de la profondeur au paysage. Mais le plus souvent malgré tout c'était la forêt épaisse et dense qui s'imposait. Les hêtres énormes au tronc lisse, les frênes au bois dur, les chênes centenaires, et surtout les volumineux châtaigniers moussus constituaient l'essentiel de ces essences. Son importance était telle que l'on pouvait pratiquement passer d'un bois à l'autre sans sortir du couvert.

Nous les parcourions de long en large par tous les temps, même l'hiver au mépris du froid, pour notre plaisir lorsque garnis de givre ils devenaient féeriques et n'avaient plus d'intérêt que pour nous.

Leur topographie plus ou moins accidentée, leurs sentiers flexueux à peine tracés qui devaient se deviner, et même leurs ressources cachées, nous étaient familiers.

C'était au fond de la combe que nous allions chercher près des pieds de Salomon et des arômes géants, dès le mois d'avril, les jonquilles blanches ou jaunes et en mai les premiers brins de muguet ; c'était « au Rieux », sur des talus plus chauds, que nous nous rendions l'été, avec certitude, vers une abondance exceptionnelle de petites fraises sauvages et parfumées.

Comme les oiseaux, nous savions découvrir les hêtres à faines, nous gaver toute l'année de mûres noires sur des réserves inépuisables, trouver les halliers de prunelles violettes, aigrelettes, valables dès les premières gelées, et les poiriers sauvages d'automne, les merisiers aux guignes minuscules, les néfliers abandonnés ou méconnus au cœur des haies épaisses, infléchissaient nos itinéraires suivant la saison et nos désirs.

Il n'est pas donné à tout le monde de se déplacer dans les bois sans bruit, en se faisant oublier, en respectant leur calme et leur sécurité. Il y faut une longue pratique, un désir de surprendre ce qui d'habitude sait si bien à la moindre alerte disparaître ou se cacher. Nous y parvenions aussi bien que ce qui est sauvage. Nous ne marchions pas, nous nous coulions. À ce prix nous étions récompensés. Il nous était permis de surprendre les voltiges des écureuils jouant sur les feuilles, le départ à quelques mètres de nous des capucins endormis, l'activité fébrile des faisans occupés sur leur nid de fourmis et même les geais si vigilants de coutume, si prompts à donner l'alarme, avec nous étaient pris en défaut.

Pour mon frère et moi qui jouissions pourtant déjà d'une grande liberté, les bois représentaient une liberté plus grande encore et une ouverture toujours possible sur un monde secret qui avait nos préférences et c'est au contact de leur solennité de cathédrale que nous allions chercher un calme inhabituel et une totale paix.

*

*   *

Qui dit chênes, bruyères ou châtaigniers en Limousin dit champignons.

Les champignons sont diaboliques, ils ont commerce avec la lune ! Souvent inquiétants, toujours suspects, on peut attendre d'eux le meilleur et le pire et c'est toujours le pire que l'on redoute avec eux.

Ils poussent la nuit, sortent de terre mystérieusement pour des raisons qui nous échappent, cessent de grossir dès qu'on les a surpris et, à l'encontre de tout ce qui pousse, ils gardent jalousement leur liberté, refusant pour la plupart à se laisser domestiquer.

Les connaître tous n'est pas possible. Leurs formes varient à l'infini. Avec eux l'on doit se fier à des détails : une bague, une volve, une couleur qui peut être sobre, violente, incertaine ou changeante, ce qui est un comble ! Enfin si vous ouvrez un manuel les concernant, ce qui est bien la dernière chose à faire pour les connaître, vous verrez que selon le cas ils sont : de fiel, perfides, élégants, soufrés, prétentieux, fétides, fragiles, intègres, trompeurs, gris, glauques, malpropres, terribles, nus ou nuageux ! ! ! Vous apprendrez que la plupart sont comestibles, mais qu'à côté des vrais il y a : de fausses chanterelles, de fausses coulemelles, de fausses oronges, de faux cèpes et vous lirez entre autres que les lactères peuvent être délicieux ou pourvoyeurs de colites suivant qu'ils sont heureux, humides, languissants, pâles, plombés, poivrés, insipides ou enfumés !

Les noms de certains, malgré les dires rassurants de nos plus grands maîtres queux, sèment le doute. C'est ainsi qu'il y a l'oreille-de-judas, fréquente toute l'année sur l'écorce des saules et des sureaux, comestible en salade, appréciée des Chinois ; le bolet sorcier qui bleuit intensément sous les coups, à ne pas confondre avec son frère dangereux le satan ; la fausse morille qui devient tour à tour œuf-du-diable, phallus impudique ou satyre puant, et pour couronner le tout les trompettes-des-morts qui à elles seules semblent prometteuses de félicités célestes avancées.

Il y a aussi le groupe fameux des amanites, de solide réputation, amplement testées par nos princes et nos rois, où l'on trouve la vénéneuse, la phalloïde qui vous estourbissent en cinq sec, et la tue-mouche qui plus sournoise demande quelques heures de plus pour vous en faire autant.

Tout cela fait bonne bouche... Alors croyez-moi, fermez le livre et allez vous promener. Allez voir les champignons chez eux avec quelqu'un qui les connaît, c'est votre seule chance si vous voulez un jour apprécier les brises-d'automne au parfum délicat ou l'hygrophore-des-poètes aux saveurs de noisette.

Il y a pratiquement des champignons comestibles toute l'année, même en faisant une sélection sévère et prudente. Dès les premiers rayons jusqu'aux premières neiges nous en trouvions et grâce à eux nous avions des raisons valables à nos sorties, des raisons non seulement valables mais qui plus est encouragées et appréciées.

Nous ne leur en demandions pas plus.

Bien sûr, il fallait en trouver, mais pour cela nous étions passés maîtres. Nous savions. Et, lorsqu'après les giboulées de mars, nous annoncions que nous allions aux morilles, Paul et Marie-Thérèse pouvaient être assurés le soir même de leur omelette parfumée.

Nous obtenions donc facilement le feu vert. Cela nous permettait d'abord d'aller à nos affaires, de flâner un peu, de voir si les pousses de châtaigniers avaient assez de sève pour permettre la fabrication d'un pipeau, de voir si les merles commençaient enfin leurs nids, ou simplement de rendre une petite visite au voisin qui gardait ses quatre ou cinq moutons. Nous ne nous pressions pas et nous attendions la dernière minute pour nous diriger vers des régions bien définies, marécageuses à souhait, le long de certaines haies en lisière de pré, sous les ormes et les frênes ou tout simplement sous certains pommiers où les fruits restés sur le sol avaient fini par pourrir en l'imprégnant de leur odeur éthérée. Elles étaient là au rendez-vous, par groupes, coniques, leurs alvéoles encore garnies d'eau, brunes ou presque noires avec leur chapeau creux maladroitement dressé sur leur queue épaisse et molle. Elles remplissaient en peu de temps notre panier et faisaient impression pour finir par se réduire en quelques heures de cuisson en un volume misérable de trois fois rien.

D'autres fois nous nous rabattions sur les rosés des prés. Les matins frais, les gelées matinales leur donnaient un essor particulier. Cela fait sourire lorsque l'on pense aux exigences dont font preuve ces mêmes champignons pour se laisser domestiquer : une couche de fumier de cheval, de la chaleur humide, des voûtes de carrière, de l'obscurité, il est vrai qu'alors ils montent en grade et deviennent « champignons de Paris », eh bien, dans nos prés ils trouvaient tout cela à l'air libre autour de vulgaires bouses de vaches disséminées. Il y a de quoi rêver.

C'est en été que nous rencontrions les plus grandes difficultés. Les longues sécheresses ne sont pas favorables. Il manque alors un ferment, un levain et si nous ne tombions pas par quelque heureux hasard sur une de ces vastes et rondes concentrations de pieds-de-mouton, il nous arrivait de rentrer bredouilles.

L'automne par contre est la saison royale pour les champignons. Leur abondance est manifeste, et le climat de cette saison qui présidait à leur cueillette nous convenait. Nous ressentions une grande euphorie à quitter alors la maison, à lutter contre les éléments qui devenaient hostiles ; la pluie qui cinglait nos cirés noirs pénétrant nos chaussures, le vent froid qui nous coupait le souffle rendant notre marche hésitante, bleuissant nos genoux et nos mains dans une musique infernale.

Nous aimions sentir l'automne.

Ses rouilles s'estompaient et les feuilles commençaient à quitter la branche pour tourner en rond lorsque nous parcourions les labours frais trempés d'eau et dont la terre collait, à la recherche des hautes coulemelles baguées. Leurs parasols écailleux dominaient, on les repérait de loin. Personne ne nous les disputait et pourtant, salées, revenues à la poêle dans un rien d'huile, quel délice elles constituaient.

En cette saison généreuse, on n'avait que l'embarras du choix : vastes mottes de barbes-de-capucins plus gorgées d'eau que des éponges, milliers de petits mousserons à la chair tendre, fragiles, hauts sur pattes, qui venaient à notre rencontre jusqu'au bord du chemin, cornes d'abondance dont une seule touffe remplissait le panier, il suffisait de se baisser.

Ma mère conservait tout cela sans frais, tendu sur des fils en travers de notre cheminée. Ces champignons racornis, parfumés, séchaient et attendaient le bon vouloir de maman Louise.

On les surnommait les « politiciens », peut-être à cause de leur aptitude à s'adapter à toutes les sauces et même à toute cuisine quelle qu'elle soit.

Nous revenions de ces équipées crottés, gelés, et c'était une des rares circonstances où nous acceptions avec plaisir le gant de toilette humide et chaud de maman Louise et le bain de pied exigé qui, sans nul doute, s'imposait.

Plus fantasques qu'aucun autre, les cèpes, curieusement modestes et discrets, échappent à toute prévision, à toute discipline. Une seule chose est sûre, avec eux depuis le temps qu'on les observe, ils poussent fidèlement toujours dans les mêmes coins et ne varient leurs lieux d'élection que suivant les saisons. Pour se réaliser ils veulent de l'eau, ni trop ni pas assez, du soleil dans les mêmes proportions et une certaine chaleur moite impossible à définir. Comment de pareilles exigences peuvent-elles être satisfaites et s'harmoniser ? C'est un miracle ! Et pourtant ce miracle se produit deux fois par an. Leur poussée est brutale, de courte ou de longue durée suivant la lune ou Dieu sait quoi...

Elles avaient dans nos campagnes une ampleur, une spontanéité troublante qui, si elle surprenait, ne prenait jamais au dépourvu... Le cèpe, c'était sérieux, on l'attendait toujours, on le pistait. Il se mangeait sans crainte, se conservait sans histoire et ce qui primait tout dans ce pays sans ressources, il se vendait.

À lui seul il mobilisait tout ce qui était valide, tout ce qui avait en principe de bons yeux et de bonnes jambes, et à ses premières apparitions les classes de mes parents se vidaient.

Quatre sous le kilo, en cas de manque cinq sous, cela justifiait toutes les absences et nulle épidémie aussi grave soit-elle ne décima jamais l'effectif scolaire et ne permit d'enregistrer autant de défections que l'année où, ayant failli à leur devoir, ils se vendirent huit sous.

Lorsque cette éclosion avait l'heureuse idée de se produire pendant des vacances tout allait bien, mais en période de classe, impuissants, ne pouvant donner le mauvais exemple ni afficher l'heureuse désinvolture de nos petits camarades, mon frère et moi étions obligés d'attendre le jeudi ou le dimanche pour nous mettre de la partie. Nous en ragions.

« Les cèpes sortent à pleins chemins. La Berthe en a trouvé plus de trente kilos dans sa matinée. Le Louis en a déjà vendu pour douze francs. »

Concurrences déloyales, nous en rêvions... On en voyait partout... On nous volait notre bien.

Nos bâtons, nos goûters et nos chaussures étaient prêts depuis la veille. Nous partions avant le jour, un couteau en poche, deux volumineux paniers au bras, nantis des recommandations habituelles : « Les enfants, attention aux serpents, ne rentrez pas trop tard » et Paul se rendormait.

Nous traversions la route. La lumière de la maison nous suivait quelque temps puis s'éteignait.

Nous filions vers les bois, rapides, selon un itinéraire précis coupant prés et champs et qui ne laissait aucune place à la fantaisie. Les premières lueurs vite remplacées par une clarté satisfaisante, un air frais qui faisait frissonner, nous réveillaient.

Nous étions à pied d'œuvre sur nos terrains propices.

D'abord les lisières dégagées et leurs bordures que la mousse dispute à l'herbe, le long de certaines rigoles, plus haut vers cette zone de bruyères, jusqu'à ce niveau qu'il n'était pas utile de dépasser ; les champignons sont têtus et poussent à un mètre près toujours aux mêmes endroits. Un, deux, dix, vingt sans bouger souvent, nous les repérions autour de nous. Nos paniers s'alourdissaient rapidement. De temps en temps, sous nos pieds, un tassement humide nous prévenait que nous en écrasions. Nous allions silencieux. Un coin à champignons est un secret qu'il convient de ne pas divulguer sous peine d'en être frustré et chacun gardait jalousement ses connaissances. D'ailleurs pourquoi aurions-nous parlé ? De loin nous interprétions nos gestes et, sans révéler notre présence, ils nous apprenaient autant que des discours. Noirs dans les espaces découverts, pâles et presque blancs sous la mousse où on les trouvait facilement en tâtonnant, ils appartenaient surtout, dans leurs poussées printanières, sans grand mérite aux premiers arrivés.

Vers 9 heures nos paniers en général étaient pleins et nous pouvions profiter d'une petite halte au bord de la route, dans le fossé. Il ne restait plus qu'à remonter sagement vers la maison où ma mère attendait, ses bocaux soigneusement préparés, bien décidée à faire bouillir jusqu'à minuit s'il le fallait des conserves qui ne pouvaient attendre.

Mais voilà, c'est alors que là-bas, sur le chemin, encore invisible, la tentation arrivait. Elle arrivait sous la forme d'une petite carriole qui s'annonçait à tous les vents par de petits coups de corne qui appelaient. Placide, sa voiture garnie de caisses, achetait.

Avec lui le poids était le poids. Il n'était pas question de lui refiler de la mousse ou de la terre, mais si l'on était régulier il ne discutait pas, il payait.

Je me chargeais de l'argent. Les règlements entre nous étaient remis à plus tard, à la maison, car brusquement le temps pressait.

Il fallait aller vite maintenant. Les meilleures places avaient été suivies, fouillées par les uns et les autres et nous ne pouvions plus compter que sur des champignons égarés, passés inaperçus. Il allait falloir battre du terrain...

Nous pénétrions résolument dans les sous-bois, distribuant au passage quelques coups de bâton rageurs sur des raboteux ou des satans trompeurs, pour gagner les zones de chênes, de châtaigniers moussus, de broussailles où les fougères hautes n'avaient pas été encore battues. Nous retournions les feuilles, nous retroussions les bruyères. Il n'était plus question ni d'écraser, ni de se montrer difficile, et l'on ramassait même les girolles que nous aurions injustement dédaignées une heure avant. Notre cueillette n'avait pas la belle allure des premières heures et nous arrivions tard à la maison.

« Tu sais, Paul, imagine-toi qu'ils ne sont pas seuls à chercher. Je suis même étonnée, avec tous ceux qui connaissent mieux les bois qu'eux – qu'elle se trompait la chère femme –, qu'ils en aient trouvé autant. On va les peser ! »

Il y en avait tout de même près de neuf kilos... Et nous avions trois francs en poche.

Trois n'est pas divisible par deux. Je donnai un franc à mon frère, je gardai le reste en l'assurant d'un arrangement plus équitable dans l'avenir. Tout le monde paraissait content.

« C'est égal, Marie-Thérèse, il y a des oronges dans le tas, c'est la fin des cèpes à brève échéance pour cette année. Nous n'aurons pas fait les conserves que j'escomptais et je serais bien étonné que les enfants en trouvent encore beaucoup demain matin. »

Nous aurions dû nous méfier ! Paul avait de la suite dans les idées et il aimait trop, de temps en temps l'hiver, son petit ragoût aux cèpes, pour renoncer à ses conserves.

Dès notre retour je ne fus pas long à comprendre que quelque chose clochait. Paul, sur le devant de la porte, avait l'œil des mauvais jours. La table de la cuisine était couverte de champignons et à ma grande stupéfaction j'en reconnus certains que j'étais bien sûr d'avoir eus le matin même dans mon panier… C'était grave. Placide aurait-il vendu la mèche ?

Oh ! sûrement pas, et ce qu'il avait fait, il l'avait bien fait sans le vouloir, bien innocemment, et qui plus est par souci d'honnêteté.

« Alors, vous avez changé d'avis à ce que je vois ? Vous avez raison, faites vos conserves aujourd'hui, tout me laisse croire que cela ne durera pas.

— Ce qu'ils valent ? Allons… Vous ne voudriez tout de même pas que je vous les revende plus cher que je ne vous les ai payés ce matin ? »

Puis se voulant magnanime et sans se douter de la gaffe qu'il venait de faire :

« Vous y gagnez, remarquez bien, car je suis certain qu'ils ont déjà perdu du poids depuis que je les ai achetés à vos gamins. Avouez que ce n'est pas avec des marchés de ce genre que je ferai fortune, n'est-il pas vrai ? »

Mon père eut un vertige.

Il fallut s'expliquer d'abord avec lui et ce ne fut pas facile, puis assez rapidement avec une stupide dictée d'un certain Prosper... Mérimée je crois, un tordu de la cafetière qui en quelques lignes désarmantes me valut encore des tas d'ennuis.

Mon frère, sans hésiter, plein de remords et d'inconscience, rendit sa pièce. Je fis de même avec un peu de retard, sauvant toutefois *in extremis*, grâce à la poche de mon pantalon décousue, la troisième pièce qui me restait.

Mon frère fut félicité pour sa spontanéité, quant à moi j'achetai son silence pour vingt billes et trois bâtons de réglisse que je lui refilai, en douce, lorsque mon père eut le dos tourné.

29

Nous allions à ses devants au soleil couché. Nous, pour le plaisir de marcher avec elle, à ses côtés, notre main dans la sienne, elle, pour la joie de revenir très bientôt à son bras.

Nous allions lentement, sans beaucoup parler, nous laissant pénétrer de cette étrange douceur, de cette paix profonde qui accompagne les chaudes journées d'été lorsque la fraîcheur de la nuit leur apporte le calme et la détente. Nous avancions en flânant dans l'obscurité ; sensibles aux odeurs de chèvrefeuille en fleur, aux parfums de foin sec ou simplement à celui un peu âcre de l'herbe écrasée sous nos pieds. Sensibles aux mille bruits de ce qui fourmille et chante alors que toute clarté s'est éteinte : crissement strident des grillons, trilles exaltantes du rossignol, notes cristallines du crapaud dont la pureté mélancolique fait oublier et disgrâce et laideur. On percevait le frôlement du lézard attardé sur la feuille, la folle traversée de la belette en maraude et le vol feutré des chauves-souris qui, fonçant sur nous par mégarde, crochetaient au dernier moment. Une petite chouette grise, par là sur un pommier, annonçait qu'elle commençait sa chasse, quelques lucioles brillaient sur les talus. Les horizons devenaient incertains, les masses prenaient leur ampleur inquiétante… Au loin, une fenêtre s'allumait. Le mystère planait et la nuit s'installait autour de nous.

Nous nous asseyions au bord du fossé pour attendre.

Les premières étoiles apparaissaient pâles, imprécises. On les cherchait en les comptant au début puis on attendait en espérant la chute de l'une d'elles pour un vœu qui se réaliserait. Encore fallait-il que ce souhait soit fait avant que l'étoile ne devienne filante pour avoir quelque chance. Nous en faisions donc sans arrêt pour ne pas être pris au dépourvu, tant pis pour ceux qui étaient perdus. Chacun les siens, dont évidemment on gardait le secret.

« Mon Dieu, faites que maman fasse des choux à la crème dimanche. »

« Mon Dieu, faites que charrette et charretier ne prennent qu'un "t" tous les deux. »

« Mon Dieu, faites que la nuit continue d'être douce et que mon Paul ne se soit pas trop épuisé en pédalant. »

Les premières voitures faisaient leur apparition, traînées par des chevaux qui surgissaient de l'ombre en soufflant bruyamment ou par de petits ânes las qui avançaient au pas et que l'on entendait venir de loin.

Un vélo... Deux vélos.

« Papa ne devrait pas être très loin. »

On tendait l'oreille, attentif à une conversation encore distante, au grincement d'une chaîne de bicyclette ou au pas d'un piéton.

Un chien jappait... Loin... Vers une ferme.

On le sentait avant que de le voir, et pour peu que nous ayons le vent pour nous, à cent mètres il n'y avait plus de méprise possible.

« C'est bien lui... Ça y est, il rapporte de la raie ! »

Il fallait des conditions météorologiques exceptionnelles, neige épaisse, verglas ou tempête de pluie, pour que mon père manque sa foire mensuelle au chef-lieu du canton. C'était pour lui un pèlerinage.

À ces occasions, la famille déjeunait tôt, vers onze heures, et Paul, renonçant à sa sieste, s'échappait.

« Marie-Thérèse, j'ai bien noté toutes les commissions, ne t'inquiète pas, je rentrerai avant la nuit. »

C'était pour lui l'occasion de voir quelques amis, de parler un peu et d'oublier quelques commissions, ce qui n'avait aucune importance mais légitimait un prochain déplacement.

Tous les oublis avec lui étaient possibles, mais il y en avait un qui ne l'était pas. Avant de repartir, par les jours les plus froids aussi bien que par les plus grandes chaleurs, Paul ne manquait jamais de passer au banc du poissonnier. Il est vrai que pour ignorer cet honorable commerçant il aurait fallu être plus que distrait puisque, venu pour la circonstance, il tenait un étal en plein air au milieu de la place qu'il personnalisait.

Mon père adorait le poisson, rien ne le rebutait, toutefois pour des questions de commodité il remettait cet achat à la dernière minute. Il était en général l'ultime client, celui que l'on n'attend plus et pour lequel on est enclin aux plus grandes générosités. Mon père garnissait son filet puis sans perdre de temps reprenait le chemin du retour.

« Mais enfin, Paul, as-tu vu ce qu'il t'a refilé ? »

Marie-Thérèse extirpait avec dégoût du cabas un merluchon douteux dont les yeux chavirés en disaient long sur l'état, et dont l'odeur insoutenable contrastait étrangement avec celle du chèvrefeuille que nous avions cueilli.

« Voyons, Marie-Thérèse, il n'a pas voulu me le faire payer. Il me l'a donné par-dessus le marché ! Regarde par contre cette raie…

— Mais enfin, Paul, elle sent déjà l'ammoniac ! »

Le chat lui-même fuyait le merluchon…

« C'est certain, je le reconnais, ce poisson est un peu avancé, passé même si tu veux, mais cette raie, Marie-Thérèse ! Voyons, cette raie ! »

Maman Louise, appelée pour donner son opinion, hochait la tête.

« Avec un filet de vinaigre… On peut espérer la faire revenir, mais il faut faire vite et la faire frire dès ce soir au beurre noir, sans cela demain elle est perdue. »

Elle revenait… Mais elle revenait de loin !

Paul mangeait sa raie que personne ne lui disputait et la déclarait « excellente ».

« Parfaite, madame Theillaumas, absolument parfaite ! » Comment échappait-il chaque fois à l'intoxication, nous nous le demandons encore ?

*
* *

L'étang étirait, sévère et sauvage, sa masse imposante sur plusieurs kilomètres, serré entre des collines si différentes entre elles qu'on pouvait s'étonner. D'un côté abruptes, boisées, couvertes de taillis, de landes et de genévriers, de l'autre douces, cultivées, bordées de champs et de prés qui plongeaient curieusement dans l'eau réduisant les distances, et donnant aux rives un supplément de charme dans leur imprécision. On le dominait longtemps avant que de l'atteindre, majestueux, étonnamment beau dans son apparente inaccessibilité.

On y accédait pourtant à pied par le versant le plus escarpé en suivant des chemins ravinés, creusés d'ornières et encombrés de rochers, puis par des sentiers scabreux qui appelaient l'escalade. La descente était rapide, agréable même, malgré les embûches et la présence permanente de vipères que le premier de nous, en éclaireur vigilant, chassait. La complexité du parcours, les difficultés du retour qui se faisait par progressions exténuantes coupées de haltes obligatoires où l'on soufflait, faisaient de l'étang un lieu désert qui décourageait mais qui, étant à celui qui savait le mériter, valait la peine de l'effort.

On l'abordait en aval, près de sa bonde, dans la zone de ses eaux profondes, là où sa teinte restait toujours inquiétante. On allait vers l'autre rive, par un ravissant petit pont couvert de lierre, qui sautait un déversoir bruyant où l'eau, de cascade en cascade, allait se perdre en contrebas. Le cheminement le long de ses berges se faisait entre des buissons et des fougères géantes, et le chemin qui résonnait sourdement sous nos pas, ne permettait pas d'aller de front. Sur la rive opposée, la nappe d'eau s'étalait dans toute sa largeur, ardoisée certains jours, bleu azuré d'autres fois, tantôt calme et lisse, tantôt animée de frissons argentés ; et, dans cette région vallonnée, elle constituait avant tout une rupture, un triomphe très court de l'inhabituel, de l'horizontal sur le sinueux des coteaux.

Parfois nous nous arrêtions dès notre arrivée. Nous nous affalions dans la mousse, fascinés par le miroir tranquille où les hautes têtes des chênes se perdaient dans les nuages renversés, d'autres fois nous le contournions, prenant plaisir à le longer, à le remonter loin en amont vers son rateau, dans sa zone de grandes nappes de roseaux et de ses herbiers épais, dans un désir bien évident de mieux le posséder et de mieux le connaître dans son intimité.

On arrivait ainsi au royaume des poules d'eau. Noires, affairées, bien visibles, prudentes malgré tout, elles jouaient loin de portée, se pourchassaient et se sentant trop près réalisaient sous nos yeux de fantastiques plongeons qui les ramenaient très loin au milieu de l'étang. C'est là encore qu'avec un peu de chance et beaucoup de patience on pouvait surprendre la sortie aventureuse et toujours furtive de la flottille de canetons sauvages suivant leur mère sous le couvert des herbes aquatiques, des prêles et des joncs. Rousserolles, phragmites montaient agiles et vifs le long des tiges des roseaux entrelacés, et leur vol dansant, incessant, leurs trilles prolongés, rompaient le secret et le mystère de ces lieux inaccessibles et réservés.

Étendus à l'ombre ou au soleil suivant notre fantaisie on se laissait pénétrer de poésie. Rêveurs devant le vol rasant d'une hirondelle génératrice d'innombrables rides longtemps visibles et qui venaient mourir jusqu'à nos pieds, ou devant l'apparition, imprévisible, troublante, et qu'on aurait voulu retenir, du petit martin-pêcheur qui se jouant des obstacles ceinturait les rives de sa flèche de feu.

Du coteau voisin, sans heurt, avec netteté on percevait la vie : le froissement épais, feutré et répété d'une faux pénétrant l'herbe, l'appel d'une fillette appelant son troupeau, le chant lointain d'un coq vers les fermes hautes, alors que, tout près de nous, sans bruit, en un sillon discret, la tête à peine perceptible, une couleuvre fendait l'eau, jetant la panique dans le petit peuple des gerris nerveux qui jouaient leur étrange ballet, pattes écartées dans les taches d'ombre et de soleil.

Et tout à coup, sans crier gare, sans raison apparente, mais parce que c'était sans doute le moment, montait incompréhensible, répété, amplifié d'une berge à l'autre, l'hymne assourdissant de milliers de grenouilles que l'on ne voyait pas.

L'étang changeait, d'heure en heure, d'un jour à l'autre, de saison en saison.

Au printemps, en été, il était vert ou rose, reflétant ses prés, ses champs et ses bruyères. Ses bords étaient garnis d'iris, de renoncules aux couleurs vives. Il se nappait de lentilles d'eau, de mille fleurettes, de grenouillettes impalpables, alors que des profondeurs montaient, pour s'étaler en larges bancs, les nénuphars jaunes et blancs aux fleurs épanouies au soleil.

En automne il jaunissait, se teintait de fauve, se pastellisait, alors que ses roseaux d'un blond tendre lui donnaient une douceur mélancolique qui séduisait.

L'hiver par contre il était d'acier, plus froid encore que tout ce qui l'entourait. Il se figeait, et une glace épaisse, à laquelle il ne fallait pourtant pas se fier, le prenait parfois dans sa totalité.

Abandonné dans sa solitude glacée, il n'en continuait pas moins son rôle sauveur et protecteur. Il était alors le refuge des colverts, des sarcelles, des pluviers, des oiseaux de passage chassés par le froid de coins encore plus inhospitaliers. Ils y arrivaient en bandes serrées à la recherche d'une halte provisoire et, s'y trouvant bien, finissaient par y rester.

*

* *

« Les enfants, si nous allions à la pêche ? »

Le repas de midi se terminait. La journée était splendide et nous étions désœuvrés... Comment aurait-il pu y avoir d'objection ?

Certes rien n'était prêt. Paul n'avait pas vérifié ses lignes, et nous n'avions aucun appât.

« Qu'à cela ne tienne, les enfants. Nous préparerons les lignes sur le terrain, cela évitera d'embrouiller leurs fils en chemin. Quant aux vers vous avez tout le temps d'en trouver. Nous ne partirons pas avant 3 heures. Partir plus tôt serait inutile, le poisson ne mord jamais en plein soleil. Puis nous prendrons un bain en arrivant et il faut bien ce temps pour digérer… Décidément, ce civet était bon, Marie-Thérèse.

— Ah ! les enfants, prenez tout votre temps, cherchez des vers rouges et rayés, ce sont les meilleurs, ne l'oubliez pas. »

Conseils superflus, nous le savions et nous savions où les trouver. Nous allions tout droit au fumier du voisin, un bon gros tas de fumier de cheval qui en grouillait, tandis que Paul montait – on avait bien le temps – faire une petite sieste et que Marie-Thérèse, qui n'avait rien d'autre à faire, le suivait.

Nous étions prêts bien avant l'heure. Nous avions sorti les lignes. Nous avions pris nos maillots.

Nous attendions.

On tuait le temps, mais c'était tout de même fichtrement long !

Nous savions par expérience que Paul n'aimait pas être troublé durant ses siestes. Son humeur dans ces cas s'en ressentait toute la soirée. Nous l'avions appris à nos dépens à deux reprises certains jours d'impatience, l'un où mon frère inspiré avait sonné de la cloche réservée à la rentrée des classes, l'autre où j'avais moi-même chassé Cadie dans l'escalier conduisant au premier après lui avoir fixé à la queue deux boîtes de cirage en guise de clochette. Une punition avait couronné ces exploits et tenu lieu de partie de plaisir. Nous nous le tenions pour dit… On attendait.

Pressé cette fois et désireux de rattraper le temps perdu, mon père radieux, un fagot de bambous sur l'épaule – et un fagot n'est pas trop dire –, ramait vers l'étang.

Nous le suivions. L'un de nous portait le panier du pêcheur, tandis que l'autre traînait les provisions, un sac lourd, prometteur, et qui témoignait d'un robuste appétit. C'était un principe familial que de ne pas partir à l'aventure sans ces élémentaires précautions.

Malgré nos charges respectives, ma mère prenait un retard qui allait croissant et qui devenait tel, à la longue, que nous étions souvent à l'eau lorsqu'elle nous rejoignait, tandis que Paul, animé d'un sens giratoire autour d'un genévrier pour sauvegarder toute pudeur, s'activait déjà à enfiler son caleçon rayé récalcitrant.

Nous nous retrouvions sur une petite plage sableuse que l'on aurait pu croire réservée puisqu'il n'y avait jamais personne à part nous. L'eau peu profonde y était chaude. Paul y faisait la grenouille un moment, quelques démonstrations de crawl qui n'étaient pas toujours concluantes, et ne manquait pas en fin d'entraînement de prendre une photo de Marie-Thérèse en maillot.

Pour nous, qui n'avions pourtant aucune attirance naturelle ni pour le savon ni pour le bain de baquet, ces trempettes sans contrainte, mêlées de bousculades et de jeux, représentaient une attraction surprenante et nous ne nous en lassions pas. Nous en aurions volontiers prolongé les séances si l'on nous avait écoutés, mais tout le monde ne l'entendait pas de même. Pour mon père, l'étang c'était bien autre chose qu'une baignade... C'était sérieux, c'était avant tout le poisson, et comble du comble, il se trouvait brusquement que « nous avions assez perdu de temps » !

Notre zone de pêche, un territoire étudié, d'accès commode où les évolutions d'un pêcheur ne pouvaient être gênées ni à l'arrière ni à l'avant et où le poisson, pour peu qu'il ait eu un peu d'idée aurait dû se tenir, se trouvait sur la rive opposée au milieu d'un grand pré. L'espace était dégagé. Un seul chêne aux racines puissantes et plongeantes donnait une ombre qui ne pouvait qu'être favorable aux poissons et agréable à ma mère qui s'installait à ses pieds pour broder.

On ouvrait le fagot. Il représentait en principe trois lignes. Celle de mon père, cinq brins et un scion, faite pour aller loin et pêcher le gros. Elle était pourvue d'un moulinet et d'un flotteur rouge, visible à trente mètres, auprès duquel un bouchon de champagne eut été dérisoire. Celle de mon frère et la mienne, deux brins et un scion, chacune de couleur différente pour exclure toute dispute ou discussion.

« Marie-Thérèse, il me manque un élément ! »

C'était la tuile ! On vérifiait... On comparaît... On assemblait... Il fallait se rendre à l'évidence, l'élément numéro 2 de la ligne manquait, et c'était d'autant plus fâcheux que sans le « 2 » le « 1 » devenait inutile et que du même coup le moulinet ne pouvait plus s'adapter.

La partie était mal engagée. Paul s'énervait...

« Je vérifierai à mon retour. Où ce bambou a-t-il bien pu passer ? Enfin, Marie-Thérèse, c'est incompréhensible ! »

Marie-Thérèse seule ne semblait pas affectée.

Se rendait-elle vraiment compte de ce qui allait se passer si une carpe de dix ou douze livres mordait à une ligne réduite à trois brins sans moulinet, alors que l'on n'avait même pas le recours d'une épuisette ? Sûrement pas.

« Mais oui, Marie-Thérèse, je dis bien, des carpes de dix livres, peut-être plus, il y a des monstres dans cet étang, c'est quand même malheureux, où ai-je bien pu mettre ce bambou ?

— Oh ! tu sais, si tu fais avec eux comme avec tes parapluies ! »

Mauvais terrain, Paul n'insistait pas. Il pêcherait donc le moyen, presque en surface et il monterait sa ligne comme il pourrait « puisque dans cette maison personne ne faisait attention à rien ».

Mon père pêchait malgré tout plus loin que nous.

Son flotteur à cinq ou six mètres en avant des nôtres aurait pu constituer un barrage déloyal bien fait pour tout intercepter et ne laisser que la broutille si cette bouée à toute épreuve n'avait été porteuse le plus souvent au bout de son fil que d'un hameçon privé d'appât. Mon père choisissait toujours des vers géants comme il convient pour des poissons dignes de ce nom et comme probablement « ils » devaient les souhaiter. Tous ceux au-dessous de dix ou douze centimètres étaient récusés et ceux qu'il retenait étaient empalés sur un hameçon en rapport.

Paul pêchait le gros… le moyen à la rigueur, le petit jamais.

C'est à nous que revenait la responsabilité de la mise en place de l'appât. Nous montions pour ce faire en haut du pré, pour gagner du temps et parce que la longueur du fil déployé ne permettait guère d'autres techniques. À notre signal, dans un sifflement puissant, mon père propulsait sa ligne, et le ver décollait avec vigueur pour poursuivre le plus souvent sa trajectoire personnelle en solitaire jusqu'au milieu de l'étang, ou pour rester accroché avec tout ou une partie du fil à la seule branche litigieuse qui pouvait l'intercepter.

« Marie-Thérèse, je suis démonté, mon flotteur est dans l'arbre et mon catgut est emmêlé. »

Marie-Thérèse laissait sa broderie, démêlait, réparait, rattachait. Nous recommencions, et un quart d'heure après, Paul, le cœur battant, retirait de l'étang, faute de carpe de dix livres, son premier « poisson-chat » et se blessait cruellement à ses piquants.

Voraces, lisses, noirs avec leurs têtes de requins miniatures, ils étaient seuls à vouloir attaquer des lombrics presque aussi importants qu'eux et à être capables d'entraîner le bouchon. Il fallait, si grande était leur vitalité, les manipuler avec prudence, voire les assommer ou leur couper la tête pour pouvoir dégager le trident qu'ils gardaient systématiquement au fond de leurs entrailles. Ces monstres, dont la plupart étaient de la dimension de l'index constituaient le gros des prises de mon père qui ne s'en consolait pas.

Mon frère par contre avait un talent naturel de bon pêcheur. Il savait pêcher avec conscience, patience et ferveur, et prenait du poisson. À deux pas de nous, dans nos pieds, alors que Paul s'acharnait à sortir ses *Ameiurus nebulosus* minables et visqueux, il prenait carpettes, gardons et goujons avec une déconcertante facilité et des vers dérisoirement maigrelets. Tandis que ma plume restait statique à l'horizontale, la sienne ne s'arrêtait pas d'évoluer, de courir, de plonger et de disparaître, annonçant la touche qui se transformait instantanément en prise quasi certaine. Cette chance insolente et idiote lui valait des compliments admiratifs... J'en étais dégoûté.

Je changeais mon ver, pas de résultat. Perfidement je plaçais mon fil contre le sien... Peine perdue.

C'était ignoble !

Cette fois ça y était ! Nos fils, par ma faute, étaient enchevêtrés, les exploits de mon frère stoppés, les espérances gastronomiques de mon père compromises.

Cela me valait des ennuis immédiats et une mise en garde dont le ton ne laissait aucun doute sur les suites possibles.

Je me retirais purement et simplement de la compétition et, chose rare chez moi, je boudais.

Je boudais et je râlais, ma ligne hors de l'eau, couché sur l'herbe, conscient de ma mauvaise humeur, de l'injustice des choses et décidé à la vengeance.

Un gland tombait là... Sur le bouchon de mon frère. Cela peut arriver ! Puis un deuxième, puis un troisième, au quatrième, je détalais non sans raison.

J'allais couver le reste de ma rogne près de ma mère, et de rage, dans un but évident d'éloigner le poisson, ne pouvant faire mieux, je martelais le sol à coups de talon jusqu'au moment où les choses se gâtaient tout à fait et où un repli stratégique et urgent s'imposait.

Un jour pourtant j'eus ma revanche. Oh ! une seule fois, mais elle fut éclatante.

Cela se produisit un soir où, sans conviction et sans espoir, j'attendais le départ. Ce fut le moment que « ma » carpe choisit. Eut-elle pitié de moi ? C'est possible, ce en quoi elle eut tort puisqu'elle en périt, fut écaillée, farcie et, seul honneur qui lui fut rendu, cuite au four dans du vin blanc.

C'était une carpe moins importante que celle dont mon père rêvait mais elle était tout de même gigantesque. Ma ligne cassa net et Paul faillit se noyer en voulant aller à ses devants. Je l'eus malgré tout en force, énorme, stupide, ouvrant une bouche muette, prise par mon clou minuscule au ras de la lèvre supérieure. Il était temps !

Mon frère faillit en faire une jaunisse.

À dater de ce jour je me refusai à remettre ma ligne à l'eau restant sur mon triomphe, me moquant dans l'avenir des pêcheurs de goujons et de ceux de « poissons-chats ».

Les retours n'étaient pas empreints du bel élan des départs.

Le butor avait depuis longtemps jeté son mugissement sonore et prolongé lorsque nous quittions l'étang à la nuit tombante pour notre lente remontée.

J'étais en queue de colonne, dépité encore une fois, fuyant un contact que mon frère recherchait et que j'attribuais à un légitime orgueil alors qu'il n'était que générosité.

« Il faut arriver avant eux à la maison. Tu sais, le morceau de ligne de papa, je sais où il est. Souviens-toi. C'est toi-même qui l'as pris il y a huit jours pour faire tomber des pommes. Il est encore sous le pommier... »

J'avais compris, l'heure n'était plus à la rancune. Mon frère, débordant d'imagination, fut magnifique.

« Au premier arrivé à la maison – et plus bas, à mon intention –, grouille-toi, c'est le moment. »

Je partis en flèche alors qu'il s'arrêtait épuisé après une petite course d'une centaine de mètres, assis sur le talus où le reste de la troupe devait bien attendre qu'il ait repris son souffle et que sa crampe soit terminée...

Il fallait bien l'admettre, l'élément avait dû glisser du paquet mal serré dès notre départ puisqu'il était là à terre, devant la porte où notre pêcheur venait de le retrouver.

C'était les seules occasions où, en l'absence de maman Louise, et Marie-Thérèse se refusant à toucher du poisson vif, mort, cuit ou à cuire, Paul s'occupait de cuisine.

Il décapitait lui-même ses prises, les écorchait, écaillait et éventrait les autres avant de les faire frire dans une huile réservée qui empestait.

Tout y passait, sauf l'arête centrale, et comme il ne faut pas perdre une occasion de s'instruire il annonçait chaque fois : « *Cyprinus carpio* : carpe royale – la traduction valait ce qu'elle valait –, *Perca fluviatilis* : perche de rivière, *Tinca tinca* : tanche.

« Souvenez-vous de ces noms mes enfants, cela peut vous servir lorsque vous ferez du latin. »

« J'ai fait » du latin... et j'étais nul. Mais je dois dire que je n'ai jamais rencontré dans les textes plus ou moins barbares qui m'ont été proposés ni les *Cyprinus carpio* ni les *Tinca tinca* de mon enfance, ce qui m'aurait rempli de joie.

*

* *

Malgré les capacités météorologiques évidentes et régionales de nos grenouilles, du terroir s'entend (personne n'aurait j'espère l'idée saugrenue d'aller demander à un batracien alsacien un avis corrézien), malgré leur intuition qui pourrait sans conteste rivaliser, voire même complexer les techniciens les plus sérieux dans leurs conclusions farfelues, les grenouilles, de quelque région soient-elles, restent des idiotes.

Les pêcher, si elles-mêmes n'étaient nécessaires à pêcher les écrevisses, n'aurait aucun charme car elles n'ont d'autres désirs que celui de se faire prendre.

Allez à une mare, à une de ces mares vertes, couvertes d'herbes, encombrées de limon, si nombreuses dans nos prés, par une belle après-midi ensoleillée. Pas besoin de subtiles précautions, une seule toutefois mais primordiale, arrangez-vous pour que votre ombre ne vous précède pas, sinon tout serait fichu. Regardez... Regardez bien, attentivement, longtemps... Vous ne voyez rien ? Eh bien elles sont pourtant toutes là, pattes écartées, immobiles, vertes comme les feuilles avec lesquelles elles se confondent dans un mimétisme parfait. Elles prennent le soleil. De temps en temps l'une d'elles s'échauffe, alors elle plonge doucement pour ne pas effrayer ses congénères et elle reparaît le museau en avant à quelques centimètres de là entre deux touffes de cresson.

Leurs yeux étonnamment fixes semblent ne rien voir. N'en croyez rien, qu'une sauterelle touche l'eau dans leur voisinage, qu'une mouche apparaisse et lentement, lentement les pattes arrière se rapprochent, et soudain, à la faveur d'une brusque détente, l'insecte est saisi au vol et disparaît. Comme si rien ne s'était passé, la ravisseuse reste sur place où elle est retombée, figée, attentive de nouveau, un petit tressaillement du gosier témoignant seul de sa satisfaction.

Une simple branche flexible, un long rejet de noisetier muni d'un fil solide armé lui-même d'une épingle recourbée sur laquelle vous empalez une sauterelle ramassée au hasard, suffit pour les pêcher ;

et même, si vous ne trouvez pas d'insecte, une fleur de pissenlit, un brin de ruban rouge de Légion d'honneur, ou un bouton-d'or, ou rien, fera très bien l'affaire. Elles n'ont pas de préjugés.

Tout ira pourvu que vous respectiez les convenances, que vous ne leur mettiez pas l'objet directement sur le nez, car dans ce cas elles disparaîtraient, rien ne pouvant plus les vexer que de leur enlever une initiative qui fait partie de leur suicide.

Quelques oscillations à bonne distance, à droite, à gauche : ça y est. Le coup est immanquable. Il ne reste plus qu'à tirer en force pour les projeter en un vol plané loin de la mare sans qu'aucune de leurs compagnes, habituées à voir sauter les leurs, ne se rendent compte de la substitution.

En général, surtout avec l'épingle, elles se détachaient en vol bien avant l'atterrissage qui le plus souvent avait lieu très loin. Mon frère ou moi-même les attendions car, peu sensibles à la brutalité de leur chute, au cours de laquelle elles vomissaient complaisamment leur estomac, elles ne perdaient pas longtemps la tête, ravalaient leurs entrailles et cherchaient sans hésitation à fuir en des bonds prodigieux.

Il nous en fallait douze, une par balance. Une petite demi-heure suffisait à leur capture, une autre à leur préparation.

Saisies par les pattes arrière et projetées d'un coup sec sur une pierre elles étaient anesthésiées pour de bon, et après leur avoir fait une petite incision à la cuisse nous retournions leur peau en un clin d'œil. Il ne restait plus qu'à les fixer au fond de nos balances. Nous avions acquis un tour de main remarquable en cette matière et, pour la tranquillité de la S.P.A., je peux affirmer encore aujourd'hui qu'elles ne souffraient pas puisqu'elles ne réagissaient même plus à l'essence de térébenthine dont nous les arrosions.

Notre commune était parcourue par deux ruisseaux relativement importants que l'on ne pouvait traverser qu'en certains endroits et avec peine, en sautant de pierre plate en pierre plate, au risque de glisser et de se casser les jambes. Eh bien ! je n'ai jamais vu une seule écrevisse dans leurs eaux. Elles n'étaient pas là, alors que paradoxalement elles se trouvaient partout dans la région, dans les plus modestes rigoles, dans les filets d'eau les plus insignifiants. Ces cours d'eau miniatures que l'on enjambait en se jouant, bien qu'ils soient parfois profonds, encombrés de roseaux, bordés de vergnes nains aux racines rouges, et creusés de terriers qui s'enfonçaient loin sous terre dans la vase de leurs parois, étaient bien à nous.

Aucune carte d'état-major n'en faisait mention, il fallait les connaître. Ils prenaient naissance dans nos prés, traversaient quelques haies sans se faire remarquer, et allaient se perdre anonymement on ne sait où. Une eau claire y coulait, vive, mais qui savait s'attarder dans des coins d'ombre en déposant de petits bancs de sable fin dans leurs courbures, ou des zones de feuilles mortes sous des brindilles protectrices accumulées, et c'était là, et là seulement, que nos écrevisses se plaisaient.

La pêche ouvrait le 14 juillet, nous y allions dès le premier, dans les hautes herbes encore droites et drues dont l'état garantissait la virginité des lieux.

Nous y allions le soir après 4 heures, parfois plus tard et nous y restions jusqu'au creux de la nuit, sûrs de nos rendez-vous et de leurs résultats.

Nous attendions couchés dans l'herbe le quart d'heure réglementaire et nécessaire à l'arrivée de nos victimes vers nos appâts. Nos douze balances, de fabrication maison, et que nous devions au crochet de ma mère, étaient en place depuis cinq minutes à peine que nous avions déjà hâte de les relever.

Elles avaient toutes été disposées avec attention sur un parcours réduit, à des places choisies et soigneusement étudiées. De notre bâton fourchu nous avions écarté des joncs, repoussé des brindilles, aménagé à travers les ronces et les branchages des passages discrets où nos filets passaient de justesse et avaient du mal à trouver leur assise. Nous les avions plaquées au sol près des racines, au ras des roseaux, en eau calme mais assez profonde. Il ne restait plus qu'à attendre, qu'à laisser nos grenouilles faire leur travail.

Ces petits quarts d'heure nous paraissaient interminables.

La fourche de notre latte passée sous une corde laissée bien en évidence sur l'herbe haute, un mouvement rapide de retrait, et nous avions à nos pieds notre balance grouillante d'écrevisses, surprises au milieu de leurs festins.

Vingt... Trente, nous les comptions par curiosité dans les meilleurs cas, tout en restant rapides pour ne pas les laisser filer et certaines y arrivaient.

C'était des bêtes splendides qu'il n'était nullement besoin de mesurer en promenant, de l'œil à la queue, une allumette, des écrevisses brunes, longues, aux pinces épaisses et charnues, efficaces lorsqu'elles s'avisaient de vous pincer les doigts et qui n'avaient rien à voir avec les échantillons soviétiques surgelés que l'on nous sert à la nage dans les restaurants aujourd'hui.

Vives, fouettant de la queue, on les entassait pêle-mêle dans un sac maintenu humide où elles bruissaient.

Nous suivions mon père, lui seul était habilité à lever et à reposer nos engins. L'un de nous portait le sac qui mouillait le dos, l'autre les balances récupérées dont les cordes s'entremêlaient et s'accrochaient aux obstacles. Une pose suivait l'autre, sans perte de temps, toujours aussi fructueuse, nous éloignant peu de notre point de départ, et le sac s'alourdissait.

La nuit tombée notre pêche continuait encore, furtive et silencieuse, à la lampe, plus efficace aussi. On pouvait alors se permettre de surveiller de plus près, de voir sous le faisceau de notre lumière brusquement projetée nos futures captives s'arrêter méfiantes, attentives, puis s'approcher enfin, rapides selon le temps et la nécessité. Celles qui échappaient et qui en valaient la peine étaient récupérées à la main, perfidement, par-derrière, et dans leur élément, malgré leur brusque reculade de dernière seconde qui ne leur servait à rien.

Notre lampe allait, feu follet dansant dans la nuit sans cesse éteint et rallumé.

Nous ne quittions le terrain que fort tard, nos grenouilles pratiquement dévorées et déchiquetées par des centaines de pinces, un sac lourd sur l'épaule, tous les trois confondus dans l'ombre protectrice des arbres et complice de la nuit.

Préparées au court-bouillon avec oignons, sel, poivre, persil, thym et laurier-sauce – il faut ce qu'il faut –, elles constituaient une pyramide écarlate imposante qui suffisait au repas de midi le lendemain.

C'était l'occasion d'une petite réunion d'amis. Trois ou quatre cents écrevisses y passaient arrosées d'un petit muscadet léger certes mais généreux, et qui les accompagnait fort bien.

Tout le monde en profitait, même nos poules qui achevaient de faire disparaître les vestiges tout en tirant de l'aubaine un certain bénéfice pour leurs œufs.

Les coliques néphrétiques de mon père n'étaient heureusement pas fréquentes. À ces occasions, Paul souffrait beaucoup. Il passait des nuits entières de repentir, en mimiques et contorsions, arpentant sa chambre les mains sur les reins et en vidant un nombre impressionnant de flacons de « schoum », son unique remède qu'il faisait entrer par petites caisses, en prévision.

« Marie-Thérèse, ça y est, le calcul est passé ! »

Tout le monde respirait, et Paul s'endormait.

Il eut par la suite, au gros orteil, des douleurs fréquentes et nocturnes, lancinantes et tenaces, guère plus agréables à supporter : petites vengeances à long terme de crustacés qui n'avaient probablement pas su lui pardonner.

30

Ce chapitre, s'il est déconseillé aux enfants, n'est toutefois pas écrit pour les adultes que certaines précocités pourraient offusquer. Tout le monde peut donc sans dommage le laisser de côté.

Vous voilà prévenus. Je ne voudrais pas prendre la lourde responsabilité de troubler les âmes candides des uns et de nuire à leur éducation, et je ne voudrais surtout pas enlever aux autres leurs illusions, si toutefois il leur en reste encore, en leur dévoilant qu'autrefois pas plus qu'aujourd'hui nous ne crûmes jamais à notre arrivée au monde ni dans les roses ni dans les choux.

Nous n'avions pas de cours d'éducation sexuelle !...

Dans ce domaine nous fûmes donc en ce qui nous concerne autodidactes, avec tout ce que cela comportait de joies, de tâtonnements, et d'imparfait.

Privés en la matière de dessins et de conférences, nous ne dûmes qu'à nous seuls le mérite du triomphe. Heureusement la nature nous y aida par ses délicates initiations qui en disent long à qui sait observer et conclure. Nous fûmes confrontés aux réalités solides de la vie et nous eûmes tout loisir de rêver, de rêver aux amours acrobatiques des libellules sur la pointe des joncs ou aux chutes libres des mouches qui prises en pleine voltige perdaient la tête au point de tomber toutes accouplées dans notre assiette sous notre nez, et c'est sûrement ce qui nous sauva.

*
* *

Ce fut au cours d'un incident qui se passa au fond du pré, où une petite commission l'accroupit dans l'herbe les fesses au vent dans une position que je jugeai d'emblée suspecte et exagérée compte tenu de l'importance du besoin, qu'Henriette me posa ma première énigme et m'apporta ma première révélation.

Grâce à elle j'appris à l'âge des sucettes – de toute façon il fallait bien l'apprendre un jour – toute la différence qui sépare les filles et les garçons.

J'avais en ce qui me concernait depuis longtemps le plein usage de ma braguette et je m'exécutais déjà le cas échéant debout en homme et sans pudeur. Cette extravagance inattendue que je n'aurais pour ma part jamais eu l'idée d'adopter pour un misérable petit pipi me laissa rêveur puis m'intrigua au point de m'inciter à y regarder de plus près.

Il pouvait y avoir erreur après tout. Je m'accroupis à mon tour pour mieux voir... Je fus saisi... Je venais de comprendre.

C'était évident, Henriette n'avait pas de robinet... Henriette était infirme ! Était-ce possible ? Avais-je bien vu ?

Je décidai sur-le-champ de m'en assurer en lui proposant perfidement quelques pirouettes innocentes, comme nous avions coutume d'en exécuter sur un balai placé entre deux dossiers de chaises, et j'étais aux aguets.

Impudique, inconsciente de son infortune, Henriette, oh tristesse ! me donna la preuve que toutes mes craintes étaient parfaitement justifiées.

Le soir même, devant mon frère qu'on langeait et qui, lui, me ressemblait comme un frère, je confiai ma découverte à ma mère avec le luxe de détails qui s'imposait.

« Ce sont là les différences entre les petites filles et les petits garçons et c'est pour cela qu'elles portent une robe et toi un pantalon. »

L'air amusé avec lequel ma mère prenait une révélation d'une telle importance me scandalisa. Je lui en fis la remarque.

« Un robinet, c'est utile... le cas d'Henriette était navrant. Ça allait bien lui manquer. »

Mes arguments n'eurent aucun effet. Ma mère m'affirma qu'elle s'en accommoderait puisqu'ainsi étaient les choses.

J'osai encore.

« Mais maman, les têtards que tu as sur ton bureau font bien des pattes l'une après l'autre en grandissant, tu ne crois pas qu'Henriette avec le temps aura un robinet ? »

Marie-Thérèse ne le croyait pas... et elle si bonne en général eut même la cruauté d'éclater de rire.

Il n'y avait aucun espoir.

Je fus fixé... toutes les filles étaient ainsi, donc infirmes !

Pour la première fois je me réjouis d'avoir un frère et d'être moi-même un garçon.

Charles était mon aîné de quelques années. Il avait deux sœurs déjà grandes et c'était un garçon sérieux en qui l'on pouvait avoir confiance. Il devait être au courant.

Je résolus de lui parler.

Sa réponse fut catégorique :

« Sûrement elles n'ont pas de robinet... mais elles ont un “zizi” et même des nichons. Mes sœurs en ont toutes les deux. »

Lui non plus n'avait pas l'air affecté et déployant toutes ses connaissances avec fierté, fantastique, il ajouta :

« Et si tu mets ton robinet dans leur “zizi”, c'est comme ça que tu leur fais un petit. »

Devant une pareille énormité, je me cassai de rire et cela me parut tellement absurde et dégoûtant que je me promis bien de ne jamais faire pareille chose et de chercher s'il le fallait un jour une autre solution vers les magasins de *La Samaritaine* au besoin d'où mon frère venait déjà.

De toute façon Marie-Thérèse avait dit vrai. Le cas d'Henriette n'était ni catastrophique ni unique ; je n'étais plus inquiet. L'incident fut classé pour quelque temps, mais j'étais dès lors et sans m'en douter, détenteur du grand secret.

*

* *

Avec nos poules, notre coq ne se gênait pas. Il régnait majestueux, sur un harem important et soumis, sans ménagement et dans une justice impartiale et sans faiblesse. Ce chef, qui défendait avec de telles énergies ses prérogatives qu'on avait dû renoncer à lui adjoindre toute aide juvénile, avait des poussées congestives, imprévisibles, aux tendances si précises qu'il attaquait sans préavis et ne manquait que bien rarement ses coups. Celles qui croyaient en la fuite étaient promptement rattrapées, coincées et châtiées comme il convient avant de passer... à la casserole, non selon son bon plaisir, mais selon leur heure et aussi selon son devoir. Il les exécutait devant quiconque, en force, agrippé à leur dos, en leur pinçant durement et sans pitié la crête dans un équilibre instable souvent compromis par les attaques perfides de Gédéon, vieux célibataire jaloux qui profitait toujours de ces moments pour lui chercher querelle. Il sacrifiait ainsi sans ambages dans un geste rapide et précis du croupion aux rites immuables et nécessaires de la procréation de son espèce. C'était sans mystère, au point qu'enfant nous refusions nos œufs à la coque tant que l'on n'avait pas extrait d'eux les effets du fougueux géniteur.

« Je me demande, me disait mon frère lorsque nous étions seuls, comment ce grand cochon peut foutre ça là-dedans sans casser la coquille ? »

Évidemment c'était là un exploit.

Tout cela était fort instructif mais dans le fond bien moins démonstratif que les ébats de printemps et d'automne de Fox et de Folette. Fox était un vieux coureur. À ces époques il en perdait durant plusieurs jours et le boire et le manger, livrant sans hésiter les plus rudes batailles pour la possession du plus petit chantier.

Ses aventures amoureuses le conduisaient fort loin, mais c'est à sa voisine Folette qu'allaient ses préoccupations, il ne la perdait jamais de vue. Ils avaient tous les deux de longs préludes qu'ils faisaient durer en des fantaisies raffinées, en des promenades communes, et en des agaceries multiples. Avec une partenaire comme Folette il fallait savoir être patient, attendre, écarter les rivaux et tout cela mettait Fox en grande excitation.

Fox en perdait parfois son sang-froid à tel point qu'il lui arrivait quelquefois, emporté par son élan et jugeant le moment opportun, d'engager une action sérieuse en se trompant de côté. Folette, heureusement, gardait pour lui, si le reste ne l'était pas, la tête froide. Se sentant frustrée, ou sur le point de l'être, n'ayant en outre aucune envie d'en prendre un sérieux coup dans les narines, c'est elle qui rectifiait, en râlant pour le principe, une situation compromise et ridicule.

Avec eux on avait tout loisir d'admirer. Sûr de son affaire, bien engagé, Fox, consciencieux, ne se pressait pas. Cela se terminait en un dos à dos pour ne pas dire mieux, dans une indifférence béate et prolongée qui ne s'expliquait pas.

« Viens, tu vas voir. Prends ce morceau de viande, présente-le à Folette, je vais montrer celui-là à Fox. »

Pour donner un peu d'animation à cette posture un peu grotesque et où chacun d'eux, les yeux perdus vers des horizons opposés, attendait je ne sais quoi, mon frère venait d'avoir une idée.

Ce fut Fox qui l'emporta, garda la corde et eut droit en récompense aux deux morceaux.

Avec les taureaux de notre voisin c'était une autre affaire. Une tonne en mouvement c'est impressionnant et c'est un royal spectacle qu'ils nous donnaient à longueur de journée à une époque où les inséminateurs n'avaient pas encore usurpé leurs droits. Ils officiaient pour toute la contrée. C'était des bêtes de concours qu'on manœuvrait en plein air avec une corde et un anneau.

Avec eux il n'y avait pas de fantaisies. Ils allaient droit au but, de l'étable à l'épousée. Un coup de nez, un coup de langue et l'action s'engageait, aidée et guidée par la main experte de notre voisin. Il s'ensuivait une chevauchée fantastique qui heureusement était brève car aucune vache n'y aurait résisté.

Malgré les coups de bâton qu'il recevait systématiquement pour le maintenir en place, le couple étroitement enlacé parcourait chaque fois une bonne dizaine de mètres avant que ne s'effondre stupidement tout attribut à l'air – et il y avait de quoi donner des complexes – l'énorme pyramide.

Tout le monde soufflait.

Une casserole de Crésyl appliquée au bon endroit ramenait en place les avantages encore à peine égouttés. L'opération était terminée.

Après une petite promenade de décontraction, le taureau au front têtu regagnait son étable et la vache calmée, contente ou écœurée, rejoignait son troupeau où elle pouvait tout à loisir conter à ses congénères ce qui lui était arrivé...

Le cercle devait se refermer pour nous le jour où par inadvertance nous assistâmes à la naissance d'un jeune veau.

Ces choses en général se passaient dans la chaleur obscure de la grange, souvent la nuit, et toujours à l'abri des curieux, mais ce jour les conditions étant pour une fois particulièrement mauvaises il avait fallu un espace suffisant et l'épreuve avait dû se dérouler dans l'enclos attenant.

Maintenue par les cornes au tronc d'un poirier, la parturiente déjà au travail lorsque nous arrivâmes était reliée au moyen d'une corde par les pattes de son veau à un treuil improvisé solidement fixé au sol avec des piquets. Le nouveau-né faisait son apparition avec une lenteur calculée, tracté au moyen d'une roue de brouette.

Dans ces conditions il ne pouvait plus planer aucun doute dans nos esprits.

« Crois-tu qu'ils vont lui dérouler aussi tous les boyaux ? S'ils le font il y en aura pour un moment !

J'ai lu dans le livre de science qu'il y en a plus de huit mètres ! Crois-tu qu'on verra où elle fait le fromage ?

— Qu'est-ce que tu dis ?

— Mais oui, tu sais bien, la caillette. »

Mon frère fut déçu ! Au cours de cette nativité laborieuse durant laquelle admiratifs nous avions eu tout loisir d'observer nous ne vîmes ni la panse, ni le bonnet, ni le feuillet, ni la caillette mais un misérable petit animal étriqué et froissé qui, ne pouvant se tenir sur ses pattes endolories, fut porté en toute hâte à l'étable à moitié mort.

Cadie était une détraquée.

Ses exploits amoureux audiovisuels étaient annoncés à grands renforts de rauques modulations, de plaintes angoissées et passionnées qui déchiraient les nuits froides aux environs de Carnaval.

Perchée sur une corniche, sur une dalle ou une avancée de toit, en pleine lune, elle conviait aux plaisirs dangereux au ras du précipice et du désespoir. Elle devait le faire exprès dans un but évident de décourager les prétendants. On a beau être chat de gouttière, ne pas craindre le vertige, être sûr de ses réflexes, une erreur est vite commise à certains moments. Il fallait des audacieux… Il s'en trouvait puisque Cadie était régulièrement et largement servie.

Elle faisait chaque année une ribambelle de petits chats et compte tenu du destin qui leur était réservé, ce dont elle avait dû se rendre compte à la longue, on pouvait assurer que comme les humains Cadie ne faisait l'amour que par sport et perversion.

*
* *

Cette grande ambiance de gésine dont nous étions témoins, qui constamment nous environnait, finissait par nous imprégner et n'était pas sans apporter un certain levain qui avait sa traduction dans des réactions audacieuses ou des agaceries osées dont bon gré mal gré nos petites camarades devaient plus ou moins assumer les frais.

C'était des jeux, des expériences fréquentes mais sans gros risques, inspirés par la curiosité ou l'instinct et qui se bornaient à peu de chose, à la recherche de quelques contacts veloutés, duveteux, rarement pileux. Cela n'allait pas sans quelques rebuffades ou quelques menaces mais ces dernières n'étaient pas sérieuses et ne pouvaient décourager, chacun comprenant qu'il y allait de l'intérêt de tous de ne rien divulguer. En principe ces affaires se réglaient en cachette, entre nous, et évidemment à l'insu des maîtres et des parents.

Tout cela dans le fond était utile, instructif, nécessaire même et que vouliez-vous donc faire sur le chemin de l'école lorsque les bourgeons venaient d'éclore, que l'insecte suivait l'insecte, et que l'oiseau suivait l'oiseau !

Lorsque dans un but évident de s'instruire, nous cherchions sur notre dictionnaire « clitoris », nous lisions « petit organe érectile ».

Ah ! ! !

Voyons à « organe »... partie d'un corps vivant destinée à accomplir une fonction nécessaire à la vie.

Bigre !!!... Voyons « érectile » : capable d'érection !!!

Avouez qu'il y avait de quoi intriguer, de quoi inciter à la recherche et à la vérification.

La leçon sur l'Arctique et l'Antarctique battait son plein. Il était vaguement question de calotte glaciaire, de rennes et de banquise... l'atmosphère était glaciale.

Ma voisine attentive, perdue dans un rêve, semblait prendre le plus grand intérêt à ces randonnées lointaines... Ce n'était qu'apparence ! Je savais pour ma part que ses préoccupations étaient ailleurs, loin du Grand Nord, dans une tout autre région où elle se sentait menacée et où elle suivait la progression lente mais régulière de ma main entre ses cuisses qu'elle serrait désespérément.

J'étais parti pour une exploration difficile qui, pour n'être pas polaire, n'en était pas moins attractive pour mes douze ans, et Paulette se défendait de son mieux tout en restant aussi impassible que le lui permettait la situation.

« Veux-tu mettre tes mains sur la table ? »

J'en eus le souffle coupé, mais, grâce à Dieu, j'eus de très bonnes réactions.

Je sortis de l'impasse comme je pus en sacrifiant sans hésiter un illustré providentiel qui était par hasard à ma portée.

Pris en flagrant délit de lectures interdites, je fus puni. Je dus recopier cinq fois la leçon en cours et j'en sus un fameux bout sur la dérive de l'iceberg et la vie des pingouins.

Ce ne fut pas grave mais j'avais eu très chaud.

C'était des risques... Les avoir pris sous le nez de mon père, c'était dangereux. D'autant plus dangereux que cela pouvait raviver une histoire du même ordre dont je m'étais tiré à grand-peine quelques jours auparavant alors qu'au cours d'une entreprise trop vigoureuse j'avais rompu les jarretelles d'une Bernadette ou d'une Suzanne – je ne me souviens plus – qui cette fois, au lieu de chercher deux épingles de sûreté, était allée porter plainte à la famille.

Les explications qui suivaient fatalement ces aventures n'étaient ni faciles ni convaincantes. On avait heureusement toujours le bon esprit de ne pas trop les approfondir, mais elles nous valaient de toute façon chaque fois de magistrales raclées accompagnées de promesses de dissuasion si peu encourageantes qu'il fallait beaucoup de constance pour passer outre et récidiver.

*

* *

Il revenait aux grandes vacances prendre un bol d'air dans notre coin perdu, loin des taxis, des bouches de métro et du vacarme de la capitale. Il revenait et avec lui Denise, sa sœur, que nous attendions beaucoup plus que lui.

Naïf, il ne l'était ni plus ni moins que nous. Qu'aurions-nous fait sortis de nos steppes, dans les encombrements et les embouteillages où il se débattait tous les jours ! Il valait mieux ne pas y penser. Mais voilà, nous n'allions pas chez lui et il venait chez nous dans un monde qui lui était inconnu et qui permettait toutes les facéties. C'est ainsi que nous pouvions lui faire chercher des jours durant un nid de coucou, lui faire prendre un pic-vert pour une mésange et un taureau pour une vache à fond plat, bref, des vessies pour des lanternes.

Nous l'appelions « Crotte de bique »...

Ce sobriquet lui avait été attribué depuis le jour où nous avions eu le mauvais goût de lui en proposer en guise de bonbons et où il était tombé dans le panneau. Dépourvu de rancune il ne nous en avait pas voulu et la joie qu'il avait de nous revoir était toujours aussi grande ; il était plus généreux que nous.

« Crotte de bique » avait une sœur ; s'il put rentrer aussi facilement dans nos jeux ce fut à elle qu'il le dut, et pour lui ce fut une sorte de monnaie d'échange toujours valable.

« Viens si tu veux, mais dans ce cas amène ta sœur. »

Denise différait totalement de nos petites camarades habituelles. Elle était blonde, couleur de lin, avec de longs cheveux soignés et des robes dont l'élégance contrastait avec tout ce que nous avions coutume de rencontrer. Elle avait même sur elle, c'était incroyable, un léger soupçon de parfum... et puis c'était une fille au milieu des garçons.

Pour elle nous étions prêts à toutes les concessions. Elle apportait à nos jeux, par son ingénuité que l'on exploitait, une saveur spéciale qui reste étroitement attachée à son souvenir. Ce qui nous aurait paru terne devenait amusant et sa présence donnait à nos vacances une très particulière inflexion.

Disons-le tout de suite, nos jeux étaient pervers. Je ne sais si elle s'en rendait compte, toujours est-il que si nous voulûmes souvent nous jouer d'elle, en fin de compte ce fut elle qui triompha.

Dès nos premières rencontres nous commençâmes à l'éduquer, à lui inculquer – ce qui ne peut se faire place Vendôme – l'art de la pirouette et de la culbute dans les prés isolés en pente où il valait mieux retirer sa robe plutôt que de la froisser.

Elle s'en tira fort bien.

Nous cherchâmes alors plus difficile, plus spectaculaire, marcher sur les mains en cambrant les reins par exemple, prouesse que nous réussissions nous-mêmes. Après de nombreux essais, en l'aidant beaucoup grâce à nos encouragements et à notre persévérance, elle y arriva.

Nous lui apprîmes enfin à grimper aux arbres comme un garçon en lui faisant la courte échelle au démarrage. Du bas, sans la perdre de vue, on la conseillait. Les progrès en ce domaine pour passer de branche en branche furent spectaculaires et il n'y eut bientôt plus une pomme sur un pommier qu'elle ne cueillit mieux que nous. Nous ne pouvions plus nous passer d'elle. C'est inouï ce que nous étions devenus maladroits et tout cela pour la vue d'une petite culotte blanche qui nous émoustillait.

Puis il y eut « l'idée ». L'idée géniale, celle de la baignade qui détrôna toutes les autres. Il suffisait d'y penser.

Ni « Crotte de bique » ni sa sœur ne savaient nager. Ce fut un grand jour que celui où nous décidâmes de leur apprendre, car cela devait durer plusieurs années. À chaque fin de vacances ils flottaient tous les deux, mais dans les rues de Paris ils oubliaient. C'était une aubaine, à chaque nouveau séjour on pouvait recommencer.

Je me demande si aujourd'hui elle fait le crawl et si elle pense encore à nos leçons ?

Nous savions nager ! Un vieux braconnier sur la demande de mon père nous avait appris. Il nous avait donné quelques conseils, nous avait indiqué quelques mouvements d'une grande simplicité que justifiait sa méthode qui découlait de l'instinct de conservation. Il estimait en effet que, si tous les animaux savent et peuvent nager dès leur naissance lorsqu'ils sont en perdition, il n'y avait aucune raison que l'homme ne puisse en faire autant. Il suffisait de le mettre dans les mêmes conditions. Lui-même, sans jamais avoir appris, évoluait sous l'eau comme une loutre, disparaissait tout habillé de longues minutes et aussi longtemps qu'il le fallait pour réapparaître un poisson dans chaque main.

Les leçons avaient été courtes, gratuites et efficaces. Il nous avait conduits non point sur le sable fin mais dans un coin sans fond où l'eau prend une teinte moirée peu rassurante, et là, sans crier gare, il nous avait l'un après l'autre tout simplement jetés par-dessus bord. Nous dûmes boire plus que de raison avant de savoir attraper la perche qui se dérobait constamment à portée de notre main. On regagnait la barque suffoqués, rendant l'eau de toute part.

À cet entraînement, en cinq ou six séances, nous avions compris. Nous nagions et plongions non en champions, mais en vraies grenouilles, comme elles, sans technique, mais aussi comme elles sans rien risquer.

Certes le style n'y était pas et il n'y fut jamais. On nous apprit plus tard que nous avions été manqués au départ. C'est possible, et ce fut dommage pour les jeux Olympiques, mais nous sommes restés insubmersibles, insensibles aux vagues et aux tourbillons et c'est ça l'important.

D'élèves nous devenions professeurs, mais chacun comprendra que des leçons pour une fille ne devaient pas avoir la rigueur de celles réservées aux garçons. Il n'était pas question de faire subir à Denise les épreuves périlleuses qui nous avaient pourtant si bien réussi. Nous changeâmes de technique, et pour éviter tout accident nous choisîmes pour la circonstance un petit étang romantique isolé et dans les bois. Le néophyte craint le spectacle.

Décider Denise et son frère avait demandé de la diplomatie. Nous n'étions que deux à avoir des maillots. S'en munir aurait dangereusement attiré l'attention sur nous et c'eût été de toute façon une indélicatesse vis-à-vis des autres : il n'en était pas question. Nous devions donc nous en passer.

Denise avait quelques pudeurs. Il fallait transiger, trouver pour elle une solution, et l'affubler d'un maillot improvisé. Le désir rend ingénieux. Nous lui en fîmes un avec un vieux sac dans lequel nous aménageâmes deux orifices pour passer ses jambes. Une corde le retenait autour des reins.

C'était original mais ce n'eut aucun succès.

Bien qu'étudié aussi petit que possible, ce maillot s'avéra inesthétique, gênant et, comme il ne cachait pas grand-chose, inutile. Au bout de deux ou trois séances il fut, à la satisfaction de tous, abandonné.

Denise était dans ses douze ans un joli petit bout de fille, une perche un peu maigre certes mais dont la poitrine s'ornait déjà de deux petites ébauches de seins charmants. Sa longue chevelure, retenue par un cordonnet, lorsqu'elle était humide, lui tombait au milieu du dos en une petite queue-de-cheval adorable et son pubis se couvrait alors d'un duvet blond naissant à peine perceptible et de la couleur de ses cheveux.

Au milieu de son équipe de garçons – nous étions cinq à l'entourer – ses scrupules s'étaient vite envolés et rapidement il n'y eut plus aucune gêne entre nous. Nous étions deux à la soutenir dans ses essais, l'un par les hanches, l'autre sous le menton pendant que les trois autres admiraient. Denise n'était pas douée. Malgré nos démonstrations, malgré nos conseils, elle s'affolait et l'entraînement se poursuivait des heures durant ; cela devenait pudique d'impudeur.

Denise partageait nos aventures. Le soir, grâce à une échelle appliquée avec douceur sous sa fenêtre, elle participait à nos randonnées nocturnes pendant que ses grands-parents ronflaient dans la cuisine, bien convaincus qu'ils interdisaient l'unique porte de sortie.

Je crois bien qu'à la longue nous fûmes d'elle tous plus ou moins amoureux. C'était sa confiance, c'était son charme qui opérait, et quoi que nous fassions, notre amitié évoluait, prenant faute de mieux des allures sentimentales.

Nous en arrivions à nous peigner, à nous laver, à nous laisser aller même, et Dieu sait si c'était peu dans nos habitudes, à des raffinements... C'est à cette époque que Cadie renversa un flacon d'eau de Cologne appartenant à ma mère dont l'odeur persista sur moi des semaines durant.

Où peut donc conduire le désir de plaire ! Où peut donc mener l'amour !

Bref, il finissait par souffler sur notre jeune bande un petit vent de folie, et je crois bien, si j'ai bonne mémoire, que nous échangeâmes tous plus ou moins avec elle quelques légers baisers.

Un amour de douze ans, ça fait sourire. On a raison, ce n'est ni grave ni sérieux, c'est fragile, mais vous le croirez si vous voulez, cela laisse quand même un souvenir.

31

À l'origine, notre paroisse avait un prêtre, je l'ai connu enfant, bien intégré dans notre commune où il avait pris dans une ambiance de calme une demi-retraite qui convenait à son grand âge. Il disait là ses messes sans horaire, seul le plus souvent, et vivait avec quiétude au milieu de ses mécréants. Des journées sans contraintes se succédaient pour lui, coupées de petites siestes, de petits sommes paisibles qu'il accomplissait chaque après-midi de soleil sous sa tonnelle à la vue de tous, face à son potager auquel il ne demandait rien d'autre que de compenser un denier du culte aléatoire et dont il espérait de moins en moins. Il avait simplifié les offices, renoncé aux rogations inefficaces et se contentait de recevoir les âmes neuves, d'unir les amoureux, et de conduire à leur dernière demeure, l'un après l'autre, inexorablement, selon la volonté du Seigneur, ses voisins devenus ses amis. Il s'attendait d'ailleurs à les retrouver d'ici peu, le plus tard possible et au paradis s'entend, mais en attendant il continuait de cultiver ses légumes et essayait d'oublier.

Sa silhouette petite, ronde et noire allant à pied dans tous nos chemins, avait été longtemps familière à tous. Conciliant à l'extrême il était d'une compréhension d'autant plus grande qu'il n'entendait plus rien et sa surdité était devenue un sujet d'amusement pour ses paroissiens.

« Comment allez-vous, monsieur le curé ?

— Oui, je pense comme vous, vous avez raison nous aurions bien besoin d'un peu d'eau. Ah ! c'est une année comparable en sécheresse à 1920 !

— Vous dites ?... Oh je veux bien, j'ai en effet très chaud, mais juste un doigt car je suis un peu pressé. »

Et s'étant invité lui-même il restait une heure à bavarder si l'on peut dire !... De toute façon, toute polémique était impossible avec lui.

Dans ces conditions, ses confessions chuchotées dans la pénombre du péché, et rares certes, dans un pays où les gens aiment peu confier leurs affaires, ne serait-ce qu'à Dieu, étaient empreintes d'une incontestable originalité. Les pénitences tombaient un peu au petit bonheur, suivant la mine du client, et, à part deux ou trois bigotes qui lui en tenaient rigueur en se demandant si l'on pouvait vraiment avoir confiance en un Dieu à la fois si sourd et si bienveillant, tout le monde en riait.

Il y avait bien une affaire, une histoire malheureuse, mais y était-il vraiment pour quelque chose ?

La mère de la Simone pourtant l'affirmait et lui en voulait.

N'avait-il pas conclu un jour avec sa fille (la pénitente l'avait elle-même raconté), et alors qu'elle s'accusait bien que très jeune d'avoir cuissardé derrière les buissons, par un « ce n'est pas grave mon enfant vous me direz un *Pater* et un *Ave* » !

La légèreté de la peine avait-elle été prise pour un encouragement à la débauche ? Une grande contrition aurait-elle sauvé la pécheresse de deux maternités consécutives ? C'est loin d'être sûr lorsque la générosité d'un sang se trouve en cause... Mais allez le faire comprendre à une mère courroucée !

On l'avait trouvé mort un jour sur sa chaise longue, surpris dans son sommeil qui avait été un prélude, et il avait fait encore une fois un dernier voyage jusqu'à son cimetière, accompagné de tous ses infidèles, ce qui était méritoire et doit être noté car ce jour-là les foins pressaient.

Notre presbytère était donc vide depuis lors, victime des compressions et d'un manque de vocations qui se faisait déjà sentir.

Troupeau sans berger ? Pas tout à fait, le berger était à une dizaine de kilomètres et Dieu nous arrivait tous les quinze jours en bicyclette.

Nous étions tributaires du groupe ecclésiastique voisin, un curé et son vicaire, aussi furieux l'un que l'autre lorsqu'ils descendaient de leur vélo de femme à cadre noir – on voit mal un curé et même son vicaire se propulsant sur un vélo rouge, ce serait encore curieux de nos jours et c'eût été alors franchement scandaleux –, furieux dis-je, d'avoir parcouru un chemin à se rompre les os l'hiver et à mourir d'insolation l'été. Ces mouvements d'humeur avaient définitivement terni les rapports qui auraient pu être faute de mieux ceux accordés aux prédécesseurs, et un malaise, voire une incompréhension, s'étaient établis dès le départ, repoussant les rares hésitants et décourageant les deux officiants.

Le village avait réenfourché sans peine le vieux dada anticlérical ; quant au conseil municipal, désireux lui aussi de manifester sa mauvaise humeur, il avait définitivement choisi le parti de la fermeté en refusant par un vote secret tout crédit pour la sacristie alors qu'il décidait le même jour de la remise en état des locaux de « ses écoles ». C'était évident, la population boudait son nouveau curé, et les choses en étaient restées là, on s'ignorait, on s'enlisait dans l'indifférence.

Hormis les enterrements et même à ces occasions – les hommes n'y mettaient guère les pieds –, l'église était toujours déserte.

Un sacristain assurait selon les fantaisies de sa montre l'heure approximative au clocher. Il entretenait les lieux et servait une messe tous les quinze jours devant une assistance réduite à deux ou trois habitués et aux enfants du catéchisme, une douzaine d'éléments plus ou moins bien intentionnés, à droite les garçons, à gauche les filles, tous justiciables d'un appel avant et après la cérémonie, ce qui garantissait une relative assiduité.

Notre position familiale était dans cette ambiance inconfortable. Bien qu'il n'y ait jamais eu d'école libre dans le pays, notre maison constituait un point névralgique évident, un bastion avancé. C'était l'époque où prendre parti n'était même pas nécessaire et il n'était pas concevable de mettre face à face un instituteur et un curé sans créer une opposition de principe, or, chose étrange, nous faisions exception à cette règle. Oh ! disons-le tout de suite, ma mère n'y était pour rien ! Peu convaincue, n'ayant pas de grandes préoccupations métaphysiques, elle s'était arrêtée et imprégnée du seul premier commandement qui faisait son affaire : « Un seul Dieu adoreras et aimeras parfaitement. » Ayant choisi le sien, bien incarné en son Paul, et ne pouvant concevoir le péché, elle avait la sérénité de l'âme, la satisfaction charnelle, et jouissait sur terre du paradis. Mais avec mon père il en était tout autrement. Paul était un croyant et s'il n'était pas pratiquant il gardait néanmoins de solides convictions qu'il avait ramenées de la guerre et acquises dans les tranchées. Comme tous, sur les champs de Verdun, aux moments difficiles, il avait dit « merde », d'autres fois « nom de Dieu », d'autres fois aussi « mon Dieu faites que j'en sorte » – ce qui prouve qu'il cherchait sa voie – et il en était sorti. Il gardait de ces épreuves une foi secrète, une reconnaissance à celui qui l'avait épargné, et en homme honnête qu'il était, il ne voulait pas ternir par des mesquineries ses sentiments. S'il se gardait de faire des avances critiquables, il faisait du moins ce qu'il pouvait pour arrondir les angles, pour réduire les tensions... Sur les catéchismes toujours en retard, à la leçon d'histoire il fermait les yeux – et certains d'ailleurs en profitaient –, il saluait le premier Monsieur le Curé du plus loin qu'il pouvait, j'avais été baptisé comme mon frère, on nous expédiait à la messe une fois l'an au cours de la semaine sainte ; aussi, le moment venu de la communion, il n'y eut aucune hésitation, comme tout le monde, et c'était normal, je serais sanctifié.

*

* *

1 Qui nous a créés et mis au monde ?

† C'est Dieu qui nous a créés et mis au monde.

2 Pourquoi Dieu nous a-t-il créés ?

† Dieu nous a créés pour le connaître, l'aimer et le servir et par cela même mériter le ciel.

« C'est idiot ! ! ! »

Mon frère, dès la première page d'un catéchisme qui avait l'allure de ma petite grammaire, Larive & Fleury, ce qui n'était pas fait pour me le rendre sympathique, venait de me donner son opinion.

« Méfie-toi où tu t'engages ! Dans une aventure pareille tu commences enfant de chœur et tu finis curé sur un vélo de femme, sinon tu vas en enfer. »

Dépourvu de tout sens spirituel, dominé par le temporel et n'ayant pas envie de me poser des problèmes que je jugeais inutiles et prématurés, je fus d'emblée convaincu.

Lourde responsabilité que de détourner une âme candide des chemins du ciel ! Je ne veux toutefois pas faire supporter à mon frère plus qu'il ne mérite ; j'étais prédisposé.

Ces leçons d'instruction religieuse qui devaient nous ouvrir les yeux étaient assurées deux fois par semaine avec régularité et conscience par une vieille institutrice en retraite qui avait peut-être à se faire pardonner, mais qui y cherchait surtout une occupation, un dévouement généreux, et peut-être encore un contact avec des galopins qu'elle aimait et dont elle avait du mal à se passer. Elle avait la bienveillance d'une vieille grand-mère peu exigeante ; nous lui en faisions voir de toutes les couleurs.

Il va de soi, je n'ouvrais jamais mon catéchisme. J'avais une excellente mémoire, un peu d'assiduité m'aurait permis de m'en tirer, hélas ! je fuyais les lieux saints. Pour me venger d'une situation qui habituellement ne le permettait pas je transformais ces deux heures hebdomadaires en deux heures d'école buissonnière et, comme seul cela aurait manqué de charme, j'entraînais dans ces escapades deux ou trois copains. Si nous nous en étions tenus à ces absences ce n'eût été que moitié mal. Malheureusement, nos rares présences au lieu de racheter nos fautes se signalaient aussitôt par de coupables polissonneries dans lesquelles nous rivalisions. Par la faute de notre petit groupe cette année fut une mauvaise année, un mauvais cru.

Évidemment, c'est classique, nous vidâmes les burettes et même la bouteille laissée en réserve à la sacristie mais nous avions trop d'imagination pour en rester là, et Monsieur le Curé fit bien la grimace que nous attendions le dimanche où il but son vin au parfum d'aloès.

On s'occupa du bénitier. Mis à sec une série de dimanches successifs, puis rempli ras bord sans crier gare, il donna lieu à des surprises qui n'étaient drôles que pour nous et qui finirent par causer des hésitations bien légitimes aux habitués qui y trempaient le doigt. Monsieur l'Abbé eut ainsi l'occasion de dire sa messe devant des fidèles transformés en hindous, une tache rouge au front et une sur le revers des seins. On aurait pu croire à des stigmates, ce n'était que de l'encre rouge et l'exploit devait se renouveler avec un bleu de méthylène tout aussi indélébile quelques semaines après.

Les pénitentes se muèrent en plaignantes. Le sacristain fut invité à vérifier chaque dimanche matin son bénitier et il en retira successivement : une douzaine de têtards, une grenouille bien adulte et même un jour une écrevisse géante qui aurait été capable de cisailler un doigt.

Le jeu du vivier épuisé, ce fut le tour des jupes qui se collèrent aux chaises. Personne n'osait plus ni s'asseoir ni se mettre à genoux, la rigueur des offices s'en ressentait.

Une poignée de billes sacrifiées, habilement lancée, roula dans le rang des filles semant une fois le désordre au moment du recueillement le plus grand.

À la suite de tout cela il y eut des suspicions, des enquêtes discrètes, mais aucune ne put aboutir avec précision. Il fallait bien l'admettre, les jeunes générations évoluaient tristement, sans foi ni loi, dans un esprit d'indiscipline désespérant que seul un anticléricalisme acharné pouvait expliquer.

Monsieur le Curé se mit à douter, suspectant une politique avancée, des complicités familiales, et considéra que cette paroisse était en perdition.

Je m'attendais à cette visite, j'étais prévenu, je fus néanmoins atterré lorsque mon frère qui avait le sens de l'encouragement m'annonça :

« Le curé vient d'arriver, ça va barder ! Qu'est-ce que tu vas prendre ! »

Monsieur le Curé était dans la salle à manger.

« Madame, je suis navré, mais il n'est pas question que votre fils fasse sa communion… il ne connaît pas un traître mot de catéchisme, il n'a aucune notion des prières, et qui plus est, il s'est montré insolent…

« Puis-je me permettre de vous redire ce qu'il m'a répondu à ma première question : “Qui t'a créé et mis au monde” ? »

Un lourd silence planait.

« Eh bien madame, “qu'il n'y a pas de bâtard dans votre maison et qu'il y a des limites à la connerie”…

Excusez-moi… Voilà… et vous le comprendrez, madame, il y a aussi des limites à l'indulgence… J'espère que vous me comprenez ! »

« Notre Père qui êtes aux cieux »… privé de connaissances élémentaires, bloqué dès ce début qui, bien qu'émis mentalement ne manquait pas pour autant de spontanéité, je coupais au plus court : « Si vous pouviez arranger ça, cet imbécile va me faire assommer »…

C'était certain, j'allais monter au ciel… J'allais y monter non point tracté par une natte comme les Chinois, mais tiré d'une main ferme par les oreilles. J'aidais de mon mieux jusqu'à la limite de mes possibilités, jusqu'à l'extrême pointe de mes pieds. Je m'arrêtai dans mon ascension… Mes oreilles avaient résisté.

Je dus faire des excuses publiques et immédiates.

Paul était furieux. Marie-Thérèse indifférente. Monsieur le Curé très ennuyé car il venait de recevoir le matin même de sa fidèle collaboratrice un ultimatum sans équivoque : « Ou le fils de ses collègues ferait sa communion ou Monsieur le Curé pourrait se charger lui-même du catéchisme dans les années à venir, et cela c'était son dernier mot », et puis il y avait l'opinion, l'exemple, la tache d'huile. Visiblement, après ces paroles extrêmes, de toute évidence Monsieur le Curé cherchait un compromis.

Ma part de paradis était l'enjeu d'un chantage !

« Madame, je veux bien donner encore une chance à votre fils, il reste presque un mois avant la communion solennelle, s'il sait son catéchisme, et je l'interrogerai moi-même avec bienveillance dans quinze jours, croyez-moi je ne demande qu'à reconsidérer la question. »

Après une dernière rouste pour bien faire comprendre la fermeté de ses intentions, Paul promit qu'on allait s'en occuper et remédier à mes insuffisances.

« Ma femme va prendre elle-même les choses en main et soyez sûr, Monsieur le Doyen, que nous les mènerons à bien. »

Monsieur l'Abbé, devenu Monsieur le Doyen, parut mieux disposé, sa barrette en bataille à son arrivée avait repris son aplomb.

« Je vous remercie, monsieur l'instituteur, et puis ne soyez pas trop sévère, il est jeune, c'est sûrement un bon petit... Allons, ce n'est pas le diable quand même d'apprendre le catéchisme. Tu vas t'y mettre, n'est-ce pas ? »

Cette fois, ça y était, j'étais dans le bain.

Ma mère, je dois le reconnaître, fut courageuse, dévouée et d'autant plus méritante qu'elle dut me faire avaler une mixture à laquelle elle-même ne croyait pas.

Deux heures par jour en brûlant les étapes, nous aurions du mal à y arriver.

J'étais sans enthousiasme. Dès les premières pages ma mauvaise humeur fut évidente et comme je ne pouvais rien faire d'autre, je m'acharnais à glisser des peaux de bananes sous les pieds de Marie-Thérèse. À la quatrième leçon elle buta sur « le Père, le Fils et le Saint-Esprit », tout à la fois, et ne réussit pas à concilier le paradis, l'enfer, l'infiniment bon et l'infiniment juste. Je jonglais avec les incompatibilités et les paradoxes. J'étais odieux… Mais le bouquet fut la quatorzième leçon. Je l'attendais sournoisement.

« Joseph était donc le père du Christ ?

— Non voyons, on vient de te dire, le père nourricier seulement… le Christ n'avait pas de père.

— Ah ! c'est comme les fils de la Denise ?

— Oui, si tu veux.

— Qu'est-ce qu'une vierge ?

— C'est une fille qui n'est pas mariée.

— Ah !… et tu crois que la Denise est comme Marie toujours vierge ? »

C'était un peu fort, je poussais un peu loin. Ma mère se fâcha.

« Écoute, si tu continues à me poser des questions stupides, je ferme le livre, je te laisse et tu ne feras pas ta communion.

— Je m'en fiche !

— Tant pis pour toi, le jour où tu voudras te marier, tu ne pourras pas. »

J'étais touché. Je n'envisageais surtout pas le célibat.

« Mais enfin, c'est idiot ces histoires.

— Il faut s'imprégner du mystère, “le mystère est une vérité que notre raison ici-bas ne peut comprendre mais que nous devons croire”, apprends sans comprendre, pour comprendre il faut être doué ou curé. »

Je n'étais ni l'un ni l'autre. Mais apprendre sans comprendre allait à l'encontre des grands principes scolaires de Paul. Je le soulignai au passage mais je cédai.

Dès lors, loin de s'éclairer les ténèbres s'épaissirent. En quinze jours au pas de charge tout fut avalé. Je connaissais demandes et réponses et je pouvais les réciter d'une voix monotone sans erreur, sans conviction et sans rien comprendre. C'était parfait... c'était râté !

Ma mère fut félicitée et reçut du représentant de Dieu l'assurance que cet exploit chrétien lui serait un jour compté.

Après une confession courageuse, un véritable hara-kiri – on joue le jeu ou on ne le joue pas –, au cours de laquelle Monsieur le Curé dut faire preuve de beaucoup de self-control mais apprit enfin ce qu'il cherchait à savoir depuis quelques mois, confession qui me valut une pénitence telle qu'après m'en être libéré il était bien sûr que je ne pouvais plus rien ignorer de mes prières, lavé, rincé, pardonné, ma communion fut décidée.

J'allais suivre sous la houlette du Bon Pasteur le troupeau de l'année.

*

* *

« Esprit saint, descendez en nous, éclairez nos âmes de vos lumières. »

Trois jours de retraite venaient de commencer au chef-lieu de canton : matinée de piété, soirée de détente, le tout sous la conduite d'un vicaire guère plus âgé que nous.

Je partageais le sort enviable d'Albert, un de mes camarades, dépourvu comme moi de parenté locale. Nous étions tous les deux à l'hôtel, au restaurant, à ce restaurant que mon père déclarait fameux, et qu'il fréquentait dans les grandes occasions : jours de foire, jours de conférence pédagogique, ou jours de certificat d'études une fois l'an.

Nous avions reçu force recommandations, voire des menaces préventives, et des consignes de grande fermeté à notre égard avaient été données à notre hôte qui peut-être un peu légèrement avait sans hésiter engagé sa responsabilité. Il n'en était pas moins vrai que dix bons kilomètres nous séparaient de toute autorité et que cela contribua à faire de cette retraite des journées exaltantes qui, si elles ne parvinrent pas à élever nos tendances mystiques, devaient néanmoins nous laisser de bien bons souvenirs.

Lance-pierres en main, entre deux *Pater* et un *Ave Maria*, dès le premier matin nous pourchassions les hirondelles du clocher et le soir même dès que libérés, après avoir pris possession du trottoir, nous projetions de la mitraille aux fesses de tous les chats. Le fox du coiffeur eut droit à sa boîte de pastilles Valda qui, pendue à sa queue, lui joua des castagnettes, et sur ce territoire vierge où tout était à découvrir, nous entreprîmes sans perdre de temps des parties de cache-cache et de chat-perché. Ce fut ainsi que culbutant des habitudes bien établies nous arrivâmes à débusquer de leur refuge, pourtant, oh combien discret, la boulangère et son premier mitron dans des conditions telles qu'elles ne pouvaient plus laisser aucun doute sur leurs bonnes relations. Des carreaux cassés, un étalage renversé aidèrent à nous faire connaître du quartier. Seul notre aubergiste, qui d'ordinaire s'ennuyait, s'amusait, nous trouvait plaisants et estimait sans arrière-pensée que nous mettions avantageusement un peu de vie et d'imprévu dans un coin qui en avait bien besoin.

« Deux démons ! Ils ont sûrement le diable au cul – c'était un comble pour de futurs communiants –, je me demande comment ils ne se sont pas déjà fait écraser cent fois sous les voitures. »

Telle fut la réponse rassurante que mon père obtint du boucher lors de sa tournée du samedi, et pourtant nous étions de bons clients !

Il était temps que cela finisse.

Pour la dernière fois nous venions d'être blanchis et lâchés avec l'assurance pour les scrupuleux qu'un « notre Père » récité d'urgence à chaque faute vénielle l'effacerait. Cela devait permettre à tous d'atteindre l'heure « H » dans les conditions prévues par les lois de l'Église.

La dernière nuit fut une apothéose. Nous la passâmes blanche entre la réglisse, le repentir, la lutte à coups de polochon et les craintes de l'enfer.

« J'ai fait ma tirelire avant de partir. »

Albert venait d'extirper à temps sa fortune. Vingt-quatre heures de retard et nous n'en profitions pas !

La règle voulait alors que le jeûne soit total à partir de minuit. Nous fîmes de notre mieux, mais nous fûmes dépassés. L'abondance du stock de réglisse nous conduisit jusqu'à l'écœurement et aux premières lueurs du jour. Péchés de gourmandise... véniels... Albert expédiait une prière entre chaque rouleau de réglisse, quant à moi je prenais une sérieuse avance, ayant décidé une fois pour toutes de surseoir et de régler l'addition en bloc à la fin par une fervente contrition de couverture.

L'apaisement eut lieu au petit matin avec le dernier rouleau ; et un oreiller s'étant malencontreusement ouvert, nous finîmes par nous endormir épuisés dans une atmosphère chargée de duvet d'oie.

« Ils ont mauvaise mine ! L'air de la ville ne leur réussit pas ! Peut-être est-ce la nourriture du restaurant ? Ils ont dû s'ennuyer. »

Albert hoquetait. Nous étions cadavériques, pâles, les yeux cernés, et Marie-Thérèse conçut des inquiétudes pour ma santé, me vit mal parti dans l'existence future qui allait être la mienne au collège à la rentrée, et son cœur se serra.

*

* *

Mea culpa... Mea culpa... Mea maxima culpa.

Certes j'étais allé trop loin dans le suspense, mais je soupçonne ma mère de l'avoir exploité.

Elle eut raison d'ailleurs, aucune circonstance pour aussi solennelle soit-elle ne méritant de faire basculer un budget familial déjà difficile à équilibrer.

« On verra bien, attends de savoir si tu la fais. On improvisera s'il le faut. »

Quelle improvisation ce fut !

J'avais un brassard d'emprunt, récupéré à la hâte puisqu'il n'en restait plus lorsque nous nous étions présentés à l'unique mercerie de l'endroit qui avait été dévalisée. Il était à peine jauni sur les bords, malgré tout très acceptable et pouvait honnêtement tenir la comparaison avec ceux aussi défraîchis de certains camarades qui avaient eu des séries de frères dont les aînés étaient sûrement déjà soldats. Puis il était amplement racheté par un chapelet magnifique qui, bien qu'également d'emprunt, était de perles de culture et qui en projetait. Tout cela pouvait parfaitement aller...

C'est le reste qui ne suivait pas.

« Je n'irai pas... Je n'irai pas à la messe déguisé en fille... Je n'irai pas. »

Albert, à mes côtés, transformé, étrennait des pantalons longs et des souliers vernis... J'étais mortifié !

Marie-Thérèse mettait la dernière main à mon déguisement en me faisant enfiler une de ses paires de bas noirs qu'elle cherchait en vain à fixer avec des épingles à des caleçons qui eux-mêmes ne tenaient pas.

« Allons, ne sois pas sot ! Tu ne ressembleras pas à une fille... Elles sont en robe longue et blanche... Tu as ton costume bleu des dimanches, tu es très correct, et tu verras vous serez plus d'un à porter des bas ; nous en reparlerons.

— Je n'irai pas...

— Bon ! Essaie de te mettre à genoux. »

Avec un bel ensemble, les deux épingles lâchèrent et mes bas tombèrent sur mes mollets.

Je dus encaisser le porte-jarretières !... Ça tenait.

« C'est parfait. Tu n'auras d'ailleurs que peu de mouvements à faire ; l'ambiance est à la solennité, au recueillement et non à la gambade. Tu verras tout ira bien. Tu n'as qu'à faire attention. »

Je n'étais pas convaincu.

Je jetai un coup d'œil dans la glace. Je ressemblais aux pages « d'Henri II ». Heureusement mes connaissances en histoire manquaient de précision, il y aurait eu de quoi complexer l'âme la mieux trempée et la faire basculer vers de catastrophiques tendances.

L'heure du jour « J » venait de sonner. Il fallait se presser et cela coupa court à toute discussion. Albert avait déjà son cierge familial, une colonne monstrueuse, ouvragée, énorme, qui avait servi à plusieurs générations et que l'on allumait à chaque orage pour écarter la foudre, la grêle et conjurer le mauvais sort. Mais il était tordu.

« Viens, ne te tracasse pas, nous allons trouver ce qu'il nous faut. »

Ma mère m'entraînait à la sacristie.

« Ils sont tous de même taille. Choisis-le bien, mais n'oublie pas que seul ce qui compte dans ces heures de grande ferveur, c'est la pureté et la simplicité. Le prétentieux est déplacé. À mon avis je prendrais celui-là. »

Il était pur, intact, effilé, droit comme une lance, bien profilé et de taille réglementaire. Quant à sa simplicité il n'y avait rien à dire, il atteignait le sublime… Il me parut convenir.

« Oui, je veux bien, il est plus long que celui d'Albert ! »

Il s'avéra étonnamment léger. Je fus surpris.

« Regarde, le fond est creux ! »

J'avais quelques inquiétudes, j'en fis part à ma mère. Il me paraissait trop frêle tout à coup.

« Penses-tu ! C'est étudié pour, et le fait même que tu l'achètes ici est une garantie. Et puis tu l'éteindras de temps en temps si tu trouves qu'il s'use trop vite... L'as-tu bien en main ? »

J'exécutai avec lui sans difficulté apparente quelques passes d'armes comme pour une joute. J'étais paré.

« Oui.

— C'est l'essentiel. Allons, dépêchons-nous, nous allons être en retard et je préfère que tu n'aies pas à courir. »

Monsieur le Curé, d'un coup d'œil critique, avait jugé. Je me retrouvai, en compagnie d'Albert qui malgré les injonctions n'avait pas voulu me quitter, encadré au milieu du troupeau des garçons.

Marie-Thérèse avait raison. Je n'étais pas le cas unique. Groupés au centre du carré, protégés comme la vieille garde, nous étions une bonne douzaine à porter bas et à partager pour des raisons à peu près semblables les mêmes angoisses.

Je sentis fondre mes inquiétudes, j'étais rassuré.

Mon accoutrement résistait. Il résistait aux génuflexions, aux stations obligatoires debout, assises, à genoux, qu'imposait le déroulement habituel. Bref, mon armature était efficace et tenait.

Je tendis la langue. Albert à mes côtés en fit autant et Monsieur le Curé déposa deux hosties blanches sur des langues si noires qu'il marqua un temps d'arrêt, pensa d'abord : diablerie, puis devant notre mine cireuse : intoxication !

Erreur... ce n'était que réglisse ! ! !

Rayonnant je regagnai mon rang. Je venais d'être sanctifié dans des parfums d'encens et de naphtaline. Je me croyais sauvé... Mon supplice commençait...

À peine allumé, mon cierge se mit à fondre à une allure vertigineuse. J'essayai de compenser. Je levai graduellement le bras pour maintenir mon niveau.

Rien n'y faisait.

Le cierge d'Albert n'avait pratiquement pas démarré que le mien donnait déjà des signes de défaillance et avait perdu plus de dix centimètres. De tout le lot je paraissais le plus atteint. La panique me gagnait et tout laissait prévoir que si les choses continuaient je serais bientôt debout sur la pointe des pieds et que je terminerais sans doute perché sur une chaise, une bougie creuse, donc sans flamme, au bout de mes doigts. Il était temps de réagir ! Suivant la stratégie prévue, d'un souffle discret qui fit retourner tout le monde, je stoppai sans hésiter ma catastrophe.

C'était l'entracte.

Délestés à la sacristie de nos cierges et de nos brassards que nous devions bientôt y retrouver, nous pouvions aller nous restaurer.

Ce fut un repas digne, gai, plantureux et prolongé comme il convient à des enfants à jeun depuis la veille et qui venaient d'accomplir un acte lourd de responsabilités.

La cloche nous fit sursauter.

« Les enfants, donnez-vous un coup de peigne, avez-vous les mains propres ? Avez-vous pensé à votre petite commission ? Avez-vous votre argent pour les quêtes ? »

Je m'exécutai difficilement dans l'impasse la plus proche et j'empochai deux pièces blanches en me promettant bien d'en sauver une si je pouvais.

Nous gravîmes au pas de charge le parvis. Il était temps.

Ma mère eut un vertige...

Ce n'était pas d'essoufflement, j'avais compris. Nous avions oublié, Albert tout comme moi, et pourtant la recommandation nous avait été faite de nombreuses fois : « Des fleurs blanches, roses ou boules de neige puisque c'est la saison. »

L'émotion me serra la vessie, heureusement elle ne contenait plus rien.

Tous les camarades avaient leur accessoire, Albert et moi sur pied d'égalité cette fois étions démunis.

Ma mère venait de s'éclipser.

On n'en finissait pas ! Assis, debout, l'ennui gagnait.

« Zieute ! »

Albert venait de me pousser du coude avec une telle insistance que je faillis basculer.

« Occupe-toi d'elle lorsqu'elle arrivera en bas, je m'occuperai d'elle en haut. »

D'où avait-elle bien pu venir pour se trouver sur le dos large et confortable de cette pénitente penchée et perdue dans ses méditations devant nous ?

Elle s'était certainement échappée d'un bouquet, il n'y avait pas d'autres explications. Elle procédait par ondulations lentes mais vigoureuses et faisait du chemin. Jamais je n'ai eu autant de loisir ni d'aisance pour observer une chenille.

C'était une chenille verte, râblée, une chenille velue, processionnaire, ce qui devait suffire probablement à légitimer sa présence parmi nous, une de ces races que l'on voit en équipe sur les choux, les orties ou les jeunes chênes, et qui, au bout d'un hameçon, vous garantit une truite à chaque coup.

Elle allait s'échapper, elle arrivait au col de la veste ; Albert, au mépris de quelques gouttes de stéarine, lui barra le chemin. Tous les animaux ont peur du feu, je me rendis compte ce jour-là que les chenilles ne font pas exception à la règle. Elle rebroussa chemin mais les mêmes ennuis l'attendaient vers le bas où j'étais en surveillance. Ce n'était plus un dos que nous avions devant nous, c'était un champ de course maculé de cire fraîche. Cela dura longtemps. Fausse manœuvre, épuisement, peut-être désespoir, ce fut elle qui mit fin au jeu en se recroquevillant et en se laissant choir à terre où elle périt sous la semelle.

« Je suis chrétien, voilà ma gloire… »

On attaquait les cantiques, j'avais de la voix, j'en donnais.

Deux paquets, discrètement acheminés de mains en mains venaient de nous arriver. Ce fut un soulagement, nous ne l'espérions plus.

« Prends ma couronne, je te la donne… »

Elles étaient tressées de marguerites avec une majorité de boutons-d'or. C'était insolite, inattendu, mais aussi de saison. Il en regorgeait dans les prairies voisines où Marie-Thérèse, n'ayant rien trouvé de mieux, était allée les cueillir.

Nous ne pouvions passer inaperçus.

Nos offrandes étaient trop nettement personnalisées.

Pour Monsieur le Curé, après nos deux langues matinales, elles venaient d'emporter ses convictions, et nos couronnes dorées faisaient maintenant de nous plus que des suspects. Il mit un certain temps avant de décider du parti qu'il devait prendre. Ce fut celui d'être furieux et nous fûmes fusillés d'un regard commun à coup sûr excommunicateur. J'en conclus qu'il ne devait aimer ni la campagne, ni les fleurs des champs.

Cette fois c'était fini.

« Viens. »

Marie-Thérèse m'entraînait.

« Viens, une journée comme celle-là doit se terminer par un acte de ferveur. Viens, tu as déjà au cours des cantiques offert ta couronne à la Vierge, tu vas y ajouter ton cierge par la même occasion. Il faut toujours faire tout et plus que ce que l'on a promis. »

Ainsi soit-il ! Je déposai à ses pieds nus ma bougie et mes renoncules, et je reste convaincu que si nous avions été seuls, comme à Don Camillo, elle m'aurait souri.

J'étais soulagé, ma mère aussi.

J'étais redevenu normal. J'avais posé mes bas, repris mon allure de tous les jours. Dans le fond tout ne s'était pas si mal passé : j'avais avalé l'hostie sans y mettre les doigts, j'avais sauvé une de mes pièces de deux francs, j'étais content.

Une journée de cette importance ne pouvait cependant se terminer ainsi. Il y aurait manqué une touche, une dernière, originale celle-là, païenne peut-être, mais d'où toute ladrerie serait exclue et qui resterait gravée dans nos mémoires ; c'est du moins ce que pensait ma mère.

Nous passions devant une pâtisserie.

« Venez, les enfants, je vous offre les gâteaux. Allez-y, choisissez et mangez tout ce qui vous fera plaisir. »

Paroles imprudentes s'il en était ! Dangereuses largesses ! Nous atteignîmes cette fois l'extase qui ne tarda pas à être suivie du vertige et de la nausée.

Albert, hors de la boutique, ne put faire plus de dix mètres, et moi-même guère plus de vingt. Cassés en deux, appuyés contre une borne, et cette fois vaincus, nous vomissions des religieuses.

Pouvez-vous en vouloir à qui manque de foi, puisque c'est vous seul qui l'accordez.

Mon Dieu, je m'accuse d'avoir péché par ceci, par cela et même par le reste. Ne m'en veuillez pas trop, c'est un peu votre faute, vous qui l'avez permis.

32

Je fus collé !

Je fis connaissance avec l'échec dès mon premier examen ! Cela commençait mal ! Et pourtant il ne m'en est resté ni complexe ni traumatisme moral et, à l'encontre de ce que l'on pense, je crois que l'on tire souvent plus d'un premier échec que d'un premier succès qui laisse trop d'illusions... Je fus comblé.

Il faut reconnaître, sans vouloir me chercher des circonstances atténuantes, que je ne fus pas entièrement responsable de ma défaite. Si j'étais bien préparé sur le plan des connaissances je l'étais mal en ce qui concernait les épreuves et, comme je n'avais ni le self-control ni le flegme britannique, ce fut la panique qui l'emporta.

Je n'avais pas non plus la philosophie que j'ai acquise aujourd'hui et que m'ont conférée les avatars de l'existence, aussi je n'étais pas tellement fier en attendant des résultats qui, à moins d'un miracle et selon toute vraisemblance, devaient être mauvais et logiquement suivis d'un certain nombre de réactions en chaîne dont la fureur paternelle serait le point commun.

Eh bien ! il faut croire aux miracles...

Certes, je fus collé, et royalement collé, mais rien à part ça ne se passa comme prévu.

Mon père ne broncha pas !

Son silence fut pour moi une des plus grandes mortifications que j'ai eue à connaître et je crois qu'il fut d'un effet salutaire pour tout mon avenir.

Mon père était déçu ; j'étais l'objet de cette déception qui le laissait sans réaction et je crois bien avoir été malheureux ce jour-là pour la première fois.

Ce concours avait été décidé à des fins d'économie, raisons plus que valables pour un budget qui devait bientôt supporter deux pensions à la fois. La préparation en avait été sérieuse, poussée à l'extrême, fignolée même, et j'étais prêt. Tout aurait dû bien se passer et se serait bien passé sans une ambiance et un dépaysement dont on n'avait pas tenu compte et dont on avait sous-estimé les effets.

Un déplacement de soixante kilomètres, dix à vélo, le reste en chemin de fer avec une correspondance périlleuse au milieu du parcours, deux nuits sans sommeil pour se retrouver en fin de compte dans une salle sévère où je ne connaissais personne, avaient eu raison de mon moral. J'étais déraciné, perturbé, dans l'état de désarroi d'un sauvage qui se retrouverait sur les Champs-Élysées. Je n'avais plus le punch, j'étais flambé, je ne croyais plus en la victoire, et je n'avais plus qu'un désir : revenir au plus vite *at home*, quel qu'en puisse être le prix.

Ce fut par la dictée que l'on ouvrit le feu. Mon père la redoutait, c'était mon point faible, mon défaut de cuirasse. Les réflexes jouèrent pourtant, malgré la longueur du texte, malgré ses traquenards, Paul, m'ayant fait subir un interrogatoire serré et rapide pendant les cinq minutes qui me séparaient de l'épreuve suivante, put se rassurer. Je n'avais apparemment aucune faute. Le lapin paraissait dans le sac.

« Je crois que nous pouvons espérer, le plus dur est passé ; je ne pense pas que la composition française soit un obstacle, quant au calcul, je suis tranquille. Il n'y a rien à craindre. Fais simplement attention dans tes opérations, ne te presse pas, tu as toutes tes chances. »

Le pauvre homme, comme il se trompait !

« Un voyage en chemin de fer. »

Un sujet qui aurait ravi Guy de Maupassant ! J'en sortais, j'aurais dû briller. Mais voilà… Nous étions restés seuls tout au long du voyage dans notre compartiment (tout le monde ne peut avoir la chance d'avoir pour compagnie un pensionnnat en goguette de demoiselles de petite vertu) et puis ce voyage je l'avais fait en aveugle, une escarbille de charbon dans l'œil, ce qui, vous l'avouerez, gêne un peu l'observation.

Je manquai d'envolée. Je pataugeai dans les lieux communs sans pouvoir élever le débat. C'était à croire que je n'avais vu ni un train, ni une gare, ni même un chef de gare. Je m'embrouillai, la tête vide, obsédé par un refrain malheureux qui enlevait toute profondeur à mon inspiration et qui revenait sans cesse comme doit le faire un bon refrain : « il est cocu le chef de gare… il est… » ; ce fut épouvantable !

La suite… il n'y en eut pas.

L'énoncé du problème proposé me parut à lui seul si décourageant, si compliqué par son nombre de questions, que je ne cherchai ni à l'approfondir, ni à le résoudre. Ce fut l'abandon pur et simple et le K.O.

Le retour à mes foyers fut somnambulesque. Je ne retrouvai mes esprits qu'à la maison où, en cinq minutes je réglai, un peu tard, ce banal problème à tirettes sur les surfaces pour lequel on m'avait généreusement accordé une heure de réflexion.

Pourquoi ne m'avoir pas gratifié de la volée réglementaire que je méritai et qui aurait éliminé toute rancune entre nous ? *Ve victis*, après tout.

Il n'en fut rien. Je rejoignis les rangs sans un mot de reproche. Ce n'était pas le jeu...

*

* *

Le certificat d'études approchait.

Il restait deux mois, deux mois pour se racheter.

Cette fois nous étions en équipe ; sept candidats, garçons et filles, à subir la préparation spéciale gratuitement dispensée et qui avait lieu tous les soirs après la sortie officielle de la classe.

Il n'était plus là question de réciter en chœur les tables de multiplication sur l'air grec de Pythagore ou d'apprendre une grammaire aux bases indispensables (on dirait fondamentales aujourd'hui) et supposées connues, mais bien de s'entraîner à un rythme accéléré. Dix problèmes et une dictée tous les jours, tout cela demandait un effort à la plupart d'entre nous. En ce qui me concernait je flemmardais. Mon échec aux bourses, de l'avis de Paul, ne s'expliquait pas, et à l'abattement des premiers jours succédait chez lui une sourde rancœur.

« Si tu es collé, je t'étrangle... »

Il n'en aurait rien fait, j'en reste convaincu, et je préférais ça au mutisme accablant des premiers jours.

C'était la dernière séance ; celle de la veillée d'armes. Elle fut consacrée aux ultimes conseils bien nécessaires aux néophytes.

« N'oubliez pas vos crayons. N'oubliez pas votre porte-plume. Chacun de vous a-t-il une plume de rechange ? »

Et ceux-ci étaient séance tenante appareillés.

« Votre buvard doit être neuf. Qui n'a pas de buvard ? N'oubliez pas de mettre votre nom et prénom dans l'angle droit de votre copie et de la cacheter. »

Enfin, il était conseillé de garder la tête froide et la vessie vide. La vessie vide, c'était facile, entre chaque épreuve on pouvait s'en assurer, mais la tête froide c'était plus compliqué, il n'y avait pas de recette.

« Rendez-vous demain ici à 6 heures dans la cour et évitez de trop manger avant le départ. Y en a-t-il qui craignent la voiture ?... Toi ?... Bon, tu te mettras près de la portière et nous voyagerons les glaces baissées. »

La fièvre avait gagné la maison. Ma mère elle-même était anxieuse et énervée, et mon frère dès que nous fûmes seuls jugea bon d'intervenir à son tour.

« Ne fais pas le con, sinon nos vacances sont fichues ! Tu sais écrire dahlia et chrysanthème ? »

Je réfléchis.

« Je ne suis pas très sûr.

— Allons bon !... Tu n'as pas le temps de les apprendre. Écoute, écris-les à l'encre dans le creux de ta main, tu t'arrangeras pour vérifier si tu en as besoin et d'un coup de langue tu les effaceras aussitôt... »

Le conseil était bon... Comment ne pas y avoir songé plus tôt ! Avec un peu de patience, en serrant, j'aurais pu loger une partie du *Petit Larousse* sur mes avant-bras.

J'écrivis dahlia et chrysanthème du côté droit et par prudence la règle de vingt, cent et mille du côté gauche.

« Surtout ne te lave pas les bras demain avant de partir, fais attention. »

Recommandation inutile, il n'y avait aucun risque. Ayant par la suite oublié dahlia et chrysanthème je devais rester tatoué jusqu'à la rentrée d'octobre.

Nous partîmes à l'heure pile ; l'examen était prévu à 8 heures.

« Il faut toujours compter avec une crevaison, même sur dix kilomètres tout peut arriver. »

Nous prîmes place à l'arrière spacieux de la C 4 G, tassés néanmoins et tous rigoureusement à jeun, sage précaution car il n'était ni prévu ni possible de s'arrêter à chaque borne pour de futiles indispositions. Le chargement était livide. Paul, tendu, avait responsabilités et charges d'âmes et tout et tout... Et, par un fait exprès, la voiture pour une stupide question de manettes faisait des difficultés. Son chauffeur, devenu irritable à l'extrême, la traita sans ménagement et devant tous de « vieux tacot ».

Personne n'avait envie de rire.

L'appel commençait à notre arrivée et cela me rappela de mauvais souvenirs. Les épreuves se déroulaient dans deux salles. Adrien et Albert étaient dans la mienne, cela suffit à me rassurer... et je me ressaisis.

On commença par l'arithmétique. J'expédiai en cinq sec un problème de robinetterie et un partage assez délicat dans une famille nombreuse où il y avait des préférences – ce qu'il ne faut jamais faire si l'on ne veut pas compliquer les choses et créer par la suite de vilaines zizanies entre frères et sœurs. J'avais fait mes règles de trois, mes comptes à rebours, chacun avait sa part et les sommes attribuées ajoutées aux frais notariés et à ceux des Pompes funèbres donnaient bien la totalité de l'héritage. Tout allait bien. Il me restait à attendre l'heure, mon père ayant interdit, à qui que ce soit, et sous quelque prétexte que ce soit, de sortir avant la fin du temps imparti. J'observais...

Il n'y avait aucun doute... Albert était bien en perdition. De loin il me fit comprendre d'un geste, que j'interprétai mal au début, qu'il s'agissait des robinets. Je fis de mon mieux et je lui communiquai par télex, au moyen d'un jeu subtil de doigts, mon résultat. Albert fut prudent, et comme je ne pouvais tout de même, ne connaissant pas le langage des sourds-muets lui communiquer tous les cheminements de ma pensée, il se contenta, rompant avec les usages, de transcrire sur sa copie : Réponse trois heures trente, en soulignant deux fois le tout.

Le résultat était là... Indiscutable... D'autant plus probant que, vérifications faites, ses voisins immédiats s'étant trompés, on ne pouvait mettre sur le compte d'une hypermétropie la brièveté de sa copie. Le jury pensa que le temps était seul en cause et Albert s'en tira avec un moindre mal.

Le sujet de la rédaction fut écrit au tableau. Je le trouvai long et déplaisant. « Vous avez certainement un jour, à la suite d'une mauvaise action, eu maille à partir avec vos parents, racontez votre aventure. »

J'aurais préféré une promenade à la campagne, un coucher de soleil, une partie de pêche ; cette histoire-là ne me disait rien qui vaille. C'était une intrusion dans mes affaires, cela ne regardait que moi. J'eus des hésitations. J'avais trop de matière, je me décidai donc à improviser et c'était le comble sur un sujet pareil. À court d'imagination, j'optai pour une aventure de confiture, une réminiscence hugolienne, vraisemblable certes, mais tellement banale, que j'eus les plus grandes difficultés à en tirer les deux pages réglementaires et conseillées.

La salle œuvrait dur. De temps en temps une tête apparaissait aux carreaux sales de la fenêtre et je crus bien à deux ou trois reprises reconnaître celle de Paul qui me foudroyait.

« Quel était donc ce roi qui avait fait étrangler ses neveux dans leur cachot ? »

Je chassai cette idée ; avec des neveux ça peut se faire ; ce n'était tout de même pas ses enfants.

C'était rassurant. J'abandonnai à temps les enfants de Clodomir et je pus terminer.

Dictée... Elle terminait les épreuves sérieuses et écrites. Elle était longue mais facile avec de rares embûches qu'un maître consciencieux et paraissant affable atténuait de son mieux. Les liaisons étaient recherchées, accentuées à outrance, les doubles « t » soulignés et l'on passa sur « apercevoir » avec une telle légèreté qu'il aurait fallu beaucoup d'inattention pour se tromper et l'affubler de deux « P ».

Il s'agissait d'une aventure fumeuse qui se terminait ainsi : « et l'épouse voyant venir l'orage courait une veste à la main au-devant du laboureur qui ramenait sa charrette pour porter l'habit à son mari. »

Elle fut marquée dans la fin de son déroulement par un arrêt brutal en plein milieu de phrase, par un conciliabule entre deux maîtres et une expédition hâtive vers la salle voisine, puis la dictée reprit son cours.

Il y avait paraît-il un os. Liaison ou pas liaison ? La liaison fut faite et il y eut des commentaires joyeux à la correction.

Un possessif féminin mis à la place d'un article élidé et une interprétation audacieuse d'un texte pourtant classique étaient en cause sur une copie par ailleurs de belle qualité. Ce fut sanctionné d'une faute ; un peu injustement de l'avis de certains. La jeune enfant fut néanmoins reçue.

Elle le méritait bien, car ce contresens, dont elle n'était pas totalement responsable, témoignait tout de même, comme on ne manqua pas de le faire remarquer, d'une fort belle maturité.

Pour ceux qu'un rattrapage ne concernait pas, l'oral devenait une formalité. Il se déroulait au cours de l'après-midi et les notations du matin étant déjà connues, on pouvait l'aborder avec confiance ou désinvolture suivant le tempérament de chacun.

Dessin pour les garçons, couture pour les filles, histoire et chant pour tous.

Il y avait des réponses curieuses. C'est ainsi que l'un de nous à la place de Jeanne d'Albret colla Jeanne d'Arc comme mère à Henri IV et qu'un examinateur qui avait eu la curiosité malsaine de demander : « Qui a rendu l'enseignement primaire gratuit et obligatoire ? » eut la surprise de s'entendre répondre Jules Grévy à la place de Jules Ferry ; le candidat s'étant trompé de Jules.

Pendant que ces demoiselles se débattaient avec leurs boutons de culotte, ce fut un parapluie fermé posé sur le coin du bureau qui fut proposé à nos jeunes talents. Certains sans hésiter firent une cafetière. Leur entraînement ayant porté sur la vaisselle ils ne purent s'en dégager. D'autres ouvrirent carrément l'objet lui rendant sa forme utilitaire et dessinant ainsi un parachute. Pour ma part, j'eus une note maximale, ayant réalisé un chef-d'œuvre de parapluie fermé que j'avais tout de même redressé pour la commodité de l'exécution.

Restait une dernière procédure, et celle-là était pour moi une épreuve au vrai sens du mot. Il s'agissait de chanter ! Je n'étais pas plus mélomane qu'aujourd'hui. Dès le départ je me fourvoyai, il était évident que l'air ne m'était pas encore acquis si par contre j'avais bien les paroles en tête. J'étais parti sur un moyen terme, un compromis entre le rythme d'*Il pleut bergère* et celui de *J'irai revoir ma Normandie* pour interpréter *La Chanson des blés d'or* et je ne pus me remettre en selle qu'au refrain. Malgré une voix qui indiscutablement muait, que je maîtrisais mal et dont le devenir était, hélas ! par trop prévisible, j'avais fait preuve d'une louable bonne volonté qui méritait la moyenne, ne serait-ce que par l'hilarité générale qu'elle avait déclenchée.

Les résultats furent proclamés et affichés. Je lus mon nom puis celui de mes camarades. Notre groupe s'en tirait dans son intégrité. Nous avions un diplôme. Grâce à lui nous pouvions un jour, après notre service militaire bien entendu pour les garçons, briguer un poste de facteur comme Léonard, ou de cantonnier comme Mathieu.

Nous débordions de joie.

J'avais une mention, la première du canton et cela malgré une faute, une faute de mot d'usage que Paul dans son orgueil de père jugea « impardonnable ». Je n'avais mis qu'un « r » à charrette. Mon triomphe, qui n'en fut pas altéré pour autant, fut donc sanctionné d'une paire de gifles. Une paire de gifles symboliques, dépourvue de conviction et dans laquelle je crus discerner et dans l'ordre : une solide affection, un pardon certain d'une affaire restée en suspens et déjà vieille et un désir d'innovation pédagogique, un soufflet par « r » ni plus ni moins, un moyen mnémotechnique qui en valait bien un autre puisque le souvenir m'en est resté.

Tout allait bien. Les choses étaient définitivement réglées. Les vacances pouvaient commencer.

Brive, mai 1975.

Achevé d'imprimer
en octobre 2009
par Printer Industria Gráfica
pour le compte de France Loisirs, Paris

Numéro d'éditeur : 57418
Dépôt légal : juillet 2008
Imprimé en Espagne